张源　主编

白璧德文集

第 3 卷

法国现代批评大师

龚世琳　译

唐嘉薇　校

商务印书馆
创于1897　The Commercial Press

Irving Babbitt

THE MASTERS OF MODERN FRENCH CRITICISM

1912 by Houghton Mifflin Company

据美国霍顿·米夫林出版公司 1912 年版译出

《白璧德文集》总序

"新文化运动"后期，美国哈佛大学教授欧文·白璧德（Irving Babbitt，1865—1933）的人文主义学说通过吴宓、胡先骕、梅光迪、徐震堮、张荫麟、梁实秋等学人的译介与阐释进入中国，与其他西方观念和思潮一同参与推进了中国的现代转型，在中国现代思想史上留下了不可磨灭的印记。

与世界思想潮流相应，现代中国也出现了"保守""自由""激进"等不同思想支流，且其中某些成分可找到远在西方的源头，如胡适等"自由派"，即中国"新文化派"右翼，吸收了其美国导师杜威（John Dewey，1859—1952）的实用主义；李大钊、陈独秀等"激进派"，即"新文化派"左翼，则选择了马克思主义。此外还有以吴宓为代表的"学衡派"等"保守主义者"，即"新文化运动"的"反对派"，继承了其美国导师白璧德的人文主义。中国现代思想史上"自由""激进""保守"的三重变奏，实为思想界、知识界的先行者与爱国者汲引不同西方思想体系，就中国现实而提出的同一个问题——中国的现代转型问题，所给出的不同的乃至对立的解决方案，这在今天已成为学界共识。不过，"激进""自由""保守"三分法，仅是宏观审视现代世界思想格局的大致框架，未可视为壁垒分明的固定阵营。

比如,作为现代中国自由主义及保守主义思潮来源地之一的美国,本身并不存在欧洲意义上的保守主义传统。自由主义作为美国社会的主流意识形态,自始至终占据着绝对的统治地位。如果一定要讨论美国的"保守主义",首先要明确,这并非一套固定不变的政治原则与意识形态,而更多地关系到人群的态度、情感与倾向,代表了人们维持现状的愿望与"保守"既定习惯、秩序与价值的心态。在美国这片土地上,人们要"保守"的正是自由主义的基本信念与价值,从而美国"保守主义"的核心实为自由主义。这两种"主义"就这样在美国发生了奇特的错位现象:"保守主义"的核心理念反倒是"自由",意图"保守"的是古典自由主义的基本信念;而"自由主义"的核心理念则是"平等",此即美国自由主义思想体系中较为"激进"的一个分支——"新自由主义"(new liberalism)的根本信仰。

20 世纪早期的美国正处于"进步时代"(the progressive era,1904—1917),针对 19 世纪后期经济飞速发展引发的各种问题,全社会展开了一场规模宏大的改革运动,社会思潮由此在整体上呈现出"激进"的品格。实用主义者杜威所倡导的以"民主教育"(democratic education)为核心的"进步教育"(progressive education)便是上述进步改革中的重要内容。这一教育理念吸引了诸多知识分子,如哈佛大学校长艾略特(Charles W. Eliot,1834—1926)率先推行的一系列教育改革便是"进步教育"运动的重要组成部分,自此"民主教育"理念在美国逐渐占据上风,与此前占统治地位的"自由教育"(liberal education)理念恰好构成了一对"反题"。人文主义者白璧德作为"自由教育"的坚决捍卫者,针对杜威的教育理念提出了严厉批评:二者的对立当然不仅表现为教育理念上的冲突,而且是在更广泛的意义上代表了"自由"原则与"平等"原则的对立,此即"新""老"自由主义的对立。在社会整体大环境下,杜威被老派自由主义者斥为"激进主义"的代表,而白璧德则被新自由主义者归入了"保守主义"的阵营。

自 1915 年秋天始,白璧德第一代中国学生陆续来到哈佛,后于 20 年代初将"白师"学说带回中国,以之为理论武器,对胡适等人领导的"新文化运动"大加批判,谱写了美国白(璧德)-杜(威)论争的中国翻版。只不过,20 世纪 20 年代的中国,那个曾经无比尊崇传统的国度,已经以最大胆的姿态拥抱了自身的现代转型,杜威式的"激进主义"与来自法、俄的激进主义相比,最多只能归入"新文化运动"右翼阵营,而白璧德人文主义则顶风而上,与中国本土传统力量一起成了"顽固不化"的极端"保守主义"的典型。就这样,白璧德人文主义在美国与中国的特定历史时期屡屡发生奇特而有趣的"错位"现象,并"将错就错"在中国现代思想史上产生了重要的影响。

自白璧德人文主义首次译入中国(《白璧德中西人文教育谈》,载《学衡》1922 年 3 月第 3 期)距今已百年。百年来光阴如流,时移世易,我国在现代转型期间未及充分吸收转化的思想资源,或将在当下焕发出新的可能与意义。白璧德的人文主义时至今日在我国仍然缺乏系统译介与研究,这与该学说在中国现代思想史上的影响殊不相称,不能不说是一种缺憾。职是之故,我们特推出《白璧德文集》(九卷本),这将是一座可资挖掘的富矿,宜在今后产生应有的影响。

迄今美国本土出版的白璧德著译作品共有九种(以出版时序排列):

1. *Literature and the American College: Essays in Defense of the Humanities* (1908)

2. *The New Laocoon: An Essay on the Confusion of the Arts* (1910)

3. *The Masters of Modern French Criticism* (1912)

4. *Rousseau and Romanticism* (1919)

5. *Democracy and Leadership* (1924)

6. *On Being Creative and Other Essays* (1932)

7. *The Dhammapada: Translated from the Pali with an Essay on Buddha and the Occident* (1936)

8. *Spanish Character and Other Essays* (1940;1995 年更名为《性格与文化:论东方与西方》[*Character and Culture: Essays on East and West*]再次发行)

9. *Irving Babbitt: Representative Writings* (《白璧德代表作》,1981;其所收录文章,除《英文与思想的训练》["English and the Discipline of Ideas"]一篇外,均曾载于此前各书)

《白璧德文集》中文版在美国白氏现有出版书目基础上,重新编定了第九种,内容包括收于前八种之外的白氏全部已刊文稿四十二篇(以出版时序排列),主要分为以下四类:(1)曾以单行本刊出的《国际主义的崩溃》("Breakdown of Internationalism")、入选诸家合集的《天才与品味》("Genius and Taste")、《人文主义的定义》("Humanism: An Essay at Definition"),以及收入《白璧德代表作》的《英文与思想的训练》等重头文章;(2)曾于"新文化运动"时期译入我国(因而于我们格外有意义)的篇目,如演讲稿《中西人文主义教育》("Humanistic Education in China and in the West")及书评《弥尔顿还是华兹华斯?评〈现代诗的周期〉》("Milton or Wordsworth? —Review of *The Cycle of Modern Poetry*")等;(3)其余书评十九篇(包括匿名书评十篇——一个有趣的问题:白璧德为何要匿名?);(4)其他文章十七篇(包括介绍法国文学作品两篇,回应当代批评文章六篇,各类短文八则,以及生平自述一份)。编者依循前例,将这部著作命名为《人文主义的定义及其他》(*Humanism: An Essay at Definition, and Others*),此为真正意义上的白氏第九部著作。现在我们可以有把握地宣称,商务印书馆推出的"大师文集系列"之《白璧德文集》(九卷本),在文献收录与编纂方面,比美国本土版本还要更加完备,更为合理。为方便读者比照原文,我们标出了原书页码,并制作了九卷本名词索引附于末卷。

感谢商务印书馆倾力支持,白璧德先生系列文集由此得以打造成型。这套文集也是中美几代人文学者长久友情结出的果实,感谢美国天主教大学荣休教授瑞恩先生(Claes G. Ryn, 1943—　)等美国当代"白派"(Babbittian)师友的无私襄助,尽管当他们最终看到《白璧德文集》中文版比美国版还要完备,心情亦颇复杂而嗟呀不已。

继起《学衡》诸公未竟之功,是编者耿耿不灭的夙愿。最要感谢的是我们十年合作、精勤不怠的译者群体,大家彼此扶助,相互砥砺,当年优秀的学生如今已成长为优秀的青年学者,投身文教事业,赓续人文香火——十年愿心,终成正果。我们谨以中文版《白璧德文集》(九卷本)纪念《学衡》杂志(1922 年 1 月—1933 年 7 月)创刊一百周年暨白璧德人文主义学说抵达中国一百周年,以此向百年前一腔孤勇、逆流而行的《学衡》诸公致敬,并向他们的老师——影响了中国几代学人的白璧德大师致以最深切的怀念之情。

张源

2022 年 1 月

译序　白璧德论"法国大革命的遗产"

　　国人对白璧德的认识,总与他的中国弟子们脱不开关系。据吴宓在白璧德逝世后撰写的《悼白璧德先生》一文介绍,梅光迪是最早拜入白璧德门下的中国弟子。又据梅光迪回忆,他之所以毅然决然从西北大学前往哈佛大学拜入白璧德门下,与白氏的一部作品——《法国现代批评大师》有关。1914—1915 年,R. S. 克莱恩教授在一次演讲中为听众隆重推荐了白璧德的《法国现代批评大师》一书,梅光迪正是听众之一。他读后旋即被白氏的思想和文笔深深打动,遂又立即阅读了《文学与美国的大学——为捍卫人文学科而作》和《新拉奥孔——论艺术的混同》两部作品,很快便做出了转学的决定。① 这部被梅光迪评价为"冷静、理智"的作品,看似是白璧德拿手的专业之作,其背后却隐藏着一抹稍显落寞与困窘的色调。1894 年,白璧德前往哈佛大学求职,本欲进入古典学系,却事与愿违地进入了法语系,并于 1900 年起在法语系教授文学批评课程。白璧德与现代语言文学系的厚今薄古和粗暴的实证倾向格格不入。怀着一种愤愤不平的心情,他于 1908 年出版了

---

　　① 参见梅光迪:《评〈白璧德:人和师〉》,载罗岗、陈春艳编:《梅光迪文录》,辽宁教育出版社 2001 年版,第 229 页。

自己的第一部专著《文学与美国的大学》,希望借此引起大学对古典文学和人文传统的重视。随后几年,他又相继完成了《新拉奥孔》(1910)和《法国现代批评大师》(1912)这两部论艺术法则和文学批评家的批评作品。

　　作为白璧德的第三部专著,《法国现代批评大师》要解决《文学与美国的大学》中一个按下不表的问题:"为什么各种类型的自然主义与人道主义在现代思想史中的联系如此紧密?"①情感的人道主义与科学的人道主义究竟分享哪一精神共性? 二者是通过何种方式一步步合流,共同作用于现代人的生活,成为指导现代人生活的准则的? 换言之,究竟什么样的文化土壤滋养了柏格森的"自然主义"哲学? 同时,它也照应了前作《新拉奥孔》的结论:"对'体裁'本质以及不同艺术门类之间界限的探索,是交错地延伸向各个方向的,不仅涉及一个人的文学态度,还关系到这个人的人生态度。"②如白璧德所言,他在本书中的批评对象不是"文学作品",而是"批评家"。批评家的批评生活不仅是为文学作品而生,更是为那个时代最显著和最突出的思想问题而生。白璧德希望通过这些具有重要影响力的批评家接近 19 世纪的思想核心,以探寻 20 世纪初的思想困境。本书共十一章,除结论章外,集中论述了十余位法国批评家,贯穿了整个 19 世纪。白璧德曾在其最后一部专著《民主与领袖》中对《法国现代批评大师》作了如下总结和评价:

---

　　① 白璧德:《文学与美国的大学——为捍卫人文学科而作》,张沛、张源译,商务印书馆 2022 年版,第 46 页。

　　② 白璧德:《新拉奥孔——论艺术的混同》,马骧译,商务印书馆 2025 年版,第 3 页。

《法国现代批评大师》一书专门处理的主题便是一与多的问题,以及圣伯夫和其他杰出的法国个人主义者何以由于没有充分地处理这一问题,从而未能获得现代类型的标准。对过去那个世纪的批判,可以用一个词最为完整地加以概括,这个词便是"相对性"(relativity)。我一再试图表明,文明最终必须依赖于标准的保持与维系。如果此言不虚,那么当我们对时代的批评未能在个人瞬息万变的印象与非本质之人性的流变之上获得一个评判的中心,这一失败就可以说是文明本身的败绩。①

正如白氏所言,《法国现代批评大师》的最终旨趣仍然是捍卫他的人文主义立场。这也意味着,他笔下的 19 世纪以及法国批评家们必然也会呈现出一副独特的白氏面貌。

一、19 世纪的法国:自然主义的时代

19 世纪普遍充斥着对现代社会制度及物质技术的乐观情绪,局部的争端和革命非但没为这种普遍的乐观情绪抹上一丝怀疑的阴霾,反而加快了将西方世界整合在"进步"这一具有正当性的乐观话语之下的步伐。白璧德对 19 世纪的观感却不同,他认为 19 世纪的真实倾向是"自然主义"(人道主义)的,就此而论,这一百年完全配得上雷翁·都德形容的"蠢货"二字。② 如何理解白璧德所说的"自然主义"呢?

---

① 白璧德:《民主与领袖》,张源、张沛译,商务印书馆 2022 年版,第 24 页。
② 同上书,第 222 页。

作为"新人文主义"的执旗者,白璧德一生致力于恢复(重构)消逝的以"人文主义"为内核的古典传统。为了解释何谓真正的"人文主义",他曾在《文学与美国的大学》中提到了"人文主义"和"人道主义"两种思想类型:前者是其欲恢复的真人文主义,后者则是被现代人混淆的假人文主义。"人道主义"又分为培根始作的"科学人道主义"和卢梭开启的"情感人道主义"。据白璧德剖析,这两种人道主义思想本质上皆是对"自然"的崇拜(前者崇拜物质自然,后者崇拜人的自然性即自发性),其内核是"自然主义"的,因而又被称为"科学自然主义"和"情感自然主义"。白璧德对 19 世纪法国批评界的观察正是基于这两种人道主义(自然主义)思想类型展开的。

因此,"自然主义"在本书中至少有双重含义。它一方面特指 19 世纪下半叶由左拉和泰纳等人掀起的在文学创作和批评界影响广泛的自然主义运动,另一方面又指白璧德批评的那种与人文主义对立的自然主义思想倾向(包括情感与科学两大面相),这一思想倾向有着比自然主义运动更加漫长的发展史。① 它不仅呈现在自然主义运动中的批评家和大文豪们身上,早在浪漫主义阶段或更早时期便呼之欲出了。有了这一前提,我们才能理解为何白璧德对 19 世纪法国批评乃至整个 19 世纪的总体评价是"自然主义"的,即 19 世纪的本质是将人类精神沉降到理智之下,而非超越理智。换言之,其内核乃是一种流变和相对

① 在白璧德看来,自然主义作为一种思想潮流实际上自文艺复兴时便发展起来了,19 世纪呈现的自然主义的两个面相至少可以追溯到 18 世纪的感伤主义和理性主义,但不能简单地将情感自然主义等同于浪漫主义运动,也不可在科学自然主义与自然主义运动之间画等号。在白璧德那里,"自然主义"指涉的显然不只是 19 世纪文学领域发起的自然主义运动,而是一种具有漫长发展历程的思想倾向。

的哲学诉求。

　　勃兰兑斯(Georg Brandes)认为 19 世纪初在法国掀起的那场思想运动的内核是重新确立权威原则,19 世纪的文学与思想运动是对 18 世纪卢梭影响下的法国社会的一次清算。[①] 白璧德则认为,大革命后的帝国社会看似在"规则"的统治之下,然其潜在的真实倾向其实是"扩张"。前者只是思想的次等核心运动,后者才是真正的核心,它极少关注规训,反而大力提倡"知识和同情"[②]。此处的"扩张"指的正是自然主义的情感面相,即理解和同情的扩张。19 世纪初的法国批评界在卢梭和大革命的阴影下,受"热情"和"自发性冲动"的驱使,陷入"心"与"脑"的冲突而无法自拔。卢梭鼓吹的自发性冲动以及法国大革命的破坏性被批评家们以不同形式继承并扩展开来,并最终成为 19 世纪批评的一个主流倾向。白璧德之所以选择斯达尔夫人作为本书开篇论述的第一位批评家,即因其扩张本性为 19 世纪吹响了号角。

　　据白璧德观察,以"理解和同情"为表征的扩张精神在文学批评领域,一方面体现为对批评对象持有广泛的好奇心和同情心。这种好奇心或表现为斯达尔夫人的好客天性及其关于世界文学(实际上主要是欧洲文学)的构想,或表现为圣伯夫写作传记文学时对作者生活的全方位掌控,对作家与仆人的日常对话八卦概不放过,或表现为勒南对想象性事物穷根究底的实证考察。另一方面,批评家在评介批评对象时常带有强烈的同情和理解,他们拒绝以任何规则阻止创造性作家展现

---

　　① 　参见勃兰兑斯:《十九世纪文学主流(第 3 册):法国的反动》,张道真译,人民文学出版社 1986 年版,第 58 页。

　　② 　见本书第 10 页。

其原创性(originality)。同时,批评家本人也拒绝以任何规则阻碍自身以理解和同情的态度对待作者的独创性。斯达尔夫人所言"对于懂得如何细致观察的人来说,每个角色几乎都是一个全新的世界,我无法用一个完全适用于具体案例的总体思路来认识人类的心灵"①,大约是同情原则最典型的例证。具体到文学鉴赏而言,同情心泛滥则体现为人人皆有权评判文学。一个人对文学的看法可以与另一个人具有同等的合法性,且同等重要。在这种原则的引导下,人们似乎必须接受一切"意见",不可决断性地表达喜好与厌恶,否则便会被批判为狭隘和缺乏同情心之人。这种好奇心促使批评家超越地域、国别、性别乃至材料特性,广泛摄取"他者"的营养,以达成自身的广博和全面。

白璧德并未回避以上"热情"和"自发性"可能带来的暂时好处。他自然知晓同情和理解意味着批评家对批评标准持有广博的包容度,不拘泥于特定的原则,能够最大限度地挖掘和发展天才的"原创性"(此处的天才既指伟大的作家,也指批评家本人),激发个体的发展与完善。然而,这终究只是一种极端对另一种极端的极端调整:19世纪的批评之所以充满了广博与同情的色彩,其实是源于"规则"的暴政,即"浪漫主义批评家反对新古典主义的狭隘"②的结果。"灵活的理解力和广博的同情心逐渐开始取代权威和判断"③,它们在打破新古典主义规则的教条倾向的同时也无限扩大了普遍同情的效力,使批评抛弃了其本应承担的任务——选择和判断。为此,白璧德特地区分了两种

① 见本书第 21 页。
② 见本书第 305 页。
③ 见本书第 237 页。

热情,一种是以斯达尔夫人为代表的卢梭式热情,另一种则是以儒贝尔为代表的柏拉图式热情。两者的区别在于,前者是以沉降到一般理智水平之下的方式(回归自然)逃离抽象的藩篱,而后者则追求超越一般理智水平的智慧;前者利用过度刺激的激情,后者则利用克制的激情。但显然,19世纪激发的主要是刺激的激情(卢梭式的),而非克制的(柏拉图式的)。白璧德预测了这一倾向可能带来的后果:"按照目前的发展态势,大众诗歌和卢梭主义式的自发性诗歌,很快就会在世界范围内让位于黄色杂志或其他类似产品了。"①同情心发展到极致体现为,应以一部作品在普罗大众心中产生的效应评判其价值,就像托尔斯泰在《论艺术》中得出的结论——《汤姆叔叔的小屋》是19世纪最伟大的文学作品。凡此种种,当代人想必不会感到陌生。因此,白璧德真正担忧的是,批评家对"多"的滥用带来品味的沉降,进而使人们放弃了对高尚生活的决断和追求。

不仅如此,以纠偏浪漫主义运动、反思自发性冲动为己任的自然主义运动(科学自然主义面相)也在反思历程中加入对流变和相对性的崇拜中来。19世纪中叶,随着浪漫主义破产,理想与幻想立即被抛诸脑后,批评家开始借助现代科学的经验找寻新的突破口,自然主义运动应运而生。如果说浪漫主义运动是对新古典主义以降的打着"规则"之名的暴政的反抗,那么表面看来自然主义运动则是对前一阶段以破坏"规则"为己任的浪漫主义带来的无序感的反抗。只是这一次,自然主义者们为人类提供的"规则"不再基于"人",而基于"自然"。批评家

_____

① 见本书第27页。

们开始像科学家对待自然那样对待文学作品和人生观,人类被当作客观事实,与其他动植物一样,均服从一个相同的自然法则。文学模仿自然,因此文学也遵循自然的规律,而自然规律最具现代性的表现,是基于观察和验证的实证主义。在这一法则的控制下,文学(包括作家和作品)变成了可以被客观事实和实验验证的研究对象。批评家要么试图以事实验证文学和宗教领域的全部事件(如勒南),要么选择将带有强烈决定论色彩的准则套用到文学分析中(如泰纳)。文学想象力变得无足轻重,甚至被当作伪科学加以批驳。事实上,文学和艺术被当作社会和时代的"符号"或"文献"的实证主义倾向,并不是自然主义运动兴起时才出现的,它自斯达尔夫人始,又经过圣伯夫的提炼,在泰纳那里发展到了巅峰。就此而言,自然主义的科学面相虽然与自然主义运动联系最为紧密,但实际上早已成为浪漫主义运动的一个侧面。

最终,"文学是社会的表达"变成了"作家和作品是种族、时代和环境的产物"。文学同历史记录一样,皆成为"人类文献",是由某一特定时期的"时代精神"①产生,且服从于一个"绝对的、连续的和呈几何状的"②科学原则。白璧德毫无保留地表达了对这种过分历史化的、反文学的文学研究方法的不满。书中凡泰纳之名出现处,批评声不绝于耳,即一明证。实证主义的教条在文学创作和批评中的弱势太过明显,因此也很快便遭到后来者的抗议。白璧德认为,实证主义文学及批评之

---

① 白璧德在书中明确划分了两种"时代精神"。一种是与"当代"紧密相关的"时代精神",指一个时代占主导地位的思想文化风气;另一种则是脱离特定时代的、具有普遍指导意义的"时代精神"(spirit of the ages)。

② 见本书第 231 页。

所以快速破产,乃是因为其归根结底仍旧是形而上幻想的一种形式(白氏谓之"科学宗教")。这种批评观不仅教条无比,极具经院主义色彩,更重要的是它加速了人们对相对性和多元真理观的狂热崇拜,而后者恰恰是延续至白璧德时代的自然主义所暗含的最重要的特质。圣伯夫、勒南对相对事实的热衷,谢勒对真理与现实关系的阐释,皆是这一倾向的代表:一方面,差异性取代统一性,差异本身成为最重要的或者在极端处成为唯一的真理;另一方面,真理与现实在流变的历史中纠葛不清,真理不再是先验于事实的存在,而是现实进步的结果。

在本书的结论章,白璧德提到了古斯塔夫·朗松(Gustave Lanson)。任何对法国文学史熟稔的人,想必都不会错过朗松。在安托万·孔帕尼翁(Antoine Compagnon)看来,朗松的历史学研究方法是对抗新批评和纯文学的有力武器。① 从某种程度上来说,朗松的历史研究方法正是 19 世纪法国文学批评界自然主义倾向的一个总体效果。白璧德热诚地赞扬了朗松的《法国文学史》,也承认朗松及其门徒的真诚透彻。比起沉溺于事实的规则,白璧德更无法忍受拥抱朱诺迷云(cloud Junos)之人:"朗松提供的方案可能是一种去人化的规训,但至少仍属于规训。败坏法国及他国文学乃至文学研究名声的,是大多数自称代表文学的人身上那种令人无法容忍的软弱无能的特质。"②但这并不意味着白璧德确实站在了朗松一方。他不无遗憾地表示,朗松所做终究仍属于人道主义的努力,"事实和科学的规训以及历史研究方

---

① 参见安托万·孔帕尼翁:《从福楼拜到普鲁斯特:文学的第三共和国》,龚觅译,生活·读书·新知三联书店 2023 年版。

② 见本书第 346 页。

法仍不是真正人文主义规训的等价物"①。

如果说情感自然主义(以浪漫主义运动为代表)是通过将批评标准建立在个体感受基础上并向外扩张的方式,扩展了人们对评价的自主权和随意性,那么科学自然主义(以自然主义运动为代表)则是通过在外部构建自然法则的方式,强化了现象(事实)的相对真理性。这两种批评热情,前者鼓吹不受制约的自我,后者则选择以外部制约替代内在制约(inner check),不约而同地加快了批评脱离真正具有人文主义特质的规约的步伐,助长了"流变"和相对性的效力。

二 理想批评家

如果说白璧德在《文学与美国的大学》中已为现代病症下了断言,那么《法国现代批评大师》既是一长篇病理报告(病情如上文所示),同时又是一张药方。他既指出了19世纪法国批评的自然主义倾向,又在字里行间为情感自然主义和科学自然主义提供了纠偏之道。此即关涉《法国现代批评大师》另一重要话题:理想批评家。据白璧德本人解释,19世纪是法国的文学与批评迸发之期,著名批评家不胜枚举。那么他究竟是基于哪些标准选取这些批评家作为法国文学批评的代表呢? 在这些批评家中,最受白氏看重且具有理想批评家潜质的又是哪一位呢?

就本书小标题来看,白璧德直接论述的批评家有斯达尔夫人、儒贝

---

① 见本书第346页。

尔、夏多布里昂、维尔曼、库辛、尼扎尔、圣伯夫、谢勒、泰纳、勒南、布吕内蒂埃共十一人,而书中间接评述不但涉及人物众多,且完全超出了法国这一范围,辐射到同时期的英国、德国乃至白氏母邦美利坚。

白璧德历数法国现代批评界全貌,却将理想批评家的桂冠赋予了一个德国人——歌德。在本书结尾处,白璧德呼吁:"我们要寻觅的,是一个能够以过去为依据确立规训和选择的批评家,而不只是一位传统主义者;他对传统的把握,是一个持续进行严肃和清晰思考的过程,换言之,这是一个不断使过去的经验适应当前变化需求的过程。"[①]使过去的经验适应当前的变化和需求,并不意味着以现实进步的结果作为判断的依据,而是在诊断时代的基础上为其开出合适的药方:

> 歌德的确比任何现代作家都更接近我们正在寻觅的批评家;艾克曼的谈话和歌德晚年的批评作品所揭示的,不是浪漫的歌德,也不是科学的歌德,而是人文主义者歌德。在我看来,作为批评艺术的实际践行者,歌德似乎比不上最优秀的法国批评家;但作为批评思维传统的创立者,他是无与伦比的。正如圣伯夫所说,歌德不仅吸收传统,而且吸收了所有传统,他因此成了现代人中的现代人;他关注每一片从地平线升起的新风帆,但他是站在苏尼翁眺望这些风帆的。他用宏大的背景和视角来完善和支撑他的个人洞见,从而让当下不是对过去的奴性模仿,也不是对过去的苍白否定,而是一种创造性的延续。他说:"我们必须用大量的普遍历史

---

① 见本书第 326 页。

来反抗一时的错误和偏差。"他让我们别再空谈"绝对",而要学会根据其实际的表现形式来认识它。这种从"多"中看到"一"的人文艺术特殊形式,似乎特别适合我们这个时代。这个时代与诸如古希腊、古罗马等其他时代不同之处在于,它掌握了大量经过验证的人类经验。①

白璧德认为,尽管19世纪是最有历史价值的一个世纪,19世纪本身却不知如何理解"历史"或曰"传统":浪漫主义者将过去当作逃遁现实的阿卡迪亚(Arcadia)幻梦,科学实证者则将过去当作可经实验确定的事实。只有歌德(当然主要是人文主义面相的歌德),做到了既进入传统,同时又将传统与当下联结,所谓入乎其内,出乎其外,"一"与"多"的统一,莫不如此。白璧德用整本《法国现代批评大师》告诉读者,法国批评界尚未有一人真正称得上人文主义批评家或理想批评家,此不失为对现代的反讽。正如其所言:"如果我在一本谈论法国批评的书中,用了如此大量的篇幅讨论爱默生和歌德,我的目的显然是想借用这种方式强调我的信仰,即我们不能像当代一整个流派的法国思想家认为的那样只依据法国的状况解决规训和标准问题,而应当用国际化的视野来解决这个问题。"②白璧德深知,成为"理想批评家"之难,难于上青天。

事实上,就本书论及的法国批评家而言,白璧德亦有倾心之人,譬

---

① 见本书第327页。
② 见本书第331页。

如身处时代逆流的儒贝尔。儒贝尔并非白璧德着墨最多的批评家,其著述在法国批评史上的影响也十分有限,但他却获得了白璧德谓之可与圣贤并列的荣誉。这是因为,儒贝尔在崇尚流变和相对性的自然主义时代仍然坚持艺术之永恒美和永恒规则。他坚信人类的永恒特质,并以永恒为最终目标。换言之,他具备白璧德所谓的"柏拉图式的直觉"或精神性的热情(理智直观)/"一"的直觉/生命控制,因而远离了"卢梭式的直觉"或感官(审美)的热情/"多"的直觉/生命冲动。与此同时,他还具备灵活运用这种直觉的能力,即部分承认良好的品味会随习惯的变化而变化。就此而论,虽然儒贝尔的作品少得可怜,亦不具备歌德的广博和深度,但其思想高度却超越了全部现代法国批评家。

　　另一位确实在法国现代批评界拥有至高地位(就其影响而言)的批评家圣伯夫却未获白璧德如此青睐。勃兰兑斯曾评圣伯夫为"划时代的批评家,是开创一个体系、奠定一门新艺术的人物之一"[1],而且在圣伯夫将批评发展为和其他艺术门类具有同等地位的艺术形式之后,"批评被公认为一个人以其广阔的多方面的同情克服天然的狭窄心胸的能力",并因此成为"十九世纪所有最伟大的作家们的卓越才能"[2]。圣伯夫对法国批评界、文学界的影响可见一斑。圣伯夫也是白璧德着墨最多的法国批评家,全书约四分之一的篇幅皆围绕圣伯夫的批评工作展开。但白璧德重视圣伯夫的原因与勃兰兑斯相似却又不完全相同。相似之处在于,圣伯夫的确是为 19 世纪下半叶法国批评界奠定基

---

　　[1]　勃兰兑斯:《十九世纪文学主流(第 5 卷):法国的浪漫派》,李宗杰译,人民文学出版社 1982 年版,第 347 页。

　　[2]　同上书,第 382 页。

石之人,其影响力毋庸置疑;不同之处则在于,白璧德不是站在颂扬圣伯夫适应和发扬"时代精神"的角度论述圣伯夫的,他关注的是圣伯夫体内仍然充斥着心与脑的冲突、自然主义与人文主义的冲突、"一"与"多"的冲突。他看到,虽然圣伯夫在适应"时代精神"的过程中以批评实践为自然主义注入了些许人文主义因素,但其本质上"全面体现了这个时代对水平状态的渴求,也体现了这个时代在知识和同情方面的极度扩展……体现出这个时代缺乏恰当的中心目标"①。白璧德不禁慨叹,圣伯夫这样明智且具备巨大影响力的人都无可避免地被"时代精神"裹挟,19 世纪怎不危矣?

白璧德认为"理想批评家"应当将"圣伯夫的广博、多样性、差异感同爱默生的高度、洞察力、统一感结合起来"②,而他在多样性和统一感二者之间尤其看重统一感,认为"我们现在最需要的,不是勒南或圣伯夫这类伟大的相对性学者,而是一位既不刻板又不保守,且能把位于善变个体和变动现象之上的标准带入作品的批评家"③。这一方面是因为白璧德的"主导机能"(若我们采用他评价圣伯夫的方法)偏向"一"的一方,另一方面则是因为在他的判断中,当前(白璧德所处时代)批评所急需的不是对差异、流变及相对性的感知,而是一种能在差异、流变和相对中做出选择和判断的男性德行,即对"一"这种潜在的更高秩序的敏锐把握。白璧德强调的男性德行(选择和判断)将"批评"还原为一种评断能力,并且是一种能恰当处理"一"与"多"问题的判断力,

---

① 见本书第 178 页。
② 见本书第 350 页。
③ 见本书第 340 页。

其意涵极其接近"批评"(criticism)一词最早的涵义——"法官"(judge)。

作为唯一一位入选本书的美国本土批评家,爱默生因其难得的"统一感"备受白璧德重视。白璧德的问题意识始终是"当下",这从他的第一部专著《文学与美国的大学》中便得到了很好的体现,《法国现代批评大师》亦不例外。白璧德此作虽视法国文学和批评界为研究对象,但他真正想解决的乃是美国的困境。在卢梭式民主取得全面胜利的时代,文学处于被庸俗化、商业化和新闻化的危机中,为奥什科什的老太太写作成为快销时代创作者掘金的法门。值此危机,白璧德将希望寄托在睿智的少数人(the keen-sighted few)——既在品味上有选择性又富有同情心的人——身上。在白璧德看来,理想批评家群体应当由这些睿智的少数人组成。睿智的少数人不是一个静止的群体,而是一种涵盖了过去、当下和未来的具有延展性的传统:睿智的少数人的判断建立既受到历史上睿智的少数人的加持,同时又要受未来睿智之人的检视。

读到此处,对白璧德熟悉的读者或许立刻会想起他的最后一部专著《民主与领袖》。由睿智的少数人集聚的"理想批评家"群体,与白璧德勾勒的决定民主社会何去何从的"真正的领导"何其相似。可以说,白璧德用批评家问题,预演了他在 1924 年出版的《民主与领袖》一书中的领导人和民主问题。在他看来,民主国家(文学品味)应由公正、正当之人(睿智的少数人)引领,才不至于落入平庸的陷阱,走向帝国主义。《法国现代批评大师》于细微处已然昭示,白璧德将文学批评问题扩展到了政治领域,他关注的不仅是文学内部的品味和标准问题,而且是一个政治社会的构成、运作乃至消解的问题。

三 批评与政治

勃兰兑斯认为"批评"(19世纪的批评)是一种鼓舞人心的力量和原则,是"人类心灵路程上的指路牌"[①]。而严肃批评家更关心的是建立一套正确的价值观,以此恰如其分地看待事物,其最关键的品质是平衡(poise)。就此而论,白璧德更多站在后者一方。雷蒙·威廉斯认为"批评"最值得关注的特质是其权威色彩。"批评"的权威色彩体现了其意识形态的特征,即"批评"不仅具有"消费者"的立场,是一种个人的印象反映,而且还利用一系列抽象名词(如品味等)隐藏了特定的身份立场。[②] 从某种程度上来说,白璧德的"批评"确实如威廉斯所说,带有特定的身份立场。事实上,他也从未刻意隐瞒过自己的立场。但若只在概念意义上把握白璧德在"一"与"多"问题中强调的"一",或简单地将白璧德定义为古典主义者,不顾其急迫的问题意识,我们很容易便会陷入威廉斯提到的这种批评陷阱中,认为白璧德强调的"一"或曰"标准"是一种抽象和概念的教条。

白璧德所说的"标准"("一")是基于传统的,但这里的传统不是抽象的和概念的传统(语词的传统),而是实践的传统,即个体在打破传统中诸多伪概念之后发现的"传统"。批评家面对的不止一种传统,而

---

① 勃兰兑斯:《十九世纪文学主流(第5卷):法国的浪漫派》,第383页。
② 参见雷蒙·威廉斯:《关键词:文化与社会的词汇》,刘建基译,生活·读书·新知三联书店2005年版,第97—100页。

是全部传统,现代(19世纪)也是白璧德处理的传统之一。因此,他在本书中极力打破只以"运动"和"身份"划分批评家阵营的做法,尽力描摹批评家批评工作的全貌。这一过程不仅包括分析一位批评家一生中思想演变的各个历程以及个体内里复杂的思想斗争,还包括挖掘他究竟受到哪些批评家(思想家)的影响,他的思想又影响了哪些批评家(思想家)。如其所述,这是一项真正意义上的比较文学研究工作。白璧德从自己的批评实践(传统)中既发现了现代的病症,又体察到了现代势不可挡的成果:

> 自然主义通过历史同情(historical sympathy)和科学分析(scientific analysis)这两大工具,在各个思想领域展开了意义深远的革新。……总体而论,基于自然主义者的努力,人们不再会如以往那样容易忽视变化和相对性了。他们不会重新回到粗糙的二元论,也不会再回归灵魂和肉体的机械对立,更不会回归到中世纪对自然的禁欲式怀疑。总之,回想起来,自文艺复兴首批思想家到泰纳的这场伟大的自然主义运动,可谓对过去理想主义暴行的必然反击,同时也是对未来更理智的理想主义的必要准备。①

　　显然,白璧德是在吸纳传统(现代)的基础之上对传统(现代)进行批判的。换言之,他不是站在反现代的立场,而是将现代作为一个亟待处理的"现实"和出发点来看待传统的。而他之所以大谈特谈相对性

---

① 见本书第235页。

的危害,主要是因为他从教育、艺术乃至文学领域的主要潮流中看到了即将到来的政治危机。

1915年白璧德在《民族》发表了一篇名为《国际主义的衰落:世界大战与法国大革命所引发运动的关联》的文章,旨在剖析第一次世界大战的内在动机。在这篇文章中,他反驳了流行的将战争归咎于德国国民心理的论点,认为这场战争是继承了法国大革命和拿破仑战争精神的战争,即鼓吹建立普世友爱之情的恶果。如果说法国的变化进程"是从人性经由民族性沉沦到兽性"(格里尔帕策言),那么德国"文化"的进程呈现了相同的逻辑,即"从德国人所谓的人性的时代(康德等人),到民族主义时代(俾斯麦),再到帝国主义侵略的当代"①。其实,早在1912年出版的《法国现代批评大师》中,白璧德已经警示了自然主义弊端可能带来的帝国主义危机:"无论自然主义时代的开端如何,它最终都会变成帝国主义的时代;科学研究者在文学领域的胜利,只是这种帝国主义思想的一种体现。"②这一问题在《民主与领袖》中得到了更为详细的处理。在他看来,不加限制的民主身后是一种基于平等主义的民主思想,它在现代世界的直接思想资源其实是卢梭和卢梭主义,其现实起点正是法国大革命。

《法国现代批评大师》既是白璧德梳理的时代病理报告,同时也是其批评实践从文学过渡到文化、政治和哲学层面的一个关键阶段。许多关注白璧德的人都指出了其人文主义思想的政治面相,这一面相也

---

① "The Breakdown of Internationalism, Part II", *Nation* 100, 1915 June 24, pp. 704–706.

② 见本书第346页。

体现在他的文学批评中。本书论述了 19 世纪法国主要的文学批评大师的批评实践,如白璧德所言,其目的是要尽可能地接近那个世纪的思想核心。当然,这并不意味着文学批评只体现了思想的变迁或文学批评依附于思想的流变;相反,文学批评或曰批评实践本身就是思想图景。因此,白璧德在本书中所做的"批评",绝非狭义的文学批评,而是一场带有政治—历史关怀,以文学批评家为其叙述载体,凝聚了思辨的人文主义实践。作为一部美国人书写的法国文学批评史,此书的价值恐怕不仅仅在于通过评述和分析这些重要作者和重要作品为法国文学批评史研究添砖加瓦,还在于它向读者展示了一个美国思想家如何论法国的文学,甚至是法国的政治与历史。就此而论,我们大可将白璧德《法国现代批评大师》("论法国批评家"或"论法国大革命的遗产")与托克维尔的《论美国的民主》比照阅读。由此观之,或可给予白璧德的法国文学批评更富现实意义的价值。

龚世琳

2021 年于悦园

2024 年定稿于牡丹园

全面的批评是 19 世纪那种微妙的、逐渐消失的和难以捉摸的思想的唯一特征。

——勒南

目　录

前　言

　　笔者在这本书中要做的,不是批评"批评",而是批评"批评家",前者充其量是一项有些无力的工作,后者才是一项更加合理的工作。特别是本书所论的这些批评家,正如当下的情况一样,恰好是其所处时代中最重要且最有影响力的人物。马修·阿诺德①曾在一首十四行诗中说:"法兰西以一切艺术闻名于世,却无巅峰。"然而,他在别处却给予了圣伯夫在文艺批评上的至高荣誉,恰如荷马在诗歌中的地位。透过阿诺德论及荷马史诗翻译的那些熟悉句子,我们或许可以推断,他是最不可能低估这一巅峰之人:"多年以来,法国文学和德国文学的成就,恰如欧洲知识界的普遍成就,主要是批评上的成就。"

　　研究圣伯夫及其他法国 19 世纪主要的批评家,可以让我们接近那个世纪的思想核心。如此一来,我们便可以跟随这一时期主要的思想运动,同时建立必要的背景知识,准确理解自己所处时代的思想,无论这些思想是对早先思想的延续还是反驳。

　　只有以此为背景,我们才能理解当下所谓的反智运动(anti-

---

　　①　马修·阿诺德(Matthew Arnold,1822—1888),英国维多利亚时代的诗人和评论家,著有《文化与无政府状态》等。[如无特别标注,注释均为译者注。]

viii intellectualist movement），它是对 19 世纪下半叶达至顶峰的教条自然主义的反抗，也是这个世界越来越厌倦科学实证主义、厌倦用规则禁锢现实的一个标志。那座特殊精神监狱的高墙显然正摇摇欲坠。近年来，这一体系的某个部分突然轰然倒塌。新趋势的主要代言人柏格森①说，我们必须将自身从形而上幻想的一切形式（包括科学形式）中解救出来，如此才能确立哲学的生命力。哲学这种试图逃离理智主义（intellectualism）的做法本身值得高度赞扬。大众以为自己与旧有的形而上学者截然不同。他们充其量只能对形而上学者说出维吉尔式的疑问：

> 你现在想要做什么呢？你现在停留在这寒冷的云宫里还存有什么希望吗？②

但近年来，哲学家却从那一堆冷冰冰的抽象概念中走了出来。他们愈发文学化了，而且这种文学化倾向似乎表明，现在是时候由文人投桃报李、尽力展示其哲学能力了。

正如笔者试图在本书中所揭示的那样，若文学批评家和哲学家当下果真面临一个共同的核心问题，那么二者应当殊途同归。因为，探明批评是否能够判断事物，以及批评若能行判断之职又应依据何种标准判断事物，其实只是众多更宽泛的探究中的一种形式，这种更宽泛的探

---

① 柏格森（Henri Bergson, 1859—1941），法国哲学家，生命哲学创始人，宣称生命冲动是世界的本原，著有《创造进化论》《宗教与道德的两个源泉》等。

② 维吉尔：《埃涅阿斯纪》，第 12 卷，796 行，译文参考杨周翰译本。

究,考察的是哲学家是否能发现一种统一的规则,以对抗纯粹的不稳定
性和相对性。新学派告诉我们,任何从理智上统一生活以及强加价值 ⁱˣ
尺度的尝试都是虚假的,我们应当用自身对变化以及事物无限特殊性
的鲜明直觉来反对这种虚假的统一。如今,无论我们多么不愿全盘接
受这一论断,也都必须承认,柏格森——以及詹姆斯①,在我看来,他比
柏格森更突出——对哲学贡献巨大,他们将哲学转向了柏拉图所说的
"一"(the One)与"多"(the Many)的问题上来。詹姆斯承认,多数人不
会因这一问题寝食难安,但其他任何哲学问题都不及这一问题重要,我
认为此言不差。若哲学再度扎根于此,它就有可能恢复自苏格拉底与
智者(sophists)辩论以降哲学缺失的一种真实(reality)。我们会再度看
到闪现的白刃,而不是复杂花哨的剑术,理智主义者就常常使哲学沦为
用钝剑表演的花哨剑术。

柏格森和詹姆斯在处理"一"与"多"这个问题时所采用的,显然不
是苏格拉底的辩论,而是智者的辩论。笔者在接下来的文字中已表明
了自己的信仰:我们当下所需,不仅是对科学实证主义的反驳(我们已
然做到了),更是对自然主义本身的反驳。我的意思是,我们摆脱理智 ˣ
主义的方法,不是跟随柏格森学派或实用主义者沉降至理智主义之下,
而是超越它,这反过来又涉及苏格拉底式或柏拉图式的定义方法。我
们不应像柏格森那样,将理智只简化为一个功利式的角色,而应当在多
种鲜明的差异之上运用它,进而利用这些差异造福性格和意志。倘若

---

① 詹姆斯(William James, 1842—1910),美国哲学家、心理学家,实用主义的倡
导者,著有《实用主义》《多元的宇宙》《真理的意义》等。

有人告诉我们,为了达到某种真实,必须为了直觉而舍弃理智,我的回答无疑是,只有运用理智,才能为一种直觉哲学奠定恰当的基础。简言之,我们急需用苏格拉底的方式对待"直觉"一词。当代思想围绕"直觉"一词在短时间内累积了不少危险的诡辩,若能在祛除这些危险的诡辩上略尽绵薄之力,余愿足矣。笔者在本书尤其是谈论儒贝尔和泰纳的篇章中试图表明,"直觉"一词一点儿也不简单,反而十分复杂,它包含不同的规则。约翰逊博士认为,良好的判断力(good sense)本身即直觉性的,面对当下的危机,我们尤其需要这种直觉;用"危机"这个词指代这样一个时代并不过分,在这个时代,与流变相关的哲学自信地夸夸其谈且大受欢迎。或许我们还记得,这种自然主义的迷惘在古希腊鼎盛期也曾出现过,而它也标志着古希腊迈向了踏入深渊的第一步。柏拉图的话仿佛是昨日刚刚写下的:"太多现代哲学家在探索事物本质时总是头晕目眩地兜圈子……然后,他们认为并无稳定或永恒可言,有的只是流变和运动,这个世界充满了各式各样的运动和变化。"

我方才说过,研究 19 世纪的法国批评家,便能靠近那个时代的思想核心。无论我的实践在证实这一问题上是多么微不足道,我都相信借助这些批评家应对"一"与"多"——现代思想的一切论题最终都会汇集到这一问题上来——是大有裨益的。但是,我的目的是评判每位作家的工作本身,而不是仅仅将其当作思想发展的一个部分加以研究。为此,我大量引用了批评家们的作品,以圣伯夫订立的原则为准则:若引用得当,我们从引文中便会见作者本人之高下(Avec des citations bien prises on trouverait dans chaque auteur son propre jugement.）。如此一来,我们大可站在一旁,让作者替自己发声。

马萨诸塞州　剑桥

1912 年 11 月 1 日

第一章　斯达尔夫人

斯达尔夫人《从文学与社会制度的关系论文学》(*Literature Considered in Its Relations to Social Institutions*)①的出版为 19 世纪吹响了号角。文学与社会之关系这一主题因其与传统分道扬镳而备受瞩目,转而成为新世纪最受关注的话题,其重要性超过以往任何时代。恰如司汤达随后所言:"你怎能要求一个从莫斯科撤回的士兵对那些为在丰特努瓦(Fontenoy)对着英国军队脱帽致敬并说道:'开枪啊,先生'的人而写的文学作品感兴趣呢?""生活并无一成不变之物,"斯达尔夫人在《论德意志》(*Germany*)中写道,"倘若艺术不再变化,那它便会僵化。这 20 年的革命已然使想象力有了更多需求,它需要的早已不再是克雷比永②小说中所描绘时代的爱与社会了。"③虽然夏多布里昂④与

斯达尔夫人在多处存有分歧,但他却赞成斯达尔夫人如下观点:法国大

---

　　①　简称《论文学》。

　　②　此处指小克雷比永(Claude Jolyot Crébillon, 1707—1777),以写道德小说著名,其父克雷比永(Prosper Jolyot Crébillon, 1674—1762)以写悲剧闻名。

　　③　*De l'Allemagne*, 2ᵉ Partie, c. xv. ——作者

　　④　夏多布里昂(François-René de Chateaubriand, 1768—1848),法国早期浪漫主义作家,著有《基督教真谛》《墓中回忆录》《论古今革命》等。详见本书第三章及《批评家名录》。

革命极大地改造了人们的性格,而文学理应反映这种变化。

　　然而,倘若我们以为,19 世纪初普罗大众普遍认为有必要用文学和艺术的变革为一个变革的社会背书的话,那便大错特错了。总体而言,法兰西帝国仍处在人工(artificiality)和形式主义的形态之中。如果仅仅是那些在政治上一无所获且对过去记忆犹新的人热衷用文学手段维护旧制度的话,事情就不会显得如此奇怪了。相反,那些在其他方面极力创新的人,却常常因为文学上的保守而备受关注。推倒圣坛和砍掉国王头颅的人们,正预备迷信地跪倒在品味的圣殿(Temple of Taste)①前;正如歌德笔下的拜伦,除了三一律,他从不尊崇任何人律和神律(law human or divine)。一位作家如果只是偶尔感到体内有一种新精神搅动,便萌生创作的想法,那么结果只会变得稀奇古怪。正如素有古怪之称的内波米塞那·勒梅西埃②,他在参与自由党人引发的血腥骚乱后,却在剧作《克里斯托弗·克罗姆》(*Christophe Colomb*)中使用了三一律和典雅的语言,后来他还在《文学教程》(*Cours de littérature*)③中宣称,悲剧必须严格满足 26 项规则④,否则便要受到惩罚。

　　帝国社会在很大程度上是由那些在大革命中突然中断教育的新贵　　3

---

　　①　参见 G. Merlet, *Tableau de la Littérature française, 1800-1815*, III, 21。——作者

　　②　内波米塞那·勒梅西埃(Népomucène Lemercier, 1771—1840),法国拿破仑时期著名剧作家,著有《通俗文学分析教程》等。

　　③　即《通俗文学分析教程》(*Cours analytique de littérature générale*)。

　　④　*Cours analytique de littérature générale* (1817), I, 179.喜剧必须遵循 22 条规则,史诗则遵循 23 条规则。——作者

和平民组成的,他们几近天真地渴望得到教导。整个社会都希望用最简便的方法沾染上一点高尚的文学气息,这种气息正是良好品味(good taste)和教养所需。于是,19世纪最初的二三十年间普遍流行的是拉·阿尔普①的《中学文学课程》(*Le Lycée, ou Cours de littérature*),他是旧制度下的最后一位批评权威,也是最能在文学传统中种下启蒙因子的人。圣伯夫②将帝国的批评家们称作廉价版布瓦洛③——当然,按照新古典主义后期的风尚,布瓦洛被人们当作诗坛警察,即保护文坛正统的卫士。圣伯夫指出,这些人不但有老派批评家的局限性,同时也兼具其优点:他们是杰出的裁判。同时,这些批评家们觉得自己的判断得到了公共舆论的支持,这一公共舆论是从人们对大革命引发的混乱和无政府状态的厌倦中生长出来的,这些批评家本身并无多大价值,他们的价值主要在于代言了混乱时期的舆论立场。④

　　若弗鲁瓦⑤是这一时期颇具代表性的批评家,他的经历使他很适宜扮演教导者的角色。若弗鲁瓦在大革命前曾在巴黎担任雄辩术老

---

　　① 拉·阿尔普(Jean-François de La Harpe, 1739—1803),法国剧作家和文学批评家。他的主要作品是《中学文学课程》,共18卷,这套书是文学批评里程碑式的著作。夏多布里昂曾在《墓中回忆录》中纪念拉·阿尔普,并评价他是18世纪构成社会坚实后卫线的杰出人物。

　　② 圣伯夫(Charles Augustin Sainte-Beuve, 1804—1869),法国评论家,将传记方式引入文学批评,著有《文学肖像》《当代肖像》《月曜日漫谈》《新月曜日漫谈》等。详见本书第五、六章及《批评家名录》。

　　③ 布瓦洛(Boileau, 1636—1711),法国诗人、文艺理论家,法国古典主义的执旗手,将"理性"作为文艺的重要准则,著有《诗的艺术》等。

　　④ 参见 *Causeries du Lundi*, I, 371ff.——作者

　　⑤ 若弗鲁瓦(Julien Louis Geoffroy, 1743—1814),法国评论家,曾在《辩论日报》开设批评专栏,著有《批评论》《戏剧文学教程》等。详见本书《批评家名录》。

师,恐怖时期则躲在乡村教书避难。然而,我们不能将若弗鲁瓦当作纯粹在政治和文学上的保守者①而轻视他,尽管从某种意义上来说他在这两方面都是保守的。他常常运用历史的方法,但其实他更多地是以充满活力的判断力而非形式化的要求来指导实际判断的。他在58岁时创造了一种新的体裁(genre):戏剧小品(dramatic feuilleton),并以此严格主导剧本和演员长达12年之久。若弗鲁瓦常常被比作杰弗里②,虽然他的方法只部分属于旧批评派,但其严厉、苛刻和出言不逊的性情却全然是一副老派作风。据一首讽刺诗讲,他是因为粗心大意吸入笔头而死。③ 他和他的对手们一样,其暴躁是由政治对文学的侵害所致,同时期的英国也出现了类似现象。难怪一个每天都要反驳别人指责他敛财贪吃的人,最终会变得具有攻击性。但抛开政治不谈,若弗鲁瓦仍然相信严厉批评(la critique amère)的价值;事实上,严厉批评正是批评的一剂苦涩的补药。不过,他不但过于公开地挥舞戒尺,而且还使自己

---

　　① 本书中白璧德多用的"reactionary"指那些与时代精神(受卢梭影响的流行批评)不融之人。这些人的独特之处在于,他们因与时代精神不符而成为时代的反叛者,这种反叛带有对古典的诉求,即以保守和守旧的姿态反抗流行的批评。在白璧德看来,他们中的大多数人虽然是在反抗时代之偏,但其因循的法则和规则大多是外部的,因此仍然是不足的。白璧德在使用这一词时并不完全持批评态度,但也未完全持褒奖态度。大多数情况下,这个词在文中译为"保守"或"守旧",有时根据行文和语境需要译为"反叛"、"反抗"或"反叛的保守者"等。

　　② 弗朗西斯·杰弗里(Francis Jeffrey,1773—1850),苏格兰法官,文学批评家,以文笔辛辣严厉著称。1802年与人合作创办了《爱丁堡评论》,该杂志不仅刊登文学批评,也是辉格党人发表政见的大本营。

　　③ 我们刚刚失去了若弗鲁瓦。
　　——他死了? ——今晚我们要埋葬他。
　　因何而死? ——我也不晓——我猜;
　　这粗心大意、不谨慎之人是误吸了他的鹅毛笔。——作者

远离了其时代更深层的一股潮流。他至多只是一个时代次等核心运动的代表，而这一时代的潜在倾向其实是扩张性的，它极少关注规训（discipline），反倒渴望大力扩展知识和同情。这一潜在扩张倾向真正的代言人是斯达尔夫人。

5

1

人们说，斯达尔夫人的作用是理解事物和教别人理解，夏多布里昂的作用是感受事物和教他人感受；这只是换了一种说法，用以说明夏多布里昂比斯达尔夫人更接近浪漫主义而已。斯达尔夫人身上有一种席勒说的"多得过分的理解力"，这让她明显与浪漫主义者分道扬镳，随即与 18 世纪联系起来。她的风格是 18 世纪式的；但这种风格又缺乏卢梭之前 18 世纪格言警句带有的简洁凝练的形式，而且，尽管斯达尔夫人的风格时常带有 18 世纪后期多愁善感和慷慨激昂的色彩——这种色彩正是从卢梭的低潮期继承而来——但它却缺少卢梭在状态最佳时期所具备的极富想象力的新鲜感和温暖色调。这种风格作为传递思想的媒介有其优势，但在旧艺术和新诗歌两方面均有缺憾。

斯达尔夫人同样必然是旧制度①的一员，因为比起自然和独处，她更热爱社会。拿破仑在与她对战的十年间发现，单是让她远离巴黎就能使其痛苦难耐。她尤其无法忍受某些人的说法，他们说她在科佩②

---

① 法国历史上的"旧制度"（Old Régime）时期通常是指瓦卢瓦王朝和波旁王朝治下的 14—18 世纪，与 1789 年法国大革命之后的社会形态形成对照。

② 科佩（Coppet）是巴黎五百公里之外日内瓦湖畔的小镇，位于瑞士与法国交界处。

能看到阿尔卑斯山全貌，这完全算得上是对她被迫远离首都的补偿。

有人说，她虽在阿尔卑斯山待了数年，却从未受到任何景致的启发。她 6

常说，自己宁愿跋涉五百里格①去会见有才学之人，也不愿开窗眺望那

不勒斯港②，这话虽有些夸张，但多少也体现了她对自然的漠视。

　　虽然斯达尔夫人具有超凡的理解力，而且她热爱客厅闲谈，对自然

相对冷漠，但她仍是卢梭的信徒。我们只需仔细确认她的信徒身份即

可。虽与卢梭的意思不尽相同，她也这样形容过自己："我的心（heart）

和脑（head）似乎不属于同一个体。"她和勒南③一样，喜欢将自己意识

到的内在冲突归咎为一种混合遗传。她说自己"虽身为法国女性，却

有外国人的性格，既有法国人的品味和习惯，又兼具北方人的思维和感

受，这种矛盾足以摧毁一个人的生活"④。斯达尔夫人在《论德意志》中

说，卢梭把一种德国式和北方化的外来元素引入了法国文学。她认为

自己与卢梭一样，都具备这种典型的德国化元素，这种元素尤其体现为

"热情"（enthusiasm）的力量。因此，她不但具备"热情主义者"的气质，

而且还是一位直接受卢梭和德国卢梭主义影响的热情主义者。

　　我们对 19 世纪初文学革命的研究越深入，就越会发现，那时的一

切运动皆以"热情"为核心。浪漫主义运动在现代阶段复兴的，与其说 7

----

　　①　1 里格（league）大约相当于 3 英里，即约 4.8 公里。

　　②　那不勒斯港（Bay of Naples），位于亚平宁半岛西南侧那不勒斯湾，曾是罗马
皇帝的避暑胜地。

　　③　勒南（Renan，1823—1892），法国哲学家、历史学家，以历史观点研究宗教，著
有《基督教起源史》（8 卷本，《耶稣传》即此书第 1 卷）、《科学的未来》等。详见本书
第九章及《批评家名录》。

　　④　Letter to Friederike Brun, July 15, 1806.——作者

是"惊奇"（wonder），倒不如说是"热情"，或者说，惊奇本身只是新"热情"的一个部分。"热情"一词在 18 世纪从贬义转变为褒义的过程，亦是极具热情和创造力的天才取代才子和世人（the wit and man of the world）的过程，这是文学史最重要的组成部分之一，几乎未能受到足够的重视。

斯达尔夫人年轻时写作的《关于卢梭性格及作品的通信集》（*Letters on the Writings and Character of Jean-Jacques Rousseau*）既体现了新热情的本质，又透露出她与卢梭的关系。她在该作品的序言中呼告："我们在青年时期最应感激的，难道不是卢梭吗？正是他把激情成功塑造成了美德，也是他用热情说服了青年人，利用青年人的良好品质甚至是错误品质，使他自己成为青年人的导师。"她在另一处也谈道"虽然他并未发明什么，但却点燃了一切事物"①——甚至似乎还能点燃美德。美德因而变成了一种非自愿冲动，一种"高贵的热情"，一场"逐渐融入血液，如最傲慢的激情般，势不可挡地向你袭来的运动"②。换言之，对斯达尔夫人和卢梭而言，美德纯粹是一个情感扩张的过程，它与低于理性的冲动相关，而与高于理性的洞察力无关。约瑟夫·儒贝尔③说，卢梭及其追随者不再将美德当作制约，反而当作一种激励，这使人们对道德产生了普遍困惑。他说特别是斯达尔夫人，她有一种与生俱来的道德天赋，但这种天赋却被她的热情观败坏了。"她把灵魂

---

① *De la Littérature*，1ᵉ Partie，c. XX.——作者

② *Discours préliminaire de la Littérature.*——作者

③ 约瑟夫·儒贝尔（Joseph Joubert，1754—1824），法国批评家，他体弱多病，大多数时间在乡间生活，在巴黎结识了狄德罗等人，身故后由其好友夏多布里昂整理笔记，集成《随思录》。详见本书第二章及《批评家名录》。

的狂热当作天资,把迷醉当作力量,把失常当作进步。在她眼中,激情全然变成了尊严与光荣。"①

　　然而,若以为斯达尔夫人的道德概念纯粹只是一种卢梭式的陶醉感,那么对她便是不公的。她一生中具备两股主导激情,分别是她对拿破仑的憎恶和对自己父亲的爱,随着年龄渐长,她越来越表现出自己不仅是内克尔②的女儿,而且还是他的信徒。她体内的理性主义(rationalism)和情感主义(emotionalism)糅合了瑞士新教徒的传统道德观和宗教观。再者,无论是作为她本人还是作为她父亲的追随者,斯达尔夫人在政治思想中主要强调的都是自由,这使她远离了卢梭。她在那篇谈到卢梭虽创造无果却点燃一切的章节③中还说道:"人们对平等的看法比热爱自由诱发了更多风暴,也导致了另一截然不同的层面上的问题——卢梭著作的字里行间都充满了平等的伟大和狭隘。"就此而论,卢梭比斯达尔夫人更靠近法国人。她把热爱自由变成大革命的主要灵魂,也比拿破仑对法国人的性格抱有更多幻想。拿破仑明白法国人内心深处的愿望是平等,甚至是独裁统治下的平等。

　　卢梭式的热情归根结底仍是斯达尔夫人本性中不可或缺的一个部分。但斯达尔夫人与许多(只追求情感扩张的)卢梭信徒不同,她同时追求情感和理智的扩张。就她渴望扩张且拒绝任何内部和外部制约而言,她是片面的,而且她也的确无法摆脱追逐各式各样的片面尤其是情

---

　　①　*Pensées*, 387. (Paul Raynal 1866 年编辑版)——作者
　　②　斯达尔夫人原名 Anne Louise Germaine Necker,其父雅克·内克尔(Jacques Necker)是侨居法国的瑞士银行家,曾担任路易十六的财政总监。
　　③　指前文提及的《论文学》第一部,第十二章。

感片面的报应。但我们可以替她说句话,她坚守的片面真理正是她所处的时代必须聆听的片面真理,而她所犯的过度——尽管同时代人也指责她的男子气概①——恰好是某种女性德性的过度。她确实具备自身理论所要求的广博和包容,而这种品质首先体现在她非常好客的天性上。她在科佩居住时就很乐意接待从欧洲各地奔波而来的拜访者,这恰好印证了她思想上的广博包容。她的世界性不仅体现在其接受的影响上,而且还体现在其影响的传播上。拿破仑曾抱怨道,她总有办法教那些本无可能思考的人学会思考。

2

10

　　任何像斯达尔夫人那样认为生活即扩张的人,对形式(form)的兴趣一定小于对表现(expression)的兴趣。热爱形式的人往往是挑剔且排他的,无论他的形式感是基于活生生的直觉还是基于某种传统标准。要知道,斯达尔夫人几乎彻底丧失了对形式的活生生的直觉,并且完全抛弃了传统标准。她受表现兴趣的驱使,高度赞赏文学中的可变元素,且以相对而非绝对的观点来看待可变元素;尤其是,正如我们所见,她将文学当作社会的表达,认为文学也会随着社会的变化而变化。圣埃夫勒蒙②曾用一种强烈的历史相对感(sense of historical relativity)来反对路易十四时期对自身标准的固定性和决定性的过分尊崇。据说她在

---

　　① 斯达尔夫人将自己描绘为黛尔菲娜这样的角色,而讽刺塔列朗为弗农夫人这种角色;随后塔列朗表示他知道斯达尔夫人写了一部小说,将二人比为女性。——作者

　　② 圣埃夫勒蒙(Charles de Saint-Evremond, 1613—1703),法国作家,因参与投石党叛乱逃亡英国。

写作《论文学》时曾有过一点历史感,但这种历史感并不是从圣埃夫勒蒙身上获得的;她的历史感是从某种在卢梭身上已有的萌芽发展而来的。就卢梭而言,尽管他在多处都呈现出反历史的色彩,但他在处理文学的某种形式——戏剧时所采纳的,仍是相对的和表现主义的观点。在《致达朗贝尔的信》(*Letter to D'Alembert*)中,他坚称唯一可行的戏剧是问题剧(problem play);此外,戏剧家无法自由地挑选问题,因为他所处的国家和时代的品味会将问题施加给他。① 因此,《俄狄浦斯王》 11
(*Oedipus*)之所以成功,并非剧作本身拥有绝对的人性魅力,而是因为它表现了公元前 5 世纪雅典观众的品味。如果它在当下的舞台上演,势必会索然无味。说来也怪,圣埃夫勒蒙举过相同的例子,但最近《俄狄浦斯王》的成功重演,似乎又证明圣埃夫勒蒙和卢梭都错了。

斯达尔夫人在《论文学》一书中使用的历史方法,被一种完全反历史的可完善性②概念遮蔽了,这种概念相信人类是以一种机械、直线的方式前行的。目前仍有许多人天真地持有这种想法,他们自称是进化论者。斯达尔夫人认为,罗马哲学之所以优于希腊哲学,仅仅是因为罗马哲学比希腊哲学出现的时间晚而已。她至少以这种方式开始怀疑,那些被拉·阿尔普当作"喧哗和黑夜"而摒弃的中世纪或是有些许价值的。

---

① "在伦敦,他们把对法国人的憎恨演绎到极致;在突尼斯,是狂热的海盗;在莫西拿,是绝妙的复仇;在果阿港,则是焚烧犹太人的荣誉。"——作者

原文为法语,出自卢梭写给达朗贝尔的信。

② 可完善性(perfectibility)是启蒙运动中的一个重要概念,认为人类的总体进步是可能的。卢梭在《论人类不平等的起源和基础》中有相关论述。

我们在《论文学》以及其他篇章中，至少发现其已隐约预见了《论德意志》的诞生，这是首次对两种文学的比较：北方文学和南方文学（尽管她那时尚未为前者冠以"浪漫"之名）。当她得出南方或希腊—罗马传统最终源自荷马这一结论后，当她在莪相①身上找到北方文学的源头时，其品味和历史感的局限性展露无遗。喜爱莪相恐怕是她和拿破仑为数不多的相同点之一。她说，当塔列朗②将从意大利返回法国的波拿巴引荐给督政府时，他曾向大家保证，波拿巴将军"痛恨奢侈、炫耀，痛恨普通人可鄙的野心，他热爱莪相的诗，因为他的诗会让人脱离尘世"。她补充说，如果拿破仑能升天，人们简直求之不得。③

还是让我们看看斯达尔夫人更为成熟的观点吧。《论德意志》不仅带有她在《论文学》出版后的十年间旅居意大利、奥地利和德国的痕迹，还带有某些深深影响她的人的印迹。人们常说，考察某一女性的观点所要遵循的适当原则，是从她身上"寻找来自男性的影响"（Cherchez l'homme）；即便应对斯达尔夫人这种最睿智的现代女性，我们也不可完全忽略这一原则。海涅④说，他在整部《论德意志》中，都能清晰且厌烦

---

① 莪相(Ossian)，凯尔特神话中的英雄人物，传说是一位优秀的诗人和武士。1762 年，苏格兰诗人麦克弗森声称"发现"了莪相的诗，并根据 3 世纪凯尔特语的原文翻译了《芬戈尔》和《帖木拉》两部史诗并出版，这些"莪相"的诗篇传遍整个欧洲，对早期浪漫主义运动产生重要影响。

② 塔列朗(Charles Maurice de Talleyrand-Périgord, 1754—1838)，法国大革命时期的政治人物，曾在连续六届法国政府中担任外交大臣、总理大臣等职务，也是拿破仑的得力臂膀。

③ *Considérations sur la Révolution française*, c. XXVI. ——作者

④ 海涅(Heinrich Heine, 1797—1856)，德国诗人，被称为"德国古典文学的最后一位代表"，著有《诗歌集》《德国，一个冬天的神话》《论浪漫派》等。

地听到奥古斯特·威廉·施莱格尔①的假声。无怪乎斯达尔夫人在施莱格尔的引导下,不仅过分关注某些德国浪漫主义作家,而且从整体而言还特别倾向于将德国浪漫化。洛维格公爵萨瓦里②在那封宣布没收《论德意志》并放逐她的信中写道:"你最后一部作品毫无法国色彩。"斯达尔夫人对此愤慨不已。但从某种意义上来说,萨瓦里是对的。她描绘的德国(有点像塔西佗③笔下的日耳曼尼亚)其实是一种阿卡迪亚的世外桃源,与之相反,法国的堕落则"如火如荼"。此书在海涅脑中呈现出这样一幅画面:"一位充满激情的女士,旋风似的越过宁静的德国,她欣喜地四处呼喊:'噢,我在这里呼吸到的静谧是多么甜蜜啊!'她在法国时过于激动,于是便来我们这里冷静一下。我国诗人身上的纯洁气息可以慰藉她那颗激昂、火热的心。她将我们的哲学家当作各式各样的冰块;她像吮着香草果汁那样呷着康德,像食用开心果奶油那样啜着费希特④。'你们的树林笼罩着多么迷人的清凉啊!'她不停地

13

---

① 奥古斯特·威廉·施莱格尔(August Wilhelm Schlegel, 1767—1845),常被称作大施莱格尔或 A. W. 施莱格尔,德国批评家,浪漫派文学代表,著有《关于文学和艺术的讲稿》《论戏剧艺术和文学》等。他曾与弟弟弗里德里希·施莱格尔共同创办了浪漫派刊物《雅典娜神殿》。

② 洛维格公爵萨瓦里(Savary, Duke of Rovigo, 1774—1833),供职于拿破仑政府,曾参与拿破仑的对外战争。1810—1814 年任职于警察部,负责驱逐斯达尔夫人一事。

③ 塔西佗(Publius Cornelius Tacitus, 55—120),古罗马历史学家,著有《编年史》(又名《罗马编年史》)、《日耳曼尼亚志》。

④ 费希特(Johann Gottlieb Fichte, 1762—1814),德国古典哲学代表人物,继承和批判康德哲学,著有《全部知识学的基础》《自然法权基础》等。普法战争期间柏林被拿破仑占领,费希特对德意志人民发表了数篇演讲,统称《对德意志民族的演讲》,激发了德国国家主义浪潮。

感叹:'多么令人陶醉的紫罗兰香气! 金丝雀在它们的德国小巢里多么平和安详地啁啾! 你们美好而善良;你们至今仍不知晓法国巴克大街上满是堕落的道德吧!'"

这是一个田园诗般的德国传奇,德国变成了感伤的梦想家和哲学家栖息的大陆,这些人只对宇宙感兴趣。[①] 在某种程度上,直到1870年[②]幡然醒悟前,法国一直残留着关于德国的这一传奇想象。斯达尔夫人将枯燥乏味、热爱分析的法国人与高贵狂热的日耳曼民族对立。这种做法与柯勒律治[③]、卡莱尔[④]在英格兰做的那些细枝末节的对比本质上如出一辙。德国人不会像法国人那样被毫无灵性的理解力(Verstand)禁锢,他们栖息在充满想象力和综合性的理性(Vernunft)王国中。这些后来逐步演变成细微形而上差别的对立所包含的心理因素,早已体现在热情主义者卢梭和善于嘲讽的分析大师伏尔泰的争论中。我们仅仅目睹了卢梭在全球范围内战胜了伏尔泰。斯达尔夫人在《论德意志》结尾处,称赞热情乃是德国特有的美德,并警示法国人应抵制冷漠的推理和计算精神。她说,此乃全书之按语。[⑤] 我们知道,这

---

①　*De l'Allemagne*, 1ᵉ Partie, c. XVIII. ——作者

②　1870年普法战争爆发,拿破仑三世投降,巴黎爆发革命,建立法兰西第三共和国。

③　柯勒律治(Samuel Taylor Coleridge, 1772—1834),英国诗人、评论家,浪漫派主要代表人物,与华兹华斯、骚塞并称"湖畔诗人",作有《古舟子咏》《忽必烈汗》等诗歌。

④　托马斯·卡莱尔(Thomas Carlyle, 1795—1881),英国历史学家、散文作家,维多利亚时期的著名批评家,著有《法国革命》《论历史上的英雄、英雄崇拜和英雄业绩》《过去与现在》等。

⑤　*De l'Allemagne*, 4ᵉ Partie, c. XI. ——作者

些段落很好地体现了她现实中谈话的核心要义。①

　　斯达尔夫人所反对的这种社会秩序,是极端精致讲究的,但正如我们所见,她本人的幸福却需要这种精致讲究。她对法国社会的全部攻讦,譬如矫揉造作、因循守旧和滥用嘲讽,以及她对模仿精神扼杀自发性(spontaneity)和热情的种种控诉,仅仅重复了卢梭的言论,且常常不如卢梭般透彻有力。卢梭这样评价法国:"难以想象,在他们称为礼仪的规则中,事物会僵化、精准、计算到何种程度……即便这个模仿的民族中有人充满了创造力,我们也难以发掘,因为没人敢于做自己。你须如旁人一般行事;这就是贵国智慧的第一要义……你大可将他们想象成钉在同一块板上或系在同一根线上的傀儡。"②斯达尔夫人接着抱怨道:"贵族的力量、良好的形式和优雅的姿态已然战胜了精力、深度、感觉和智慧本身。"③它宣布"放逐一切强大和个人化的东西。这些礼仪虽然看似弱小,实则专制,它们支配着人的一生;它们逐渐削弱了爱、热情、宗教以及除自我中心以外的一切事物,讽刺对自我中心无能为力,因为自我中心理应受到谴责而非嘲笑"④。正如卢梭所言,一种特定的礼仪观,"一种不适合人类心灵的人造庄严",始终阻碍着自然。斯达尔夫人说:"在把路易十四刻画成朱庇特或赫拉克勒斯的那些画作和浮雕中,他被刻画成了一位赤裸着或穿着狮子皮且头戴假

15

---

①　Sainte-Beuve:*Chateaubriand*, II, 188.——作者

②　*Nouvelle Héloïse*, 2ᵉ Partie, lettre XVII.——作者

③　*De l'Allemagne*, 1ᵉ Partie, c. XI.——作者

④　*Ibid.*, 1ᵉ Partie, c. IX.——作者

发的人。"①

卢梭提到的这种礼仪观念在戏剧中对自然性尤为致命:现代戏剧永远无法摆脱无聊的尊严(la scène moderne ne quitte plus son ennuyeuse dignité)。斯达尔夫人补充道:"我们几乎无法摆脱某种传统的特质,它赋予古代礼仪和现代礼仪、犯罪和道德、杀戮和勇气同样的色彩。"②若要摆脱这些苍白俗套的传统,就必须更加深入地研究历史。

16 "时代的自然趋势是走向历史悲剧(historical tragedy)。"如果斯达尔夫人所说的历史悲剧是历史滑稽剧(historical melodrama),那么她几乎算得上是位预言家了。

社会用嘲笑这种武器惩罚那些远离礼仪和良好品味的人。斯达尔夫人说:"在法国,人们对社会礼仪的记忆追逐能力,连在最私密的情感中也不放过,而人们对嘲笑的恐惧就像达摩克利斯之剑一样,任何想象力的欢愉都无法使人遗忘它。"③法国社会的整个错误,在于人们混淆了文学意义上的品味和社会意义上的品味。因此,斯达尔夫人攻击的主要是"良好品味"及其纯粹负面和局限的倾向。文学意义上的品味,不应局限在挑剔那些基于规则和形式的细小错误上,它应当宽容、广博和富有鉴赏力。诗歌品味源于自然,所以诗歌也应像自然一样富有创造力。④ 因此,诗歌品味的原则与那种依赖于社会关系的品味原

---

① *De l'Allemagne.*, 2ᵉ Partie, c. XXXI. ——作者
② *Ibid.*, 2ᵉ Partie, c. XV. ——作者
③ *Ibid.*, 2ᵉ Partie, c. IX. ——作者
④ *Ibid.*, 2ᵉ Partie, c. XIV. ——作者

则全然不同。她谈起自己参加 A. W. 施莱格尔在维也纳开设的公开课时的情形。她说，当她"听到这位演说家口若悬河的演讲时惊讶不已，他没有攻击错误——这是怀有妒忌之心的平庸之辈永远的食粮——他只是试图唤醒那些具有创造力的天才"。"仅次于天才的，是理解且尊重天才的能力。"①

这就是 19 世纪初法国、英国以及德国主要的浪漫派批评家设法以各种形式传达的信息。斯达尔夫人说："这些规则只是防止孩子们摔 17 倒的栅栏。"栅栏应当被抛弃，别给批评家和创造者这两种遭到严重混淆的角色强加新的限制性原则。天才是极其热情奔放的，批评家不应控制天才，他们只需同情和理解天才的热情奔放。

有人也许认为，关于品味和天才的扩张性观点并不会止步于纯粹的印象主义。既然没有任何规则能阻止创造性作家展现其原创性，也没有哪种规则能阻止批评家用理解和同情对待其原创性，那么品味似乎势必会成为一种完全流动的存在。事实上，德国被誉为这样一片土地，它虽然缺乏法国的品味，但每个人都能自由地遵循其想法。② 若批评不行论断之职，那么它至少还可以揭示个体。在这一点上，斯达尔夫人预见了圣伯夫的观点。她说："对于懂得如何细致观察的人来说，每个角色几乎都是一个全新的世界，我无法用一个完全适用于具体案例的总体思路来认识人类的心灵。"③圣伯夫本人也十分偏爱斯达尔夫

---

① *De l'Allemagne*, 2ᵉ Partie, c. XXXI. ——作者
② *Ibid.*, 2ᵉ Partie, c. I. ——作者
③ *Ibid.*, 4ᵉ Partie, c. VI. ——作者

人,乃至将其称为《月曜日漫谈》(*Lundis*)的女主人公。

18

3

　　虽然斯达尔夫人对差异性而非同一性感兴趣,但她最感兴趣的仍是民族间的差异,而非个体间的差异。在反对法国人和古典主义者对良好品味的独断专权上,她真正支持的其实是民族品味(national taste)。她说:"只有民族品味才能决定戏剧。我们必须认识到,倘若外国人对戏剧艺术的理解与我们不同,并不是因为他们无知或野蛮,而是因为他们拥有值得尊重的深刻想法。"①很少有人如她般热衷关注民族的心理问题。譬如,我们在她的小说《柯丽娜》(*Corinne*)中,不仅能看到不同个体间的冲突与互动,还能看到不同文明间的冲突与互动;法国人通常也不会表现出其优于其他民族之处。据说拿破仑曾亲自在《通报》②撰文抨击斯达尔夫人,说她不该把和蔼可亲但极其肤浅的艾弗里伯爵③当作典型的法国人。

　　她设想的民族关系在很大程度上只是再现了人们对个体关系的卢梭式理解。每个民族都是自发的、有创造力的且乐于自许的(self-assertive),与此同时,它对其他民族的原创性也十分包容和友善。总体而言,民族主义受到世界主义(cosmopolitanism)的调和,事实上这二者均是卢梭式热情的不同侧面。民族和个体遵循的第一法则不是模仿别

19

---

　　①　*De l'Allemagne*, 2ᵉ Partie, c. XV. ——作者

　　②　《通报》(*Moniteur*),全称为《法国日报总汇通报》(*Le Moniteur universel*),该报于 1789 年创刊,1799—1869 年作为政府官方的机关报。

　　③　艾弗里伯爵(Comte d'Erfeuil)是斯达尔夫人的小说《柯丽娜》中的人物。

人,而是做自己。因此,斯达尔夫人对威兰①的作品无动于衷,因为对她而言,威兰的作品似乎不是地道的德国产物,而是法国品味的投射(民族原创性才更具价值[l'originalité nationate vaut mieux])。② 但每个民族在保证自身原创性之外,都需要借鉴他国完善自己。譬如,"为了让法国和德国的上层人士完善自我,法国人必须信仰宗教,而德国人则需接点地气。虔诚可以抵抗涣散的精神,后者既是法国民族的缺点,又是神赐予他们的恩典(grace);人类知识和社会知识会给德国文学注入德国人欠缺的品味和灵巧"③。"一个民族应该充当另一个民族的向导……民族与民族之间的差异中存在某种奇怪的东西:气候、自然面貌、语言、政府机构,最重要的是历史事件——一种比所有事物更超凡的力量——这些因素促进了多样性。无论一个人多么优秀,他也无法猜到生活在另一片土壤之上、呼吸着另一片空气的人们心智(mind)中究竟自然而然地形成了什么样的思想。因此,最好每个国家都能欢迎外国思想,因为这种友好会给践行它的人带来好运。"④

　　如此看来,斯达尔夫人似乎是一位理想的世界主义者,也是比任何人都更能推动我们现在所理解的文学比较研究的人。但她的整个构想难道就没有乌托邦性质吗? 在她的构想中,是否有足够力量来抵消人们

20

----

① 威兰(Christoph Martin Wieland, 1733—1813),德国启蒙运动的著名作家、翻译家。他曾担任启蒙运动时期影响最大的文学杂志《德意志信使》的主编,同时也是第一个用德语翻译莎士比亚作品的翻译家,代表作有小说《金镜》、史诗《奥伯龙》等。

② *De l'Allemagne*, 2ᵉ Partie, c. IV. ——作者

③ *Ibid.*, 2ᵉ Partie, c. I. ——作者

④ *Ibid.*, 2ᵉ Partie, c. XXXI. ——作者

在创意和自我表达中对离心元素的过分重视呢？当个体或民族差异被推向某个临界点时，差异给我们带来的就不再是同情，而是反感。斯达尔夫人承认，她的世界主义只适用于少数人。譬如，普通法国人和德国人彼此间的关系让她想起了拉封丹的一则寓言：鹳鸟无法吃到盘子里的食物，而狐狸无法吃到长颈瓶里的食物。我们甚至无法确定，少数群体是否有足够的理解力和同情心翻越由个体和民族特质构筑的那些无形障碍。要知道，就连斯达尔夫人也得运用技巧，才能消除她在科佩聚集的国际精英之间隐藏的抵触感。譬如，施莱格尔和西斯蒙第①之间就存在某种圣伯夫称之为"民族仇恨"（une haine de race）的憎恶。

斯达尔夫人与歌德、席勒在魏玛的会面是对此理论更好的检验，这或许是记录理想世界主义者交往的绝佳例证。克拉布·罗宾逊②当时也在魏玛，他含沙射影地说斯达尔夫人不懂歌德的诗；于是，她忽闪着那双黑眼睛回答道："我理解一切值得理解的东西。"至于歌德和席勒，他们在她到访期间的通信读起来完全是不愉快的。席勒认为斯达尔夫人并不理解德国人的诗，以她的口音哪怕说一个词，也是对圣灵（Holy Ghost）的亵渎。斯达尔夫人的健谈令他不堪其扰。当她终于离开时，席勒感到自己似乎就像刚从一场重病中康复似的。歌德抱怨她没有责任心，说她希望在五分钟的谈话里解决本只能在良心深处由个体与上

21

---

①　西斯蒙第（J. C. L. Simonde de Sismondi, 1773—1842），法国古典政治经济学者，经济浪漫主义奠基人，原籍意大利，《南方文学》（*Literature of Southern Europe*, 1813）是其文学批评代表作。

②　克拉布·罗宾逊（Henry Crabb Robinson, 1775—1867），英国日记体作家，他的日记和书信记录了大量英国浪漫主义时期和维多利亚早期的社会风貌及名人轶事。

帝辩驳的难题。席勒和歌德都认为,她离开得正是时候。后来,歌德受《论德意志》的启发,详细说明了那次会面的重要性。他承认,当时那场会面看起来只是个体之间和民族之间表面上的抵触:"那部谈论德意志的著作的起源就是这些会谈。这部作品应当被看作一个强有力的工具,它可以帮助我们打破那道横亘在法国与我们之间充满传统偏见的城墙;就这样,我们的邻居穿越莱茵河,横渡英吉利海峡,终于能更深入地了解我们了。现在,整个遥远的西方都为我们的影响敞开了大门。"①

4

《论德意志》最重要的一章,大抵是斯达尔夫人重提南方文学和北方文学差异的一章②,她将这两种传统分别明确形容为古典的和浪漫的。施莱格尔曾用这两个词命名两种不同的文学流派,斯达尔夫人的做法则使施莱格尔的命名广为流传。古典一直被当作完美的典范。但斯达尔夫人拒绝讨论古典品味和浪漫品味各自的相对优势。她暂且以一个决定论者(determinist)的身份说:"只需说明以下问题就够了,品味的多样性不仅来自于偶然因素,而且还来自想象和思想的起源。"③她在此处似乎变成了赫尔德④和其他德国原始主义者(primitivist)的信徒,后者仅从民族层面就详细阐明了卢梭的原始主义(primitivism)。

22

---

①　*Annals*, 1804. 卡莱尔在其批评文集第 2 卷附录部分收集了歌德和席勒关于斯达尔夫人访问德国的评论。——作者

②　*De l'Allemagne*, 2ᵉ Partie, c. XI. ——作者

③　*Ibid.* ——作者

④　赫尔德(Johann Gottfried Herder, 1744—1803),德国哲学家、诗人,在德国启蒙运动中扮演重要角色,其代表作《论语言的起源》是"狂飙突进运动"的奠基之作。

按照一种真正卢梭式的方式,我们通过向后看来前进,通过回归原始来实现进步;只有通过这种方式,我们才能摆脱虚假和模仿,进而回归自然和原始。我们不是要在古典诗歌和浪漫诗歌之间做选择,"而是要在模仿古典诗歌和浪漫诗歌的灵感迸发之间做选择"。"在现代人中间,古代文学其实是一种移植的文学,而浪漫文学和骑士文学才是我们本来固有的文学,它们是从我们的宗教和制度中产生的。"致力于模仿古人的作家必须遵守严格的规则,因为他们无法参考自己的本性和记忆,同时,产生古典巨著的宗教和政治环境也已经发生了变化。"仿古诗很少受人欢迎,因为它们与目前的民族毫不相关。"但既然我们用受欢迎度来检验诗歌,那么在评价它的价值时就不能只向后看,还应向下看。① "法国诗歌是现代诗歌中最古典的,也是唯一一种不靠大众流传的诗歌,与之相对,威尼斯的船夫在吟唱塔索②的诗,西班牙和葡萄牙上上下下都能背诵卡尔德隆③和卡蒙斯④的诗。"

这些话中的真理当然混杂着常见的原始主义者的诡辩。这种观点所体现的卢梭主义者的恶意在于,它将贵族和甄别的因素从品味标准中剔除,认为评判诗歌的人应该是文盲。爱默生说,我们要屈尊同彼此相遇。这种相遇在某些场合毫无疑问是真实的,比如说发生在我们喝

① 此处指向下迎合大众。

② 塔索(Torquato Tasso, 1544—1595),意大利诗人,文艺复兴运动晚期的代表,代表作有《耶路撒冷的解放》等。

③ 卡尔德隆(Pedro Calderón de la Barca, 1600—1681),西班牙剧作家、诗人,是西班牙黄金世纪戏剧两大派之一的代表人物,代表作有《人生如梦》等。

④ 卡蒙斯(Luís Vaz de Camões, 约1524—1580),葡萄牙诗人,曾赴澳门担任军官,其代表作是史诗《卢济塔尼亚人之歌》(又名《葡国魂》)。

下午茶的场合,爱默生的意思可能也就仅此而已。但从人文主义的角度来看,这句话则显出更邪恶的意味。一个人不用超出一般自我的完美来规训自己,反而从理智层面沉沦到本能层面。爱默生给出的理由是,如此一来他便可以扩展人类的同情心了。于是,托尔斯泰会因为索福克勒斯和莎士比亚无法立刻从情感上吸引俄国农民便否弃他们,他那本谈论艺术的书①实际上只是总结和扭曲了卢梭主义而已。

此外,我们还可以通过斯达尔夫人选取的例子判断,她似乎并不了解流行诗歌的本质。并无证据表明塔索比布瓦洛更"流行",斯达尔夫人批评后者的诗是非常典型的古典人造物(classic artificiality)。布瓦洛本人说,他的许多诗一经诞生便成箴言。这些诗时至今日仍是箴言,而威尼斯的船夫早已不再吟唱塔索的诗了。总之,至少在现有条件下,要在船夫这类人的吟唱中寻找真正的诗歌,恰如追寻阿卡迪亚式的美梦。因为,就在我们的文明一面感伤原始的同时,它的另一面却要扼杀原始。按照目前的发展态势,大众诗歌和卢梭主义式的自发性诗歌,很快就会在世界范围内让位于黄色杂志②或其他类似产品了。

斯达尔夫人扩展了由德国浪漫主义创造的一种特殊的中世纪主义

---

① 指托尔斯泰的《论艺术》。
② 黄色杂志指缺乏灵魂、品质低劣、道德败坏的新闻报道,起源于19世纪末在美国流行的两大报纸《纽约世界报》(New York World)和《纽约新闻报》(New York Journal)之间的竞争。美国现代报业的奠基人普利策(Joseph Pulitzer)在《纽约世界报》创办了一个漫画专栏,专栏的主人公是一个穿着黄色大睡衣的男孩。该专栏借"黄孩子"之口,使用夸张、滥情的报道方法,以犯罪、凶杀、绯闻等耸人听闻的内容迎合底层读者。后来威廉·赫斯特(William Randolph Hearst)收购了《纽约新闻报》,并挖走了《纽约世界报》漫画专栏"黄孩子"幕后的工作人员,与普利策展开了一场"黄孩子"争夺战。这两大报纸的新闻报道风格被戏称为"黄色新闻"(yellow journalism)。

(mediaevalism)形态。这种中世纪主义使欧洲各民族打破古典传统,回到各自初生之时,它在反抗形式主义方面有自己的价值。但它在试图放弃形式主义的同时,也放弃了形式本身。最近的研究愈发清楚地表明,我们在东西方都能找到法国人所说的高雅艺术(le grand art),那是一种超越纯粹装饰性的话语,一种能呈现更多人性本质的艺术。无论我们在何处发现伟大的艺术,我们发现的都是流传至今的伟大的希腊艺术形式。那些避开古希腊杰出作品,转而研究《尼伯龙根之歌》(*Nibelungenlied*)、《罗兰之歌》(*Chanson de Roland*)或爱尔兰传奇故事的人,即便没有被民族热情蒙蔽双眼,也存在破坏自身形式感的危险。

25   此外,中世纪主义不但让我们失去了形式,也让我们失去了思想。无论我们如何大谈特谈中世纪人与我们有着相同的血液和宗教,也无法改变一个重要事实,即现代心智的主流运动都是远离中世纪思想的。如果目前我们寻找的,不是一个容自己从当下撤退的象牙塔,而是一些同我们面临类似难题的人,那么我们完全可以在古典时期的某些特定阶段找到这些人。法国人目前的人生观更接近贺拉斯,而非《疯狂的罗兰》的作者①。最近,一位政府官员跟我说,他认为在他涉及的领域里,最"现代"的书是亚里士多德的《政治学》(*Politics*)。这大约足以证明,我们又变成了异教徒,只是我们再也无法用这个浪漫美梦改变现实了。

       诚然,尽管中世纪的原始主义者不大像思想家,但他们在很多方面

---

①   指阿里奥斯托(Ludovico Ariosto, 1474—1533),意大利文艺复兴时期的著名诗人。他的代表作《疯狂的罗兰》将骑士冒险故事与现实生活事件编织在一起,对欧洲叙事长诗产生了深远影响。

都体现出自己不仅是浪漫主义梦想家,而且还是细心的研究者。他们用这种方式将自己同现代精神的某一侧面联系了起来。我曾问美国一位年轻中世纪专家,他研究的时代对他来说究竟意味着什么。他带着入迷的神情回答道,中世纪对他来说完全是一个美梦。然而,若读读他现实中发表的文章,人们会以为中世纪只是一个非常枯燥的文本事实。这对中世纪是不公平的。因为,如果这些浪漫的中世纪专家通过钻研大众和原始而使自己远离现代思想的话,那么同样地,他也远离了中世纪思想。蕴含着中世纪思想的作品(大都用拉丁语写作)完全不是斯达尔夫人认为的那种大众的、原始的和民族的作品①,而是从希腊、罗马、朱迪亚(古巴勒斯坦南部地区)的多条路线中衍生出来的作品。

　　这种体现中世纪心智的文学有极强的世界主义特征,但它也是传统的且唯一真实的世界主义——换言之,它主要基于一种共同的规训,而非普遍同情。在对法德理想关系的理解上,勒南或许是斯达尔夫人众多法国追随者中最出众的一位,他梦想构建一个世界性的友爱的学者团体,"一个由纯洁思想构成的天堂,一个既没有希腊人、野蛮人之分,又没有德国人、拉丁裔之分的天堂"。经过勒南改述的圣保罗(Saint Paul)的原话是,凡与耶稣合一的人都是毫无差异的。在圣保罗看来,耶稣显然是超出一般自我(ordinary self)法则的活生生的直觉;受到这一法则的制约,人们聚拢到一个共同的中心。勒南认为,只需要

26

27

---

　　①　对此,勒南认为"民族意识出现尚不足百年"。(*Réforme intellectuelle*, 194.)——作者

通过合作来扩展科学知识，人们便能实现联盟，圣保罗则认为，只有精神合一可以实现这种联盟。勒南的观点终究是乌托邦的。承受突然而猛烈的幻灭，是乌托邦主义者的宿命。勒南在1870年就经历过一次幻灭。正如某些人所言，他期待新基督自德国降临，却迎来了俾斯麦。他痛苦地看到德意志的民族情绪是如何在学者心中燃起熊熊烈火，他也看到这些人是如何无情地嘲笑法国的堕落，他曾认为这些人是超越一切的科学国际主义者。然而，当许多像苏利·普吕多姆①一样沉迷于人道主义热情的法国人在1870年突然从梦中醒来时，他们竟发现，与对故土的爱相比，自己对全人类的爱是如此一文不值。② 勒南哭喊道："我们必须抑制这种不健康的民族自利。"但我们应当采取哪种规则呢？在一场危机中，对大多数人而言，与个人或民族力量相比，任何对其他个体或民族的利他冲动都是苍白且羸弱的。

28　　现代世界主义之所以备受责难，并非因为它大规模发展了扩张性的德性（virtues of expansion），而是因为它将这种德性当作了集中性的德性（virtues of concentration）的替代品。它让我们相信，人人都能偏离

---

① 苏利·普吕多姆（Sully Prudhomme，1839—1907），法国诗人，第一位获得诺贝尔文学奖的作家。早期诗歌以浪漫抒情为主，其代表作有《破碎的花瓶》《孤独》等，后期则专攻哲理诗，1870年普法战争后，普吕多姆出版了两首关于理想行为的道德讽喻长诗《正义》和《幸福》。

② 我的同胞，是人类！
　　不久前，我将法国人的心灵散布世界各地：
　　我现在很节俭
　　……
　　我把这些柔情带回了我的祖国，
　　带回给那些我曾为了人类博爱所背叛的人们。（《忏悔》[Repentir]）——作者原文是苏利·普吕多姆的法语诗。

中心,按自身轨道行事,继而以某种只有浪漫心理才可通达的神秘方式,成为他人的同胞;这一过程同样可以在民族层面重现。在传统思想中,人们为了走到一起,最终必须承担起普遍规训的束缚。但卢梭主义者的做法从来都是摆脱律法和规训,他们认为律法和规训都是人为的和传统的习惯,应当用热情和同情取而代之。斯达尔夫人和浪漫主义者在抨击形式主义上锋芒逼人,但在需要抛弃律法观念以及体现这一观念的保守思想时,他们几乎都变得十分闪烁其词。当需要用各种感伤的诡辩和伪神秘主义向自己和他人证明人皆平等,且人人都能在偏离中心的同时保有核心德性(virtues of centrality)的时候,他们同样也极其闪烁其词。

我已说过,斯达尔夫人的思想带有这种浪漫主义诡辩的色彩,她认为真正的世界主义可以只建立在带有世界性理解和同情的民族原创性(national originality)之上。她之所以停在这个阶段,主要是为了巧妙避开更难的那部分问题。世界性的理解和同情固然很好,但它们只是为国际性选择而准备的。就一个国家而言,当它摆脱自身狭隘传统的规训转而成为世界主义国家之时,也是其最危险的时刻。除非能有一些新的规训介入或调和这种扩张,否则世界主义就只是道德崩塌的别称而已。历史十分清楚地告诉我们,民族国家和个体一样,也可以自上而下屈尊相遇。它们的接触可能不会带来斯达尔夫人设想的理想化的美德互换,反而会引发罪恶互换。一位法国旅行者讲过一件事,他穿越印度一座偏远的小山村时,发现在当地俱乐部专为欧洲人准备的唯一一间房间的壁炉架上"有许多出售的法文书,都是一些糟糕的文学作品,

29

会招致外国人对我们的批评"。与之相似,人们最近开始用五种语言把红磨坊①的节目张贴在巴黎的街头巷尾。有人说,只需一点润滑油,整个世界便能亲如一家。一个人确实可能成为像巴尔扎克笔下年轻的葛朗台那样的世界主义者,他四处旅行,见闻了许多国家的道德标准,但最终也丧失了自己的全部标准,变成了浪子。斯达尔夫人本人十分清楚无限拓展视野带来的危害,她说:"看到和理解全部事物是不确定性的重要诱因。"②观念的范围会阻碍性格的模样。(L'étendue même des conceptions nuit à la décision du caractère.)③

30　　但倘若广博要以牺牲判断为代价,且性格之中又缺少充分的平衡,那么广博的价值究竟何在? 真正的世界主义就像其他一切值得拥有的东西一样,大抵都是对极端的调和。我们目前处在普遍联系之中,拥有一个世界性的科学家联盟。用卢梭的话来说,许多人正准备"用仁慈拥抱全人类"。但我们仍然缺少真正的世界主义者,因为我们缺乏向心力,即对共同标准的拥护,而只有这些标准才能战胜个人和民族自许。格里尔帕策④说:"现代文化的道路,源自人性,穿越民族性,最终抵达兽性。"在抵达这个最终阶段之前,卢梭主义者的片面真理或许还将激起一次激烈的反抗。

---

　　① 　红磨坊(Moulin Rouge)始建于 1889 年,是巴黎市民饮酒享乐的场所,著名的康康舞即起源于此。同时,红磨坊也上演脱衣舞等露骨节目。

　　② 　*De l'Allemagne*, 1ᵉ Partie, c. II. ——作者

　　③ 　*Ibid.*, 4ᵉ Partie, c. X. ——作者

　　④ 　格里尔帕策(Franz Grillparzer, 1791—1872),奥地利剧作家,奥地利古典戏剧的奠基人。他的创作融合了浪漫派、德国古典戏剧以及大众戏剧等众多戏剧风格,代表作有《萨福》《宾客》《阿尔戈英雄》等。

5

我必须指出,斯达尔夫人思考的是民族而不是种族。尽管她在这一点上不是特别明确和连贯,但她构想的民族,与其说纯粹是环境的产物,不如说是一种精神实体(spirit entity),或者说是一个由共同记忆、成就和共同目标组成的人类群体。而种族观念显然更具自然主义色彩,而且在许多作家那里,种族观念几乎带有动物学色彩。当然,没人会否认种族因素的重要性,但奇怪的是,那些精确建构种族的尝试并不令人满意。 31回想起来,过去一个世纪以来无休止的种族理论简直成了伪科学家享乐的猎场。这种伪科学常被用来引发一种情感狂喜,这种情感狂喜要么呈现为对自身优越性的陶醉,要么呈现为对(所谓的)劣等种类的蔑视。它给人带来一种美妙的膨胀感,让人们以为自己仅仅因为生为凯尔特人、日耳曼人或盎格鲁-撒克逊人,便天生拥有某种美德。当费希特告诉他的听众,德语中之所以没有"高尚品格"(character)一词,是因为德国人和"高尚品格"是同义词的时候,他们是多么兴奋啊。德国人是"本原民族"(Urvolk),他们不是上帝的选民,而是自然的选民;因此,他们的高尚品格不是通过后天习得的,而是从其存在的原始深处涌现出来的。①

费希特是从原始主义者的角度说出这些话的,原始主义与现代决定论显然有关。尽管斯达尔夫人也是原始主义者,尽管她感受到了以

---

① "'具有性格'和'是德意志的'这两者无疑是意义相同的。这件事在我们的语言中没有特别的名称,因为它恰恰应当无需我们的一切知识和思索,而从我们的存在中直接产生出来。"(*Reden an die deutsche Nation*, XII.)——作者

译文参考费希特:《对德意志民族的演讲》,梁志学译,商务印书馆 2010 年版,第186 页。白璧德引用的是《费希特全集》第 7 卷中的《对德意志民族的演讲》,故而英文引用标注为"《对德意志民族的演讲》,第 7 卷"。

特殊的气候和历史"时刻"①为依据的决定论的力量,但她仍然拒绝接受决定论。她承认,"没人能够改变自己的出身、国家和时代的原始数据"②,但她却不愿承认,是"环境造就了我们如今的模样"。"倘若外部因素是灵魂中一切事物的起因,那么究竟哪种独立思想才能将我们从外部因素的手中解救出来呢?天降宿命为灵魂注入了神圣的恐惧,而把我们紧紧拴在大地上的事物却让我们堕落。"③法国和其他国家在 19 世纪下半叶的自然主义小说以及其他方面的新发展,似乎能证实这两种宿命所产生的心理效应之间的差别。这也是加尔文④和泰纳⑤之间的差别。

斯达尔夫人在国内外的影响需要单独研究。无论这种影响在何处,以意大利为例⑥,它一方面激发了民族情绪,另一方面又削弱了伪古典的形式主义,尤其是戏剧领域的形式主义。法国浪漫主义者缺少思想性,即便有,也大多是从斯达尔夫人身上吸纳的。虽然雨果在《〈克伦威尔〉序》("Préface de Cromwell")中没有提到她,但我们很容易便能找出《论德意志》和这篇浪漫主义宣言的关系。

斯达尔夫人在法国及意大利的影响,均与另一位批评家克劳德·

---

① 参见本书第 19 页(指本书边码。——译者)。——作者

② *De l'Allemagne*, 4ᵉ Partie, c. V. ——作者

③ *Ibid.*, 3ᵉ Partie, c. I. ——作者

④ 加尔文(Jean Calvin, 1509—1564),法国宗教改革家,基督教新教的重要派别加尔文教派(胡格诺教派)创始人,代表作是《基督教教义》。

⑤ 泰纳(Hippolyte Adolphe Taine, 1828—1893),法国文学批评家。详见本书第八章及《批评家名录》。

⑥ 但当戴克斯特(Texte)描述斯达尔夫人的意大利之旅时,他把这种影响夸大了:"她遇到了独立使徒孔法洛涅里(Confalonieri),并在《意大利图书》杂志上发表了一篇引人注目的文章,引发了意大利的浪漫主义运动。"(Julleville's *Hist. de la Lit. fr*, VII, 709-710.)——作者

福里埃尔①相关。福里埃尔是曼佐尼②的朋友和崇拜者,他在某些方面是斯达尔夫人的信徒,但反过来又影响了她。19 世纪初的法国,或许没人比福里埃尔在建立新学术这一工作上付出的努力更多。圣伯夫称他是"这个时代在文学方法和批评方面大多数杰出人物的隐秘启发者"③。(我会在其他篇章讨论福里埃尔对圣伯夫的影响。)福里埃尔从事的领域在今天至少需要 20 位专家从事——这些领域包括梵文、普罗旺斯语、早期意大利语、巴洛克语、凯尔特方言等等。他对原始抱有真正的卢梭式热情(据说他最喜欢的植物是苔藓)。无意识的和出自本能的措辞,比任何经过深思熟虑的艺术形式都更令他着迷。在这个意义上,正如圣伯夫所言,"福里埃尔是法国历史上最具反理论倾向的人"④。事实上,他像是法国的赫尔德,虽然相比之下少了些对总体思想⑤的热情和迷恋,但却多了些学者应有的缜密。圣伯夫认为,尽管福里埃尔比他所处的时代超前了 20 年,尽管他开创了大多数现代研究的独特形式,但他自始至终都未贸然同过去决裂。他是 18 世纪思想向 19 世纪思想过渡的标志。⑥

---

①　克劳德·福里埃尔(Claude Fauriel, 1772—1844),法国批评家、作家,尤其关注比较文学和文学历史研究,其代表作有《现代希腊颂歌》《普罗旺斯文学史》等。

②　曼佐尼(Alessandro Manzoni, 1785—1873),意大利浪漫主义诗人、剧作家。曼佐尼采用历史题材借古喻今,激发了意大利人的爱国精神,其代表作有《圣歌》(组诗)、《论浪漫主义》、《1789 年法国革命和 1859 年意大利革命》等。

③　*Portraits contemporains*, IV, 127. ——作者

④　*Ibid*., 232. ——作者

⑤　即德国式总体思想。

⑥　*Portraits contemporains*, IV, 178. ——作者

第二章　儒贝尔

倘若斯达尔夫人是 19 世纪初卢梭式热情主义者的最佳范例,那么儒贝尔则代表了一种截然不同的热情,这种热情或许和卢梭无关,却与柏拉图相关。从笔者(本书第 8 页)引述的儒贝尔对斯达尔夫人的严厉批评中,不难推测出柏拉图主义者和卢梭主义者之间的尖锐矛盾。儒贝尔曾在一封信中写道,他"根本不想见到她,她是一个致命且有害的人"[1]。但就在斯达尔夫人去世且众人对她的死讯都默不作声和漠不关心时(这与她在世时的热闹情形形成奇怪的对照),真正受其打动的人却是儒贝尔。他写道:"笼罩在这名誉之上的阴云真的很折磨我。当我看到没人愿意记起这位可怜的女性时,我便独自想起她来。我怀着一种极其悲悯的苦痛慨叹,她竟滥用了如此多的智慧、精力和善良。"[2]

就一般公众而言,儒贝尔的生活完全是默默无闻的,用他本人的话来说,他"更迷恋完美而非荣耀"。但他也十分幸运,不但在有生之年结交了不少朋友,而且死后仍然享有很高的声誉。夏多布里昂和圣伯

---

[1] *Cor.*, 237. 我采用的是保罗·德·雷纳尔编辑的 2 卷本(1866 年第 4 版)。在《随思录》这一卷中,开篇第一章未使用数字标注(由作者本人编排)。在之后的章节中,他的思想是按主题以"罗马编号"的形式排列的。——作者

[2] *Ibid.*——作者

夫将他的《随思录》(*Pensées*)介绍给法国人,马修·阿诺德又用一篇极
佳的英文批评散文将其介绍给英国读者。①《随思录》展现了他极优异
的批评洞察力,以至于儒贝尔被称为批评家中的批评家,正如斯宾塞②
被称为诗人中的诗人。他有华美而简洁的天赋,他本人将这种天赋称
为最美的风格。但在儒贝尔看来,他打磨的其实并非文字,而是思想,
"我一直等到我期待的那道光诞生,然后从我的笔尖坠落"③。他很想
将优美的事物表现出来,并使之普遍流行。说起来,我们已经很难想象
出一种完全由精妙思想构成的连续话语了,因此,当儒贝尔说连他也无
法做出连续性讨论时,我们丝毫不会感到惊讶。"我缺乏调和的观
念。"④儒贝尔认为圣贤述而不作,这话倒让人想起了爱默生对自己文
章中句子的描述,他把一个个句子描述为无限排斥的微粒。

　　作为一个只致力于表达精妙思想,或用文字"表达不可言之物"⑤, 　36
并且缺乏调和观念的批评家,其危险在于,他很可能会变得矫揉造作或
晦暗不清。儒贝尔也无法彻底规避过分精致带来的不良后果。他说:
"一个人若想触及光的领域,就必须穿越阴云。"⑥可惜就连他本人也无
法彻底从阴云中脱身。不过就我个人而言,我不同意某些批评家的观

---

　　①　我想读者对这篇文章相当熟悉,因此我通常都没有另行翻译《随思录》中的
引文。——作者

　　②　斯宾塞(Edmund Spenser, 1552—1599),英国文艺复兴时期著名诗人,是自
乔叟到莎士比亚之间最杰出的诗人,有"诗人中的诗人"之美誉,其代表作有长篇史诗
《仙后》、田园诗集《牧人月历》等。

　　③　*Pensées*, p. 10.——作者

　　④　*Ibid.*, p. 8.——作者

　　⑤　*Cor.*, 20.——作者

　　⑥　Tit. I, XC.——作者

点,他们喜爱儒贝尔的《书信集》("Letters")超过其《随思录》("Thoughts"),因为他的《书信集》更加简单和自然。《书信集》的确比《随思录》更完整地展现了儒贝尔的某一本质。他的书信总是充满异想天开的幽默和惯常的嬉闹,圣伯夫认为儒贝尔这一特质像极了查尔斯·兰姆①。在儒贝尔看来,先挑出少数几件需要严肃对待的事,然后再以玩乐的态度对待其余大部分事物,是智慧的重要组成部分。总之,我需要一些娱乐。② 他与那些"坚守无用教条的严肃和忧郁的灵魂"截然不同;这句话定会让我们想起许多现代改革者。

儒贝尔的宗教思想大约最能体现其超验的故作风雅(préciosité)所带来的危险。他只是出于礼貌才愿意承认物质的存在。他说,倘若造物主从此世抽回他的气息,世界便会"变为创世之前的模样,变成一个被压扁的金属颗粒,或者真空中的一粒原子,甚至连这都算不上:变成一片纯粹的虚无"③。儒贝尔时常令人想起的另一位圣贤④,却并不认为自己能如此轻松地对待"物质"。爱默生说:"我能够反驳或否认一切,除了这个永远存在的肚子:它非要填饱不可,我无法使它表现得高雅。"⑤有

---

① 查尔斯·兰姆(Charles Lamb, 1775—1834),英国散文家、文学评论家。兰姆早期写诗,曾将一些诗作发表在柯勒律治的《无所不谈》上,后来他在《伦敦杂志》上专注写作文学评论和生活评论,这些评论被收入《伊利亚随笔》。其代表作还有《莎士比亚戏剧故事集》(合著),这部面向男女老少的故事集在英国文学史上亦占有重要地位。

② *Cor.*, 119.——作者

③ Tit. I, XIII.——作者

④ 指爱默生。

⑤ 引文出自爱默生《代表人物》中"怀疑主义者蒙田"一章,译文参考蒲隆译本,生活·读书·新知三联书店 1998 年版,略有改动。

人会说,无论在字面义还是比喻义上,儒贝尔都缺少肉体。沙特奈夫
人①说,他就像一个纯洁的灵魂,一旦偶然发现一个肉体,便会尽其所
能地利用它。就连儒贝尔本人也承认沙特奈夫人此言不假。

　　虽然我们能在儒贝尔身上看到体弱多病之人对艰苦和不如意生活
的某种回避,但我们应当反复强调,他的精神就是真精神,而不是对卢
梭精神的模仿。他垂死时写下的那句话,很好地诠释了他毕生的努力:
"1824 年 3 月 22 日。真理、美、公正、神圣!"他与柯勒律治截然不同,
后者从实际事务中逃脱,投身于鸦片和德国的形而上学。柯勒律治思
想和日常实践之间的对比,令人想起儒贝尔的思想:"宗教不是神学,
也不是通神学(theosophy);它绝不是以上二者:它是一种规训、法律、约
束或牢不可破的约定。"②虽然儒贝尔是极虚弱的病人,但他从不会令
生活失望。他对自己的评价是合理的:"许多人外强中干,而我则是外
柔内刚;孱弱的只是躯体。"③据说,儒贝尔的出生地蒙蒂尼亚克 *38*
(Montignac)的一个小城的市民们曾选他做和平法官,至今人们还记得
他的政绩。

　　圣伯夫说:"一旦了解这些神圣灵魂(如儒贝尔)中的一员——他
们正是下面这句形容诗人之言的活化身:一缕神圣的微风(divinae

---

　　①　沙特奈夫人(Victorine de Châtenay,1771—1855),法国作家、散文家,出身巴
黎上层的贵族家庭,从小习得古希腊文、拉丁文等多门语言,有良好的古典学和文学
功底。法国大革命期间,沙特奈家族受到冲击。沙特奈夫人的《回忆录:1771—1815》
记录了大革命的恐怖岁月。另著有批评作品《论古人中的天才》等。

　　②　Tit. I, LXII.——作者

　　③　*Pensées*, p. 8.——作者

particulam aurae）——我们便会永远厌恶那些不美好、不精致以及无法
令人愉快的人和事了；我们会永远厌恶那些少了芳香和纯洁的本质；这
的确会给人们留下许多烦恼和厄运。"①我认为他的赞美似乎不太恰
当。这段话过于强烈地暗示，儒贝尔是如此超凡脱俗，以至于他不适于
人性日常所见，但事实上，他属于最精明和最务实的人之列。当儒贝尔
说人们单从马基雅维里《君主论》（*Prince*）一页中学到的政治艺术就比
孟德斯鸠《论法的精神》（*Spirit of Laws*）一整本书更多时，他甚至夸大
了自己对纯粹抽象思维的恐惧。②

　　儒贝尔公然宣称自己不喜欢纯粹的现实，即他所谓的"可怕的现
实"（l'affreuse réalité）。这种做法的危险性，不在于他从浪漫主义撤回
了象牙塔，而在于他过分同情那些有关高贵风格和伟大行为的特定概
念。他为高乃依③辩护时曾说，即使不得不踩着高跷，我们也必须超越
世间琐事。④ 而他对与之对立的艺术学派的态度则体现在下面这句话
中，勒萨日⑤的小说"好似是一名刚离开剧院的骨牌戏玩家在咖啡馆里

---

① *Chateaubriand*，II，138. ——作者
② 关于其勇气与良好判断力的例证可参考他写给丰塔纳的信，后者当时正执
掌法兰西的帝国大学（相当于教育部），儒贝尔在信中为教员和教授们的低收入鸣不
平。（*Cor.* 217. ）——作者
③ 高乃依（Pierre Corneille，1606—1684），法国剧作家，法国古典主义戏剧奠基
人，1647 年当选为法兰西学术院院士。高乃依曾在路易十三的宰相黎塞留
（Richelieu）的招领下作为御用文人创作带有政治宣教色彩的剧本，其代表作有《熙
德》《贺拉斯》等。
④ Tit. XXIV，V，VII. ——作者
⑤ 勒萨日（Alain Rene Lesage，1668—1747），曾翻译过西班牙小说，继承了流浪
汉小说的写作风格，其代表作有《杜卡雷》《吉尔·布拉斯》等。

写出的作品"①。

儒贝尔之所以要躲避"可怕的现实",也与他经历过"恐怖时期"　39
(Reign Terror)这一事实相关。他说:"法国大革命通过一种使现实变
得可怕的方式,把我的精神从现实中拽了出来。"②"大革命时期是一个
穷人无法确保正直,富人无法确保财富,良善之人无法保命的时代。"③

儒贝尔年轻时曾接触过狄德罗④,并开始受到这种接触隐含的关
于新批判精神的启蒙。但即便没有大革命,儒贝尔也绝不会彻彻底底
变成现代人。他说,古人受过去的魔力吸引,现代人则受未来的魔力吸
引,⑤就此而言,他的确是真正的古人。法国人习惯于将守旧派称为
"厌新之人"(misonéiste),这种说法大体准确;但用来描绘儒贝尔的应
该是一个更优雅的希腊词——"喜旧之人"(φιλάρχαιος)。他说:"一本
新书的最大缺陷是,它是我们阅读古书的障碍。"⑥

儒贝尔认为,18世纪需要的不是宗教自由,而是反宗教的自由。⑦
任何无法立刻被理性或感觉所理解的事物,都会被当作纯粹的偏见而
予以抛弃。他说:"我的发现(当然,人人有其独特的发现)将我带回到　40
偏见中。"⑧"我们的改革者对经验说:你真是个糊涂蛋;他们又对过去

---

① Tit. XXXII.——作者
② *Pensées*, p. 4.——作者
③ Tit. XVI, LIX.——作者
④ 狄德罗(Denis Diderot, 1713—1784),法国启蒙思想家,百科全书派代表,主持编撰《百科全书》。
⑤ Tit . XVII, I.——作者
⑥ *Ibid.*, XVIII, LVII.——作者
⑦ *Ibid.*, XVIII, XIII.——作者
⑧ *Pensées*, p. 4.——作者

说:你只是个孩子。"①儒贝尔走向的另一个极端是,他过于专横地把过去强加给现在。虽然他比任何一个法国保守人士都更善于用洞察力为传统注入活力,但他仍然太过于传统。② 百年来革命的压力如此之大,它彻底打破了平静,甚至性情最平和之人也很难不受其冲击。儒贝尔往往只看到秩序的好处,正如爱默生往往只看到解放的好处。

他很想以自己构想的秩序之名,把社会传递到耶稣会信徒手中,继而以一种僧侣式的沉静修正整个社会。他将爱默生眼中现代最大的成就,当作现代最大的不幸。他感叹道:"这真是不幸的时代……人人都以自身的标准来衡量事物,正如《圣经》所言,每个人都依循自己灯笼里的光前行。"③从前人们与天堂的广泛交流被打破,每个人都要建造私人阶梯。④ 若果真如其所言,"世间少有配得上经验之人,多数人只会受经验腐蚀"⑤,那么管束的确是越多越好。

当然,儒贝尔对 18 世纪两位伟大的领袖——伏尔泰和卢梭的严苛评价始终如一。他当然能从改良后的卢梭身上看到些许优点,但无论如何也想象不出伏尔泰的长处。⑥ 他说:"伏尔泰仔细读完三四十本书,就是为了从中找到一个不足道的反宗教笑话。那就是他的热情,他

---

① Tit. XVIII, XX.——作者
② "对希腊人尤其是雅典人而言,最宝贵的是文学与公民之美;对罗马人而言,最重要的是良好的道德与政治;对犹太人来说,则是宗教与家庭;对其余人而言,则是对前三者的模仿。"(Tit. XVII, XIII.)——作者
③ Tit. XVIII, V.——作者
④ *Ibid.*, XIV.——作者
⑤ *Ibid.*, XVI, XIII.——作者
⑥ *Ibid.*, XXIV, XXXVIII.——作者

的野心，他的癖好。"①但归根结底，他认为卢梭的伪宗教远比伏尔泰的反宗教更暗藏杀机。"我向温柔、热诚、崇高的人和生而具有某种上述宗教品质的人喊话，我告诉他们：只有卢梭才能带你摆脱宗教，但唯有宗教才能治愈你们的卢梭病。"②

　　当儒贝尔在政治和宗教思想上过于靠近保守的一方时，他的文学观反而呈现出一种显著的平衡。他置身于两个时代之间，一个是理性的但某种程度上又败坏理性的时代，另一个是想象的但某种程度上又败坏想象的时代。他反对旧时代的过度，也提醒大家应当对抗即将到来的过度。但倘若我们只把儒贝尔的作品当作一种警示或反抗，或者只把他当作一位偏好否定和限制的作家，那便大错特错了。对法国人而言，他不仅是《随思录》的作者，更和丰塔纳③一样，同是夏多布里昂的文学导师。圣伯夫将他们称作夏多布里昂的两大"守护天使"，儒贝尔负责刺激和鼓励，丰塔纳则更倾向于警示和阻止。儒贝尔在攻击形式主义以及从心智和情感上扩大接受度的过程中，转向了未来。保持热诚与友善（Ayons le Coeur et l'esprit hospitaliers. ）——这句话诠释了其新批评④的全部合法性。

　　18 世纪对诗歌的伤害，一部分源自机械的模仿，另一部分则源于

_____

①　Tit. XXV. ——作者

②　*Ibid.*, L. ——作者

③　丰塔纳（Louis de Fontanes, 1759—1821），法国诗人、政治家、批评家，曾担任帝国大学校长。拿破仑治下的帝国大学也是负责整个法兰西帝国国民教育的机构，因此丰塔纳既是大学校长，又是教育大臣。

④　白璧德此处说的"新批评"（new criticism）指的是儒贝尔开展的新的批评形式，注意区别于新批评学派的新批评，后者于 20 世纪二三十年代在美国形成风气，此后蔚成大势。

理性主义的滥用。儒贝尔始终在为想象力辩护,抵抗形式主义者和理性主义者。"无法使人着迷的,便不能称之为诗歌;那么竖琴就是长着翅膀的乐器。"①缺乏整全想象力的人生观是不圆满的。"无论我们思考什么,我们都必须通过完整的自我——包括灵魂和肉体——来思考。"②总之,我们应当避免一切单一的思考。"人是一个庞大的存在。他可以部分地存在,但只有当他变得圆满和完整时,这种存在才会令人愉悦。"③对人文主义者而言,再难找到比这更令人满意的说法了。总之,儒贝尔对片面理智主义者是很严厉的(此处再次体现了他对 18 世纪的敌意)。哲学家因为"混淆了精神的事物和抽象的事物"④而陷入非现实。他警告我们不要相信哲学书中那些"尚未普遍流行却成为特殊行话"⑤的字词。"有多少人为了显得深刻而变得抽象啊! 大多数抽象术语都是遮蔽空虚的阴影。"⑥哲学"需要的是缪斯,而不是一间布满纯粹理性的杂货铺"⑦。

须补充的是,儒贝尔本人广泛涉猎哲学。他是最早全面研究康德的法国人中的一员,他读的是拉丁译本(德式拉丁文),他给博蒙夫人⑧

---

① Tit. XXI, IX. ——作者
② *Ibid.*, IX, LII. ——作者
③ *Ibid.*, V, LVII. ——作者
④ *Ibid.*, XII, VI. ——作者
⑤ *Ibid.*, XII, XXV. ——作者
⑥ *Ibid.*, XII, XXXII. ——作者
⑦ *Ibid.*, VI. ——作者
⑧ 博蒙夫人(Madame de Beaumont, 1711—1780),法国儿童文学作家,后移居英格兰以家庭教师为生。她在英格兰期间写作了一系列基于民间故事、历史、传说的教育性文章,后来广为人知的童话故事《美女与野兽》最早就出自博蒙夫人之手。

写信说："德国拉丁语就像鹅卵石一样晦涩难懂。"以此理解康德，如同用头砸开了鸵鸟蛋，却常常一无所获。① 儒贝尔说："一个人会像扭伤筋骨那样扭伤心智。"他在阅读康德作品的拉丁译本时，似乎就扭伤了心智。他对康德的最终评价是，康德在本应使用直觉的地方却以理智应对，从而"错过了万物真正的尺度"②。

据夏多布里昂所言，儒贝尔希望自己的哲学既能呈现画面感，又富有诗性。儒贝尔认为，当一种哲学思想完全成熟时，它就会失去抽象的原始性，并随即呈现出感染力、形式、声音、光线和色彩。即便是需要清晰地表达抽象之时，他也拒绝用抽象的方式说话。这种做法可能创作了过分华丽的比喻，即矫揉造作的效果，我在评论他的《随思录》时曾提到过。他似乎又非常现代。他斩钉截铁地认为，我们不应当承袭 18 世纪的风尚，不应该把语词只当作纯粹的代数符号，或者说，我们不应当剥夺语词的暗示性特征。他感知并鼓励隐微的情感互动，也支持浪漫主义运动中那些备受瞩目的不同艺术的融合。援引一句他论及这一主题的话，"美妙的诗歌就像声音和香气一样缓缓散发"③，这对魏尔伦④的追随者来说是一个极好的信条。再援引一个更超前的说法，"我

———————————————

① *Cor.*, 62. ——作者

② 他接着说："所谓事物的尺度，对于动态事物而言是静止，对于有限的事物而言是无限，对于变化之物而言是不变，对过客而言则是永恒。"（*Cor.*, p. 61.）他对康德的评述可参考《随思录》和《书信集》(Tit. XXIV, XVII-XIX.)的相关内容。——作者

③ Tit. XXI, XXV. ——作者

④ 魏尔伦（Paul Verlaine, 1844—1896），法国象征派诗人，1894 年被选为"诗王"。他与马拉美、兰波并称象征派诗人的"三驾马车"。代表作有《忧郁诗篇》《悲歌》《死亡》等。

们不应描绘物体本身,而应描绘我们对物体的感觉"①;恐怕就连后印象主义者也会对此感到满意吧。

但儒贝尔总是小心翼翼地遵循他的原则,他不会在尚未提出一个补充性真理的前提下提出任何真理。② 他不会像诸多现代人那样,因沉溺暗示的力量而失去理智。当儒贝尔说出"我们用思想高歌,用语言描摹"(nous qui chantons avec des pensées et peignons avec des paroles)③,以及"当你完全理解一个语词时,它就会变得清晰易懂,你理解了它的色彩和形式,你就感受到了它的重量"这样的话后,他承认,一个单词,最重要的不是它的色彩或音韵,而是它的意义;当语词的选择和编排能最清晰地表达意义时,它们似乎才最为和谐。④ 他说:"我们不仅需要意象诗(poetry of images),还需要思想诗(poetry of ideas)。"⑤"当意象遮蔽物体,而你又把这遮蔽物当作主体时;当表现给你带来快乐,以至于你无法超越和看透意义时;当图像终于引起你全部的注意时,你就会在途中滞留。到那个时候,手段成了目的,一个糟糕的向导操纵着你。"⑥这种观点猛烈地冲击着许多法国浪漫主义者,其中当然有戈蒂埃⑦,毫无疑问还要加上一个人——雨果。

45

---

① Tit. XXIII, LXXVII. ——作者
② Ibid., XI, XVIII. ——作者
③ Ibid., XXII, LXXIV. ——作者
④ Ibid., XXII, XXIX. ——作者
⑤ Ibid., XXI, XXIII. ——作者
⑥ Ibid., XXII, CX. ——作者
⑦ 戈蒂埃(Gautier, 1811—1872),法国唯美主义诗人、散文家和小说家,在创作中践行"为艺术而艺术"的主张,著有诗集《阿贝都斯》、小说《莫班小姐》等。

不过,法国的浪漫主义者几乎都不同意儒贝尔对诗歌目的的看法,因为他们的热情并不是儒贝尔那种柏拉图式的,而是卢梭式的。换言之,他们逃离抽象的方法,不是超越一般理智水平,而是沉降到一般理智水平之下;因此浪漫主义运动的重心并非如儒贝尔的期许,是对想象力的合法复兴,反而是对不受约束的自发性的赞美。儒贝尔对"热情"一词的运用可能会成为一个很有意思的研究话题。他用其他名词来指代那种通常被冠以热情之名的事物——激情(passion)、活力(verve)、肺腑之心(entrailles)等。在他看来,真正的热情与斯达尔夫人所说的热烈和运动无关,而与光和宁静①相关,或如圣伯夫所说,最好将热情定义为一种"崇高的和平"。儒贝尔便是如此用这个词来形容最伟大的诗人、圣人和先贤的。譬如他提过的维吉尔的热情。

或许柏拉图主义者和卢梭主义者这两种爱好热情的人之间的差异,最显著地体现在他们对想象性幻想(imaginative illusion)的使用上。儒贝尔对幻想在生活和艺术中的作用的看法是最具原创性的。他以此证明了自己的狂言,即他比柏拉图更柏拉图主义(Platone platonior)。他用高度柏拉图主义的观点为文学和艺术辩护,并以此反对柏拉图。艺术家不应该满足于复制感官对象,因为如此一来,他的作品就会陷入柏拉图所指责的远离现实两层的艺术中,只是"影子的影子"。相反,艺术家应该运用感官对象勾勒出最高现实;这样才能创作出一种模型,一种神圣的模型,反映天国原型的模型。② 这样一来,勾勒这种最高现

46

---

① Tit. XXIII, CVIII. ——作者
② *Ibid.*, XXI, II. ——作者

实就只能靠想象性的幻想来实现。通过想象性的幻想,可以实现感官现实和精神现实的互动。我们可以"借助肉体想象灵魂"①。"上天知道,有许多真理是我们天生无法理解的,但有一些真理则因为与人类休戚相关而不可忽视。上天怜悯我们,并给予了我们想象它们的能力。"②我们只能通过虚幻的面纱认识真理,真理的恩典就这样被遮掩着。③ 幻想和智慧的亲密交融正是生活和艺术的魅力。④ "上帝永远在欺骗我们,他希望我们上当受骗,"儒贝尔又说,"当我说他欺骗我们的时候,我的意思是,他是用幻想而非诡计欺骗我们。"⑤于是,虚构的幻想变成了现实的一个必要组成部分⑥,我们不必非得看清事物的本来面目——你不必看到全部裸露之物(il ne faut rien voir tout nu)⑦。

显然存在这样两种极端:一种是斯威夫特主教⑧,他会撕下人性的所有面纱,抛开一切幻想来审视人性;另一种则是卢梭,他会带着幻想远离现实(至少儒贝尔是这样认为的)。两者的结局都是厌世。的确可以将斯威夫特与卢梭对比,它以一种奇妙的方式说明了"两极相通"

---

① Tit. XX, XLV.儒贝尔明确区分了想象(l'imagination)和妄想(l'imaginative)这两个概念,前者是一种活跃而有创造力的能力,是智力与精神的唯一中介,在很大程度上是天才具备的能力;后者则是一种次理性、被动的能力,在孩子和胆怯的人身上体现得十分明显。参见 Tit. III, XLVI-LII。——作者

② *Cor.*, 85. ——作者

③ Tit. XI, XXXVI. ——作者

④ Tit. IX, V. 对比 Tit. XX, X 以及 Tit. XXIII, CXV。——作者

⑤ *Cor.*, 125. ——作者

⑥ Tit. XI, XXXIX. ——作者

⑦ *Ibid.*, XXI, XXI. ——作者

⑧ 斯威夫特(Jonathan Swift, 1667—1745),英国著名讽刺作家,善于用文学作品抨击时政,曾担任都柏林圣帕特里克大教堂的主教,其代表作有《格列佛游记》《木桶的故事》《书籍之战》等。

(extremes meet)这一箴言。

　　儒贝尔不仅在如何正确使用想象性幻想的问题上见解非凡，而且对卢梭主义者是如何滥用幻想，即人们所说的堕落的假象，也具备非凡的洞察力。即便说卢梭没有把幻想和精神现实(reality of spirit)联系起来，那他也的确用某种方式将幻想和感官现实(reality of sense)联系了起来；他用幻想为俗世冲动尤其是性冲动增添了一丝魔力。① 儒贝尔对性冲动的看法不但与卢梭不同，而且在这方面，他算得上是最不典型的法国人。他说："借助纯洁，灵魂即便在最堕落的地方也能呼吸到洁净的空气；借助克制，无论肉体处于什么状态，灵魂都是强大的。它因对感觉的绝对控制而成了感觉的国王；它因拥有光与和平而清澈无瑕。"②儒贝尔说，理性虽然可以满足一般美德的需求，但仅仰仗宗教，我们便能变得纯洁。③

　　儒贝尔说，贝尔纳丹·德·圣皮埃尔④不仅吹捧卢梭式的激情，而且还使整个自然笼罩在伪理想主义的魔力下，结果生出了一种"令人心醉神迷的享乐主义和阿那克里翁式的道德⑤"。⑥ "贝尔纳丹·德·

48

---

　　①　我在《新拉奥孔》第 5 章(*New Laokoon*, ch. V.)详细论述过这一问题。——作者
　　②　Tit. V, CX. ——作者
　　③　*Ibid.*, CXII. ——作者
　　④　贝尔纳丹·德·圣皮埃尔(Bernardin de Saint-Pierre, 1737—1814)，法国作家，其代表作《保罗与维吉妮》以法兰西岛的茂林丰草、禽兽花木、流泉瀑布、山风海涛为背景，描写了一对少年男女纯真的恋爱故事。这部浪漫主义作品对同代和后世作家都产生了极大影响。
　　⑤　阿那克里翁(Anacreon)是古希腊抒情诗人，他的诗歌主题通常与爱情和饮酒相关，其诗歌风格广被模仿，诗体中的"阿那克里翁风格"即以此命名。阿克那里翁式的道德(Anacreontic morality)则指一种饮酒谈情的享乐主义的生活状态。
　　⑥　Tit. XXIV, LXVI. ——作者

圣皮埃尔的风格就像令眼睛疲惫的棱镜,当你长时间阅读他的作品后,你会欣喜地发现,乡野的青草和绿树竟不及他作品中的青草和绿树鲜明。他的和谐会让我们爱上不和谐,他将这种随处可见的不和谐从世间放逐。诚然,大自然有它自身和谐的声音,但所幸这种声音是罕见的。如果现实能演奏出绅士们四处寻找的优美旋律,那你便会沉醉在这令人心醉神迷的柔情中,神魂颠倒地死去。"①

　　问题来了,儒贝尔究竟如何看待夏多布里昂身上的卢梭主义呢?儒贝尔说:"若我的朋友只有一只眼睛,那我便只描绘其侧脸。"②但显然,即便面对自己的朋友,儒贝尔的批评也并未有失公允。他说:"夏多布里昂给激情带来了它们缺乏或曾短暂拥有的天真。在《阿达拉》③中,洁白的面纱掩盖了激情。"④他写给莫莱的那封谈论夏多布里昂个性的信⑤,是一篇精神分析的佳作。儒贝尔在这封信中预言了圣伯夫对夏多布里昂的严厉批评,但同时又让这些批评看起来和蔼可亲,充满深情。儒贝尔绝不是浪漫意义上的"美好的灵魂",也丝毫不像这一词语所暗示的软弱无力。有人说,我们不得不接受当下的一切,否则我们就是狭隘的和缺乏同情心的。儒贝尔则回答道:"虽然值得我喜欢的

---

① Tit. XXIV, LXVII. ——作者

② *Pensées*, p. 2. ——作者

③ 《阿达拉》(*Atala*)是夏多布里昂的小说,以异域风光为背景,描写了一对宗教信仰不同的青年的爱情悲剧,标志着浪漫主义的开始。

④ *Pensées*, p. 393. ——作者

⑤ *Cor.*, 106ff. 圣伯夫说这封信"深入研究了夏多布里昂的心理"。(*Chateaubriand*, II, 396.) 对比 *Nouveaux Lundis*, III, 11。——作者

　莫莱(Louis-Mathieu Molé, 1781—1855),法国政治家,路易·菲利普一世的密友和顾问。莫莱与儒贝尔、夏多布里昂均是好友。

绘画、歌剧、雕塑和诗歌作品凤毛麟角,但我却热爱这些伟大的艺术。"

换言之,同情必须和选择完美地结合在一起,这实际上意味着,扩张必须受到集中的调和,生命冲动(vital impulse)必须服从生命控制(vital control)。当儒贝尔听说文学需要大量的激情时,他回答道:"的确,文学需要大量克制的激情。"①我已引用过他对卢梭的指责,他说卢梭把良心转变为了激情,变成了一种刺激物而非制约,从而摧毁了道德;儒贝尔还说,"品味是灵魂的文学良心"②。说起来,品味就像其他大多数完美事物一样,本质上也是二元的,它是调和极端的工具;但选择和限制——儒贝尔所强调的品味的特征——不仅极其重要,而且也是自卢梭到克罗齐③先生的现代人们一贯忽视和否认的要点。我们知道,斯达尔夫人倾向于将天才和品味等同起来,她让二者都变成纯扩张性的。儒贝尔则倾向于极端的集中。他写道:"如果有人受可恨的执念折磨,想要将一本书浓缩为一页纸,用一句话概括整页内容,用一个词总结一句话,那个人必定是我。"④"古代批评家说:过犹不及(Plus offendit nimium quam parum)。我们几乎将这句箴言颠倒了过来,开始赞美各种各样的丰富性。"⑤儒贝尔不断攻击另一项与此(对丰富性的

----

① Tit. XXIII, CXXXI.——作者

② *Ibid.*, XXIII, CXLVII.——作者

③ 克罗齐(Benedeto Croce, 1866—1952),意大利哲学家、历史学家、政治家,新黑格尔主义代表人物,深受黑格尔历史哲学影响,著有《历史学的理论和历史》《维科的哲学》《美学原理》等。

④ *Pensées*, p. 8.——作者

⑤ Tit. XVIII, LXXXVIII.——作者

赞美)密切相关的自然主义恶习,即对纯粹力量和能量的崇拜——文学上的拿破仑主义——圣伯夫正是如此指责巴尔扎克的。儒贝尔说:"若无精致,便无文学可言。"①"若想写出好作品,则必须具备天生的才能和后天习得的技艺。"②我们更为熟悉的恰好是其反面,这些人缺乏天赐的才能,却几乎成功学到了专栏作家乏味的广博。儒贝尔没有现代人身上那种狂妄自大的迹象。"精致优于丰富。虽然商人热衷巨著,但读者却更爱精巧的书。"③能将一本小书写得精彩的作家是幸福的。(Heureux est l'ecrivain qui peut faire un beau petit livre.)④

51 　　尽管儒贝尔颇具决断力和选择性,但他评价和选择的标准,不是外在的形式,而是内在的直觉。他带着对形式主义者的轻蔑说道:"职业批评家是无法区分和鉴别究竟哪个是未切割的钻石,哪个是金条的。他们是商人,他们在文学中只认识流通的硬币。他们的批评虽有天平和刻度,但其批评既非熔炉也非试金石。"⑤这也是拉·阿尔普的困境;他懂得规则,但却并不懂得理性这一规则中的规则,理性决定了规则的限度和范围。他了解批评这门行业,却不懂批评的艺术。⑥

　　虽然儒贝尔拥有他所说的批评试金石,但我认为他并非完全正确——那只会给予他一种过分超越共同人性的特权。他对弥尔顿和德

---

① Tit. XXIII, XXIV.——作者
② *Ibid.*, XLV.——作者
③ *Ibid.*, XXIII, CCXX.——作者
④ *Ibid.*, CCXXII.——作者
⑤ *Ibid.*, XXIII, CXLV.——作者
⑥ *Ibid.*, XXIV, LIV.——作者

利尔①的对比不仅拙劣②,而且拙劣至极。这种对比表明,即便在自己最熟悉的诗歌领域,他对形式主义的批评也不见得有多充分。此处他理解力的缺失,或许恰好是时代精神(Zeitgeist)影响力的一例证,而他本人就是最早充分定义这一时代精神的人。③

　　他的批评直觉始终让他保持警惕,哪怕这种直觉是对时代精神的警惕。我们的确可以把儒贝尔当作形式主义者的反对者,或说直觉批评家。但在这种情况下,我们必须谨慎定义直觉这个词。正如很久以前亚里士多德指出的那样,理智显然依赖直觉,因为它所涉及的知识既有高于自身的,亦有低于自身的。我们以此区分出了两种主要的直觉形式,它们分别对应我们定义的两种主要热情:一种是感官的和审美的,另一种则是精神的,后者有时也称为理智直观(intellectual intuitions)。我们也可以称它们为“多”的直觉和“一”的直觉,即——重复一下我曾用过的对比——生命冲动和生命控制。譬如,我们还可以说,这是一种爱默生的直觉;我们当然也可以将这个词应用到美学敏感度或查尔斯·兰姆敏锐的文学感知力上。勒梅特尔④说儒贝尔是一个独特且有趣的人(singuliere et delicieuse creature),但他并未清楚说明,为什么儒贝尔“独特”且“有趣”。我认为,勒梅特尔之所以这样说,

52

――――――――――

　　① 德利尔(Abbé Delille, 1738—1813),原名 Jacques Delille,法国诗人、翻译家。他翻译了维吉尔的《埃涅阿斯纪》和弥尔顿的《失乐园》等,并著有《维吉尔的田园诗》等。

　　② *Cor.*, 251. 必须得指出儒贝尔不懂英文。——作者

　　③ Tit. XVI, L. ——作者

　　④ 朱尔·勒梅特尔(Jules Lemaître, 1853—1914),法国批评家,曾担任《辩论日报》的戏剧评论员,著有《当代人》《戏剧评论》等。

是因为儒贝尔恰好具备我所说的两个方面的直觉。和爱默生一样,儒贝尔也拥有"天才的视野、智慧的眼睛、富有穿透力的本能和敏锐的洞察力;总之,他天生具备发现一切精神性事物的智慧"①。黑兹利特②说,兰姆品评老作家就像美食家品尝橄榄,儒贝尔亦如此。几乎没必要再列举更多例子来说明他的文学洞察力了。③

53　　此外,儒贝尔决不会像许多纯粹的唯美主义者(aesthetes)那样,混淆不同直觉秩序所对应的存在层面。人们总能意识到人类理性和直觉之间的冲突,这种冲突即文学界流行的脑和心的冲突。但"心"这个词跟"直觉"一样,显然也是含混不清的。例如,当帕斯卡说"心能理解理性无法达知的事物"时,他所说的"心"显然指的是超感觉的、精神性的直觉。另一方面,当拉罗什富科④说"脑总是被心欺骗"时,他指的显然是欲望和冲动,它们从人性的次理性区域缓缓升起,笼罩在理智周围。若用这种方式来对比研究卢梭和帕斯卡,则不难看出,尽管二者都认为一切事物随心而定,但他们对"心"这一词的理解是完全不同的,因为

---

①　Tit. III, XLIV. ——作者

②　黑兹利特(Walliam Hazlitt, 1778—1830),英国散文家、评论家、画家,代表作有《拿破仑传》《论人的行为准则》《席间闲谈》等。他还擅长写作文学批评,如《英国戏剧概观》《莎士比亚戏剧中的人物》等。

③　当夏多布里昂更热切地指出儒贝尔是"怀有拉封丹心智的柏拉图"时,他心中亦有类似的综合品质,顺便提一句,儒贝尔第一个提出"拉封丹拥有其他法国作家缺乏的丰富的诗意"。(Tit. XXIV, sect. V, XX.)这一观点随后被圣伯夫、艾米尔以及阿诺德采纳。——作者

④　拉罗什富科(François de La Rochefoucauld, 1613—1680),法国公爵,又称马西亚克亲王,古典作家。年轻时曾是投石党叛乱的中心人物,后来回归朝廷,但不再过问政事,以著书游艺为主。其代表作是《道德箴言录》,记录了他在沙龙游戏中的机智问答。

他们用这个词描绘的乃是直觉的不同层面。

当下区分直觉的含义十分必要,因为詹姆斯、柏格森和克罗齐这些举世瞩目的思想家至少都赞成,我们的关注点应当从理智走向直觉。若说儒贝尔跟这些思想家少有共同之处,显然是因为这些思想家所说的直觉只是卢梭意义上的直觉,而不是儒贝尔那种柏拉图式的直觉。詹姆斯和柏格森并不像儒贝尔那样,把"一"当作鲜活的直觉,而是将其当作一种没有生命力的理智概念;他们想让我们相信,只有钻研流变,换言之,只有培养与"多"相关的直觉,才能摆脱理智主义。需要担心的是,儒贝尔对现代哲学的评价,与他讨论自己所处时代的流变哲学相同:"我和古代圣贤一样,也厌恶那些可怕的格言。"①他用怀疑的眼光审视现代哲学,他认为这些哲学并未将旧哲学阐释清楚,仅仅是反驳了它们而已;②从这一点来看,他一定会特别质疑柏格森。因为,倘若柏格森对现实的理解是正确的,那么自柏拉图和亚里士多德以来的大多数伟大哲学家对现实的理解不仅是错误的,而且还彻底颠倒了现实观。

当我们说儒贝尔在精神上是直觉性的时,我们将他置于圣贤之列;所谓圣贤,指的是在时空无数的偶然性中通过其本质上的一致性可以辨认出的群体。譬如,我们很容易在儒贝尔和爱默生那里找到一堆相似的段落。儒贝尔说:"当一个民族能生出创造伟大思想的人物时,它也能生出另一个生来便能理解和尊重这一思想的人。""懂得倾听的耳

54

---

① *Cor.*, 257.——作者
② Tit. XII, LIV.——作者

朵总与能说会道的舌头共生"，这是爱默生最为热衷的信条。下面这种思想——在爱默生那里也能找到其等同物——可被称为"佛教式的"，特别是如果我们还记得，"佛陀"（Buddha）一词本就有"觉醒之人"之意。"人皆饮食男女，都会成家立业，立约分财；人皆敌友共存、苦乐同行，亦要历经生老病死——除非他浑浑噩噩！"①人们往往会根据"一"的直觉聚集起来；换言之，人类真正的统一原则是建立在先贤的洞见之上的。我们应溯流而上以期与彼此相遇。

　　儒贝尔及圣贤之士的直觉与柏格森的直觉之间的矛盾，或许十分清晰地体现在他们对时间的不同态度上。在柏格森看来，现实纯粹是一个流动和变化的过程，这种变化随时间产生；所以"时间是构成我们生命的本质"②。（他认为）我们应力争用变化的观点（sub specie durationis）而不是永恒不变的观点（sub specie aeternitatis）看待事物。我们在无数的形式和时空条件中，都能找到与此相反的主张！佛陀说："牟尼摆脱劫波。"③米开朗琪罗说："幸福即灵魂永恒。"儒贝尔说："尘世的时间受到一系列不断变化和更新的生命的衡量，人们可以看到和感知它，它存在且可以计算。超出尘世的时间则没有变化和延续，没有

----

① Tit. VII, LXIII. ——作者
② L'Evolution créatrice. ——作者
③ 摆脱劫波（Akappiyo），见《经集》，第四品，第十章。——作者
　　巴利语中的 kappa 可对应梵语 kalpa，中文音译为"劫波"，akappiyo 为否定义，即"摆脱劫波"。"劫波"是时间概念，有大劫、中劫、小劫之分，摆脱劫波即摆脱时间束缚，白璧德即取此意。选文出自《经集》第四品、第十章，第 860 颂："不贪婪，不妒忌，不说自己等同于、优于或低于别人，这样的牟尼是摆脱劫波，不进入劫波。"（译文参考《经集》，郭良鋆译，中国社会科学出版社 1990 年版，第 127 页。）

新旧之分,也没有昨天或明天。"①(儒贝尔在另一处补充说,即便永恒之中也存在时间,但那显然不是一种能靠身体的运动和延续来计算的、属于地球和尘世的时间。②)爱默生以某种类似的方式肯定了"上帝之渊的内核"(the core of God's abysm): 56

<blockquote>
过去、现在和将来,

是并蒂而生的三朵花。③
</blockquote>

我们可以无限延长这样一份名单,名单上的人与柏格森不同,他们都不是在时间内部而是通过超越时间找到最高现实的。

　　如果说一个人仅凭拥有精神直觉便能成为圣贤,那么若他想成为文学艺术评论家或创造者,就仍须具备柏格森提倡的直觉。诚然,最聪慧之人大约是同时拥有两种直觉并能调和二者的人,也是为统一感注入局部感、个体感和瞬息感之人。儒贝尔的批评家品质尤其体现在他不但坚持标准,而且还能灵活掌握它们。他对固定性和永恒的坚持,几乎总能受到变化感和不稳定感的调和。他以一种充满隐喻的方式说:"一个人必须为自己准备好锚和压舱物,也就是确定和恒定的观点,继而再让旗帜自由飘动,扬起风帆;但桅杆必须稳固不动。"④此外,"风格中的'真'是不可多得的美德,它足以助作者独占鳌头。倘若我们像路 57

---

① Tit. XIII, IV.——作者

② *Ibid.*, VI.——作者

③ 引文出自爱默生的诗歌《最初之爱、恶魔之爱与天国之爱》。

④ Tit. IX, XLII.——作者

易十四时期的人们那样处理当下的全部主题,那么我们的风格中也就无'真'可言,因为我们同那个时代的人并无相同的幽默、观点和习惯……越想使自己采用的体裁接近自己的特色、靠近时代习惯,你的风格就越应该远离某类作家。这些人之所以是典范,只是因为他们善于在作品中表现自己时代的习惯和自身个性罢了。在这种情况下,良好品味本身就会让你远离最佳品味,因为品味会随着习惯的变化而变化,良好品味也是如此。"但儒贝尔又补充说(他在这里似乎持保守的论点),有些体裁是不变的。"我认为,神圣演说家会始终按照波舒哀①的方式来写作和思考。"②他在另一篇文章中还写道:"一本书是否流行,取决于不同时期的品味;即便旧书也要面对多变的时尚。高乃依和拉辛③、维吉尔和卢坎④、塞内加⑤和西塞罗、塔西佗和李维⑥、亚里士多德和柏拉图,他们只是轮流拿着棕榈叶⑦而已。此外,由于不同的年龄

---

① 波舒哀(Jacques-Bénigne Bossuet, 1627—1704),法国神学家,路易十四的宫廷布道师,宣扬君权神授,著有《哲学入门》《世界史叙说》等。

② Tit. XXII, LXXIII. ——作者

③ 拉辛(Jean Racine, 1639—1699),法国剧作家,其创作以悲剧为主,与高乃依、莫里哀齐名,代表作品有《昂朵马格》《讼棍》等。

④ 卢坎(Marcus Annaeus Lucanus, 39—65),古罗马诗人,其代表作是未完成的史诗《法沙利亚》(Pharsalia),讲述了恺撒与庞培之间的内战,这部作品被誉为《埃涅阿斯纪》之外最伟大的拉丁文史诗。

⑤ 塞内加(Lucius Annaeus Seneca,约4—65),古罗马政治家、雄辩家、斯多葛派哲学家,同时也是悲剧作家,其代表作有《道德书简》《自然问题》《疯狂的赫拉克勒斯》《特洛伊妇女》等。

⑥ 李维(Titus Livius,公元前59—公元17),古罗马历史学家,精通修辞学、演说术等。他生活在罗马共和国后期向罗马帝制过渡的时期,拥护共和制度,代表作是《罗马自建城以来的历史》(简称《罗马史》)。

⑦ 象征胜利。

层、不同的季节或不同时刻的缘故,我们可能更喜欢某本书,更喜欢某种风格,或者更喜欢某种理智。"①儒贝尔抢先阿纳托尔·法朗士②一步说道:"在文学和对作者的既定评价中,墨守成规的观点多于真实可靠的观点。有多少已享有声誉的作品,如果再重新评价一次,很可能无法再获得这一声誉!"③

虽然儒贝尔愿意向相对性因素做出巨大让步,但他并不愿只把文学当作社会的表达。他说:"让一部作品适应人类精神的本质,远比让它适应社会现状好上百倍。人身上有永恒不变之物,因此艺术和艺术作品才会有不变的规则,即永远令人愉悦的美,或者只在短时间内令我们愉悦的表现手法。"④人身上有永恒不变之物!(Il y a quelque chose d'immuable dans l'homme!)这些经得起考验的作家正像儒贝尔一样,能真正领悟到人类身上有永恒之物,并以永恒为目标。正如其所言:"天堂是为那些对天堂感兴趣之人准备的。"同样,斯达尔夫人的主要兴趣并不在文学本质上,而在于文学作为社会表现形式上,即文学如何体现环境变化上,相应地,她的作品在本质上的价值也就低于在相对层面和历史层面上的价值。

儒贝尔的地位当然不及真正的创造者,不及那些留下不朽之作的人,也不及那些不仅有思想,且用儒贝尔自己的话来说,同时还具备能

58

---

① Tit. XXIII, CLXXVII. ——作者

② 阿纳托尔·法朗士(Anatole France, 1844—1924),法国批评家、社会活动家,1921 年获诺贝尔文学奖,代表作有诗集《金色诗篇》,小说《现代史话》《黛丝》等。

③ Tit. XXIII, CLXXXIV. ——作者

④ *Ibid.*, XXIII, CCV. ——作者

储存思想的场域之人。① 他花费了太多时间构思不朽之作,并确定此
不朽丰碑所需的材料,以至于当他终于找到自己所需的材料时,如他所
言,一切已经太晚了,他已垂垂老矣。② 但用他本人的话来说,"几句令
人印象深刻的话足以使一个伟大的灵魂傲立群雄。有些思想浓缩了整
本书的精华"③。他的声誉大抵建立在诸多此类思想和言语之上。这
个世界不会忘记他,除非我之前定义的那种直觉天赋在未来的批评家
中变得更加普遍。

---

① "我的想法!我在建造容纳思想的房子这件事上花了很大力气。"(*Pensées*,
p. 10.)——作者
② Tit. VII, LXXXIX. ——作者
③ *Ibid*., XXIII, CCXVII. ——作者

第三章　夏多布里昂

　　人们最常将英国作家拜伦同夏多布里昂比较,就连他本人也以拜伦自比。但拜伦在英国的影响远弱于他在欧洲大陆的影响,与之相反,虽然夏多布里昂在法国以外影响甚微,但他的影响力却主导了整个法国现代文学。不久前,法盖①曾写道:"夏多布里昂时代是法国文学史上自七星诗社(the Pléiade)以来最伟大的时代。他终结了持续近三个世纪的文学演变,他发起的新的文学演变仍在发生并将长期持续下去……他是更新法国人想象力的人。"②如今,我们或许应该把法盖所说的文学演变追溯至卢梭,同时应把夏多布里昂当作卢梭最早的信徒。

　　夏多布里昂和拜伦各自与卢梭的联系是他们二人之间的纽带。这两人之所以与卢梭不同,很大程度上是因为他们是贵族而非平民出身。当然他们两人之间也有不同之处,夏多布里昂捍卫的是中世纪、王权和天主教,拜伦则发起了反对权威和传统的战争。但二者的相似性以及二者与他们共同的文学始祖卢梭的相似性,都体现在他们各自与自然

---

　　① 法盖(Auguste Émile Faguet, 1847—1916),法国批评家,著有《法国文学史》《当代戏剧札记》等。详见本书《批评家名录》。

　　② *XIXe Siècle*, 71.——作者

的紧密联系中,他们就这样"被内心的恶魔操控着"。我们在二者身上都看到了带有野蛮色彩和厌世风格的卢梭主义。他们和卢梭一样,忍受思想和感觉之间不可调和的矛盾("我的心和脑仿佛不属于同一个身体"),而且这种矛盾显著体现在他们二人的文学观点中。

梅莱①说:"夏多布里昂的品味和天赋不属于同一学派。他用自己的学说为传统辩护,同时又身体力行地摧毁和更新传统。"②与之类似,拜伦在理论上赞美蒲柏,但他在实际行动中又想推翻蒲柏流派。他在写给鲍尔斯③的信中说道:"我认为这是英国诗歌衰落的时代。"同时,他也为自己是新巴别塔④的建造者而羞愧不已。他和他的浪漫主义同伴或许能顺风而行,但却行进在错误的航道上。我们可以用拜伦这种有意识的批评脉络对观夏多布里昂在下面这段话中的观点:"此外,我不是卢梭那样野蛮的热情主义者,尽管我有充分的理由抱怨社会,就像哲学家有充分理由对社会表示满意一样,但我认为,纯洁的自然并不是这世上最美之物。无论如何,我总觉得自然非常丑陋。我不认为会思

① 梅莱(Gustave Merlet, 1828—1891),法国批评家,著有《理想主义与文学幻想》《法国古典主义文学研究》等。

② *Tableau de la littérature française* (1800—1815), III, 157. ——作者

③ 鲍尔斯(William Lisle Bowles, 1762—1850),英国诗人、批评家。他于1789年出版的十四行诗受到柯勒律治和华兹华斯的特别推崇。同时他也是《蒲柏诗集》的编者,但他对蒲柏诗歌的注释和修改受到蒲柏诗歌崇拜者的反对,引发了较大争论。

④ 巴别塔(Babel)是《旧约·创世纪》中人们建造的塔。人类联合起来希望建造直通天堂的高塔,上帝为了阻止人类的计划,于是让人们说不同的语言,彼此无法沟通。

考的人一定是堕落的动物(depraved animal)。① 我相信,正是思考造就了人。'自然'这个词引发了普遍的破坏。我们要描绘自然,但我们要描绘的是经过选择的自然(la belle nature,美好的自然)。艺术不应专注于模仿丑恶之物。"夏多布里昂在《阿达拉》的序言中坚定地写下了这样的话。在《阿达拉》这部作品中,他无时无刻不流露出自己对原始主义的热情,也是在这部作品中,他不再以美好的自然之名回避丑恶,而是如圣伯夫所指,他对鳄鱼情有独钟!

尽管根据最近评论过他的批评家勒梅特尔的说法,夏多布里昂的品味中充斥着一种诡异的缺憾,并且他没有严格约束自己的想象力,但他对品味、天才以及古典时代的看法会得到伏尔泰的赞同:"如果天才负责创造事物,那么品味则负责让事物永存:缺乏品味的天才只是超群的傻瓜而已。奇怪的是,这种微妙的机敏比创造性的天赋更为罕见!智力出众者和天才均衡地分布在每个世纪;但只在某特定的民族或特定的时刻,才会显露出最纯粹的品味;除此之外,一切都会因匮乏或过剩而引起不快。"②夏多布里昂主张鲜明的风格(文体的差异出于自然本身[la distinction des genres est née de la nature même]),但他的风格却从根本上助长了文(prose)与诗(poetry)的混淆。他比任何人都更致力于推广一时一地的色彩(local color),但同时他又指出,所谓一时一

63

---

① 对比如下他关于理性信仰的愉快宣言:"海德堡向人们展示了一个巨大的酒桶,一个毁灭醉汉的斗兽场;至少没有一个基督徒在莱茵河畔的圆形剧场里丧命;是的,因为他的理性:但那也不是什么大的损失。"(*Mém. d'Outre-Tombe*, 4 juin, 1833.)——作者

② *Essai sur la lit. ang.* ——作者

地的色彩其实毫无意义。"拉辛的天资与服装剪裁无关……当人们不知如何描绘坐在天鹅绒和扶手椅上的人的性格时,他们就会描摹扶手椅和天鹅绒本身。"①夏多布里昂这样嘲笑勒内②的弊病。他说:"拜伦建造了一个凄惨的学院。我觉得他创造和激发出的恰尔德·哈罗德们给他带来的折磨,就像梦见我的勒内式人物们给我带来的折磨一样。如果《勒内》这本书消失了,我绝不会重写。若有可能,我一定会毁掉它。诗文中的'勒内们'如雨后春笋般涌现。我们只听到了混乱和悲伤的言辞。只有狂风暴雨,以及向云和黑夜说的一些不知所谓的话。初出茅庐的三流作家总想象自己才是最不幸的人,十六岁的年轻人愁眉不展,似受天赋所累,满腹愁绪的他们沉溺于自身茫然高涨的激情。"③

夏多布里昂认为,自己之所以能规避浪漫主义信徒身上的"粗糙",是因为他本人受到丰塔纳④古典主义的影响。然而,夏多布里昂对卢梭和浪漫主义者的贬低大多本身就具有浪漫主义的特质:他是如此独特,以至于他既不认可老师,又不认可学生。

夏多布里昂身上理论和实践之间的矛盾比拜伦更为显著。因为拜伦对旧文学秩序的赞美与他的某些创作实际上是遥相呼应的:《审判的幻影》(Vision of Judgment)等诗歌以及他赋予高山大海的精神都极富创造力;总之,他远不及夏多布里昂浪漫。即便在讽刺社会时,他也

---

① *Essai sur la lit. ang.*——作者

② 勒内(René)是夏多布里昂的小说《勒内》中的人物。《勒内》是《基督教真谛》的第一章,与《阿达拉》一样都是《基督教真谛》中插入的小说。

③ *Mém. d'Outre-Tombe.*——作者

④ *Essai sur la lit. ang.* 对比爱弥尔·德尚(Emile Deschamps)的诗"守护他的丰塔纳,如纯净闪耀的火炬,犹如夏多布里昂身旁的另一个布瓦洛"。——作者

不及夏多布里昂远离社会。夏多布里昂只有在表达对怀旧和狂喜的渴望时，或者当他暗示性地渲染外部自然时（当然，这些情绪经常混合在一起），才具有十足的创造性。用儒贝尔的话说，他手指上戴着"魔戒"，但并没有为了理智的目的运用魔戒的魔力，而是利用它来丰富和增强感官生活。勒梅特尔说："正是他将最美妙的声音、最丰富的图景、最沁人心脾的味道、最温柔的触碰，甚至最令人欣喜的感受引入了法国，也是他写下了最令人陶醉的关于肉欲和死亡的篇章。"①在创造力上，他远不及拜伦广博，但作为批评家，他却远胜拜伦。歌德说，拜伦思考起来与孩童无异；他还说，拜伦身旁亦无丰塔纳和儒贝尔这样的"守护天使"。《致鲍尔斯的信》(Letter to Bowles)中的观点，总体来说是伪古典的。说起来，夏多布里昂也有伪古典的一面，他的伪古典有时也会不恰当地渗透到其本应富有创造力的作品中。他在一部富有浪漫主义情调的作品中说，布列塔尼②民谣的一行诗比《亨利亚德》③这部长达十二章的史诗更珍贵。但他《殉道者》④的绝大部分段落与《亨利亚德》类似，甚至如出一辙，也是人为矫饰的。事实上，他是用文学上

①　*Chateaubriand*, 342.——作者

②　布列塔尼(Breton)位于法国西北部，隔着英吉利海峡与英国遥遥相望，据说布列塔尼人的祖先是公元5世纪左右从大不列颠渡海而来的凯尔特人。夏多布里昂就出生于布列塔尼半岛的圣马洛。

③　《亨利亚德》(*La Henriade*)是伏尔泰为纪念法国国王亨利四世的一生写作的史诗。

④　《殉道者》(*Les Martyrs*)是一部描绘基督教如何兴起的散文体史诗。夏多布里昂为了完成这部作品，曾前往希腊、小亚细亚、西班牙、埃及、巴勒斯坦等地游历。归国后的夏多布里昂因发表抨击拿破仑的言论遭到驱逐，此后他在"狼谷"(巴黎西郊)完成了《殉道者》这部作品。

的基督教代替了文学上的异教,并以此证明布瓦洛的警示——布瓦洛反对人们将宗教神秘主义作为空虚的文学装饰——是合理的。他和勒·博叙神父①一样,对诗意的"机器"有十足的信任,几乎没有几首伪史诗所发出的那种"机器"操纵轮轴的吱嘎噪音比《殉道者》更大了。

　　夏多布里昂除了伪古典的一面,也有真正古典的一面,换言之,即他真正形式感的一面。他不会像拜伦那样把教皇比作希腊神庙。他在谈论"古希腊罗马艺术风格的对称性"时能说出令人钦佩的话。② 夏多布里昂对 18 世纪感伤情绪的反抗,常被人用以说明他对宏大风格的直觉:"伏尔泰认为,最好的想象作品即赚人眼泪最多的作品。恰如伏尔泰其他充满危险的错误一样,这也是一个危险的错误。你可以列举出许多无人愿意署名且远比《埃涅阿斯纪》(*Aeneid*)更令人痛苦的传奇剧(melodrama)。但真正的眼泪是由诗歌之美激发出来的;这些诗作包含的想象力必定和悲伤一样多。真正的眼泪,是当我们听到普里阿摩

---

　　①　勒内·勒·博叙(René Le Bossu, 1631—1680),法国批评家,著有《亚里士多德与笛卡尔之基本原理之对比》《法国诗人的特质》等。1649 年成为圣吉纳维芙修道院教士,故称博叙神父。

　　②　比如下面这段话:"通常而言,现代作品比古代作品更精致、更不拘一格,甚至更有趣。但古代作品比现代作品更简洁、更庄严、更悲悯、更丰富,更重要的是,更加真实。他们有更典雅的品味,更高贵的想象力。他们知道如何处理整体,却不注重装饰。一位哭诉的牧羊人,一位讲故事的老人,一位战争英雄——对他们而言,这就是一首完整的诗,我们并不知道这首看似没包含什么的诗为何竟比那些充满事件和人物的小说更加杰出。写作似乎就像绘画一样,现代诗人的调色板充满了无穷的色调,古代诗人则以波里诺图斯(Polygnote)的三色板作画。"(*Génie du Chritianisme*, 2° Partie, livre II, c. II.)——作者

斯①对阿喀琉斯②说'我已经受够了——世上没人会像我这样忍受一切——把杀我孩子的凶手的手带到我嘴边'时,涌入我们眼中的泪水;真正的眼泪,是约瑟③哭喊道'我就是被你们卖到埃及的弟弟约瑟'时,涌入我们眼中的眼泪。"④

　　于是我们发现,夏多布里昂身上令人困惑地交织着古典主义、伪古典主义和浪漫主义三种元素。就他的影响,即便是对批评的影响而言,他身上唯一有价值的是浪漫主义元素。人们从他身上获得了一种富有想象力和情感的刺激,也获得了一种注入了新激情、新遐想和新启示的启蒙。但他们没有听到他强调的选择和"良好品味",只听到了他呼吁的同情和热情。他说,是时候"用伟大而有效的美的批评取代狭隘的丑恶批评"⑤了。这句话当时只得到了斯达尔夫人的回应,然而此后,这句话不但被雨果采纳,并且还成了审美批评家和浪漫主义者最热衷的公式,它变成了一种审美的、非判断的批评。夏多布里昂在《基督教真谛》(*Génie du Chritianisme*)中运用了这种美学观点,他的这种做法,

---

　　①　普里阿摩斯(Priam),《伊利亚特》中的主要人物,特洛伊国王,帕里斯之父。

　　②　阿喀琉斯(Achilles),《伊利亚特》中的主要人物,杀死了特洛伊英雄赫克托尔,后被太阳神阿波罗射中脚踵而死。

　　③　约瑟(Joseph)是《圣经》中雅各之子,被兄长们卖到埃及,后因给埃及法老释梦得到重用。其故乡迦南遇饥荒,与前来埃及买粮的弟兄相认和解。

　　④　《阿达拉》前言。对比阿诺德的《批评文集》(*Essays in Criticism*, Ⅰ, 277),柯勒律治对18世纪的戏剧伤感也提出了类似的抗议,参见博恩(Bohn)的《莎士比亚讲座》,第124页。——作者

　　⑤　这句话最早出现在《〈克伦威尔〉序》中。夏多布里昂的措辞略有不同。参见他1819年2月发表在《文学年鉴》(*Annales littéraires*)上论杜索(Dussault)的文章。——作者

首先是对 18 世纪的反叛；或者不如说，它延续了 18 世纪卢梭以及其他
哲学家们同伏尔泰的争论。卢梭本人或许足以称得上是一位伟大的美
学家（我是在最宽泛的意义上使用"美学家"一词的，它源自希腊语中
的"感觉"）。萨瓦牧师①向他的学生展示太阳从山谷升起时的光辉，以
此证明上帝的存在。从审美自然神论（aesthetic deism）向审美天主教
（aesthetic Catholicism）的过渡显然很容易。对夏多布里昂而言，旭日的
光芒，除了洒下一片辉煌的图景之外，还洒在了奥布里神父②抛洒在空
中的圣饼中；接着，叙述者高喊道："噢，宗教的魅力！伟大的基督崇
拜！"有人就指出，《基督教真谛》真正的题目应该是《基督教之美》
（Beauties of Christianity）。夏多布里昂以审美的眼光看待一切事
物——哪怕是地狱。但丁和弥尔顿向人们展示，我们可以"像荷马和
维吉尔那样诗意地支配地狱"③。

　　夏多布里昂夸口道，他相信自己已然凭借这部作品让 18 世纪名
声扫地。他质问道："这个世纪为何比不上 17 世纪？现在不是掩饰
事实的时候了，我们这个时代的作家总体上都被置于过高的位置。"
（圣伯夫后来在他的《夏多布里昂》一书中就将这句话作为格言。）
"如果卢梭和伏尔泰的作品都有如此多需要指责之处，我们又当如何

---

①　卢梭在《爱弥儿》的第 4 卷中间部分插进了一段名曰"萨瓦牧师（Sacoyard Vicar）的信仰告白"的独立文字。他借一位虚构的萨瓦地方牧师之口，抨击了以基督教为代表的一切启示宗教。

②　奥布里神父（Father Aubry）是《阿达拉》中的人物。

③　*G. du Christ.*, 2ᵉ Partie, livre IV, c. XIII. ——作者

评价雷纳尔①和狄德罗的作品呢?"②当然,夏多布里昂解释道,18 世纪之所以不足,是因为 18 世纪是反宗教的。它之所以是反宗教的,则是因为缺乏想象力。之所以缺乏想象力,则是因为过度分析。"将你的目光投入到路易十四时期以降的几代人身上吧。那些面容沉着而威严、穿着高贵的袍子、举止优雅、言谈精练……的人在哪儿呢? 你想找到他们,却一无所获。无名小卒们就像侏儒般,游荡在另一个世纪那些伟大著作的高贵门廊下。他们僵硬的面容上,印着自负和蔑视上帝的标签。他们失去了高贵的衣袍和纯洁的语言:你不会将他们当作之前那个伟大民族的子孙,只会把他们当作小丑。新学派的信徒用所谓的真理摧毁了想象力,但我知道那绝不是真正的真理……现代作家用一种切分和细分一切事物的狭隘哲学精确测量感觉,使灵魂服膺计算,把上帝和宇宙降格为修正虚无感的转瞬即逝之物。"③"理性精神以摧毁想象力的方式,破坏了精美艺术的根基。"④科学总是导致反宗教时代的到来,紧随其后的,则是毁灭的时代。⑤

　　这些就是我们在 19 世纪初法国、德国和英国的浪漫主义者发展出的上千种形式中,找到的相应主题。不过,虽说有的人反对分析,呼吁

---

　　① 雷纳尔(Abbé Raynal, 1713—1796),耶稣会神父,他于 1770 年出版了《印度群岛的历史》(*Histoire des deux Indes*)一书,后又在 1774 年和 1780 年的版本中扩充了内容。这部著作介绍了欧洲在东印度群岛、美洲等地的殖民情况,其合作者包括法国启蒙思想家霍尔巴赫男爵(Baron d'Holbach, 1723—1789)和《百科全书》编辑狄德罗。

　　② *G. du Christ.*, 3ᵉ Partie, livre IV, c. V. ——作者

　　③ *Ibid.* ——作者

　　④ *Ibid.*, 3ᵉ Partie, livre I, c. VII. ——作者

　　⑤ *Ibid.*, livre II, c. I, et II. ——作者

从理智和分析转向"想象"、"心"、"灵魂"或者斯达尔夫人呼吁的"热情",但这也并不能充分说明这些人的本质。儒贝尔提出了类似的抗议,"如果一个人变得如此热衷解剖,那么他已经算不上是人了。他在最高贵和最动人的步态中只看到了肌肉的运动,就像风琴生产商在最美妙的音乐中只听到了键盘细微的咔咔声一样"①。但儒贝尔用来反对过度分析的那个"灵魂",果真就是浪漫主义者用以对抗过度分析的"灵魂"吗?这个问题至关重要。与"灵魂"一词同样模糊不清的还有"心"和"直觉",我在上一章已经讨论过这两个词。夏多布里昂的"灵魂"显然是卢梭式的,而不像儒贝尔那样是柏拉图式的"灵魂"。当然,我们在将这种模式运用到神秘的鲜活精神统一体中时,应慎之又慎——特别是当这一精神统一体是夏多布里昂这种天才时。无论如何,我本人都不会否认其精神的伟大之处。但他处于"多"而不是"一"的主导直觉中,因此他提供给我们的不是智慧,而是美感。

美感本身很宝贵,但若要宣称因为有美感,所以便是宗教的,那就陷入了潜在的浪漫主义错误。这种错误试图让低于理智的部分代替高于理智的部分。夏多布里昂说:"怀疑是导致品味和天赋堕落的主要原因。"②此处我们看到了罗斯金③的核心论点。他认为艺术和宗教同源说本就是一种危险的混淆。一个不懂艺术的人也可以是真诚的教

① Tit, XXIII, CLXXXVI. ——作者

② *G. du Christ*, 3ᵉ Partie, livre IV, c. V. ——作者

③ 罗斯金(John Ruskin, 1819—1900),英国作家、艺术家、批评家。1843年,他因《现代画家》(*Modern Painters*)一书而成名,书中他捍卫了威廉·透纳(J. M. W. Turner)的绘画创作,认为艺术应当反映自然的真实。罗斯金的诸多作品使其成为维多利亚时代艺术趣味的代言人。

徒,反之亦然。(虽然我们得补充一句,艺术和宗教通常会以上千种方
式交融。)当艺术和宗教所依据的共同基础是纯粹的美学时,这种混淆
就会变得极其有害。当卢梭、罗斯金和夏多布里昂这些浪漫美学家自
诩为宗教导师时,明智之人定会极其愤怒。他们本能地感到,似乎有什
么不对劲,即便当时他们还无法清晰追踪这一错误的本质。像夏多布
里昂这样缺乏真正的深度同时又成为宗教先驱的人,只是用假象代替
了现实而已。儒贝尔在一封讨论夏多布里昂的信(我已提到过)中曾
说:"他从不质疑自己,除非他想知道其灵魂的外在部分——我是说他
的品味和想象——是否充实,他的思想是否和谐圆通,他的语言是否富
有音乐性,他塑造的形象是否生动;他不关注灵魂的内在是否完好:那
是他最不关心的事。"①就此而论,我们会同意圣伯夫的话,我们所处的
1800 年不是一个伟大文学开始的时代,而是一个最辉煌时代的衰
落期。

夏多布里昂对基督教真理的轻视,与他对基督教美学魅力的重视
形成鲜明对比,这是批评界老生常谈的问题。人们指责他偏爱美而非
真理,但准确说来,他偏爱的是幻想而非现实,而美的内涵远远超出其
所谓的唯美主义(aestheticism)。他告诉我们,他的目的不是为了说服
我们的理智,而是为了激发我们的想象力。《基督教真谛》之所以令人
感到索然无味,是因其蕴含的思想贫乏,而与它的审美感染力无关。我

---

①　*Cor.*, 108-9.——作者

们不禁惊呼,浪漫主义作品常常是"只半便士的面包,喝这么大量的
72 酒"①。他在蛇的移动模式中找到了原罪的证据;用美惠三女神(three
Graces)论证三位一体;用蜜蜂的童贞为牧师的禁欲背书。他指出,"大
自然不像无神论者那般柔弱……它将十字架的形状赋予了全部花
朵"②。他用"就连牛也没法儿连续九天都在工作。它在第七天发出的
哀嚎,就是在呼唤造物主制定的休息日"③这一事实,来证明安息日的
必要性。

　　如果追溯夏多布里昂带来的影响,我们会发现,他最早影响的一批
人是既有审美趣味又带有中世纪色彩的基督徒,接下来是具有审美趣
味的中世纪专家,最后则是既非中世纪专家又非基督徒的唯美主义者。
他最本质的特点自始至终都是唯美主义。虽然他没能使法国作家群体
皈依天主教,哪怕是美学意义上的天主教,但他的确把他们引入了象牙
塔。他鼓励这些人培养感官,忽略理智。这个世纪的心和脑就这样相
互对立着。法盖之所以能把他研究的法国现代作家划为两类——一
类是充满想象力的人,另一类是思想家——这部分要归功于夏多布里
昂。德国人最大的幸运在于,他们的伟大现代作家们不仅具有想象力
和情感,而且还具备强大的思想力量。歌德和夏多布里昂在这方面对
照显著,歌德和雨果之间的对照则更令人惊异。

---

　　① 《亨利四世·上》第二幕第四场结尾处,哈里王子看到福斯塔夫口袋中的纸
单时说道:"好荒谬! 只半便士的面包,喝这么大量的酒。"此处白璧德借以讽刺浪漫
主义作品过分重视审美体验,忽视了思想。

　　② *G. du Christ*, 4ᵉ Partie, livre I, c. II. ——作者

　　③ *Ibid.*, c. IV. ——作者

当夏多布里昂不从基督教本身,而是从基督教与文学艺术的关系 73
角度讨论基督教时,他凸显了自己的优势。《基督教真谛》的第二和第
三部分谈到了这种关系,这两部分恰好体现了我之前提到过的,夏多布
里昂身上古典主义、伪古典主义和浪漫主义元素令人困惑的交融;正因
如此,人们对这两个部分的评价必定不尽相同,虽然总体来说,它们比
书中任何其他部分都更受欢迎。圣伯夫似乎尤其对他古典主义的一面
感兴趣。① 他在夏多布里昂身上发现了一种天生的文学才能,这种才
能受到人文记忆的强化和丰富;因此,尽管他对《基督教真谛》的总论
持强烈的保留态度,但他对书中细节却给予了热诚的赞美。圣伯夫说:
"这部作品中作者对比古人和今人天性的全部内容(例如,比较弥尔顿
笔下亚当和夏娃的夫妻关系和荷马笔下尤利西斯和佩涅罗佩的夫妻关
系)……都充满了精致的美感和细腻的修饰:此乃高水平的文学批
评。"他接着说:"我们应该在这些篇章中寻找法国古典批评的精华。"
谢勒②则相反,虽然他承认夏多布里昂偶尔的确会用一种流畅的文笔
表达其阅读的作品给自己留下的印象,但他也清醒地意识到,圣伯夫精
心挑选的这些对比,其实是为了赞扬某些僵硬、刻板即伪古典的事物。 74
这些对比还缺乏现代批评在描摹特征方面的敏锐度。夏多布里昂当然
是最不可能低估自身优势的人。他在《墓中回忆录》(*Mémoires d'Outre*
Tombe)中写道:"我谈及宗教对我们观察和描画世界所造成影响的那
些段落……以及我专门研究古代戏剧人物被赋予了怎样的全新情感的

---

① *Chat. et son groupe littéraire*, I, 318ff. ——作者
② 谢勒(Edmond Schérer, 1815—1889),法国批评家,代表作有《当代文学批评
研究》《18 世纪文学研究》等。详见本书第七章及《批评家名录》。

那些篇章,都蕴含了新批评的萌芽。"

夏多布里昂谈论的这些例子,既有古典的品味,又兼具浪漫的本能。根据其思想倾向——浪漫的或古典的——他可以将中世纪或同时具有古典和基督教精神的 17 世纪,当作信仰异教的古典时代的对立面。就像包括儒贝尔在内的其他法国保守人士一样,他也赞美波舒哀,"他喜欢脱口说出'时间'和'死亡'这类在静谧的永恒深处回响的宏大之词"。《殉道者》的作者尤其偏爱基督教时代两位伟大的代表人物:塔索和弥尔顿,也就理所当然了。他的文章也给自己带来了一个麻烦的任务,他必须证明,塔索笔下既有基督教特色又有中世纪特色的人物,比荷马笔下的人物更富有诗意。弥尔顿融合基督教主题的宏大风格尤其吸引夏多布里昂。此外,我们不应忘记,夏多布里昂在英国度过了对其性格养成至关重要的少年时代,英国对他的影响是显而易见的。这一影响的主要成果是,他翻译了弥尔顿的作品,还写作了一些关于英国文学的杂乱且粗浅的评论。这种陷入浪漫自我中心的研究(例如,正如他在某处所说:"既然我们这两个国家的君主政体都将寿终正寝,那么弥尔顿和我在政治上也就不会再有争吵了。")①偶尔也预见了——尽管微乎其微——雨果对莎士比亚异乎寻常的狂想。

我们看到,夏多布里昂不同于谢勒和圣伯夫,前者特别强调批评中的新奇元素。例如,他发现了"一件从前人们完全不理解的事——拉辛和欧里庇得斯笔下的人物尽管名字相同、外貌相似,但却表现出迥异

---

① 见 *Essai sur la lit, ang*。——作者

的情感。拉辛笔下的费德尔①不再是异教徒，而是一个犯了错的信仰基督教的妻子"。我相信，夏多布里昂在这里展现了他作为一名批评家的真正影响力。新批评要牢记在心的是，它应该超越艺术作品的纯粹形式，直抵灵魂。

此处有必要再次提醒，"灵魂"一词本身也是含混不清的。艺术作品纯粹的外在形式背后也许有两个"灵魂"（二者都只能被直觉理解）——凭借其中一个灵魂，作品具有了普遍和有代表性的价值，凭借另一个灵魂，作品则具有了特殊的价值。这两种灵魂似乎完美地融合在这样一种极其美妙的艺术作品中：它一方面是对称而静谧的，也就是我们所说的内在形式，另一方面则又是个体的生命和表现。用一种柏拉图式的语言来说，完整的艺术作品通过想象力向我们展示了"一"和"多"的存在。夏多布里昂本能地捕捉到和呈现出的灵魂，并不是与形式和对称相关的灵魂，而是一种以表现为目的的灵魂（虽然他不像罗斯金那样片面地追求表现）。

此外，他不仅对面前的对象有灵敏的审美反应，在表现对象时也会突出其特殊性，而且还拥有一种本质上与浪漫怀旧密切相关的天赋。他极富想象力地在时空中游历，继而生动地转达了时空中遥不可及的事物。譬如，他没有向我们充分展示《殉道者》相关时代的基督教思想——那需要更多他尚不具备的洞察人性中永恒元素的能力。事实上，他更熟悉的是那个时期的异教信仰，因为在其天主教美学背后，他

---

①　拉辛的戏剧《费德尔》（*Phèdre*）中的主人公，同时也是欧里庇得斯的悲剧《希波吕托斯》（*Hippolytus*）中的人物。

更多是生活在异教徒而非基督教的标准下的。他做得最好的,是让我们在脑海中看到这一时期特有的景象、独特的表达以及让这一时期区别于任何其他时期的精确逼真的细节。这种具有一时一地色彩的艺术

77 对历史学家和文学批评家的影响是同等的;夏多布里昂算是新历史精神(new historical spirit)的重要发起人之一。从人性的永恒一面向人性中局部和瞬时一面的整体性转移,很好地体现在奥古斯丁·梯叶里①关于夏多布里昂对自己影响的讨论中。尽管大家对此已经非常熟悉了,但仍需征引一二。关于梯叶里,我们应该还记得,虽然他总体上为米什莱②和法国浪漫历史派(romantic school of history)铺平了道路,但就他自身而言,他在运用形象描写法时仍然表现出了一种近乎文雅的节制(attic moderation)。

此外,梯叶里曾谈过 1810 年他在布卢瓦学院(Collège de Blois)的拱顶教室里阅读《殉道者》的情形,彼时他的同学们都在外漫步。他有感于尤多③叙述的"衰落帝国的鲜活历史",便将这本书的风格和他使用的教材作了对比:"克洛维斯(Clovis),希尔德里克(Childeric)国王之子,于公元 484 年登上王位,他的胜利强化了法国君主制的基础……从这些内容中,我看不到夏多布里昂笔下那些可怕的法兰克人,那些穿着熊皮、水牛仔皮、野牛皮、野猪皮的法兰克人,那些住在用皮船和战车围

---

① 奥古斯丁·梯叶里(Augustin Thierry, 1795—1856),法国历史学家,曾为圣西门秘书,著有《墨洛温王朝时期的记事》《诺曼人征服英格兰史》《第三等级的形成和发展史概论》等。

② 米什莱(Jules Michelet, 1798—1874),法国历史学家、文学家,擅长以文学语言撰写历史著作,代表作有《罗马史》《法国大革命史》等。

③ 尤多(Eudore)是《殉道者》中的主人公。

起来的营地里的法兰克人,那些以三角形阵营排列的军队,那些你在密集的长矛中只能看到兽皮和半裸身躯的军队……法兰克人的战歌给我留下的印象是惊人的。我离开座位,在屋里来回踱步,我踏着行军步伐,不断高声喊着'法拉蒙! 法拉蒙! 我们用剑战斗'……这一充满激情的时刻或许决定了我未来的职业……这要归功于这位开启和主宰新文学时代的天才作者。所有朝着这个时代不同方向前行的人,都以同样的方式在研究源头和最初灵感上与夏多布里昂相遇;他们都想对他说,正如但丁对维吉尔所说:

78

> '你是向导,你是主人,你是老师。'(Tu duca, tu signore, e tu maestro.)"①

这样一来,我们看到的历史不再是抽象和单调的,它变得具体而富有表现力;我们看到它摆脱了旧有的虚假统一体(artificial unity),而在人性中培养了可变感(a sense of the variable)——这种可变感尚未受到任何新的且具有活力的统一感的调和。梯叶里或许高估了夏多布里昂对他本人及其他人的影响。不过,显而易见的是,虽然夏多布里昂摆出了一副拥护旧秩序以及旧秩序所隐含的固定标准的姿态,但通过其作为榜样的实际力量,他在很大程度上帮助这个世纪的历史和文学批评运动从绝对走向了相对。

----

① 《墨洛温王朝时期的纪事》的序言。——作者
引文出自但丁:《神曲》,ii,140。

第四章　向圣伯夫过渡
（维尔曼—库辛—尼扎尔）

　　我们几乎完全可以用浪漫主义运动来研究 19 世纪上半叶的法国批评。这一时期有严格的极"右"传统主义者,有与之针锋相对的极"左"文学激进分子,也有愿意接受温和创新的"中间派"和"中间偏左派"。这些支持或反对浪漫主义的批评学派,在 19 世纪下半叶多少变得模糊不清。除了处在极"左"和极"右"之间的中间派越来越少外,其他批评阵营又重新出现在我们的时代。如今,文学保守派在宗教和政治上至少从表面看来相应也是保守的;但这一问题在早期并不明朗,我在谈论帝国时期的批评家时曾提到过。政治上的激进分子在文学上通常是最"古典的",而浪漫主义的革新者在夏多布里昂的启发下,却常常摆出一副拥护"王冠和神坛"的姿态。雨果最初就属于这类保皇派和基督徒。他花了多年时间才发现,浪漫主义终究只是"文学上的自由主义"罢了。

　　各对立的文学团体通过小册子、书籍序言和报纸、杂志文章来战斗。今天的法国文学杂志从未像复辟时期和七月王朝初期那样繁荣。《法兰西的缪斯》(*La Muse Francaise*,1823 年 7 月—1824 年 7 月)是浪漫主义早期阶段的典型刊物。它在政治上十分保守,推崇《殉道者》,

最重要的是,它用"赞美的批评"反对"挑错的批评"。① 与之针锋相对的另一个极端,是推崇政治自由的《立宪报》(*Constitutionnel*)。在这份报纸中,浪漫主义者成了外国人和反动分子的代名词,有时也与疯子同义。我们会读到这样的话:"浪漫主义不是一个值得讥讽的主题;它是梦游症和癫痫类的疾病。"浪漫主义者是一个即将失去心智的人:"你必须同情他,同他讲道理,使其逐渐恢复;但你不能把他当作取笑的对象,最好是将其当作一个医学命题。"②在这些文学杂志中,最引人注目的无疑是《环球报》(*Globe*,1824—1831),歌德曾赞誉过这份报纸,圣伯夫年轻时甚至也曾在这份报纸上发表过谈论雨果的文章。《环球报》与同时期的其他刊物一道,推动了我们在分析斯达尔夫人时提到的新世界主义的发展,它还特别积极地推崇莎士比亚。

对这一时期严格的传统主义者而言,外部影响的普遍入侵似乎威胁了法语的纯洁性和完整性。早在 1814 年,我们就在一份新闻漫画上读到一篇关于"浪漫同盟"(romantic confederation)的文章。在这个同盟里,斯达尔夫人和本杰明·贡斯当③分别是英国和德国的代表;施莱格尔"先生"(le sieur)④是普鲁士、俄国和奥地利等国的代表;西斯蒙第和他的《南方文学》(*Literatures of the South*)代表意大利和西班牙。

---

① 即支持以赞美为主的浪漫主义式批评,反对挑剔的传统批评。

② 见 Petit de Julleville, *Histoire de la langue et de la littérature française*, VII, 690。——作者

③ 本杰明·贡斯当(Benjamin Constant, 1767—1830),法国文学家、政治思想家,近代自由主义思潮的重要奠基者,著有《论宗教》《古代人的自由与现代人的自由》等。

④ 指 A. W. 施莱格尔。

"此同盟的旨趣是,一方面将北方语言的混杂性引入法语,另一方面将南方语言的奇喻和夸张引入法语,并将这一过程一直持续到法国人不再彼此理解为止。"①虽然人们当时已经组织了一个大型机构,用以开放外国文学知识,但浪漫主义运动实际上却远不如表面看上去那么具有世界主义色彩。歌德在《环球报》及其编辑们身上激发的希望并未实现。七月革命后,这一时期许多本来前途光明的年轻人卷入了政治。浪漫主义运动的领导层对外来影响相当无知——事实上,他们并不了解任何一种有深度的思想文化——除非我们把卢梭和他的追随者对法国的影响纯粹当作对法国传统的外来入侵。因为,即便就目前而言,无所不在的两种外国影响力——拜伦和司各特的影响——也只不过才影响了卢梭和夏多布里昂以降的那场伟大运动的表面形式而已。拜伦推动了反对各种权威(包括文学权威)的活动;司各特通过与夏多布里昂的有力合作,教会人们一种富有想象力的穿梭时空的新艺术。司各特确立的那种具有一时一地的色彩和历史传奇色彩的形式,只有当它更深入地证明了某种事物时,即当它不再是绝对地而是相对地和历史地看待生活和文学时,才具有重要价值。

1

这一时期之所以能朝着更历史和更世界主义的方向前进,不仅得益于外国文学知识的传播和《环球报》这类杂志,还要归功于三位著名

---

① *Nain jaune*, 20 Dec., 1814;见 Louis Maigron, *Le Roman Historique A L'Epoque Romantique*, 155。——作者

教授的影响。在复辟时期那些政治阴暗的日子里,最激动人心之事,恐怕要数维尔曼①、库辛②和基佐③的公开演讲了。据说在 1828 年至 1830 年期间,库辛的课上总共汇集了两千名热心听众。库辛、维尔曼和基佐的原创性在于,他们将一种新的历史研究方法注入了哲学、文学批评和历史这几大领域。与《环球报》相似——他们多少与之相关,而且库辛和维尔曼还曾在上面发表了讲稿——这三位演说家都是"中间偏左派",他们延续了斯达尔夫人的立场。基佐将整体和有机发展观引入了历史研究;他没有孤立地看待政治历史,反而将它和特定国家、时代的生活以及行动的其他表现形式联系起来。但基佐绝非纯粹的相对主义者。他是"教条主义者"(doctrinaries)的领袖;斯达尔夫人受英国国情刺激而产生的对议会自由主义(parliamentary liberalism)的崇拜,在基佐那里趋于僵化,在其他教条主义者身上则变成了一种政治信条。基佐急于把这一纲领准则强加给过去和现在。换言之,他有一套历史哲学,而这种历史哲学的危险之处在于,它时常将无数活生生的复

83

---

　　①　阿贝尔-弗朗索瓦·维尔曼(Abel-François Villemain, 1790—1870),法国批评家,曾担任法国教育部部长。1816 年起担任巴黎大学教授,1821 年接替丰塔纳成为法兰西学术院院士,在政治上颇为激进。著有《法国文学教程》《文学历史当代回忆录》等。详见本书《批评家名录》。

　　②　维克多·库辛(Victor Cousin, 1792—1867),法国哲学家、历史学家,巴黎大学教授。七月王朝期间卷入政治纷争,曾担任公共教育部部长。著有《文学回忆录》等。详见本书《批评家名录》。

　　③　弗朗索瓦·基佐(François Pierre Guillaume Guizot, 1787—1874),法国历史学家、政治家。基佐担任法国首相期间,对内主张实行自由放任政策,对外则主张成立法比关税同盟对抗德意志关税同盟。在 1848 年的二月革命中,路易·菲利普的七月王朝被推翻,基佐也因此下台。著有《欧洲文明史》《莎士比亚及其时代》《学术论谈》等。详见本书《批评家名录》。

杂现实强行塞进一种武断的知识模型中。

　　库辛在建设性力量上明显不如基佐。他发展的折中式哲学（eclectic philosophy）或曰"唯灵论"（spiritualism）是宗教和理性主义的混合物，无论对超自然主义者还是纯粹的自然哲学家而言，都不能令人满意。但他在很长一段时间内都将其作为控制法国高等教育的有效工具。库辛真正的原创性在于，他把哲学转变为了哲学史。他访问了德国。他在为法国大众解释德国思想家尤其是黑格尔的思想时，延续了以斯达尔夫人为榜样的先锋工作。诚然，他具备许多探险家和思想冒险家的本能。当他后来从哲学转向文学——尤其是转向法国 17 世纪第一个分期的文学时，这种倾向更为明显。他以极大的热情主宰着这个新领地，并将自己当作这个领地的征服者。当库辛想象自己是那个时期的人物时，特别是当他将自己看作投石党运动①中的女英雄时，他展现出一个演员的天赋。他那带有 17 世纪味道的风格本身，从某种程度上而言，就是一种演员的模仿，无论如何那都不是真实的库辛。库辛本人鲁莽且极端，他厌烦任何外在制约，也不愿将任何制约加诸己身；在这方面，他离 17 世纪很远。他沉浸在自己笔下女英雄们的魅力中，而且还引来了别人对他的各种调侃。圣伯夫说："他开始建立一个伟

84

---

　　① 投石党运动（Fronde）是 1648—1653 年发生在法国国内的政治运动。民众反对时任首相的红衣主教马萨林而向其支持者投石破坏窗户，这场运动因此得名。投石党运动大致分为高等法院投石党运动（the Fronde of the Parlements, 1648—1649）和亲王投石党运动（the Fronde of the nobels, 1650—1653）两个阶段。

大的哲学体系——结果却爱上了隆格维尔夫人①。"②他不但展现出一个爱人的忠诚,即不愿承认情人的任何污点,而且还表现出了一个爱人的嫉妒。圣伯夫谈到,当他壮着胆子闯入库辛坚守的领地时,库辛是如何粗鲁地将他"挤"到一边去。后来库辛的嫉妒心减弱,因为他解释道:"我的爱转移了。"

将自己禁锢在单一领域之中,并让自己对这个领域的理解和同情超越判断力和均衡感,我们往往把这些特质跟现代专家(modern specialist)联系起来。事实上,我们在库辛身上只看到了热情与他对新鲜且未知事物的坚持的混合物,简言之,即浪漫与科学的混合物,也就是我们在语文学研究者身上很熟悉的混合物。就此而论,库辛发现了帕斯卡《随思录》的原稿并于 1843 年向法兰西学术院③提交原稿这两件事,着实开辟了新纪元。这一发现本身非常有价值,但它给法国学者和批评指出的方向却引发了人文观察者的不安。批评家们竞相仿效库辛,他们不再寄希望于判断力、思想和品味,反而希望从 17 世纪及其他时期的档案中找到未经发表的事实和记录。圣伯夫抱怨道,孔拉尔④

85

---

① 隆格维尔夫人(Madame de Longueville,1619—1679),原名安妮·热纳维耶芙·德·波旁(Anne Geneviève de Bourbon),以貌美风流和在投石党运动中的影响闻名。隆格维尔夫人因与拉罗什富科的亲密关系投入到投石党运动中,并成为第一阶段投石党运动期间的灵魂人物。

② *Lundis*,VI,166.——作者

③ 法兰西学术院全名"Académie française",由枢机主教黎世留成立于 1635 年,法国国王路易十三亲下诏书予以批准,1637 年在国民议会注册备案。后成为法兰西学院(L'Institut de France)五大学院之一,后者成立于 1795 年。

④ 孔拉尔(Valentin Conrart,1603—1675),法国作家,法国古典主义的先驱。他在法兰西学术院成立过程中起主导作用,是学术院的首任秘书长。

的作品变成了荣耀的宝库。他还补充说,孔拉尔的字迹非常清晰。简言之,库辛和他的同时代人在法国开启了后来被布吕内蒂埃批评的所谓"疯狂研究"(frenzied research)的时代,最终这种研究方法对文学标准的伤害在其他国家要比在法国大得多。

2

维尔曼既没有最初这些研究者的缺点,某种程度上也缺乏他们的优点。他关注的,与其说是事物本身,不如说是它们的演说效果。他的风格太容易让人联想起华丽的古典修辞。有人指责他,总是先想出一个华丽的短语,然后才想到要在短语中加些什么内容。他不像库辛那样自相矛盾,他具有在传统意义上更可靠的品味。他最大的贡献,是将伏尔泰和拉·阿尔普理解的品味与历史相对感结合了起来。维尔曼最具影响力的演讲,要数他谈论 18 世纪文学的演讲,还有他把新世界主义精神应用到这个时期的演讲。他展现了法国文明、英国文明和意大利文明在这一时期的互动关系,或用他本人的话来说是它们之间的"激烈交锋"。同时,他还展现出整体研究所呈现的 18 世纪生活方式在文学形式中找到了对应物。他评论《亨利亚德》:"伏尔泰应当关心的,不是强加给史诗的规则,而是产生史诗的社会环境。"① 既然文学是社会环境的产物,而不是个人选择的结果,那么我们就不应责难个体。他说:"勒萨日因为一个普通的心智习惯便遭受了猛烈的批评。我们在这种心智习惯中看到的,正是路易十四时期最后几年的印迹,它与摄

---

① *Lit, au* XVIIIe *siècle*, I, 164. ——作者

政初期完美地融合在一起。"①维尔曼将作品和作者联系了起来,例如他从《曼侬·莱斯科》(*Manon Lescaut*)的历险中看到了普雷沃②本人生活的影子。

维尔曼在作品和作者或者说在作品和时代之间建立的联系,与后来娴熟的历史研究方法相比,显得不大严谨。历史因素和批评因素有时是平行的,而并不如圣伯夫所示,是相互交融的。

3

维尔曼、基佐和库辛三人都把创新与极其保守和传统的元素结合在一起;如前所述,他们都是"中间偏左派"。这一时期的极"右"派即文学保守主义的典型代表是尼扎尔③。尼扎尔在 19 世纪上半叶所起的作用,与布吕内蒂埃在我们今天所起的作用多少有些相似。这两人的不同之处恰好体现在布吕内蒂埃对尼扎尔的抱怨上,他发现尼扎尔身上"缺乏历史,我是说他那里缺乏历史数据、历史事实和人物传记"④。总之,尼扎尔的历史感、逻辑性和科学性(还有伪科学性)都比不上布吕内蒂埃,但尼扎尔有更朴素的鉴赏力。

尼扎尔的保守精神首先体现在,他既不是民族主义者,又不是斯达

---

① *Lit, au XVIIIe siècle*, I, 251. ——作者
② 普雷沃(Abbé Prévost, 1697—1763),法国作家、小说家。早年间在耶稣会学校接受教育,后因宗教信仰等问题逃往英格兰,1734 年与本笃会和解后才返回法国。
③ 尼扎尔(Désirer Nisard, 1806—1888),法国批评家,曾担任教育监察部部长、巴黎大学教授,著有《法国文学史》等。详见本书《批评家名录》。
④ *L'Evolution de la critique*, 212. ——作者

尔夫人意义上的世界主义者。他反对"幻想纯粹的民族文学"①。但在
另一方面,他又说:"任何民族都无法成功模仿外国文学。在法国,这
种模仿对作家而言是致命的。"②文学的可贵之处,一定不是纯粹民族
性的东西,而是普遍的和人性的东西;无论你如何摆脱民族局限性,你
依靠的都不是纯粹的理解力和同情心,而是伟大的人文和宗教传统中
那些明确的规训,也就是尼扎尔称为"双重古典"(twofold antiquity)的
规训,即古典的和基督教的规训。他认为,具备理解力和同情心的新世
88 界主义损害了法国文学最优秀的品质。据歌德所言,也恰如我们所见,
斯达尔夫人打破了横在德国和法国之间的高墙。尼扎尔却想重建这座
城墙。他认为,我们最根本的需求不是知识,而是规训。现在,为了达
到规训的目的,我们必须有一个强大的中央集权,而且应以怀疑的态度
看待一切偏离规范的行为。尼扎尔所建立的权威,是一种法国精神观。
他想让我们相信,这种精神在更高层面上与人类精神是一致的。他很
不愿赞同人们对这种法国精神或人类精神的背离。尼扎尔和布吕内蒂
埃都坚定不移地要为整体意识(sens common)牺牲个体意识(sens
propre)。其他国家"比起规训,更热爱冒险和偏离正轨的自由……相
反,法国精神则更倾向于规训而非自由……在法国,所谓天才,就是那
个说出众所周知之事的人"③。尼扎尔不允许传统传递给人们的一般
观念出现任何差错。他站在现代学者的对立面,后者永远在颠覆以往

---

① *Histoire*, I, 239.——作者

② *Ibid.*, 358.——作者

③ *Ibid.*, 14.——作者

的定论,他们把黑的说成白的,把白的说成黑的。例如,关于如何评价
龙萨①,尼扎尔说:"布瓦洛已经评价过了。余下要做的,就是找到支持
这一评判的理由。"②不言而喻,法国精神已经达到完美的成熟阶段,换
言之,路易十四时期的法国精神完全符合人类精神。尼扎尔确实以一　89
种有些极端的方式继承了"古典时代"的理论,而此前或此后的一切理
论都因匮乏或过度而漏洞百出。法国精神本身不是由某个特殊时期产
生的。法国精神存乎时空之外,它在自身的学术天堂里,从这一高度向
那些领会其轮廓的个体展露笑颜。正如尼扎尔所言,法国精神恰好在
这些个体中"找到了自己"。因为法国精神无法在仍处于婴儿期的中
世纪人身上找到其存在,所以尼扎尔便和布吕内蒂埃一样蔑视中世纪。
事实上,直到尼扎尔靠近 17 世纪门栏的那一刻,他也只看到了法国精
神断断续续的微弱光芒。当终于抵达 17 世纪后,他长舒一口气,好似
进入了话题的核心,自在地徜徉其中。他写作的 4 卷本《法国文学
史》,其中有 2 卷即专论这一时期。他偏爱 17 世纪最具权威和最具规
训性之物。我们可以通过不同作家在他著作中所占的实际篇幅了解他
的偏好。在这部著作中,蒙田占 32 页,莫里哀占 44 页,拉封丹占 37
页;然而,此书的 120 页论及布瓦洛,130 页论及波舒哀,还有 100 页是
关于路易十四本人的!

　　为了像这样将法国文学的所有内容聚集到一个要点或中心上,尼
扎尔创建了一张文学损益表。所有能准确体现法国精神的作品都属于　90

---

　　① 龙萨(Pierre de Ronsard, 1524—1585),法国第一位抒情诗人,1574 年组织了
七星诗社,著有《颂歌集》等。
　　② *Histoire*, I, 362.——作者

"收入"（gains）；反之，所有遮蔽法国精神线性特征的作品，以及准备从17世纪的光辉顶峰坠落的作品则属于"支出"（pertes）。他说："如果17世纪的法国精神如此完美果真是因为两种古人——异教徒和基督徒的内在统一，那么一旦这个统一体分崩离析，我们便会看到法国精神的衰落，而那个拥有美好作品的时代也会随之消逝。什么！已经衰落了吗？如果你愿意，当然可以拒绝这个词，但我们不能对事实视若无睹……我们还是用别的名字来指代18世纪法国文学的变化吧，只要不以进步的名义，只要不因收益而遮蔽损失。"[1]

尼扎尔预见了此后保守人士的反对观点。他攻击卢梭是"腐败之泉"（Fons et origo malorum），说他最能摧毁法国精神的完整性，也最能为个体观念吹响战胜传统暗含的普遍观念的号角。他说，到目前为止，卢梭对单一性（singularity）的热爱，使他"更自满于其独有的恶，而不是与他人共有的善"[2]。然而，这位认为人人皆错的革新者，只有当他不知不觉从骄傲的幻想走向谈论经验和日常实践，且与大家达成一致之时，才会创作出最优秀的作品。尼扎尔认为卢梭是典型的乌托邦主义者，即一个对改造世界比改造自我更感兴趣的人。说起来，当下这种人比以往任何时候都多，尼扎尔对乌托邦主义者的心理分析丝毫不失辛辣。说到《忏悔录》，尼扎尔认为，卢梭在书中已经为后来的作者树立了榜样，"这些后来者们同样将自己的骄傲当成迦太基偶像般膜拜，任何犯下与他们生于同时代这一罪过的人，都被献祭给这个偶像"。毫

91.

---

① *Histoire*, IV, 1.——作者
② *Ibid.*, 454.——作者

无疑问,尼扎尔此处批评的正是雨果。①

　　要了解尼扎尔对后期浪漫主义者的态度,需要从《法国文学史》转向他的其他文章,特别是收录他论述浪漫主义学派文章的集子。如其所言,他在七月革命前的两三年间曾有过一个偏离到浪漫主义轨道的时期,他在这一时期为《辩论日报》②写了一篇赞美雨果的文章。他补充说:"然而,当我的风格被矫揉造作和精巧败坏,某些德国作家仍鼓励乃至赞赏我时,我又恢复了古典的良好判断力。"③为了庆祝重新回归古典的良好判断力,他发表了一篇名为《反对浅薄文学的宣言》(Manifeste contre la littérature facile)的文章,并在文中直白地抨击了浪漫主义的低级形式。随后他又同儒勒·雅南④在《巴黎评论》⑤上展开了激烈的争论。尼扎尔在《拉丁诗人的衰落》("Latin Poets of the Decadence")一文中表现出强烈的好辩倾向。这本应是一部杰出的白银时代拉丁文学研究之作,但因他打算在衰落时期的罗马诗人与他自己所处时代的诗人之间建立起一种平行关系,其价值便被削弱了。他在《1836年的雨果》(Victor Hugo en 1836)一文中宣称雨果缺少"理性、品味和批评观念","雨果文学的衰亡即将到来,且不可避免"。他含沙

92

---

　　①　*Histoire*, IV, 457.——作者

　　②　《辩论日报》全名《政治和文学辩论日报》(*Journal des débats politique et littéraires*),1789年在巴黎创刊。

　　③　*Essais sur l'Ecole rom.*, 166.——作者

　　④　儒勒·雅南(Jules Janin, 1804—1874),法国作家、戏剧评论家,著有《戏剧文学史》等作品。详见本书《批评家名录》。

　　⑤　《巴黎评论》(*Revue de Paris*)是1829年创刊的文学杂志,曾刊登了许多著名法国文学家、批评家的作品。

射影地说,雨果的散文比诗歌写得好多了。雨果是典型的不成熟的天才,他虽然多产,却毫无进步,"在一个日趋强壮的身体中,内在的理智却越来越屡弱"①。雨果在后半生不时流露出对这篇文章的愤怒。三十年后,他写道:"像尼扎尔那样的蠢驴正在叫唤着呢。"

由于对雨果和其他作家在想象力方面的放纵无度进行抨击,尼扎尔不免让自己招致怀疑,而他本人之所以在这方面很克制,是因为他没有太多想象力需要约束。他的理想规范有时也很清楚地反映了其性格缺陷。法国精神不但等同于人类精神,而且常常也是尼扎尔本人精神的投射。他早已准备好将法国文学的复杂现实强加到其逻辑定义的普罗克汝斯忒斯之床(Procrustean bed)②中,即使会冒着支离破碎的危险。他如此构思的古典精神,含有某种经院式色彩——这为泰纳将抽象理性精神与古典精神荒谬地等同,提供了大量辩护。尼扎尔将笛卡尔的抽象理性与古典精神联系起来的做法,也带来了同样的错误。③当圣伯夫抗议"为什么批评家只有一种单一的类型"④时,当他用伏尔泰诸如"我们法国人是欧洲的新鲜奶油"⑤的言论来反对尼扎尔建立的

① *Essais sur l'Ecole rom.*, 280.——作者

② 普罗克汝斯忒斯(Procrustes)是古希腊神话中的强盗,开设黑店,拦截过路行人。他设置了两张铁床,一长一短,强迫旅客躺在铁床上。身矮者睡长床,则强拉其躯体使与床齐;身高者睡短床,则用利斧把旅客伸出来的腿脚截短。忒修斯(Theseus)在寻父途中,以其人之道还治其人之身,击败了普罗克汝斯忒斯。普罗克汝斯忒斯之床用以比喻强求一致、生搬硬套。

③ 但他也曾这样评论布瓦洛:"他所说的理性并非几何的理性。"(*Histoire*, II, 297.)——作者

④ *Lundis*, XV, 211.——作者

⑤ *Ibid.*, XI, 465.——作者

过于严肃的法国精神时,当他将伏尔泰当作至少和波舒哀一样具有代表性的法国人时,他确实才更接近古典的良好判断力。

　　不能说尼扎尔已经解决了如下难题:甄别而非狭隘排外,集中而非盲目收缩。这个问题在他生活的那个极具扩张的时代尤其难以解决。若要否定自己所属的时代,难免显得太过消极,就像很多法国保守者一样,显得这种否定更多出于厌恶当下,而非热爱过去。尼扎尔说:"批评是 19 世纪普遍存在的主导机能……它是一切作品的灵魂,它渗透在所有体裁中。"[1]然而,主宰整个 19 世纪的批评,在许多方面恰好与尼扎尔对批判一词的理解背道而驰——19 世纪的批评主要是理解的、同情的和历史的,而不像尼扎尔的批评,主要是判断性的。在一个人人都赞赏同情原则的时代,在雨果断言我们对待天才的唯一恰当态度是"如野兽般崇拜他"的时刻,尼扎尔却坚称,作者的敌人对他的看法,恐怕比他的崇拜者更加准确;若想对任何事形成正确观点,最糟的情况就是用充满爱的迷信眼光看待它。[2] 因此,尼扎尔像布吕内蒂埃一样,用一种自相矛盾的方式成功地调和了保守主义。他在捍卫传统的普遍意识的同时,也冒犯了同时代人的普遍意识。

　　尼扎尔与生俱来的出色品味和判断力为他大部分作品增添了独立于其体系的积极价值;此外,这些作品在很大程度上瑕不掩瑜。虽然他的体系有误,但对这一体系的持续应用,从整体上赋予了《法国文学史》一种坦率和不朽的色彩。在这一点上,圣伯夫难免要将尼扎尔的

─────────────────

① 　*Histoire*, IV, 541.——作者
② 　参见 *Histoire*, I, 370 and II, 26, etc.。——作者

94

表现和他自己非常同情的同时代人——自然之子 J. J. 安培①做一比较。安培完全具备全新的历史化和世界性美德。他的思想包罗万象。他喜欢从一个国家、一种语言突然转向另一个国家、另一种语言，他用这种方式享受思想和感情之间突发的对立感。圣伯夫说，这是一种思想上的土耳其浴②。他不仅遵从斯达尔夫人的嘱咐（秉持欧洲精神［il faut avoir l'esprit européen］），而且还将眼界扩展到欧洲以外。圣伯夫把自己在以弗所废墟中读中国书籍的往事，当作沉迷"崇高的浅薄涉猎精神"的例子。③ 安培准备写作的《法国文学史》在各个方面都超越了尼扎尔，却唯独有一点不如尼扎尔——那就是这本书并未完成。安培没能成功地协调那些极丰富的材料，也没能对其进行综合分析。他缺少使自身振奋的力量。歌德说，大师正是因为拥有这种力量而初显锋芒，而且，若某人想要超越"崇高的浅薄涉猎精神"，实现其不朽，那么他无论如何都必须具备这种力量。

　　人们不禁要问，现代批评在这一方面的"失"与其在另一方面的"得"，是否不对等呢？它在知识和同情上的扩展，是否并未被判断力的衰落抵消呢？圣伯夫抱怨道，现代批评家会围绕一个主题侃侃而谈，

----

　　① J. J. 安培（J. J. Ampère, 1800—1864），法国批评家、历史学家，著有《诗歌的历史》等。物理学家安培（André-Marie Ampère, 1775—1836）之子，因此白璧德称其为"自然之子"。详见本书《批评家名录》。

　　② 土耳其浴（Turkish Bath）原是土耳其人借鉴罗马浴而创的洗浴方式，19 世纪欧洲各国广泛引入这种洗浴方式，后遍及整个欧洲乃至美国。土耳其浴先热蒸，再以温水或凉水冲洗，白璧德用其比喻前文说的对立感。

　　③ *N. Lundis*, XIII, 241. ——作者

但却不会断然承认这究竟是好是坏。① 例如,维尔曼就缺乏勇气来支持其自身具备的良好品味。他太善于躲闪和回避了。他对同时代人完全是谄媚且顺从的,他被雨果这样的人掌控和迷惑着。② 库辛对圣伯夫说,维尔曼身上有"利"(Interest)和"名"(Vanity)的永恒冲突。圣伯夫回答道:"是的,恐惧决定了天平偏向哪边。"③ 至于库辛本人,圣伯夫说,他既有伟大、雄辩的灵魂,又有平庸的性格。④ 众所周知,19 世纪以前,平庸的性格和高贵的思想天才是共存的。然而,圣伯夫坚称的个人领域的无限扩张与坚定的信念自相矛盾这一点是正确的,这种矛盾最早就出现在斯达尔夫人身上。圣伯夫抱怨道,任何现代性的批评都无法取代约翰逊⑤极具权威且纯正的良好判断力。⑥ 我们不免想到,圣伯夫本人在确立其权威时却并不是一副约翰逊式的做派。当人们指责他这一生过于顺从夏多布里昂时,他回应说,当他描写夏多布里昂时,他觉得自己就像"一只被迫在狮子肚里鸣叫的蟋蟀"⑦。当约翰逊博士研究作家时,他却让人感到,不是他而是这些作者本人在狮子肚里鸣叫。

但我们最好能通过圣伯夫本人的作品研究理解与同情以及理解与

96

---

① *Lundis*, I, 382.——作者

② *Ibid*., VIII, 491.——作者

③ *Ibid*., XI, 191.——作者

④ *Ibid*., 472.——作者

⑤ 塞缪尔·约翰逊(Samuel Johnson, 1709—1784),英国批评家、诗人,他评论诗人时重格律,文辞典雅庄重,著有《英语大辞典》,并编著《莎士比亚集》。

⑥ *Lundis*, XI, 490.——作者

⑦ *Chateaubriand*, I, 18.——作者

判断之间的全部问题。在本章中,我们已经对他的成长环境有了些许了解。他是《环球报》最勤勉的供稿人之一,也听过基佐、库辛和维尔曼的演讲。

第五章　圣伯夫(1848 年前)

　　圣伯夫的作品几乎是独一无二的,他将广度与丰富性、多样性结合在一起。几乎没有哪位作家能完成五十余卷作品且少有重复性内容,甚至直到尾声也未低于自身的最佳水平。伏尔泰的作品数量虽多,但却充满了重复的内容,而且经常是老掉牙的重复内容。圣伯夫避免重复自身的方式,是不断更新自己。他参与了十余次"文学运动和冒险",且总能脱颖而出,他说:"我们必须将这些文学运动和冒险当作不同的整体来判断。"①若单从更本质的变化来看,那么我们可以把他参与的十个文学运动压缩为三个阶段,正如他自己在别处所做的那样:第一阶段是他在《环球报》做学徒和作为一名好战的浪漫主义者的职业生涯(1824—1831);②第二阶段是他为《两世界评论》(*Revue des Deux Mondes*)及其他杂志供稿的 17 年,他在这一阶段的批评带有中立色彩,批评中的同情和理解超越了判断(1831—1848);第三阶段是完全成熟期,以《夏多布里昂和他的文学团体》(*Chateaubriand et son Groupe littéraire*)为起点,他在这一阶段的作品体现了更简洁的风格和更明断

---

　① *Portraits lit.*, II, 526. ——作者
　② 有人将他作为浪漫主义战士的阶段扩展到 1834 年左右。——作者

98 的态度（1848—1869）。他花费 20 余年时间写作了 6 卷本的《波尔·罗亚尔修道院史》(*Port Royal*)，这部作品自第二阶段始，于第三阶段完结。

1

最好能将圣伯夫批评发展的不同阶段和某些重大运动联系起来。通过他的作品追踪 19 世纪主要思潮间的互动和冲突，将会更有趣。事实上，研究圣伯夫的人往往从狭隘的传记角度来理解他，他们试图以个人主张且通常是琐碎的个人主张来解释圣伯夫的批评观点。他们太过笃信圣伯夫提出的建议——"避免抽象化的半身像 (the academic bust)"，以及要像关注挂毯正面那样关注它肮脏不起眼的另一面。就此而论，人们会说圣伯夫其实是自身研究方法的受害者。但圣伯夫和雨果妻子的风流韵事——这一直是极端传记学派津津乐道的事——或许真的有利于解释他与整个浪漫主义运动的关系这一更重要的问题。

因此，如果采取一种更理智而且我相信也是更公平的办法，我们首先需要考虑的，是圣伯夫文字中反映的 19 世纪那场伟大的斗争，也就是传统和以自然主义为名的力量之间的斗争。当下，传统至少由两部

99 分组成。这一术语包含了尼扎尔所说的"双重古典" (la double antiquité)，即宗教或基督教传统以及古典或人文法则，后者通常与前者一致，但有时也会与其争执。自然主义同样有理智、分析的一面和情感的一面。这一运动的两个主要方面在 19 世纪将自己事实上简化成了科学和卢梭浪漫主义。但需补充的是，圣伯夫不仅仅通过书籍，而且还

以接触幸存代表人物的方式,来熟悉自然主义反抗传统的更古老的形式——熟悉 18 世纪的感伤主义(sentimentalism)和理性主义。譬如,他和同乡多努①关系密切,后者是一位颇有造诣的古典主义者(classicist)和彻头彻尾的理论家(ideologist)——这两个术语被泰纳混淆了,圣伯夫却能清楚区分它们。② 他告诉我们,他在多努身上发现了古老的法国文学传统的活化身,与此同时,他通过多努开始进入"最先进的 18 世纪",这实际上意味着,他开始进入了哲学唯物主义(philosophic materialism)最高级的形式。他与福里埃尔也有接触,正如我们所见,我们可以借助福里埃尔来追溯,18 世纪的理论究竟是如何向 19 世纪过渡的。福里埃尔对起源(origins)的热情,在圣伯夫身上则体现为对个人出身和青少年阶段的兴趣,正如他说,"一切均可追溯到那个不可言说的时刻"③。

圣伯夫也开始进入更古老的社会和文学传统。在他生命的最后二十年里,我们认为他似乎是一位隐士,但在 1848 年以前,他时常出入当时最高贵的团体——这是由真正意义上或传统意义上的贵族男女组成的团体。这个团体的成员奥松维尔伯爵④曾向人们暗示,圣伯夫并不

——————————

① 多努(Pierre Claude François Daunou,1761—1840),法国政治家、历史学家,早年间参与法国大革命,属于吉伦特派,后来对政治失望,潜心写作,著有《历史研究》等。

② 见 *Portraits cont.*,IV。——作者

③ *N. Lundis*,III,25.——作者

④ 奥松维尔伯爵(Comte d'Haussonville,1809—1884),法国政治家、历史学家,著有《罗马教会与法兰西第一帝国》等。

是一位"绅士"。① 圣伯夫的出身、样貌以及许多其他天性显然都表明，他是十足的中产阶级。颇具传奇感的是，他人生中的全部伟大冒险都同一把雨伞有关。据说他在同迪布瓦②雨中决斗时始终撑着伞，他说，自己宁愿被杀死也不愿着凉。他还在雷卡米耶夫人③的客厅和别处学到了贵族社会的优雅、礼节、从容、得体和适度——所有旧世界的魅力在与民主的粗鲁接触中都难以幸存。当然，圣伯夫在整个中年阶段都刻意将这个文雅圈子里的女性当作他的理想读者，一个必然的结果是，他越来越"故作风雅"。他承认这一时期的他多少变成了一个矫揉造作之人，或者用他自己的话来说，他养成了"爱抚和过度雕琢思想"的习惯。他感谢"必然性，感谢在关键时刻让哑巴说话，让口吃之人能清晰表达观点的伟大缪斯"，因为她们让他向更广大的公众讲话，让他"用全部的人类语言对每个人说话"④。

101

除了通过接触文学和传统社会获得知识，圣伯夫还通过学习增进知识。他自学生时代起就是一位出色的拉丁语学者，从那时起他还终其一生坚持精进希腊语。即使在最后的繁忙岁月里，他仍抽出时间向

---

① 圣伯夫做过的最不"绅士"的事大概是他于 1843 年私自出版了《爱之书》(*Livre d'Amour*)。——作者

② 迪布瓦(Paul Francois Dubois, 1793—1874)，法国新闻人、政治家，长期为《环球报》供稿，并在一段时间内担任该刊物负责人。他曾与圣伯夫进行手枪决斗，两人后来握手言和，圣伯夫评价其有才干。

③ 雷卡米耶夫人(Madame Récamier, 1777—1849)，19 世纪法国著名的沙龙女主人，巴黎政界及文坛许多重要人物都是她的常客，她以超凡的魅力和机智著称。著名的新古典主义绘画大师大卫(Jacques-Louis David)为其作画《雷卡米耶夫人》，现存于卢浮宫。

④ *Portraits lit.*, III, 550. ——作者

希腊人潘达塞得(Pantasidès)学习,并跟随此人通读了多遍《伊利亚特》和《奥德赛》。他惊呼道:"罗马尤其希腊的不朽灵魂和幸运的天才们啊,你们恰如初次丰收似的采集了全部果实以及人类的朴实优雅和自然的雄壮品质,思想在被现代文明和复杂生活弄得疲惫不堪后,从你们身上再度找回了青春和力量,找回了健康和饱满的精神。所有带有男子成熟气概和英勇青年品质的纯洁宝藏,伟大的人啊,你们对我们而言,就像神一样难以接近和注视,请不要蔑视我在节庆时迎接你们的这个书斋;毋庸置疑,别人会更充分地懂得你们,更恰当地阐释你们;别处对你们的了解或许更多,但没有任何一个地方比我的书斋对你们的爱更为深沉。"①

2

总体而论,圣伯夫与基督教传统以及宗教的关系微妙且重要。他 　102
在这方面的优势在于,他可以同那些以天主教和新教形式存在的基督
教的典型化身们保持联系。圣伯夫深受亚历山大·维内②的作品和人
格的影响,因此萌生了新教精神和某种程度上的詹森主义③精神。但
在进一步讨论圣伯夫对基督教的态度或明确的信仰前,我们最好能引

①　*Port, cont.*, V, 467.——作者

②　亚历山大·维内(Alexandre Vinet, 1797—1847),出生于瑞士洛桑,对马修·阿诺德、圣伯夫、谢勒、布吕内蒂埃等人都有明显影响,代表作有《法国古典名著选》《帕斯卡研究》等。详见本书《批评家名录》。

③　17世纪天主教的詹森派发起改革运动,强调原罪、人类的全然败坏、恩典的必要和宿命论,被称为詹森主义(Jansenism)。詹森派认为教会最高权力属于公议会而不属于教皇,反对天主教教皇的荒淫。

述他晚年对自己青年时代的评述:"没有哪种心智比我的想法更柔韧,也没有哪种心智比我的想法更能彻底适应各种形式的变形。我坦诚而天真地从 18 世纪晚期起航,从特拉西①、多努、拉马克②和生理学起航:那是我真正的本性。我从那里接触了《环球报》的教条主义和心理学派的思想,但我对他们有所保留,并未成为其追随者。随后,我抵达了诗意的浪漫主义并进入了雨果的团体,我似乎融入了进去。接着,我穿越圣西门主义③,或者说是避开了它,然后又立即绕开了拉梅内④学派,我仍带有天主教色彩。1837 年,我在洛桑接触了加尔文主义(Calvinism)和卫理公会(Methodism),并对其产生了兴趣。在所有这些精神的旅行中,我从未放弃自己的意愿和判断力,除了在接触雨果时曾被一曲魔咒迷惑以外。我从未许诺我的信仰,但我对人事的理解是如此透彻,以至于我为真正的信仰者点燃了希望,这些人想要改变我的信仰,甚至相信我已经是他们当中的一员。我的好奇心,我想要发现和近距离观察一切事物的渴望,以及我在找到一切事物的相对真理时体会到的极致快乐,把我卷入了这一系列试验中,对我来说,这些试验只是

---

① 特拉西(Destutt de Tracy, 1754—1836),法国启蒙运动哲学家。他在《意识形态要素》中首次提出了"意识形态"这一概念,他认为意识形态为一切观念的产生提供了科学的哲学基础。

② 拉马克(Jean-Baptiste Lamarck, 1744—1829),法国博物学家,进化论的先驱,著有《法国全境植物志》《动物学哲学》等。

③ 圣西门主义(Saint-Simonism)即由空想社会主义的发起者圣西门(Comte de Saint-Simon, 1760—1825)及其追随者形成的思想。

④ 拉梅内(Félicité Lamennais, 1782—1854),法国哲学家,基督教社会主义代表人物,著有《论革命的进程与反对教会的战争》等。

一个漫长的道德生理学课程。"①

虽然圣伯夫很早便认为自己命中注定会"始终处于万物之外"②，但我相信，他并不像人们推论的那样，会屈服于缺乏中心的生活。从他多年来写给厄斯塔什·巴尔贝神父（Abbé Eustache Barbe）的信中可以找到相关证据。巴尔贝在成为牧师之前，曾是圣伯夫在布罗尼布莱里奥学院的同学。两个年轻人常常在海边漫步，圣伯夫告诉我们，他们的谈话大都与最严肃和最永恒的问题相关。两人以相似的语调持续通信。圣伯夫对巴尔贝说："我经受着缺乏信仰的痛苦；经受着缺乏固定目标和中心的痛苦；我拥有这些事物的情感，但却失其本质。"③随后他又补充道："我的生活被偶然性控制；洪水裹挟我前行，我的船却没有锚。"④而后他又告诉巴尔贝，他只能靠"埋头研究"来防止内心遭受吞噬。"我在向你透露我的真实处境。"⑤他在给巴尔贝的最后一封信中写道："工作是我最大的负担，但也是我最大的财富。"⑥他向新教徒维内的忏悔和他向天主教徒巴尔贝的忏悔相似极了。他对维内说："我已经进入了一个纯粹的理智批评状态，我用悲伤的眼神目睹心灵的死亡。"⑦在这封信的后半部分，他将自己的理智比作"一轮死月，沐浴着自身寒冷的光的心灵墓地"。在他超然的设想中，他将自己的灵魂比

104

---

① *Port. lit.*, III, 545.——作者
② Letter to Lerminier, 7 April, 1833.——作者
③ *Nouvelle Cor.*, 41(1836).——作者
④ *Ibid.*, 93(1844).——作者
⑤ *Ibid.*, 110(1846).——作者
⑥ *Ibid.*, 182(1863).——作者
⑦ *Cor.*, I, 130.——作者

作满是沙砾的荒废海岸,信仰的海洋早已从那里退潮。阿诺德在《多佛海滩》(*Dover Beach*)中使用了相似的隐喻。①

关于圣伯夫重要的基督教品格,我们就谈到这里。虽然他缺少信仰和生活原则,但我们需要记住,他也说过自己能觉察到信仰和原则。换言之,尽管他并非真正的教徒,但也曾体验过一段浪漫的宗教虔诚。1830年,他给巴尔贝写信说:"我沿着诗歌艺术之路而非神学哲学之路重回宗教。"就此而言,圣伯夫显然是夏多布里昂的追随者。但他并不像夏多布里昂那样,会因基督教外在的诗意,如其仪式、典礼的审美和想象力而感动,他更多是因内在生活的诗意而感动。他认为夏多布里昂是带有天主教想象的享乐主义者②。至少在几年内,他都将自己定位为一名带有詹森主义情感的享乐主义者。他不赞成贝朗瑞③的指责。贝朗瑞认为他"过于热衷宗教狂热,这是我们这个时代的疯狂之处,我相信他的宗教狂热恰好与真正的宗教背道而驰"④。但从某种意义上来说,贝朗瑞是正确的;圣伯夫正是带着这种情绪创作了《波尔·罗亚尔修道院史》的前半部分内容,当这种情绪消失时,他就开始用一种冷漠的疏离态度,或如他一位秘书所言,用一种极其厌恶的态度思考

105

---

① *Port. lit.*, III, 540.——作者
② 伊壁鸠鲁派(Epicurean)因其创始人伊壁鸠鲁而得名,其学说广泛传播于希腊—罗马世界,该派主张承认必然性和偶然性,重视内因以及宣扬无神论等。信仰伊壁鸠鲁学派的人被称为享乐主义者(epicurean)。
③ 贝朗瑞(Pierre-Jean de Béranger, 1780—1857),法国歌谣诗人,曾写作过讽刺拿破仑的《意弗托国王》,还创作了大量倡导民族团结的歌谣,深受民众欢迎。他把法国的歌谣创作提到了前所未有的高度,对19世纪上半叶法国的进步诗人和诗歌都产生了较大影响。
④ *Port-Royal*, I, 550.——作者

这个主题。①

　　圣伯夫身上甚至存有一种更值得质疑的宗教狂热。他说自己在
"天堂的六个月"（就是他与雨果夫人发生暧昧关系的那六个月）中写
作了大量宗教诗歌，即《安慰集》（*Les Consolations*）。他还谈到同期创
作的小说《快乐集》（*Volupté*）："我的想象力始终为我的情感服务。写
小说只是我陷入爱情和表达爱情的一种方式。"不过，他完全也可以这
样评价他的宗教诗歌。他的宗教诗歌将爱和宗教牢不可分地混合在一
起，用宗教为世俗的激情注入魔力。这便是我在其他地方②曾说过的
"伪柏拉图主义"（pseudo-Platonism），此处也可称之为伪基督教。圣伯
夫这一时期体内的魔咒与其说与雨果夫人有关，不如说从一开始就与
雨果本人相关，这个魔咒引导他放弃了意志，使他变成了激进好战的浪
漫主义者。圣伯夫不是那种有主体中心的坚定不移的和具备男子气概
之人。借用龚古尔兄弟③——在他看来这二人是最不理智的批评
者——日志中的话来说，他不是一个卓越的男子（un male supérieur）。106
他天生富有女性的同情和理解能力，他本能地寻找着一种能为自己提
供方向感的依据和人格，他无法从自己身上找到这种方向感。他是
"始终在寻求伊利亚权柄"的以利沙。④　于是，他在一段时间内依附雨

---

　　①　*Sainte-Beuve*, par Jules Levallois, 177. ——作者

　　②　*The New Laokoon*, ch. V. ——作者

　　③　龚古尔兄弟(the Goncourts)指埃德蒙·德·龚古尔(1822—1896)和弟弟茹
尔·德·龚古尔(1830—1870)。两兄弟毕生形影不离，共同创作，献身艺术和文学。

　　④　伊利亚(Elijah)是《圣经》中以色列国的先知。以利沙(Elisha)是伊利亚的学
生，奉神命继续伊利亚的先知工作。以利沙领受权柄柄时对伊利亚说"愿感动你的灵，加
倍地感动我"。伊利亚却对他说，你所求的实在很难得到，除非在我升天之时看见我。

果,就像他随后依附拉梅内和其他人一样。这是一个为思想上不谨慎
之人准备了许多诱惑(比如新人道主义宗教以及类似的诱惑)的时代。
然而,尽管圣伯夫常常会在这些新运动相关的隐喻中啃咬奶酪,但他并
没有落入陷阱。正如笔者所言,他仍以更真诚的热情而不是他后来所
说的一场冷血的实验继续着他的事业。他的座右铭本应是"热情和悔
改"(enthusiasm and repentance)。我们不能将他的失败完全归结为他
的不稳定性;他追求理想的过程之所以困难重重,乃是由于他生活在一
个伪理想主义的时代,而且他确实遇到了许多伪理想主义者。他说:
"如果最近的读者注意到,我有一种不信任或习惯性质疑的情绪,那么
他们永远也不会知晓我当初将全部的真诚和温柔融入政治和文学关系
中时,究竟默默忍受了何种痛苦。"①他在周遭看到的,尽是追逐自我之
人,他们将自己伪装在柔软情绪的玫瑰色彩云之下。例如(他认为)真
善美的使者库辛,从未认真约束过自己的支配欲;再比如维尔曼这位伟
大的天才、完美的才子,他总是自称慷慨、自由和博爱,以为自己具备基
督徒的情感,然而(在圣伯夫看来)他却是"最污秽的灵魂,最野蛮的猿
人"②;圣伯夫在雨果身上只看到了"自以为是的傲慢和极端的自我中
心"③;他在巴尔扎克身上看到的,则是"从每个毛孔渗透出来的自我陶
醉"④;夏多布里昂只在一天之中的部分时间里扮演《基督教真谛》的

---

① *Port. Cont.*, III, 49.——作者
② *Cor.*, I, 316.——作者
③ *Nouvelle Cor.*, 34.——作者
④ *Port-Royal*, I, 552.——作者

作者,在余下的时间里,则像极了上了年纪的唐璜①。② 无怪乎圣伯夫将"避免抽象化的半身像",以及怀疑同时代人最美丽的外表和最精美的帷幕之下存在某种空虚,作为自己研究方法必要的一面。

在成为拉梅内的半个信徒后,圣伯夫开始感到,即便他的这位导师也不过是一个伪理想主义者;拉梅内不是一个有生活准则的人,而是冲动的产物。拉梅内从一个极端转向另一个极端,圣伯夫说他就像"青蛙"似的跃过了他温和的朋友们。圣伯夫对拉梅内说(我们极易察觉出其中充满悲伤的个人情绪):"要知道,世上最糟糕之事,莫过于先引导灵魂信仰某物,然后在无任何预警的情况下溜走并抛弃它们。没什么比这更能将它们引向你更加痛恨的怀疑主义了,虽然你无法再用任何确定之事抵抗怀疑主义。多少本已学会信仰的灵魂,多少本由你掌控着、放在朝圣者钱袋里的灵魂,如今却被抛在沟渠边,钱袋也被丢得远远的。"圣伯夫说他"太过了解同时代的杰出人士",因此总体而言不会再为他们而狂热。"当我开始敬仰和赞美这些人时,我很快看清了他们的本质,偏巧还知道了他们隐匿的虚荣心的全部真相。"③他说:"当我走进雨果的居所,本以为这会是一个半神居住的洞穴,不料发现

108

———————

① 唐璜本是西班牙传说中家喻户晓的人物,风流倜傥,周旋于多位女性之间,用以指代情圣。他在莫里哀的同名作品《唐璜》中以主人公身份出现,是一个充满诱人魅力却厚颜无耻地到处窃玉偷香的西班牙贵族。最有名的形象则是在拜伦的叙事诗《唐璜》中,其不仅是好色之徒,更是陷入情网的牺牲者。

② *Lundis*, II, 158.——作者

③ *Nouvelle Cor.*, 42.——作者

自己身处的竟是独眼巨人的巢穴。"①他在雨果家中的作用,如他所言,无非是"为享乐主义罩上了一层薄纱罢了",目的是引诱朋友的妻子;换言之,在这个伪理想主义的时代,他自己就是一个伪理想主义者。

圣伯夫告诉我们,他对朴素的波尔·罗亚尔主义者(Port-Royalists)的研究从未教会他超越自利(self-love)。② 他在诗歌创造力上的相对失败,尤其是他的作品《八月的沉思》(*Pensées d'Août*, 1837),极大地伤害了这种自利。因此,他逐渐接受了拉罗什富科的观点,后者在青年时期也经历过猛烈的幻灭。圣伯夫像他一样,在生活乃至在其最似是而非的方面,越来越多地看到自利原则的普遍胜利。当载着浪漫希冀和愿望的船失事后,他勉强还能以批评这只橡皮艇避难。③ 他与拉罗什富科一样,也用清醒的智慧完善自己。他在 1840 年发表的论述拉罗什富科的文章是他同过去决裂的标志,尽管浪漫主义的魔力在两三年前就已彻底消逝。他在生命的最后一年写道:"这篇关于拉罗什富科的文章(如果我能提请大家注意这个事实)标志着一个重要时刻,它是我思想生活中的一个决定性时刻。从我开始思考的那一刻起,我的青春就全部献给了哲学和实证主义哲学,它们与我正在进行的生理学研究和医学研究是一致的。但在 1829 年前后,一种严肃的道德情感和情感动乱干扰了我的思想,使我的思想发生了真正的偏离。我的诗集《安慰集》及随后的其他作品,特别是《快乐集》和《波尔·罗亚尔

---

① *Sainte-Beuve*, par L. Séché, II, 65. ——作者
　莱昂·塞谢(Léon Séché, 1848—1914),法国批评家,著有《玫瑰之爱》等。
② *Port-Royal*, VI, 245. ——作者
③ *Port. Cont.*, II, 486. ——作者

修道院史》第一卷,都充分体现了这种不安、紧张且带有某种神秘主义色彩的情绪。对拉罗什富科的研究……标志着这一危机的结束和我向更明智观点的回归,年龄和反思只会让我愈来愈强大。"①事实上,后来人们会更加清楚地看到,从自利的无数伪装中揭示出人类自利是圣伯夫研究方法的一个重要方面。圣伯夫在最后一篇关于拉罗什富科的文章(1863)中说道,即便在人们看似最崇高和最不带个人色彩的言语和观点中,他也能发现"精致和典型的自我"(subtilized and quintessentiated ego)。人类永远是自利的囚徒,"他会按自己的模式去切割和雕琢所有事物"。他接着说:"至于我本人,首先是正在写作的这个我,倘若真要迫使自己去爱那些与我无关,甚至与我完全对立的事物,那么我也不是通过脱离自我而做到的;(能做到这一点)也许是因为我为自己没有特定身份而自负,我更喜欢自己存在于这种破碎、短暂和多元的形式中,而不是其他任何形式中。不,不,淳朴的人啊,若你能恰当理解拉罗什富科,(便会发现)他并不如你所想的那样能被轻易驳倒。"②

　　与圣伯夫狂热崇拜拉罗什富科紧密相关的,是他对拉布吕耶尔③的迷恋。拉布吕耶尔的人生观同拉罗什富科有许多相似之处,他在文学肖像画(literary portrait-painting),或者说在文学微型画(literary miniature)方面的精湛技艺更是深深吸引了圣伯夫。圣伯夫这样评述

①　*Portraits de Femmes*, 321.——作者

②　*N. Lundis*, V, 391.——作者

③　拉布吕耶尔(Jean de La Bruyère, 1645—1696),法国作家,善写讽刺作品,著有《品格论》等。

110

写有奥尔巴尼伯爵夫人(Countess of Albany)旁注的拉布吕耶尔摹本:"我真想拥有这样一份摹本,我想仔细研究它。任何真诚或有才学的人都可以在拉布吕耶尔书边记录他全部的道德生活。拉布吕耶尔已为你准备了底本,你只需添加不同的想法即可。"①此外,圣伯夫还建议我们将拉布吕耶尔的作品置于案头。他保证,只要时常品读一二,我们的心智定会从中受益。②

111

有人认为拉罗什富科、拉布吕耶尔两人的人性观与基督教人性观十分相似,但其实他们都缺乏基督徒的"望"(hope)③。帕斯卡可能会说,这两人能正确理解人类缺乏恩典时的悲惨,但却无法真正理解一旦有了恩典的助力,人能变得多么伟大。圣伯夫和拉罗什富科、拉布吕耶尔在这个问题上是一致的。他至少很尊重詹森主义者,因为后者能坚持不懈地处理人性的普遍现实。他这样评价詹森主义者:"让那些无法接受这些悲伤的信徒提出药方的人,至少要尊重和同情这些同胞,因为他们有时会如此深刻地体会到人性的虚无和不幸。人性就像罪恶和痛苦之海,充满了低沉的怨言、愤怒的咆哮和永恒的悲叹。"④

圣伯夫直到生命的尽头都是一个"忧郁的怀疑论者,他无法掌控自己的疑惑"。但他最初的性情更接近自然主义者而非超自然主义者,前者的脾性在他身上愈来愈强烈。这种脾性的各种表现形式,常常让我们想起17世纪被称为自由思想家(libertins)的怀疑论者。在圣伯

---

① *N. Lundis*，Ⅴ，427.——作者
② *Lundis*，Ⅱ，66.——作者
③ 基督教神学三美德分别为信、望、爱。
④ *Port-Royal*，Ⅱ，115.——作者

夫和拉罗什富科的关系之外，我们还能发现他与那些不信教者的直接关系。帕斯卡注意到这些人以自然的名义脱离了基督教。他在那些少 112有其他现代作者能媲美的犀利文章中，将自然主义与古典自然主义联系了起来。他认为，那些试图完全按照自然生活，且缺乏信仰内在的平衡轮的现代人，都将不可避免地像所有古代自然主义者一样，陷入斯多葛式的傲慢或伊壁鸠鲁式的散漫。他认为蒙田是典型的享乐主义怀疑论者（epicurean skeptic），从这个意义上来说，蒙田也是最伟大的"自由思想家"。圣伯夫《波尔·罗亚尔修道院史》中最杰出但并非最有趣的几个章节大致接受了关于蒙田的这种看法（这些章节是他在培养詹森主义式的感情时所写）。我们应当把这几个章节同他临终前的话联系起来："我已经活到同我的导师培尔①、贺拉斯和蒙田一样的岁数了。我可以安心地去了。"②若要正确理解圣伯夫，就必须弄清楚圣伯夫和以上三人，尤其是他与蒙田的关系。

3

我相信，圣伯夫理解蒙田时，也无法避免上世纪一个相当普遍的错误——混淆人的不同层次。这三个层次分别是：宗教的、人文主义的和自然的——尽管有无数中间阶段和阶梯，但人们还是可以从一个阶段上升或下降到另一个阶段。蒙田究竟生活在哪一层呢？我们肯定会立 113马赞成圣伯夫的说法，蒙田不熟悉宗教这一层。他的生活观不属于最

---

① 培尔（Pierre Bayle，1647—1706），怀疑论者，法国启蒙思想家的先驱，著有《历史批判词典》等。

② *Lundis*, XVI, 45.——作者

高级的英雄主义,当然也不够神圣。就像圣伯夫本人一样,蒙田也把青春理想化了。人在二十岁时,这种性情已经显露出来。蒙田不相信人们能超越这一禀赋,也不相信神圣恩典或皈依宗教能为人们指明新的方向。圣伯夫说:"蒙田不懂得反向的道德和精神的完善,也不明白枯萎的外在躯壳中的生命正在逐渐成熟,他不懂人们对天国的永恒追求,也不明白重生和不朽的青春……这些能让白发苍苍的老人在永恒的春天绽放;这或许只是一个幻想,一个终极乌托邦,但也正是富兰克林这样的人珍视的乌托邦。"①

　　如果说蒙田不熟悉宗教层面的人性,那么我们应该承认圣伯夫所言,蒙田异常熟知的乃是自然层面的人性。他具备自然主义者的扩张性,而且在理智和情感上也有广泛的好奇心,特别是,他还具备自然主义的流变和不稳定感,且能意识到所有波动的和短暂的事物,也能在看起来相似的事物中感知细微的差别。他说:"差异(Distinguo)是我的逻辑中最普遍的元素。"此外,他也是一名享乐主义的自然主义者,圣伯夫显然是他的信徒。

114　　但蒙田身上的中间层或曰人文主义又是何种面貌呢?一旦一个人如西塞罗所说,掌握了人区别于动物的秩序、尺度和礼仪,一旦他把这些法则的规训强加于普通人或动物,或者,一旦他的目的不只是表现自我特质,而是成为一个健全的人时,他就变得人文主义了。这种人文关注非但未从蒙田的作品中消失,我相信它恰恰是其作品的核心。圣伯夫说,蒙田天性纯粹。他无论如何都立志成为一个纯粹的人。他的放

---

　　①　*Port-Royal*, II, 430.——作者

荡不羁和自私自利，多少只是表面现象。我们在这表象之下看到的，是一种基于古希腊尤其是拉丁古典作品的相当坚定的信念，它关注的是，真正的人应当是何模样；这种由那些不自以为是的正人君子（honnête homme qui ne se pique de rien）约定俗成的观念——这些博学的绅士和学者反对寻根究底——统治着整个新古典时期。爱默生把我们引上了理解蒙田的正确道路。他告诉大家，蒙田只有在谈到苏格拉底时才显得激情满满，他还在巴黎的拉雪兹公墓偶然看到，1830 年去世的奥古斯特·科利尼翁（Auguste Collignon）的墓上刻着这样一句话："为人正直，以蒙田散文塑造高尚品德。"

蒙田是具有误导性的，因为他与大多数人不同，他表现出来的确定性比他感觉到的确定性要更少。他的怀疑主义部分遵循着人文主义的 ¹¹⁵ 动机，从而有效地抵制了人们"对确定性的疯狂迷恋"，这种迷恋贯穿整个神学时代，并且仍在折磨他本人所处的那个时代。

圣伯夫在把蒙田塑造成一个纯粹的自然主义者的同时，过分囿于帕斯卡和詹森主义者的方法，他们主张抹除人类活动和道德的所有中间层，而人们恰恰是凭借这些中间层超越自然主义的；总体而言，他们意图用彻底的自然主义抵抗彻底的超自然主义，这样一来，除了解救危机的机关降神（deus ex machine）①，人们将一无所有。这就是我们前文所述，詹森主义是行不通的生活观的原因。圣伯夫认为蒙田是卢梭的先师。他说："卢梭散文中的华美叶片后来长成了茂密、忧郁又恶毒的

---

①　在古希腊戏剧中，当剧中困境难以解决时，会突然出现拥有强大力量的神将难题解决。在戏剧表演中，演职人员会利用升机的机关，将扮演神的下等演员载送至舞台上。

森林,它对维特①以及其他沉溺其中的幻想者来说是致命的……他们忍受着自杀的折磨。"②就蒙田的主要趋向而言,这种说法不仅不够真实,而且还同真实截然相反。蒙田向着人性的中心前行;而纯粹的自然主义者,无论他是情感的还是科学的,都是远离中心的,不管他们采用何种伪神秘主义手段让人们相信相反的事物。圣伯夫问道:"蒙田不可避免的结果是什么呢?""'一个谨小慎微的小犹太人'③告诉我们……那将是一个极度阴沉的天堂,一个广阔的旋转宇宙,无声而又深不可测,生命偶尔在某些特定地点出现……人类和成千上万只虫子一起,在绿草如茵、遍布湿地的小岛上诞生、闪耀和死亡。""蒙田身上看似令人愉悦和讨人喜欢的特质,只是遮蔽深渊的帷幕,或如他所言,只是覆裹坟茔的草皮。"④

这是纯粹的自然主义在处理终极问题时,发出的绝望、无助却掷地有声的宣言。但就其与蒙田的关系而言,它只是一种修辞;它仅仅证明了,圣伯夫在写作《波尔·罗亚尔修道院史》时成功培养了詹森主义情感。人文主义者当然比不上圣人,但他的确优于纯粹的自然主义者,无论对方是禁欲主义者还是享乐主义者,总体来说,他一定高于任何将人性和现象本质还原为共同法则(common law)的人。

---

① 指歌德《少年维特之烦恼》中的维特。

② *Port-Royal*, II, 405.——作者

③ "一个谨小慎微的小犹太人"(Un petit Juif marchant à pas comptés),伏尔泰曾如此描绘斯宾诺莎。——作者

④ *Port-Royal*, 442.——作者

4

对比圣伯夫和贺拉斯或许能更清楚地说明这一问题，后者是圣伯夫称为导师的三人之一。贺拉斯的享乐主义特质比圣伯夫更明显，也更极致。除少部分作品外，圣伯夫在这方面与赫里克①这类作家截然不同。赫里克夸口道，尽管他的缪斯是"快活的"，但他的生活却是纯洁的，卡图卢斯②、马提亚尔③等诗人也是这样自夸的。但贺拉斯终究还是比圣伯夫更具人文主义特质。他从少年时代起便洁身自好，这得益于他从父亲那里接受的道德方面的经验教训。纵观贺拉斯在禁欲主义和享乐主义上的所有试验，我们会发现一种上升的尝试。这种尝试日渐成熟且柔和，直到他以最具亲和力和最不教条的形式，仅凭借敏锐的判断力便宣布了一条规训：将人类本身和适度的法则（law of measure）加诸一般自我之上。"勇于明智"是他思想的结晶。"好的开始是成功的一半。鄙视快乐，约束和限制心智。若不指挥心灵，它便会指挥你。"④他在最后写作的一首诗中说到，为了迎合现实生活中的韵律和音部，他越来越忽略拉丁诗歌的韵律和音部了。总之，他最关注的一个难题是，随着年岁渐长自己是否会变得更加温和优秀：

117

①　赫里克（Robert Herrick, 1591—1674），英国"骑士派"诗人，诗作中充满了宫廷中的调情作乐和好战骑士为君主杀敌的荣誉感，宣扬及时行乐，著有诗集《西方乐土》等。

②　卡图卢斯（Gaius Valerius Catullus, 约公元前87—约公元前54），古罗马诗人，有百余首诗流传，包括神话诗、爱情诗、时评短诗和各种幽默小诗。

③　马提亚尔（Marcus Valerius Martialis, 40—104），古罗马诗人，其作品《隽语》收录了许多短小箴言和挽歌。

④　*Epist.*, I, 2, 40–62.——作者

　　他年老后会变得愈加温和、卓越吗？（Lenior et melior fis accedente senecta?）①

宗教有更高的境界；即便最优秀的诗歌亦有进步的空间。贺拉斯对个体具有完善自我的能力的信心是显而易见的。让我们引用圣伯夫的话做一对比："成熟！成熟！随着人年龄渐长，他在某些方面便会衰弱，在另一些方面会变得更强硬，但他并没成熟。"②圣伯夫的人文主义与贺拉斯不同，它不是生活规训或法则；它也不是积极向上的和激情满满的，它从理智和意志退向情感，因此多少变成了一种被动的享乐。它和真正的人文主义的关系，像极了夏多布里昂的美学信仰和真正的基督教精神的关系。一个人文主义者，即便是在有限意义上作为最精致的文学享乐主义者，仍然具备罕见的特质。而且，与随后的作家如沃尔特·佩特③相比，圣伯夫的享乐主义人文主义面相是可靠的。如果说圣伯夫是审美人文主义者（aesthetic humanist），那么佩特最好被称作人文唯美主义者（humanistic aesthete）。

　　从宗教或人文主义存在的层面堕入自然主义存在的层面，在字面义上几乎就是一种堕落。卢梭式的浪漫主义者常常用伪理想主义的面纱掩饰这种堕落。我说过，圣伯夫的诗歌和《快乐集》就充斥着堕落的

---

　　① *Epist.*, II, 2, 211.——作者

　　② *Portraits cont.*, V, 461.——作者

　　③　沃尔特·佩特（Walter Horatio Pater, 1839—1894），英国批评家，是19世纪英国唯美主义思潮代表理论家，提倡"为艺术而生活"的观念，其美学思想对后来的文学新人产生了广泛的影响，其中就有奥斯卡·王尔德。代表作有《文艺复兴史研究》《柏拉图与柏拉图主义》等。

虚假幻想。圣伯夫的说法是，他想模仿华兹华斯和克拉布①，把一种更低级、更本土化的调子引入法国诗歌。但他与这些诗人大不相同，他们除了都选择低级的主题外，在其他方面几乎都与圣伯夫背道而驰。但圣伯夫的诗尤其是《约瑟夫·德洛姆》（*Joseph Delorme*）②，的确带有时代弊病的色彩。这种弊病源自夏多布里昂，并且指出了一条不仅低级而且还令人反感的服膺波德莱尔的道路。如其所述，圣伯夫的缪斯不是一个衣不蔽体的跳着舞的聪慧婢女，而是一个穷困的肺痨患者，她全身心地照顾一位年老、眼瞎、疯癫的父亲。即便她偶尔也会放声高歌，用以驱散老人神志不清的恐惧，但这歌声仍会被持续的咳嗽声打断。患肺痨的缪斯一定会让华兹华斯感到恐惧，但正是在她的庇护下，诞生了《恶之花》（*Les Fleurs du Mal*）这种作品。圣伯夫在给波德莱尔的信中写道："你说得很对，咱们的诗有诸多共同之处。我已然尝到了同样的苦果，满嘴是灰。"③

我们在圣伯夫身上不仅看到了关于颓废的虚假幻想（false illusion），还看到了——这对我们当前的目标极其重要——它的虚妄幻灭（false disillusion）。对圣伯夫来说，智慧既非积极的洞察力，亦非争取自我控制的最终回报，而是一种冷漠和消极的东西。要弄清智慧这一概念，我们必须从思想角度来观察圣伯夫的生活，其他人常常通过八

①　克拉布（George Crabbe，1754—1832），英国浪漫主义诗人、博物学家，著有诗集《陶醉》等，拜伦称他为"大自然中最顽固的画家，但却是最好的画家"。
②　《约瑟夫·德洛姆》是圣伯夫的诗集，全名为《约瑟夫·德洛姆的生活、诗歌和思想》。
③　*Cor.*，I, 360(1865).——作者

卦了解他的生活;或者我们应当以彼之道还施彼身,让他为自己说话。我们应尽可能地从他所谓的"自己的墨池"中蘸取我们评判他所需的要素。他以阿莫里(Amaury,《快乐集》的主人公)之口说:"在我年轻时,我的哲学通过纵欲和尽情享乐来到我身边。"他接着说,大多数哲学家在丰富的生活和幻想的巅峰中沉思。他却与之相反,他在"欢愉后清晨的白色天光下沉思,在卢克莱修①所说的疲倦中沉思,在揭示事物本质的困倦中沉思。""我时常看到事物的丑恶面及其结局,看到我曾感受到的虚无,以及略带忧郁的喜悦。"当他观察事物时,他的心智"处于略微冰冷清澈的状态,少有幻想"②。圣伯夫不止一次拍着胸脯宣称一种奇怪的学说,即最真实的生活总发生在"阴冷昏暗的黎明后"。他郑重地写道:"我有我的弱点,就是在所罗门王身上激发了对一切事物的厌恶和对生命的餍足感的那种弱点。"③他在别处还说:"我与所罗门以及伊壁鸠鲁一样,也是通过享乐进入哲学的。这比黑格尔和斯宾诺莎通过逻辑达知哲学更好。"④如果以这种方式实现哲学,与之相伴的必然是普遍的信仰缺失,因为正如圣伯夫在别处所说,纵欲(voluptuousness)是内在生活的巨型溶剂。"我们身上的确定性法则终究都会被纵欲削弱。"⑤

---

① 卢克莱修(Titus Lucretius Carus,约公元前99—约公元前55),古罗马诗人、哲学家,继承古代原子说,阐释并发展了伊壁鸠鲁的哲学观点,著有《物性论》等。

② *Lundis*, XVI, 43. ——作者

③ 对比"他对所有事物都感到一种无法治愈的厌烦,这是挥霍生命之源的人所特有的症状"(*Portraits Cont.*, V, 464.)。——作者

④ *Port. lit.*, III, 543. ——作者

⑤ *Proudhon*, 102. ——作者

真相是，圣伯夫的情感和理智生活几乎都是无拘无束和扩张性的。以这种方式自由扩张的生活，其主要动机乃是好奇心；圣伯夫在情感和 121 理智上的好奇心数不胜数。他说，大多数人心中都住了一个早夭的诗人。① 这位诗人从未从圣伯夫身上彻底消失，相反，诗人始终出现在他极具隐喻性有时甚至显得华丽的风格中。另一方面，我们在他年轻时最浪漫的阶段能感受到，他心中的诗人身旁站着一位无法满足好奇心的批评家。或者确切来说，与其说他是自己批评中的诗人，不如说是自己诗歌中的批评家。他曾在一首诗中问道："孔拉尔②是否比茹伊③更精通拉丁语？他用坏的钢笔是否比叙阿尔④多？盖·帕坦⑤真的收藏了一万余册书吗？"⑥

5

这段话体现的独特好奇心暗示了圣伯夫与培尔的密切联系，培尔

---

① *Port. lit.*, I, 415.——作者

② 查圣伯夫原诗，此处原文 Conrad 有误，应为 Conrart（孔拉尔）。书末"人名索引"中亦作合并处理。

③ 茹伊（Victor-Joseph Étienne de Jouy, 1764—1846），法国剧作家，著有剧作《弥尔顿》等。

④ 叙阿尔（Jean-Baptiste-Antoine Suard, 1732—1817），法国记者、翻译家，曾担任《欧洲宪报》编辑，与启蒙时期的众多哲学家交往密切，晚年陷入了法国大革命和拿破仑政权的复杂斗争中，著有《文学杂集》等。

⑤ 盖·帕坦（Guy or Gui Patin, 1601—1672），法国医生、作家，曾担任巴黎医学院院长。他的医学著作的内容对现代医学的启发极其有限，但他的写作风格却备受瞩目。

⑥ 见《吾之书》（*Mes Livres*，又名《约瑟夫·德洛姆的生活、诗歌和思想》）全诗。其中最优秀的应当是半批评式的《诗味》。他最有价值的几句断语出自以下诗句："无知的拉马丁只知他的灵魂"，以及"维尼则更为隐秘，犹如午前总是回到他的象牙塔中那样"。（这两句诗均出自诗体信《维尔曼》[A. M. Villemain]）——作者

是他称为导师的三人中最晚近的批评家。法盖说："我们实在难以想
象圣伯夫身上究竟有多少培尔的影子。"①圣伯夫同培尔的关系，比他
与贺拉斯和蒙田的关系更为明显。培尔青年时从新教徒转为天主教
徒，最终又皈依新教，他在转变的过程中失去了全部信仰的火种。他最
终成了自由思想家，尽管只是 17 世纪意义上的自由思想家，不像圣伯
夫是 19 世纪意义上的自由思想家。但我们应该关注他情感上的好奇
心（就不必说他爱上朱丽尔夫人［Madame Jurieu］这种谣言了），读过其
《历史批判词典》的人，应该很熟悉他对一些逸闻病态的嗜好。培尔理
智上的好奇心完全不受限制。圣伯夫说："有些人为知而知；有些人受
浮士德激情掌控，他们不会将自己的成就和努力追溯到恰好能修正自
身的高尚和完美的目标上。"②

　　圣伯夫和培尔一样，对琐碎之事充满好奇（"孔拉尔用坏的钢笔是
否比叙阿尔多？"）。法盖说培尔在用晚餐时一定会同女管家闲聊。但
当他进而判断，培尔的作品就像圣伯夫的作品一样，常带有仆人房和厨
房的味道时，那也太言过其实了。③ 与培尔类似，圣伯夫的笔记比正文
更容易陷于八卦和日常（如他所言，人们更熟悉的是底层建筑，而不是
楼上的公寓）。他和培尔一样，会想方设法巧妙地在笔记中插入极其
大胆的看法，而且和培尔一样，他的方法，特别是 1848 年之前采用的方
法，有时也是狡黠和不可信的。他用机巧而迂回的方式贬低他表面上

---

① *Politiques et moralistes*, III, 208.——作者

② *Port-Royal*, II, 160.——作者

③ *XVIIIe Siècle*, 23.——作者

赞扬的事物。龚古尔兄弟曾在马格尼（Magny）的晚宴上对他说："上帝把我从你的赞美中拯救了出来。"

　　但目前我们谈论的还只是二者在细微处的相似点。培尔在思想史上是宽容的代言人，别忘了我们将要从这方面挖掘他与圣伯夫的联系。圣伯夫比 19 世纪任何法国人都更恐惧先入为主及党派精神带来的狭隘心智。他说："让所有木制的偶像都见鬼去吧。"在这方面，圣伯夫是货真价实的培尔信徒，他不会像培尔的 18 世纪追随者那样狂热地宣讲宽容思想。圣伯夫曾提到，法兰西大学的弗兰克先生①是这样宣讲宽容的。当听众中有人大胆表达不同看法时，邻座的人竟掌掴他，这名不同意见者最终被充满宽容热情的听众扔出了演讲大厅。② 圣伯夫接着说，不宽容是法国人最大的错误，当然，这是因为法国人过于依赖逻辑，让情感为逻辑服务。圣伯夫敏锐地意识到，在这方面，他的思维活动与大多数法国人截然不同。他以极强的判断力和极弱的逻辑排他性对待生活和文学，这当然是他强烈吸引英美读者的特质。研究遗传的学者大概会特别注意这样一个事实，圣伯夫拥有英国血统。

124

　　但我们必须谨慎界定圣伯夫和培尔所呈现出的宽容的特殊类型。如圣伯夫自己所言，最高级的宽容，不是轻视别的事物，而是对某种事物的深切信仰。③ 圣伯夫和培尔的宽容都不能说是后者，而是当下十分流行的怀疑主义和享乐主义的变体形式。他们用令人钦佩的广泛的

---

　　① 弗兰克（Adolphe Franck, 1809—1893），法国哲学家，曾任教于法兰西大学，主攻自然法学说，编著有《自然科学辞典》等。

　　② *N. Lundis*, IX, 197.——作者

　　③ *Ibid.*, 199.——作者

全面同情讨论所有的生命模式,然而一旦需要做出判断,他们就成了纯粹的皮浪主义者(Pyrrhonists)①。圣伯夫说:"我有什么资格以绝对真理的名义下判断呢?"②他把自己的全部偏好放在一旁,只不过是想建立不向任何一方偏倚的两个极点,以便使思想充分自由地运转。③ 他又说,自己唯一适合扮演的,是一个"足以平衡难以捉摸的多种现实和各式变化"④的角色。

圣伯夫在他的批评尤其是我所说的中期阶段的批评中,采取了这种多少有些中立的批评观。从这个角度来看,他于 1835 年撰写的《培尔与批评精神》(*Bayle and the Critical Spirit*)几乎是自传性质的。我们可以从如下"思想",看清他在这一阶段究竟是如何把批评家的作用还原为纯粹理解和同情的:"批评精神在本质上是温和、迂回、灵活和全面的。它是一条悠长而清澈的小溪,围绕着不朽的诗歌作品弯弯曲曲地前行,沿着无数岩石、堡垒、长满藤蔓的山丘和茂密的峡谷前行。尽管这些物体都是特定的景致,且彼此互不干涉,尽管封建时代建造的堡垒睥睨峡谷,峡谷对山腰一无所知,但溪流仍会温柔地沐浴它们,用充满活力的水拥抱、理解和映照它们。当旅行者试图了解和寻访这些相异的地方时,溪流让他搭乘小船,带着他缓缓前行,依次展现沿途不同的景致。"⑤勒梅特尔将这段话当作其印象主义作品《当代人》

---

① 以古希腊怀疑派哲学家皮浪(Pyrrhon)命名的哲学流派,宣称"不做任何决定,悬隔判断"。

② *Port-Royal*, III, 409. ——作者

③ *Ibid.*, II, 155. ——作者

④ *Ibid.*, III, 423. ——作者

⑤ 见 *Joseph Delorme*, *Pensée* XVII,亦可对比 *Portraits Cont.*, II, 512。——作者

（*Contemporains*）的题词。这段话用在浅尝者（dilettante）①身上或许比用在印象主义者身上更为贴切，因为印象主义者虽然不具备固定的原则，但起码仍具有强烈的排斥性，然而一个批评家，正如圣伯夫对自己的定位，却是既不排斥也不断言的。批评家是思想领域的吉卜赛人和流浪者，他没有固定的住所，换言之，他没有任何核心的和主导的观点；或者可以借用圣伯夫的另一个比喻，批评家就像一个每晚会扮演新角色的演员。

　　这种意义上的批评家很难彻底令圣伯夫满意，他不可能感觉不到培尔与自己的差异和相似性。培尔的好奇心不仅庞杂，而且不加择选。有人指出，在《历史批判词典》一书中，阿苏西②所占篇幅竟是但丁的十倍。这种做法就像法盖说亚里士多德和派克乌斯③对他同样重要一样。他对同时代文学的态度完全是新闻记者式的。他写道："我读到的最新的一本书就是我最喜欢的书。"譬如，他对拉辛的《费德尔》和普拉东（Pradon）的《费德尔》同样感兴趣。④ 说起来，圣伯夫不仅在各方面都显得很文学，而且随着渐渐远离浪漫主义运动的独特氛围，他也变得更加古典。诚然，有人会说，随着年龄增长，他对基督教传统的坚持

---

①　我会在讨论勒南时详细解释这个词（第 279 页）。——作者

②　阿苏西（Charles Coypeau d'Assoucy，1605—1677），法国诗人、剧作家、音乐家。阿苏西年轻时辗转欧洲各国为皇室创作和演奏音乐，回到法国后长期在路易十三的宫廷供职，并加入了 17 世纪自由思想家团体，受其影响创作诗歌和戏剧。代表作有《爱情之歌》等。

③　派克乌斯（Petrus Peckius the Elder，1529—1589），荷兰法学家，是最早撰写国际海事法的人之一。培尔在《历史批判词典》中提到此人。

④　*Port. lit.*，I，382.——作者

减弱了,对人文主义传统的坚持增强了。而且随着他的成熟和有了更多自信心,他知道批评家只有理解和同情是不够的,还必须具备决断力。他高呼:"长期以来,我都在扮演辩护者的角色,现在就让我当回法官吧。"①由于认识到有必要变得更有决断力,于是他的脾性也变得愈发古典,他开始赞扬布瓦洛这位极有决断力、遵循传统且在批评上几乎与培尔对立的批评家。圣伯夫告诉我们,他始终认为自己在文学想象力方面与布瓦洛是一致的,但他对待布瓦洛的态度其实历经了好几个阶段。最早是 1829 年对布瓦洛激烈而浪漫主义的攻击②,接着是 1843 年部分否定其旧作的翻案诗(palinode)③,最后是 1852 年的文章充满了对他的敬佩和赞扬④。

我们在圣伯夫身上,还能看到他和歌德之间的有趣联系。他早期的某些评论很肤浅,譬如当他说歌德和塔列朗都缺乏帕斯卡的精神高度时。⑤ 后来他充分修正了这一说法,他宣称歌德是最伟大的批评家⑥。当他想借助一位高度公正的批评家来质疑同时代法国批评家身上那种过度的党派偏见时,他更多想到的是歌德,而不是培尔。他喊道:"啊,浩瀚的湖水,像歌德一样伟岸静谧的镜子,你们究竟在何处?"⑦在这方面,圣伯夫算得上是最具歌德风格的法国人。但当某位

①　*Port. lit.*, III, 550. ——作者
②　*Ibid.*, I, 3ff. ——作者
③　*Ibid.*, 23ff. ——作者
④　*Lundis*, VI, 494f. ——作者
⑤　*Port-Royal*, III, 356. ——作者
⑥　*Lundis*, XI, 505. ——作者
⑦　*Ibid.*, XV, 368. ——作者

著名记者将他比作歌德时,他却回答说:"他(歌德)天然处于顶峰,而我只是山谷里的住客。"①这种差异实际上甚至是更本质的。圣伯夫给人们留下的最终印象是,他是一个内心受挫之人;而歌德则是斗士和征服者。圣伯夫和歌德在人生的最后阶段,都希望自己既是人文主义者又是自然主义者;他们欲将自己对现代运动的全部同情与对文学传统的热情结合起来。

或许理解圣伯夫在其最后二十年间批评活动的最佳方式,就是研究自然主义和人文主义是如何在其身体中互动和冲突的。笔者在本章试图将他的自然主义特质同 17 世纪的"自由思想家"、不同时代的享乐主义者联系起来。但若要掌握圣伯夫的批评方法,尚需进一步研究自然主义的某些形态,尤其是自然主义在 19 世纪的形态。

128

---

① *Cor.*, II, 3.——作者

第六章　圣伯夫（1848 年后）

圣伯夫浪漫幻想的破灭，只比 19 世纪浪漫幻想的破灭早了几年。政治浪漫主义在 1848 年革命中达到顶峰，随之而来的，是突然而猛烈的觉醒。千禧年最美妙的幻想一经接触现实，便以崩溃告终。"理想主义者"突然从云巅跌落，他们满身伤痕、鲜血淋漓地躺在地上。真正同自然主义生活观携手并进的，是帝国主义。那些自诩为理想主义同时又生活在自然主义层面的人，只会加速他们所宣扬事业对立面的胜利。就这样，人们在 1848 年宣扬要建立一个"福音"共和国（"evangelical" republic），随之而来的可怖的无政府状态又为 1851 年政变和自罗马帝国堕落以降世所罕见的唯物主义铺平了道路。这才是真正的浪漫式反讽——它比所谓的浪漫反讽更具讽刺意味。圣伯夫说，拿破仑的所作所为败坏了 19 世纪，正是他鼓励文学疯狂崇拜绝对的暴力。但拿破仑只是事物本性（Nature of Things）对法国大革命乌托邦作出的反讽回答而已。圣伯夫本人表现出的帝国主义倾向，与拿破仑无关——与他偶尔对主流派系的偏爱有关。正如一句法国谚语所言，当大清扫开始时，站在扫帚把一端的人总是安全的。我相信，圣伯夫之所以很快接受法兰西第二帝国，是源自一个更为高尚的动机。但遗憾的是,他竟然在《悔恨》(*Les Regrets*)①中辱骂被征服者,对其挫败的窘境幸灾乐祸。

1

19 世纪中叶,多数人从浪漫理想主义的破产中得出了一个结论:一切理想主义都是徒劳的。他们认为,是时候停止幻想、面对现实了。他们把人类当作客观事实,人类和其他现象一样,均服从相同的法则。与散落在地球上的浪漫希望的残骸形成鲜明对比的,是一系列坚实的成就,后者是科学家孜孜不倦以事实为基础逐步建立起来的。人们似乎可以从科学中找回刚刚才受到猛烈动摇的部分信仰。说起来,呈现这种趋势的时代,在某种意义上也遵循着圣伯夫自身的发展脉络。他按照自己的方式也变成了实证主义者。他把“真理”(Truth)这一英文单词当作自己的誓约,他所说的“真理”当然是相对的和偶然的,是确定的“事实”。他说:“如果我有座右铭,那它一定是真理,且只能是真理。至于善和美,就各安天命、顺其自然吧。”②在他对“真”的热爱中, 131 在他对受愚弄这件事几近极端的恐惧中,他不仅会达知真理,而且恰如法国人所说,他还会达知真实的真理(true truth),后者有时与纯粹真理大不相同。尽管起初他对文学的态度不是科学的,但他对客观事实的慎重考察却又符合最严格的科学标准。在他的文章中,优雅的上层建筑与坚实的基础是一致的。谢勒说:“你必须了解圣伯夫其人,才会知

①　*Lundis*, I, 397ff.——作者
②　*Cor.*, II, 41.——作者

道他对拼写一个专有名字、一条信息和一个日期的重视是多么病态。他想亲眼看清和证实一切事物。"①

因此,身处新时代的圣伯夫对纯粹的自然主义感到十分轻松自如。他看到追随泰纳和勒南的更年轻的一代,他们二人在很多方面都是圣伯夫的信徒,反过来又影响了圣伯夫。与拉马丁②和其他人不同,圣伯夫不是被遗忘的幸存者,也没有处在生不逢时的时代,相反,他在时代的激励下创作出了最优秀的作品。但我们有必要在此处再做一些重要的区分。在分析圣伯夫的过程中,做出再多区分也不为过。他自始至终都是一个怀疑论者,"他虽缺乏固定的信条,却会仔细考量一切信条";他和培尔一样,坚信唯一的希望是节制且理性的人性,但同时,人性又永远不会是节制而理性的;他特别像拉罗什富科,认为人性永远不可能是无私的。人似乎是无可救药的宗教动物。如果将敬奉的神全部铲除,他就会开始崇拜自己。18 世纪深受培尔影响的人正是如此行事的。这种对人性的偶像崇拜以及它未来的进展,在现代自然主义者中几乎普遍存在,这种特质将自然主义者与 17 世纪"自由思想家"区分开来。我曾用这些"自由思想家"与圣伯夫做过对比。

圣伯夫本人对进步观念(idea of progress)的态度如何,或者他对目前我们如此虔诚拜服的伟大的人性女神大致抱以何种态度呢?此处,

① *Etudes*, IV, 107.——作者

② 拉马丁(Alphonse Lamartine, 1790—1869),法国浪漫主义诗人、政治家。曾加入复辟的波旁王朝的王家禁卫军,1830 年七月革命后转向资产阶级自由派,1848 年二月革命后成为临时政府的实际首脑,总统选举败于拿破仑三世后退出政坛,潜心创作,著有《沉思集》《诗与宗教和谐集》等。

我们必须再次做出区分。人道主义显然有两个流派,其中还不包括这两个流派的混合体及附属流派。第一类人道主义相信,人类作为一个整体,会以各式各样的博爱或者以社会同情战胜自利的方式获得新生,无论这种方式是渐进的还是革命的。第二类人道主义则相信,人类会通过科学获得新生。在个体救赎的过程中看不到宗教希望的拉罗什富科信徒,也看不到情感人道主义(sentimental humanitarian)拯救人类的希望。我并非谴责圣伯夫的无情。如我们所见,圣伯夫确实谈到过内心的"死亡",就宗教直觉而言,我相信这是真实的。然而,尽管最易怒的人同时也是最温和的——但圣伯夫对穷苦和卑微之人的同情超过了对同阶级人的同情。我们在其诗集的前言《生活》中读到:"约瑟夫·德洛姆的心被分为两半,一半是对人类苦难的无限的爱,另一半是对世上强者的无情痛恨。"约瑟夫·德洛姆总体来说兼具对卢梭主义的反叛和同情,他的这种特质始终伴随着圣伯夫。尽管圣伯夫并不认同人道主义的信条,但他献给煽动家蒲鲁东①的书却透露出大量人道主义情绪。

　　但一个像圣伯夫那样始终能在人性的外衣下看到野蛮本质的人,对科学人道主义和情感人道主义来说,充其量只能算是一个不可靠的新兵。他说:"一个人如果没有目睹一群溃败的勇士,如果没有目睹一个自以为理智的政治集会因激情演说陷入狂热,那他便不会懂得一个不变的真理,人类实际上只不过是动物和孩子。噢,永远处于童年时代

133

---

　　①　蒲鲁东(Pierre-Joseph Proudhon, 1809—1865),法国政论家,无政府主义奠基者,被称为"无政府主义之父",他的思想对法国工人运动颇有影响。

的人类心灵!"①难怪他充满疑惑地看着人们在"缺少伟大上帝"的空

134 旷圣殿中树立自己的形象,供人崇奉。在献给莫里哀(17 世纪最伟大的"自由思想家")的最佳的一篇献词中,圣伯夫写道:"之所以要热爱莫里哀,是为了让我们不陷入沾沾自喜和对人性的无限崇拜之中,把自己偶像化,竟遗忘了自身的构成,无论它如何努力,始终只是弱小的人性而已。"②或许,变成圣伯夫这样善于剖析自利的行家也不见得是件好事。他对马可·奥勒留③最为去魅的评价如下所示:"就这样,马可·奥勒留也喝下了他圣杯中的酒,但他是默然喝下的。他没有像愤世嫉俗的革命者④一样号啕大哭'我受够了人类',但他有过这种想法。西塞罗也以他的方式说过同样的话。对人类的厌倦感常常向他袭来,有那么一段时间,对他而言,除死亡之外一切事物都是可憎的。恺撒在生命尽头也不再费力求生。他似乎在说:'若他们想要,就拿去好了。'我们通过不同的途径有了相同的厌恶感。活得长久,与人类有如此亲密的接触,这便够了。"可怕的是,任何有此类感觉的人都将无法从约翰·莫利⑤的劝诫中获益,也无法通过与过去、现在和未来的人性沟通

---

① *Port. lit.*, III, 549.——作者

② *N. Lundis*, V, 278.——作者

③ 马可·奥勒留(Marcus Aurelius Antoninus Augustus, 121—180),罗马帝国五贤帝时代最后一位皇帝,他有非凡的军事才干,但也向往和平,著有以希腊文写作的《沉思录》。

④ Danton.——作者

丹东(Georges-Jacques Danton, 1759—1794),法国政治家,大革命时期雅各宾派的领袖,留有演说词《让法兰西获得自由》等。

⑤ 约翰·莫利(John Morley, 1838—1923),英国自由党政治家、作家,曾任印度事务大臣、枢密院议长等职,著有《追忆集》等。

的方式满足其宗教意识。

但别忘了，圣伯夫最明确的信仰是，他相信科学进步。他说："如果我们可以超越当代文学中在舞台前阻塞、妨碍人们视线的短暂琐事，那么在这个时代，所有门类和学科都将诞生一场盛大而有力的运动。 135
19 世纪和 18 世纪的区别在于，它不是教条主义的，它避免给定意见，也不急于得出结论。甚至很少有哪种表面上的回应，是 19 世纪偏向或不愿反对的。但请耐心点！人们正在从事各项研究——物理、化学、动物学、植物学等自然历史的各个分支，历史和哲学批评、东方研究、建筑学，一切都在逐渐转变，若有那么一天，当 19 世纪努力得出结论时，你会发现，它离起点已有 100 乃至 1000 里格的距离了。船舶航行在一望无际的大海上。人们尚未计算清楚计时的绳结便放下了它们。直到人们确定方向的那天，他们会对已然航行的路程惊讶不已。"①这听起来很令人鼓舞，尽管它并没有告诉人们行将何处，而只是说，我们正在途中航行。圣伯夫赞同地引用帕斯卡的一句话："人类发明不断累加，但这个世界的善和恶总体上仍保持不变。"他补充说，希望这句话能变成一切伟大进步理论的格言。②

我已经谈过圣伯夫后期作品中人文主义和自然主义元素的互动和冲突。这或许正是他身上思想和情感对抗的主要形式（因为他的人文主义主要是情感式的），这种对抗就这样渗透到现代社会中。当然不 136
能把圣伯夫最令人敬佩的特质——他公正地观察并记录全部事实，他

---

① *Port. lit.*, III, 549.——作者
② *Port-Royal*, II, 261.——作者

从不试图将这些事实还原成某种不成熟的体系——当成一种矛盾。这种矛盾当然存在。如果作为科学自然主义者的圣伯夫信仰的是进步（我们方才谈过，他对此有严肃的保留意见），那么作为人文主义者的他信仰的则是衰落。这正是《夏多布里昂》一书的意义——他在这本书中有意将自己塑造为一位公正的批评家。他对夏多布里昂做了人文主义式的考察，他认为夏多布里昂是衰落时代第一位伟大的作家，也是把法国散文的重镇从罗马转移到拜占庭的作家。圣伯夫也和伏尔泰、尼扎尔一样，接受了古典时期的理论，承认自己生活的时代已处在下降的曲线上。他说："很遗憾，我认为（若有机会，我会坚决反对这一说法）文学正走在腐朽之路上。"①当然，这一结论暗含的是，他同自己以往的文学经历乃至文学同侪公开决裂了。人们认为圣伯夫对浪漫主义者尤其是对浪漫派诗人——雨果、拉马丁、维尼②等人的态度，是失败作家对成功者的嫉妒心作祟。但在看似极其私人化的不和与争执之外，似乎还有更重要的原因。他太容易陷入仇恨，但反过来，他也比大
137 多数人承受了更多人对自己的仇恨。他清楚地说明了其中的缘由："党派和宗教派系对任何拒绝将自己彻底束缚其中的人，都抱有致命的恶意。我没有给任何人说出'他是我们当中的一员'这句话的权利。我当然有缺点和弱点，但正是为了我热爱的事业，为了我热爱的正直和真理，为了独立的判断力，我才在生活中激怒了如此多人，引发了如此

---

①　*Chateaubriand*, I, 102. ——作者

②　阿弗雷德·德·维尼（Alfred de Vigny, 1797—1863），法国浪漫派诗人、小说家、戏剧家，著有《古今诗集》《军人的荣辱》等。

多愤怒。"①因此，浪漫主义者和其他派别都对圣伯夫抱有致命的恶意，他们试图从个人角度解释圣伯夫的严苛判断。同歌德一样，随着年龄的增长，圣伯夫越来越愿与奥林匹亚诸神一起抵抗提坦诸神。作为人文主义者，他反对雨果浪漫主义的狂热和过度，也反对巴尔扎克自然主义的狂热和过度。之后，我们也能从他对他的朋友和崇拜者——泰纳的慷慨赞扬中，读出他反对过度自然主义的非人化（dehumanizing）趋向。他在给一位通信人的信中解释了他不太敬重巴尔扎克的原因："我曾不顾一切地想要承继古典学派、贺拉斯和《温莎森林》（*Windsor Forest*）的作者蒲柏的事业。"②圣伯夫在 1850 年写作的文章中对巴尔扎克的评论是最公正合理的③，这离巴尔扎克在《巴黎人评论》（*Revue parisienne*，1840）④撰文猛烈抨击圣伯夫只过去了几年。

我相信，在对同时代人的判断上，圣伯夫永远比不上布瓦洛。但随 138 着 19 世纪的特殊氛围逐渐退去，这些判断大抵会越来越被人们接受。事实上，法国人已经回过头同意圣伯夫的判断了，如今他们开始反对浪漫主义和自然主义运动了。圣伯夫的《夏多布里昂》招致了最多的反驳，并因尖酸口吻而使自身受损。它不仅是圣伯夫最有趣的一部书，而且也是最公正的一部。勒梅特尔在他最近一部论述同一主题的作品中，仅仅是重申了圣伯夫的观点。二者唯一的区别在于，当勒梅特尔一

---

① *Lundis*，XVI，44.——作者
② *Nouvelle Cor.*，235.——作者
③ *Lundis*，II，413ff.——作者
④ 巴尔扎克和朋友们创办的批评报纸，只办了三期便因当局压力和入不敷出而停刊。

步步解开夏多布里昂的浪漫自我中心时,他不断地重复道,尽管他有缺点,"但我们仍然爱他"。

2

圣伯夫生活在一个艺术现实和理想极难协调的时代。他完美的技巧、策略和判断力自始至终都在帮他抵抗极端和片面,无论这种极端和片面是关于理想主义还是自然主义的。他无法容忍那些自诩是理想主义者实际上却是浪漫梦想家的人,也无法容忍那些自诩是理想主义者实际上却是伪古典形式主义者(pseudo-classic formalists)的人。他特别提到后者:"噢,理想主义者朋友们,我不愿同你们争吵。我承认理想是存在的;但我也承认,理想亦有真实和虚假之分,若你曾遇到某个理想的事物或自称理想的事物,它高贵、朦胧、生硬、沉闷的外表下,其实是冷漠、单调、悲伤、惨白的内核,它不是灿烂多姿的大理石,而是纯白的石膏,它不像欣欣向荣的希腊时代——温暖的紫色血液流经半神和英雄的时代——那样充满温暖和力量……它是惨白的、毫无血气的,正如大斋节时的禁欲,它拒绝丰富的灵感源泉,只靠纯粹的抽象概念活着,就像全身上下得了风湿病般,浸泡在疲倦中,噢,毫无疑问,这就是长期以来令法国的缪斯们感到沮丧且一再使其寒心的那种理想,也是她们想要规避的理想。"①总之,他反对那些试图把美局限在某一种类型中的人,认为他们只会生产出越来越苍白的复制品。② 他说,他当然

① *N. Lundis*, I, 13. ——作者
② *Ibid.*, 14. ——作者

不会让作者展示"滴着血液和脓液的手术刀,但话说回来,也不要忽视真正的解剖学和生理学,别让它们在衣服的褶皱中消失;让我们看到丝绸和蕾丝覆盖下真实的血和肉吧"①。

正如圣伯夫本人所言,他想为批评注入一种能使其变得更加真实的魔力,一言以蔽之,他想为之注入诗和一些生理学元素。② 其实,我们很容易在他的批评作品中辨认出浪漫诗歌的"残篇"(disjecta membra)。他还具备一个特殊技巧,即用隐喻之花遮掩探索和解析。140 但是,如果他并未陷入自然主义过度的一面,我们必须把这一事实归功于他的人文鉴赏力,而不是他的诗歌这一浪漫的幸存物。他本能地回避狂热、狭隘和宗派主义;法兰西第二帝国的人们秉持的自然主义常常正是三者兼而有之。他处在某种微妙的境地中,因为很多自然主义者不但是他的朋友,而且还是他的信徒。但即便冒着自己的动机遭受误解的风险,他也直言不讳。龚古尔兄弟之所以恶意中伤他,部分原因是他们无法完全理解泰纳、勒南、圣伯夫和其他人在马格尼宴会上交流的思想,还有一部分则是因为,圣伯夫对他们的自然主义特殊形式持保留态度。圣伯夫以同样的精神批评了福楼拜的《萨朗波》(Salammbó)。他说:"在文学上,我们决不能变成这部小说中的'饮食不洁之人'。"在他看来,这种过度精练且反常的品味,似乎标志着一个文学流派的终结。他发现自己无法加入自然主义流派。他对福楼拜和其他极端自然主义者说:"从个人角度来说,我喜爱你们,但我绝不是你们中的一

---

① *N. Lundis*, V, 37.——作者
② *Port. lit.*, III, 546.——作者

员。"①他尤其反对自然主义者们对极其令人厌恶之事的热爱。他写道:"冒着在同时代人中失去信誉的风险,对我而言,他们中的许多人是非常重要的,我承认自己的品味有一大弱点:我热爱令人愉悦之物。"②他在一封写给左拉③的信中简短地说,"沉溺"(vautrer)④这个动词在他的小说中出现得过于频繁,这句评价抵得上数页普通评价。

141

    圣伯夫对科学自然主义(scientific naturalism)的过度和危险也展开了人文主义式的抗议。科学最感兴趣的,不是那些吸收传统知识、使自身协调发展的聪慧之人,而是一定能为伟大的进步事业做出贡献的人。实际上这些人特指某些专家,他们对特殊领域充满热情和不屈不挠的精神,尽管会冒着让视野狭隘的风险。自然主义运动中的浪漫和科学都融合了原创性。我们知道,圣伯夫在库辛及其门徒身上看到了原创性这一现代概念的危险性。他说:"让我们鼓励一切实验观察,但让我们先把才华、适度、判断力、理性和品味置于首要位置。"他抱怨:"如今,重新编辑一本已经出版过的旧书,或者印刷一些无关紧要的书,似乎比拥有一种风格和思想更加令人敬重。"他恰好预见了布吕内蒂埃和其"对新事物的狂热"(fureur de l'Inédit)。⑤

    圣伯夫认为,没人比中世纪专家更需要借助人文主义传统节制其

---

① *N. Lundis*, IV, 91. ——作者

② *Ibid.*, X, 403. ——作者

③ 左拉(Emile Zola, 1840—1902),法国自然主义小说家和理论家,自然主义文学流派创始人与领袖,代表作为《卢贡-玛卡一家人的自然史和社会史》,包括20部长篇小说。

④ *Cor.*, II, 315. ——作者

⑤ *N. Lundis*, V, 372. ——作者

研究的狂热（此处他再次预见了布吕内蒂埃）。圣伯夫和歌德在这方 142
面的相似之处是显而易见的。圣伯夫说："真实且无与伦比的美只以
完美的模型在太阳下闪耀过一两次。美的类型和程度当然各不相同。
人类生活和人类精神的表现形式是无穷的。我们欢迎一切美的形式；
让我们这些看到过或抓到过真实美的人永远不要忘记它的样子。让我
们把美那崇高而精美的形象忠实地保留在心中，这样一来，我们既不必
时时夸耀它，也永远不会亵渎它，那些精通中世纪文献的研究者虽然常
常夸耀它，但除此之外却对其一无所知。"①他又说道——他特意提到
了保兰·帕里斯②——"许多中世纪专家并不具备比较的必备条
件"③。他们偏离了品味的正轨，"任何读过索福克勒斯原文的研究者
都不可能这样做"④。

我必须重申，虽说圣伯夫既是人文主义者，又是自然主义者，但他
并不是自相矛盾的。当然，他天性中的这两方面，或曰科学研究和审美
人文主义者之间的对抗，有时也是显而易见的。譬如在下面这段话中，
脑和心的冲突不就很明显吗？"如今哪里还有时间进行单纯的阅读
呢？即便以作家和专家的身份……哪还有时间像贺拉斯那样，大热天 143
躺在长椅上阅读古今名著，或者像格雷⑤那样，躺在沙发上告诉自己你

①　*N. Lundis*, III, 378.——作者
②　保兰·帕里斯（Alexis Paulin Paris, 1800—1881），法国作家，主要从事法国
中世纪文学研究，著有《为浪漫派辩护》等。
③　*N. Lundis*, III, 384.——作者
④　*Ibid.*, 396.——作者
⑤　托马斯·格雷（Thomas Gray, 1716—1771），英国新古典主义诗人，其写作的
《诗歌的进程》追溯了诗歌从古希腊到英国的发展，代表诗作有《墓园挽歌》等。

所享受的乐趣胜过天堂或奥林匹斯山上的快乐呢？哪还有时间在树荫下散步呢？就像那位可敬的荷兰人所言，若 50 岁时还能在乡间漫步，那便是最幸福的事了，手中拿着书，不时合上书本，不带一点欲望和激情地陷入沉思；哪还有时间像梅索尼埃①画作中的'读者'②那样，在一个周日的午后，独自待在房里，依靠在映着忍冬花影子的敞开的窗旁，阅读一本独特而珍贵的书呢？这个愉悦的时代变成了什么模样？今天的一切与以往是多么不同，你总是带着精确的目的阅读，时刻保持警惕、不断自问，你会质疑自己所读的文本究竟是不是正确的文本，文中是否有一些谬误，你感兴趣的作者是否从别处借来了内容，他究竟是在复制现实还是在创作，他的作品是否是原创的以及他究竟是如何创意的，他是否真实地对待自己的本性、种族……还有上千个破坏兴致、引发疑问和让你抓耳挠腮的问题呢，它们逼迫你爬到图书馆最高处拿出所有书籍，查阅和摘录，你最终又变成了一个体力劳动者或工人，你不再是纵情享受之人和高雅的艺术爱好者，这种人吸取书籍的精神，只将

144　书籍当作欢愉和享乐的必需品。恐怕我们将永远失去享乐主义的趣味了；此后的任何批评家都无法再拥有享乐主义趣味；它是无宗教信仰之人最后的宗教；它是汉密尔顿和佩特罗尼乌斯③这类人的终极荣誉和美德，我在反对和摒弃你们的同时，又是多么理解你们，为你们感到惋

---

① 梅索尼埃(Jean-Louis-Ernest Meissonier, 1815—1891)，法国画家，擅长风俗画和军事题材的创作，最有影响力的作品是木板油画《1814 年出征法国》。

② 指梅索尼埃 1857 年的画作《白衣读者》("The Reader in White")。

③ 佩特罗尼乌斯(Gaius Petronius Arbiter, ?—66)，古罗马讽刺作家，曾担任比苏尼亚总督，与罗马皇帝尼禄交好，公元 66 年被控谋逆而自杀，著有《萨蒂利卡》。

惜啊！"①

　　批评家的各种美德,包括这段文字体现的丰富和深刻的文学敏感度,在圣伯夫身上竟如此愉悦地融为一体,以至于我想,大概没人愿意让他改变自己。但这段文字也说明了,为什么他作为自然主义者的影响要大于其作为人文主义者的影响——暂且不论他的自然主义与他所处时代主流思想的一致性。意图改造世界的人文主义贪恋安逸是不行的,即使与格雷和贺拉斯为伴也不行。人文主义还需要紧紧把握高尚品格和意志,而且不仅仅是享乐主义的品格和意志。倘若人文主义只是一种享乐主义趣味,它不仅会被抛弃,而且会被永远抛弃。圣伯夫十分关心古今之争。我们大可通过如下这段话推测他的终极信仰:"我担心脑中满是荷马的古人迟早会在这场战斗中失败,或者至少有一半失败的几率。让我们为了荣誉之旗而努力。我们这些为撤退保驾护航的人,会尽可能让撤退来得越晚越好。我们在文学上的创新,某种程度上的合理创新,或许不会将传统彻底摧毁。"②

3

145

　　尽管这是一处军事隐喻,但我们也不能就此断定圣伯夫有好战的一面。他殚精竭虑,只不过是为了自然主义。他写道:"我只剩下了一种快乐,分析和研究植物;我在心智上是自然主义者。我要创立一个文

---

① *N. Lundis*, IX, 86-87. ——作者
② *Ibid.*, V, 323. ——作者

学的自然历史（natural history of literature）。"①圣伯夫在这里概述的方法，绝不是人文主义的，在很多方面甚至是反人文主义的。为了弄清楚这一点，我们必须再仔细研究他的方法，尤其要详细考察《新月曜日漫谈》（*Nouveaux Lundis*）第三卷论述夏多布里昂的第二篇文章。他之所以写这篇文章，部分是为了回应人们质问他是否有自己的方法。他为文章中的一些不协调辩解，说他只是想为某些未来的归纳者准备一些可靠的专著。他的批评科学与朱西厄②之前的生物学及居维叶③之前的比较解剖学同属一个阶段：但通过这些细致的研究，人们有一天或许真会发现那些与人类心智类别相对应的自然类别。"这种真实且自然的心智类别并不多见……就像植物学与植物，动物学与动物……一个经过仔细研究的个体很快被归类为某一物种，你只能通过概要的方式了解和阐释这一物种。"④

146　　有必要将圣伯夫的研究方法还施其身，问问他，原始的圣伯夫究竟会如何看待这整个问题，或者至少要问问，在严肃学者不得不与科学和平共处之前的圣伯夫究竟会如何看待这个问题。

　　我方才引用的那句话，"一个经过仔细研究的个体"，或许能助我们一臂之力，找到正确答案。圣伯夫对一切活生生的个体都感兴趣。

---

①　*Port. lit.*, III, 546.——作者

②　朱西厄（Antoine Laurent de Jussieu, 1748—1836），法国植物学家，最早系统地将显花植物进行分类。

③　居维叶（Georges Cuvier, 1769—1832），法国古生物学家，提出了"灾变论"，是解剖学和古生物学的创始人。

④　*Port-Royal*, I, 55.——作者

他在发现和表现活生生的个体时，采取了一种高超的心理技巧——我相信这是他与生俱来的禀赋。他在书籍背后看到了人类身上最重要、最个人化且最具特色，一言以蔽之，最富表现力的特质。他抓住了自己最本质的癖好。他是杰出的文学肖像画家，或更准确地来说，鉴于他持续不断的细腻笔画，他应当被称为文学微型画家。"评判和认清一个作家的最佳方式，是长时间细致地聆听他们；千万别催促他们，让他们自如地展现自我，他们会告诉你一切与他们相关的事，在你心中留下他们的肖像。"①（这段话清楚地说明了，为什么圣伯夫会被称为世俗版的告解神父。）圣伯夫说，当一位作家在你面前保持这样一种姿态且持续一段时间后，一个真实的个体就会与你最初形成的模糊、抽象且普遍的形象一点点融合在一起；而"当你终于弄清楚这熟悉的把戏、隐晦的微笑、神秘的招式以及在稀疏头发下徒然藏匿的隐痛时，此时此刻，分析便在创造中消失殆尽，肖像开始言说并活生生地呈现，你发现了真正的人"②。圣伯夫写下这段话时，年仅 27 岁。事实上，他早期行为上的一些扭曲，便可归咎于其不顾一切地追求最高程度的表现力这一特点。他说："我承认，为了寻求真实的肖像，为了渲染每一个精细的阴影，我有时可能过于牵强和敏感了。"③他意识到在某种意义上，自己正在做一个不可能完成的任务。"你能讨好自己说你了解一个灵魂吗？"他在别处将这种灵魂称为"难以描摹的单子④"。当你看似已经到达终点

147

---

① *Chateaubriand*, I, 161.——作者
② *Port. lit.*, I, 239.——作者
③ *Port, cont.*, I, 274.——作者
④ 单子论出自德国哲学家莱布尼茨，他认为单子是能动的、不能分割的精神实体。

时,实际上却相去甚远。人性是一连串假底①。

圣伯夫在竭力寻求表现的过程中,正中 19 世纪的靶心。在他看来,形式美似乎是古人的特权。我们眼下所有的兴趣、好奇心以及忠实多样的表现,都与理想无关②,他把这些当作现代人的特质。但他对规模宏大的表现——例如,文学作为社会的表达——根本不感兴趣。他总是尽可能地靠近个体。与泰纳不同,他喜欢将问题特殊化,而不是概括化,他更喜欢处理个体而不是某些"群体或阶层",他乐于感受生活的无限复杂性,而不是将逻辑公式强加于生活。他说自己"本性上热爱研究特殊个体"③。以 17 世纪的詹森主义者为例,这个团体远离我们的时代,而且已经消失在灰暗的统一性中了,但圣伯夫却把他们之间的细微差异和微妙区别层层累加,直到让团体中的每个人都脱颖而出。他说:"把尼科尔④特殊化是人们对他最伟大的崇敬。"⑤就此而言,圣伯夫是最伟大的列举家(particularizer)。当他完成了德·萨西⑥的相关研究后,他说,我们与他如此亲近,以至于好似能听到他的谈话。⑦ 此外,杜

①　假底(false bottoms)即容器底部的活动层板。

②　*N. Lundis*, III, 409.——作者

③　*Ibid.*, IX, 180.——作者

④　尼科尔(Pierre Nicole, 1625—1695),法国神学家。他在索邦大学获得神学学士学位,后到波尔·罗亚尔修道院隐居,并与詹森派领导人安托万·阿尔诺交往,成为其盟友,两人合著《波尔·罗亚尔逻辑》。

⑤　*Port-Royal*, IV, 411.——作者

⑥　勒迈斯特·德·萨西(Lemaistre de Sacy, 1613—1684),法国神学家、人文主义者,波尔·罗亚尔修道院成员,安托万·阿尔诺的弟弟,参与翻译了法国版《圣经》。

⑦　*Port-Royal*, IV, 411.——作者

格①"也有不同于辛格林②和德·萨西的细微差异(nuance)"③。他说，当你研究这些特殊的个体时，"会感觉自己似乎也成为这个团体中的一员了"④。

若要使过去重现生机，便需要大量的事实、绝妙的心理技巧和某种预测。我们在圣伯夫身上看到了 19 世纪颇以为傲的历史预见性(historical secondsight)的胜利。圣伯夫在协调过去和现在的过程中，受"天时"相助：一方面，他生活在一个尚可融入传统生活的时代，换言之，这个时代仍然以传统的标准要求自身，这意味着人们实际上仍生活在一个存有绝对价值的世界中；另一方面，人们也可以将自身从过去中抽离出来，并以相对且现象的方式认识过去。对今天的人而言，这种调和过去与现在的技艺变得越来越困难。我们更愿意只以相对的方式理解过去，而且进步的教条使这种相对主义变得复杂起来。进步的教条，其成功之处在于，它不但用教条而且还是用一种变动的教条掩盖了人们的精神。譬如，最近某书的作者在匆匆忙忙游览凡尔赛宫后便断定，在不健全的管道和卫生系统中生活的人毫无价值可言。他显然没有意识到，伟大的人有着与这位作者的管道系统完全不同的系统，或者确切来说，伟大的人压根儿不需要管道。

①　杜格(Jacques Joseph Duguet, 1649—1733)，法国詹森派神父，波尔·罗亚尔修道院成员。

②　辛格林(Anthoine Singlin, 1607—1664)，法国詹森派神父，波尔·罗亚尔修道院成员。

③　*Port-Royal*, V, 132.——作者

④　*Ibid.*, 512.——作者

　　需要重申的是,圣伯夫坚持的传统和一致性主要是美学上的,因此相对而言也缺少影响力。他缺乏统一的直觉,并且对任何试图将简单的逻辑统一强加给事实的做法均持怀疑态度,因此,他缺少足够的能力来平衡对"多"的理解。对他而言,包括文学声誉在内的一切事物都是不稳定的。他将塞纳克·德梅汉①的话——"我们是易变的,但又要决断易变之事"——当作《当代肖像》(*Portraits Contemporains*)一书的格言。他写道:"我每天都在改变,年复一年;今时的品味不同往日;我的

150　友谊凋零,继而又重生。在最后一位以我之名的易变之人逝去之前,有多少人在我心中已经消逝了! ——你以为我谈论的只是自己吗? 但读者们:请扪心自问,你是否也是如此呢?"②他看到所有事物都在逐渐成长,他也注意到,极其细微的差异恰恰是一个阶段向另一个成长阶段转变的标志。爱默生说,人类是一簇根系,是一群关系。圣伯夫最擅长追踪这些细致的关系,无出其右。无论他作为人文主义者的影响力是如何微弱,他作为相对主义者都具有极大的影响力。就其影响力而言,他确实称得上是伟大的相对性学者。譬如,法朗士曾这样论述勒梅特尔,"他的相对感比圣伯夫更为强烈,我们的相对感都源自圣伯夫"③。

　　如前文所示,圣伯夫从一开始就是天生的"精神自然主义者"(naturaliste des esprits)。后来他顺应时代精神,试图把这种天生的自

---

　　① 塞纳克·德梅汉(Sénac de Meilhan, 1736—1803),法国作家,他在巴黎见证了法国大革命的开始,1790 年离开法国,辗转英国伦敦、德国亚琛等地,后应凯瑟琳二世邀请于 1792 年前往俄国,著有《革命前的法国政府、习俗和形势》等。

　　② *Port, lit.*, III, 544. ——作者

　　③ *Vie lit.*, I, 9. ——作者

然主义建构成一种明确的方法,这使他走到了伪科学的边缘;但即便在此危急关头,他也常常在最后一刻凭借其天生的智慧和审慎拒绝踏出最后一步,即他并未将活生生的个体尤其是上层人士,当作现象链上的一个现象;就像在《波尔·罗亚尔修道院史》中,有那么一刻,他停下脚步,拒绝将自然主义分析法运用到极致的宗教狂热中。他说:"毫无疑问,你永远无法像研究动植物般研究人类……人类有所谓的自由。"① 人们会说,尽管圣伯夫这些言论本身并不是伪科学的,但却会鼓动其他人走向伪科学。

151

4

在进一步讨论这一问题前,让我们先仔细研究圣伯夫方法的特点,尽可能从他的实际操作出发,阐述其理论。他在自己的相对主义网络中建立的第一种联系,是作品与作者的联系;其次是作者与其家庭、种族和时代的联系;最后是作者所处时代同以往时代的联系,如此循环。当他以这样的方式考察文学作品相关的自然因素时,会尽可能接近具体而直接的事物,反而不太关心相对普遍的因素,例如泰纳常提及的种族和气候这类因素。圣伯夫没有否认种族因素的重要性,但他认为这一深刻的根源常常受到掩盖。他承认,气候和环境理论迟早会大行其道。"就像演员和场景。古人对两者的关系已有了大致的认识:现代人则需要精确而详细地证明这对关系。"②但他抗议道,居民同其居住

---

① *N. Lundis*, III, 17. ——作者

② *Ibid.*, IX, 323. ——作者

地的联系正在被人为夸大,甚至到了极致。①

152　　他更擅长追踪一个时代与前一个时代的关系,或一个时代如何从前一个时代发展而来,因为这种关系更具文学性,也更容易从个体角度展开研究。例如,他发现,杜格精致巧妙且有独特变化的风格含有 18 世纪的色彩。② 他说:"我们已经学会了如何区分路易十四第一阶段的风格和他统治中期的普遍风格,他统治后期的风格已经很接近 18 世纪的风格了。帕斯卡、雷斯③和拉罗什富科的写作与拉布吕耶尔不同,德·曼特农夫人④晚年教授给曼恩公爵⑤的高雅且中正的语言,也不会与同一时期其他有细微差异的语言混淆。"⑥

　　凭借相似的历史感,你立刻就会明白路易十四时期是如何从前一个时代发展而来的。你会发现,路易十四时代并非一偶然阶段(我熟悉的一个人曾如此论断),而是持续的文化和发展的自然果实。⑦ 同

---

① *N. Lundis*, XIII, 218.——作者
② *Port-Royal*, VI, 21.——作者
③ 指红衣主教雷斯(Cardinal de Retz, 1613—1679),著有《回忆录》。
④ 德·曼特农夫人(Madame de Maintenon, 1635—1719),原名弗朗索瓦丝·多比涅(Françoise d'Aubigné),其祖父是著名的诗人多比涅(Agrippa d'Aobigné, 1552—1630)。特蕾莎王后逝去后,路易十四与曼特农夫人在凡尔赛宫秘密结婚,但始终未正式宣布,因而她未能获得法国王后称号,只被称为路易十四的第二个妻子或曼特农夫人。
⑤ 曼恩公爵(Duc du Maine, 1670—1736),路易十四与情妇蒙斯特潘夫人的私生子,1673 年受封曼恩公爵。路易十四在遗嘱中指定他为摄政议会成员兼国王监护人,与摄政王奥尔良公爵菲利普二世一同辅政。但不久后奥尔良公爵宣布路易十四的遗嘱作废,曼恩公爵职务被撤销,后来其因策划夺权失败而被关押。
⑥ *Lundis*, V, 173.——作者
⑦ *N. Lundis*, VI, 364.——作者

理,你也会发现,伟大的作家和伟大的时代绝非出于偶然。"在圣赛兰①、勒·迈特②和萨西之后,当我们来到帕斯卡身旁时,准备更清楚地观察他们……应衡量天才的荣誉,而不是理所当然地认可其荣誉……总之,我们已经做好了充分且适当的准备。"③

153

　　任何一个主题,只要以这种方式相对地研究,即将其当作其他事物的产物来研究,那么,它也会有各个方向的分支。他说:"若你短期内只研究一个对象,那就会像住在一个朋友云集的城市里似的。在大街上,你每走一步,就会有人簇拥到你身边搭讪,邀请你去他家中小聚。"④因此,《波尔·罗亚尔修道院史》不仅是一部关于詹森主义的历史,同样也是一部关于法国 17 世纪的文学史和社会史。用圣伯夫本人的话来说,它只是"穿越时代"的一种方法。⑤

　　如果说圣伯夫善于用个体的例子追溯一个时代跨越另一个时代的过程,追溯他所说的精神气候(le climat des esprits)发生变化的过程,那么他在研究个体与时代关系时更接近传记,因此也就更游刃有余。如其所述,旧批评在这方面十分薄弱;譬如,拉·阿尔普历史意识之不足,就在于他试图将高乃依的创作天赋当作一种独立于环境之外的现

---

　　①　圣赛兰(Saint-Cyran, 1581—1643),法国神学家,他与詹森主义的发起者康内留斯·奥图·詹森(Cornelius Otto Jansen, 1585—1638)交好,将詹森主义引入法国。

　　②　勒·迈特(Antoine Le Maistre, 1608—1658),法国詹森派法学家、翻译家、作家。安托万·阿尔诺的侄子。

　　③　*Port-Royal*, II, 376.——作者

　　④　*Ibid.*, I, 412.——作者

　　⑤　*Ibid.*, I, 146.——作者

154 象。① 圣伯夫则认为,高乃依之所以能创作出《波利厄克特》(*Polyeucte*),是因为"他身上具备某种能再创同样奇迹的特质(无论他本人知道与否)"②。拉辛再次恰如其分地为其作品注入了所谓彼时文雅社会接受的全部诗意。③ 圣伯夫认为,盖兹·德·巴尔扎克④对统一性和精神事物的认识,说明他与黎塞留⑤是同时代人。⑥ "坚定的享乐主义者"圣埃夫勒蒙因为自身在投石党运动期间的经历,而对伟大的历史人物有了深入的洞察。⑦ 他在谈及阿尔诺⑧时说:"那种强大的精神,多半是他那个时代普遍存在的偏见和幻想;他的视野在各方面受限。"⑨即便像夏多布里昂这样伟大的创新者,其作品同样也受各方面限制。圣伯夫还指出,阿拉达之死和卡诺瓦⑩制作的一组大理石雕塑之间有相似之处。⑪

① *Port-Royal*, I, 119. ——作者
② *Ibid.*, I, 115. ——作者
③ *Ibid.*, VI, 128. ——作者
④ 盖兹·德·巴尔扎克(Guez de Balzac, 1597—1654),法国作家,以书信、散文闻名,法兰西学术院的创始人之一。
⑤ 黎塞留(Cardinal Richelieu, 1585—1642),法国政治家、外交家,路易十三的宰相及天主教枢机。他当政期间,在政治上巩固专制制度,宗教上镇压胡格诺派起义,对外发展海军,意图谋求欧洲霸主地位。此外,他还成立了法兰西学术院。
⑥ *Port-Royal*, I, 115. ——作者
⑦ *N. Lundis*, III, 227. 圣埃夫勒蒙是 17 世纪的自由思想家,圣伯夫隐隐与其惺惺相惜。——作者
⑧ 安托万·阿尔诺(Antoine Arnauld, 1612—1694),法国神学家、逻辑学家、哲学家。他与尼科尔、帕斯卡一同编写了《波尔·罗亚尔逻辑》(又名《思维的艺术》)。
⑨ *Port-Royal*, V, 313. ——作者
⑩ 卡诺瓦(Antonio Canova, 1757—1822),意大利新古典主义雕塑家,他的作品标志着雕塑艺术从巴洛克时期进入以复兴古典为追求的新古典主义时期。
⑪ *Chateaubriand*, I, 257. ——作者

　　然而,正是通过所谓的纯粹的传记关系(biographical relationships),我们才能弄清楚圣伯夫研究方法的核心。首先是作品和作者之间的联系。他说,他在基佐提供的解决生活难题的一般方案——哲学和神学式的方案中,看到了一类与众不同的、非同一般的人,他们身上的特殊性是由自身性情和过去的经历决定的。[1] 既然作品是对人物的表现,那么重要的便是了解人;要了解一个人,换言之,即要了解纯粹精神以外的东西,我们采用再多样的方式都不为过。我们首先应当从遗传的角度研究他,应该尽可能了解他从其祖先、父母尤其是母亲那里继承了什么(伟人们几乎总有非同寻常的母亲);其次是他同其姐妹有何相似之处(伟人的姐妹有时甚至比伟人更为出众);最后还要通过他的兄弟和孩子来研究他。大自然常常如此为我们分析,比起混合在杰出人物身上的(共有)特质,我们更容易把握(通过伟人亲属)如此表现出来的(个性)特质。[2]

155

　　我们可以就这样跟随圣伯夫,循着他为个体编就的新宿命论前行。正如佩特所说:“对现代人来说,必然性不再是一种与人无关的神迹,也不再是人类能够与之战斗的神迹:它像魔网般缠绕我们,就像现代科学的磁力系统,用比最敏感的神经更加敏感的网络穿透我们,而世界的核心力量就在这网络中。”一个人的作品不仅能反映其性情,而且这种性情也在不断变化。我们必须学会观察个体在从青年到老年的过程中发生的连续且重要的转变,以及这些转变和他们作品的关系,因此,一

———————————

① *N. Lundis*, IX, 109.——作者
② *Ibid.*, III, 18ff.——作者

个充满细微差异的世界是必要的。我已经说过圣伯夫对青春朝气的偏爱，这是原始崇拜在他身上呈现的形式。人类在 35 岁时最能充分掌控自己的天赋。接着，当我们继续沿着命定的曲线前行时，也随即迎来了衰落时刻，此时德性的过度变成了一种缺陷，一些作家变得僵硬和干瘪，进而枯萎凋零，另一些人则随心所欲，变得僵硬且沉重，还有一些人变得愈发酸腐，微笑变成了皱纹。① 画家贺拉斯·韦尔内②之所以深受圣伯夫赞赏，是因为他经历了一个高尚职业必经的全部阶段。"他的一生恰似果实成熟经历的各个季节。他功绩最盛之时恰是他最成熟之时，而且他在晚年也不缺乏严肃的思考。"③"必然会有这样一个时刻，我们身边的一切，以及与我们相关的一切，都会变得黯淡无光。在这一刻来临之前，在最后一段充满阳光的时刻，一个突然的预感预示这一时刻的到来，最快乐和最乐观的人也会陷入忧虑。"④圣伯夫显然认为，一个人若在年老时还能保持最佳的天赋和精神，那便是对自然女神的公然冒犯。

　　然而，我们应当用一种更亲密和更私人化的方式处理一位作者。我们应该反身自问一些问题，这些问题乍看起来与作者作品的本质似乎并无多少关系。例如："他的宗教观是什么？他是如何被自然环境影响的？他是如何对待女性的？他贫穷还是富有？他日常的生活模式

---

① *N. Lundis*, III, 26-27.——作者
② 贺拉斯·韦尔内(Horace Vernet, 1789—1863)，法国画家，擅长肖像画以及历史、战争、东方等题材。
③ *N. Lundis*, V, 62.——作者
④ *Ibid.*, 122.——作者

和卫生习惯如何？最后，他的缺点和不足又是什么？人皆有缺点和不足。"①顺便一提，圣伯夫"人皆有缺点和不足"的理论，或许源自拉罗什富科。② 这是圣伯夫研究方法的一个重要部分，他通过研究大师信徒的夸张之词来挖掘大师本人的缺点。他甚至准备走到圣坛下，将其所谓"对天才的深入探察"发挥到极致。③ 他说："当你同女性打交道时，即便对方是一位圣洁的女性，也无法回避这两三个问题：她漂亮吗？她恋爱过吗？她转变信仰的决定性动机是什么？"④

若我们果真这样做，那么追求"真正的真相"（la vérité vraie）带来的危险便显而易见了。"伟大的"好奇心（la grande curiosité）——圣伯夫即以好奇心之名继续他的研究——很容易退化为对微不足道的事物或色欲的好奇心。爱迪生曾讽刺说："我观察到，读者很少会带着愉快的心情阅读一本书，除非他已经知道作者是白人还是黑人。"在 19 世纪以前，人类这种普遍本能从未如此盛行，而 19 世纪非但不抑制这种本能，反而还使其得到某种科学的认可。圣伯夫说："我们这个世纪总是热衷于这些私密的细节。且永不满足。"⑤一旦某人满脑子都是奇闻轶事，他也就完了，批评也是如此。我们在这里也可以沿着圣伯夫的方法，研究那些在他的信徒中被夸大的名人缺点。这些批评家不如圣伯

---

① *N. Lundis*, III, 28.——作者
② "大部分人在踏入老年之际都会展现出其灵魂与肉体是如何衰老的。"——作者
③ *N. Lundis*, VI, 419.——作者
④ *Ibid.*, I, 213.——作者
⑤ *Ibid.*, XII, 215.——作者

夫谨慎和老练,他们沉迷于记录名人生平不慎言行的狂欢。他们以解释作者的作品为由,侵犯了作者私人生活的全部体面;用皮科克①的话来说,"他(作者)就像被端上餐桌的美味蛋黄卷,用以满足读者的八卦热情"。

圣伯夫以极其轻蔑的口吻谈论了好奇心更多琐碎的形式,但他本人却无法彻底放弃这些好奇心。譬如,知道查尔斯·马格宁②每晚九点都会查看他的祖母是否安然入睡,就能帮助我们评判其作品吗?③知道尼科尔刮胡子的频率或他是否经常将假发戴歪,就能让我们更清楚地了解其精神本质吗?④ 尼科尔大可与牧师福利厄特博士(Reverend Dr. Folliott)一道大喊:"我的鼻子和假发与公众何干?"圣伯夫还会评论米肖⑤的手指甲(他的指甲是黑色的)⑥,据说,他偶尔会邀请维隆博士(Dr. Véron)的厨师共进晚餐,以便与她一起八卦第二帝国的名人们。⑦

圣伯夫告诉我们,除非我们能探究这类细节,否则就会受奥林匹斯

---

① 皮科克(Thomas Love Peacock, 1785—1866),英国作家,他的文章《论诗的四个时代》引发了雪莱著名的《为诗辩护》,著有《噩梦隐修院》等。

② 查尔斯·马格宁(Charles Magnin, 1793—1862),法国作家、戏剧评论家,著有《现代起源》等。

③ *N. Lundis*, V, 456.——作者

④ *Port-Royal*, IV, 598.——作者

⑤ 米肖(Joseph-François Michaud, 1767—1839),法国历史学家,著有《十字军史》等。

⑥ *Lundis*, XI, 486.——作者

⑦ 参见 *Nouvelle Cor.*, 226。——作者

的幻影欺骗，以为他们确是真实的人。他要我们在尚福尔①所说的最
伟大的艺术，即真实的艺术中完善自我。譬如,17 世纪虚伪而庄重的
平静表象下怪事不断。倘若没有一个圣西门②来提醒自己警惕虚假的
崇高，倘若没有他以庄重而传统的姿态向我们展示真正的人是何模样，
我们当往何处去呢?③ 圣伯夫，尤其是他揭露虚伪直觉的做法，时常让
人想起萨克雷④。萨克雷说:"安妮女王不过是个放荡的红脸女人，一
点儿也不像那座背朝着圣保罗教堂的雕像。"他还说:"只要你乐意,路
易十四可以是书里的英雄,也可以是一座铜像或天花板上的壁画——
一个有罗马人外形的神,但对曼特农夫人和替他刮胡子的人或御医法
贡先生(Fagon)而言,他会是什么样的人呢?"⑤若我们要了解一个真实
的人,就必须从他的理发师、医生或者厨师的眼中了解他。谈到圣伯
夫,有人认为他和伏尔泰一样,对身居高位的人都抱有恶意。他对其所
处时代的贡献,就像圣西门对其所处时代的贡献一样,即让后来者时刻
保持警醒。他擅长挖掘令人幻灭的名人轶事。譬如,他曾提过这样一
件事,某天他和夏多布里昂正在雷卡米耶夫人家中闲坐,拉马丁突然闯
了进来。那时《约瑟兰》(*Jocelyn*)刚刚出版,于是雷卡米耶夫人向拉马

159

---

① 尚福尔(Nicolas Chamfort, 1741—1794),法国剧作家、文学评论家,其所写的
格言警句在法国大革命时期广为流传,著有《印度女郎》《格言、警句和轶事》等。

② 圣西门(Louis de Rouvroy, duc de Saint-Simon, 1675—1755),法国著名的笔
记作家,他的笔记对路易十四至路易十五时期的宫廷和政治生活做了详尽描述。

③ *N. Lundis*, X, 268. ——作者

④ 萨克雷(William Makepeace Thackeray, 1811—1863),英国维多利亚时期著
名小说家,代表作有《名利场》等。

⑤ 引文出自萨克雷的历史小说《亨利·埃斯蒙德》(*The History of Henry
Esmond*)。

丁高度赞扬这本书,拉马丁也愚蠢且幼稚地随声附和雷卡米耶夫人对他的赞赏。但当雷卡米耶夫人叫夏多布里昂过来见证她的溢美之词时,夏多布里昂却一言不发。他只是取下围巾,用牙紧紧咬住,这是他打定主意不发言时的习惯。但就在拉马丁快要走出房间时,夏多布里昂却突然旁若无人地大喊:"这个大傻瓜!"圣伯夫补充说:"当时我在场,而且我听到了这句话。"①知道这类轶事后,我们恐怕不会再那么崇拜拉马丁和夏多布里昂了。

160

5

在圣伯夫看来,任何理想化的过程不仅不真实,而且还干扰了德性。我曾提过,他主要寻找的,是一种与其所处时代有共性的德性——表现力。尽管他缺乏古典的对称性,但他至少还能让生活充满无限的变化,并因此取得了非凡的成功。他是最有生命力的作家。在批评家中,他是最博学且最不迂腐的。过去那些真实的人不见得以他们生活的共同习惯,准确说来,不见得以每个人的内在真实出现在我们面前。读圣伯夫的作品能扩展读者的知识面,这些知识不仅与文学相关,更与生活相关。的确有人会对他的批评提出某种吊诡的指控,认为他的批评并非真正的文学批评。他说自己确实信奉文学宗教(religion of letters)——用他自己的话来说,从某种意义上而言,他确实秉持着汉密尔顿和佩特罗尼乌斯的信仰。我认为圣伯夫的文学宗教,或者说他对文学传统的合理辩护,总体来说都与他的人生哲学格格不入。我们得

161

---

① *Chateaubriand*, II, 389-90.——作者

重申，他自己的批评表现是独一无二的。但我们不仅要评论圣伯夫的批评本身，还应评价它的趋势、影响以及它与其批评体裁之间的关系。这样一来，圣伯夫深思熟虑的批评方法显然偏离其核心，转向了别的地方；它不再是文学批评，而是变成了一种历史的、自传式的和科学的批评。它显然用自己的方式呈现出，19 世纪的批评从一种纯粹的类型即一种明确的体裁，转向了广泛的体裁混用和融合。当圣伯夫像他在最后一部作品《新月曜日漫谈》中所做的那样，将批评对象从作家转向大众和政治家时，我们几乎感觉不到任何变化。

但历史的、传记式和科学的批评顶多只算作处于文学批评的准备阶段，这些准备工作当然始终是有价值的，但却与批评对象的荣誉无直接的正相关。譬如，在遗传学研究者看来，一个人越是伟大，也就越难以捉摸。但丁说，人类较高形式的卓越品质几乎不受遗传因素影响；我们知道，这些品质都来自上帝的意志。我相信，但丁在这里以神学方式说出的真理，是就对过去的观察而言的。至于未来嘛，尚不清楚我们的优生学方案是否会超越上帝。济慈的聪慧是他本人的内在品质，不能用他是伦敦马房看守人的儿子这个事实来解释。就此而论，我同意爱默生的话："伟人的自传通常是最简短的。"他说："有哪一部传记能告诉我《仲夏夜之梦》（*Midsummer Night's Dream*）中那些仙境脱胎于何方？莎士比亚在斯特拉特福德①向他的秘书、教区记录员、教堂司事或主教代理人透漏过这部佳作的由来吗？阿登的森林、司康城堡的灵气、波西亚别墅的月光，囚禁奥赛罗的'巨大洞穴和荒凉原野'——记录这

①　斯特拉特福德（Stratford）是英国中部小镇，莎士比亚的出生地。

些超验秘密的三表弟、大侄子、法官的账册卷宗以及私人信件,都在哪儿呢? 这部精美的剧作就像一切伟大的艺术作品⋯⋯当创造性的时代飞升天堂,让位于一个人们只能观看戏剧、徒劳地追问历史的新时代时,天才撤去了他身后攀登的云梯。”

　　圣伯夫当然十分机敏,他不会把天才当作一种产物,也不认为遗传学和环境能处理这个问题。他说:“伟大的人独立于群体①之外。”(Les très grands individus se passent de groupe.)②他们自身即为中心,其他人则围绕着他们。他追随歌德的说法,认为只有平庸的天才才会囿于时代;一旦他们将自己从时代中获得的财富还给时代,便会一无所有。但真正的天才从不借水行舟,他本人就是永不枯竭的源泉。圣伯夫巧妙地指出了自然主义方法的缺陷,泰纳将这种方法推向极致。无论如何,他敏锐地觉察到了人类单子(human monad)的独特性和不可描述性。他坚决认为,在品味问题上是没有等价物可言的。如果这世上少了一个伟大的天才,如果一位真正的诗人的魔镜一经诞生便打碎在摇篮里,那么这世上也不会再有另一个一模一样的人能代替他。③ 就像有人说,人们一旦想到莎士比亚和塞万提斯在同一时间都有患上麻疹的风险,就不寒而栗。

　　但圣伯夫有其专属的自然主义方法,当某个作家及其作品因为不那么独特而易于理解时,他会不自觉地感到十分满意。他说:“说实

---

① 圣伯夫所说的“群体”,是指生活在同一时期且互相有些许交往的一群人。不应将其与成员分散的心智的自然类型(natural family of minds)混为一谈。——作者
② *N. Lundis*, III, 23. ——作者
③ *Ibid.*, VIII, 86. ——作者

话，库尔曼①先生的《回忆录》（*Mémoires*），正是因为缺乏创意而取悦了我。他是其生存环境高贵而温和的表现；他非常准确地记录了环境的温度，没有太个人的性格掺杂或阻碍其中。"②由此便可理解，为什么说圣伯夫本人虽未陷入伪科学，但却为伪科学指明了道路。这段话是有关"普通人"的那种伪科学理论的第一张草图。圣伯夫说："通常来说，十五年即构成一段文学生涯。"③他的职业生涯恰好是这个长度的三倍，而且，他以比起点更好的状态结束了这一生涯。他在职业生涯的最后一刻显得相当愉快，但最初的他却是忧郁的。他总体上认为如此迷人的初次绽放的青春之花，在他自己身上却变成了"恶之花"（fleur du mal）。我们如何用圣伯夫的方法解释以下现象呢？丁尼生④七十岁才写出最优美的诗歌（例如《过沙洲》[Crossing the Bar]），提香⑤八十岁才创作出了他最杰出的画作，索福克勒斯九十岁才写出了他最优秀的戏剧《俄狄浦斯在克洛诺斯》。诚然，有人会说，这些人只是例外。答案显然是，只有凭借与众不同，才能在文学上获得一席之地，而且为了占据高位，这些作家必须是超凡脱俗的。结果，这些未能理解人类精神的伪科学家，采取了圣伯夫本人未曾采用的方法，认为这些例外都是病态的和不健康的。凡是非他所能理解的正常人，换言之，凡是那些不甘

164

---

① 库尔曼（Jean-Jacques Coulmann，1796—1870），法国政治家，著有《回忆录》。

② *N. Lundis*, IX, 141. ——作者

③ *Ibid.*, III, 27. ——作者

④ 丁尼生（Alfred, Lord Tennyson，1809—1892），英国维多利亚时期诗人，代表作有组诗《悼念》等。

⑤ 提香（Titian，？—1576），意大利文艺复兴后期威尼斯画派的代表画家，其代表画作有《乌比诺的维纳斯》《圣母升天》《神圣与世俗之爱》等。

于平庸尤其丝毫不缺乏想象力的人,在他看来就是极其堕落之人。回想起来,19世纪下半叶伪科学对天才的理解,是最令人厌恶的。人类精神包含了一种元素,它鄙视和嘲笑科学理智把精神限定在程式中的企图,也鄙视和嘲笑将较低的元素逐条强加于高级元素之上的做法。但我们应当承认,现代运动中的情感部分始终与科学部分合作,而且情感部分自卢梭以降诞生的无数古怪和病态的天才,也都证实了以上观点①。

165   关于天才本性的全部困惑,源于人们忽视了柏拉图对两种迷狂(madness)的简要区分——"一种是由于人类自身的虚弱引起的,另一种则是由人类被神从日常生活解救出来引起的"。在柏拉图的意义上,感受一位作者的"迷狂",即感受其纯粹的崇高。爱默生说,人类因其超自然的特质而伟大,这恰好同朗吉努斯定义的崇高一致。② 似乎不必补充,这两位作者所说的超自然不是神奇魔法,而是一种高于普通理智之物。相较而言,圣伯夫缺乏朗吉努斯和爱默生的崇高感。他认为这种缺乏或多或少是一种种族特质。用圣伯夫本人的话来说,他在批评和诗歌创作中都半途而废了。有人也许会说,他设想的批评是一个半成品(如同演员创造的角色)。人们指责他就像某些演员一样,更偏爱塑造某类角色,在这些角色中,角色自身的创造力不会受作者创造力的过分遮蔽。

    无论出于什么原因,他更关心的,显然是如何达到水平状态

---

① 即19世纪的伪科学家们将天才解释为堕落之人的观点。
② *On the Sublime*, c. XXXVI.——作者

（horizontality）——若允许我用这个词——而不是如何明确高度
（altitude）。他书里的人物一律六英尺高，这说法是有一定道理的。他
在实践其写作心理传记的非凡天赋时，对一流作家和二流作家无论如
何都抱以至少相同的满意度。圣伯夫有时过分遵循"不要忽视二流作
家"（ne despicias minores）这条规训。我们知道，一个天使和另一个天
使的荣誉是不同的。他所做的努力，有时只是为了展示某位二流作家
和另一位二流作家在一些无足轻重之处的差异。我曾说过他拥有一种
天赋，他能在最不起眼的作家身上发现其原创性的一面。他就像现代
实用主义者那样，是凭借自己对"多"的生动直觉，而不是柏拉图主义
者那样对"一"的直觉，来摆脱理智主义者的方案的。因此，比起呈现
一个人的伟大之处，他更擅长呈现其个性。但他并不打算推翻任何一
位杰出的文学名流（除了夏多布里昂这一可疑的例外），他只是偶尔会
对这些人物置之不理。据说他更熟悉《希腊文选》（*Greek Anthology*），
而非埃斯库罗斯。他的自然主义脾性与朗吉努斯以及爱默生的信
条——只有超自然的人才是伟大的——形成鲜明对立。他的方法带来
的总体结果（与朗吉努斯、爱默生等人）恰恰相反，如其所述，他要将天
才"去神化"（desupernaturalize）。

6

　　我准备更详细地处理圣伯夫方法中最易将天才"去神化"的一面，
以及他是如何利用人文主义巧妙地调和自然主义的极端应用的。我要
讲的学说（doctrine）——如果我们能用如此教条的词谈论圣伯夫的

话——是一种关于主导机能的学说,它很靠近天生的同情和冷漠以及"知识人的自然类别"(natural families of intellects)这类理论。

167　　我们最好暂且略过关于知识人的自然类别这一更普遍的假说,主要是因为圣伯夫本人也很少提到它。若硬要严格弄清这一问题,那会不可避免地陷入伪科学。当我们看到人类历史上某些反复出现的典型,如黎塞留、波拿巴这类伟大统治者的典型时,我们需要像有些人从动物学角度做出解释一样,把他们共同的统治激情,归结为他们在有机体层面彼此类似吗? 圣伯夫在某段话中还谈到过神秘主义者的自然类别(natural family of mystics)。① 在这类论述中,他似乎毫不担心玩弄"自然"或"自然的"这类已然渗透到现代思想中的词带来的危险。这里显然有一股人性特有的力量介入其中,这股力量是一种有意识的模仿本能,尤其是对过去的模仿。如果圣伯夫提到的南海某个岛屿上的神秘主义者,果真从未听说过圣奥古斯丁或基督教为何物,他们有可能因命定的内在机制或机能而变成神秘主义者吗?

　　这些人天生具备某种倾向,他们会受到与自己有相同倾向的人的吸引,也会厌恶与其倾向不同的人。这不是一种伪科学理论,而是一个事实,它是如此明显,人们在很久以前便观察到了这个现象,且做出了
168　相关解释。了解这一旧有理论,有助于我们理解现代理论。圣伯夫再三提及蒲柏和蒲柏对主导激情(ruling passion)的看法;那么,追溯蒲柏之前的时代或许会有帮助。

　　人们对这个问题的旧有解释,通常与古人流传下来的体液理论

---

① *Port-Royal*, IV, 322.——作者

(theory of the humors) 相关。一个人的性情是由四种元素混合的比例决定的：

> 热、冷、湿、干，这四位凶悍的猛士，
>
> 努力成其主导。①

当某种元素超过其他元素占据上风时，它就会决定人的体液类型。具有类似体液的人自然相互吸引，反之则相互排斥。本·琼森②对体液的定义正好也解释了主导激情这个概念：

> 当某种特殊的性质支配一个人时，
>
> 它会将他所有的情感、精神和力量
>
> 汇聚到一个方向，
>
> 此即所谓的某一类型的体液。③

我们也可以用占星术来解释体液中的相互吸引或排斥。人们的星座不同。根据不同的主导星座，人们被分为木星式、水星式或土星式。

17 世纪至 18 世纪初，体液理论逐渐演变为主导激情理论。在这

---

① 引文出自弥尔顿《失乐园》第二章。

② 本·琼森（Ben Jonson，1573—1637），英国文艺复兴时期剧作家、抒情诗人。他的剧作《伏尔蓬》《炼金术士》等将讽刺喜剧发展到很高的水平，对莎士比亚等剧作家均有较大影响。

③ 引文出自本·琼森《人人扫兴》。

个过程中,宗教和人文主义人生观逐渐让位于自然主义人生观。从这个角度来看,蒲柏的《致科巴姆的信》(Epistle to Cobham)开启了一个

169 时代。圣伯夫之所以频繁提到蒲柏,其中一部分原因或许是,他在蒲柏这位人文权威身上能够找到一种观念,该观念的最极端形式会颠覆人文主义和宗教。蒲柏对两种对立人生观的混淆是显而易见的。有时他告诉我们,所谓主导激情其实是一种"心智疾病",但有时他又像卢梭门徒似的宣称:

> 激情的幼苗生长出可靠的美德,
> 荒凉的自然力量滋润了激情的根苗。①

至少绝不会有人在约翰逊博士捍卫宗教人生观时,指责他前后不一。或许他比同时代任何人都更能看到主导激情论的全部含义,他从不放弃任何攻击蒲柏信奉的主导激情理论的机会。他说:"这种学说不仅有害,而且漏洞百出。""真正的天才是心智广博之人,他们只是偶然走到了某个特定的方向。""我相信,如果牛顿写诗,他一定也能写出优秀的史诗。我同样也能轻松地从事法律或创作悲剧。"最后这句话(虽有些夸张),我们仍以微笑赞许。带着对那些使心智僵化之人的愤慨,约翰逊显然超越了自我,与人们普遍观察到的现实相违背。

约翰逊对主导激情论的反驳,其更致命之处在于:它背离了时代主

---

① 引文出自蒲柏的长诗《论人》,收入《诗集》第2卷。

流。随着浪漫主义自发理论(theory of spontaneity)的出现,一种认为人

们只需听从自身的原初天赋或主要冲动的想法备受推崇。兰姆和黑兹

利特这两位具有代表性的英国浪漫主义批评家,就只沉迷于性情倾向

及其暗含的同情和反感。黑兹利特认为:"动作迟缓的人绝不会守时。

决心总归无济于事……你能劝说某人摆脱其本来的体液吗? ……病症

在血液里流淌。"他不仅相信个体的宿命,还相信民族的宿命。他问

道:"谁能让法国人变得体面? 谁又能让英国人变得和蔼可亲呢?"兰

姆则热衷讨论必然存在的吸引和排斥。他承认自己"深受同情、冷漠

和厌恶等情感的束缚"。他一生都在试着喜欢苏格兰人,但最终却不

得不在绝望中停止这个尝试。他的心智本质上是反苏格兰的(anti-

Caledonian)。他对两个素未谋面之人刚见面就会陷入争斗的故事深信

不疑。他曾引用海伍德《天使团》①里的一则故事,这则故事讲的是,一

个想谋杀西班牙国王费迪南的西班牙人在上绞刑架时说,他之所以谋

杀国王,只是因为他看到国王第一眼便心生反感。

迫使他有此行动的原因,

只是因为他从一开始就无法热爱国王。

萨克雷论证这一学说的方式与圣伯夫相近。萨克雷说:"我们喜

欢或讨厌对方,正如人们喜欢或讨厌一种花香,一道菜肴,一瓶红酒或

---

① 海伍德(Thomas Haywood, 1570—1641),英国文艺复兴时期剧作家,代表作
有《被仁慈杀害的女人》等,兰姆称他为"散文莎士比亚"。《天使团》即海伍德的长诗
《蒙福天使团》(*The Hierarchie of the Blessed Angells*)。

171　一本书。我们也无法说清楚缘由;但通常来说,无论出于什么原因,我们都不会爱上费尔博士①,而且正如我们不喜欢他,可以肯定的是,他同样也不会喜欢我们。"②萨克雷想让人相信,菲尔丁③与理查逊④之间就存在这种反感。他说:"菲尔丁只会嘲笑那个喋喋不休,讲一堆感伤废话的伦敦东区小书商,笑他是娘娘腔和胆小鬼。他自己的天赋由牛乳酒滋润,而不是茶。他的缪斯女神在酒馆合唱队中唱得最响亮,缪斯看到日光从成千上万的空碗中倾泻而出,由看门人搀扶着蹒跚回到家中卧室。理查逊的缪斯女神则由年老的女佣与贵妇人侍奉,享用着松饼和红茶。菲尔丁晃动着店铺里脆弱的百叶窗叫喊着:'懦夫!'多愁善感的《帕米拉》作者则高声喊道:'恶棍! 怪物! 流氓!'他笔下的女

---

　　①　费尔博士指的是约翰·费尔(John Fell, 1625—1686)。传说费尔在担任牛津基督教堂学院院长期间欲开除后来成为讽刺诗人的布朗(Tom Brown, 1663—1704),他提出,如果布朗能将马提亚(Martial, 40—104)的拉丁警句"Non amo te, Sabidi, nec possum dicere quare; Hoc tantum posso dicere, non amo te"翻译为英文,便撤销惩罚。布朗即兴将这句话改为了英文诗:"I do not like thee, Doctor Fell, The reason why—I cannot tell; But this I know, and know full well, I do not like thee, Doctor Fell."(我不喜欢你,费尔博士。至于我为何不喜欢你,原因未明;但我知道,清楚明白地知道,我不喜欢你,费尔博士。)后来,这首小诗发展为了英文童谣。
　　②　引文出自萨克雷小说《彭登尼斯》(*The History of Pendennis*)。
　　③　亨利·菲尔丁(Henry Fielding, 1707—1754),英国小说家、戏剧家,18世纪英国启蒙运动的代表人物之一,是英国第一个用完整的小说理论来从事创作的作家,被沃尔特·司各特称为"英国小说之父"。他和丹尼尔·笛福、塞缪尔·理查逊并称为英国现代小说的三大奠基人。代表作有《汤姆·琼斯》等。
　　④　塞缪尔·理查逊(Samuel Richardson, 1689—1761),英国小说家,关注婚姻道德问题,其作品多以女仆或中产阶级女性为主人公,善于描写人物情感和心理。他的作品《帕米拉》开创了英国感伤主义文学的先河。下文提到的"伦敦东区小书商"即指理查逊。

性喋喋不休地唱着令人恐怖的颂歌。"①

　　随后,体液理论以及不同性情间必然存在吸引和排斥的理论,作为自然主义遗产的组成部分传到了圣伯夫手中。首先,就吸引和排斥而言,我们可以将圣伯夫与歌德作平行比较,尽管歌德不是宿命论者。歌德曾说:"若考察过去的历史,我们随处会遇到一些人,其中一些人是我们认可的,而另一些,我们发现自己应该很快会与之争吵。"我们被要求以爱自己的方式爱护邻里。倘若这个人属于与我们不同的自然类别呢? 圣伯夫回应道,我们非但不会爱他,反而会憎恶他。阁下会如何做呢? 它就存在于我们的血液和性情中。但根据圣伯夫一贯的做法,他将这个理论限制在个体领域。他没有像其他自然主义理论家那样唤起恐怖的幻影,这些人认为,各个种族和民族会因为一种动物必然性相互残杀,这是人们头颅大小的微妙差异所导致的结果。但圣伯夫处理个体问题时最常用的,确实是这一理论。譬如,你打算如何强迫布瓦洛热爱基诺②? 如何强迫丰特奈尔③对布瓦洛感兴趣,强迫约瑟夫·德·迈斯特④喜欢伏尔泰?⑤ 蒙田和马勒伯朗士属于不同派别且相互

172

---

　　①　引文出自萨克雷《十八世纪英国幽默作家》(*The English Humorists of the Eighteenth Century*)。

　　②　基诺(Philipe Quinault, 1635—1688),法国戏剧作家、诗人。布瓦洛批评其文字华而不实,他的代表歌剧《阿尔米德》(*Armide*)享有广泛声誉。

　　③　丰特奈尔(Bernard Le Bovier de Fontenelle, 1657—1757),法国散文家、哲学家,1686 年出版了《关于宇宙多样性的对话》,该书对当时的知识分子产生很大的影响。他因为特别注重科学议题而被视为欧洲启蒙时代的开创者。

　　④　迈斯特(Joseph de Maistre, 1753—1821),法国哲学家、著名的保守主义思想家,著有《论法国》《信仰与传统》等。

　　⑤　*N. Lundis*, I, 300.——作者

厌恶①;尼扎尔和安培②,施莱格尔和西斯蒙第③,莫莱和维尼④,库勒⑤和卢梭⑥,布瓦洛和佩罗⑦也是如此。爱默生将爱伦·坡称作"叮当诗人"⑧。圣伯夫会说,这只能说明爱伦·坡和爱默生天性不合。正如爱默生本人所说:"上帝将他们分离,无人能使其相容。"德·昆西⑨多次提到华兹华斯与精明、审慎且毫无诗意的西蒙之间的会面:"他们相遇、相视又相轻。"圣伯夫说:"众所周知,图书管理员之间的憎恶最为激烈;这些人日日相见,对立而坐,隔着桌子相互怨恨,他们终其一生都在集聚排斥的体液。"⑩图书管理员也因此被他比作电容瓶⑪。圣伯夫此言是否过于本能化了呢? 利益上的分歧和冲突,或许正好与人们天

173

---

① *Port-Royal*,Ⅴ,391.——作者

② *N. Lundis*,ⅩⅢ,236.——作者

③ *Ibid.*,Ⅵ,45.——作者

④ *Ibid.*,Ⅵ,438.——作者

⑤ 查尔斯·库勒(Charles Collé,1709—1783),法国剧作家、作词家。圣伯夫在《新月曜日漫谈》中将其当作接触 18 世纪历史和道德时的重要参照。

⑥ *N. Lundis*,Ⅶ,376.——作者

⑦ *Ibid.*,Ⅰ,300.——作者

查尔斯·佩罗(Charles Perrault,1628—1703),法国讽刺作家,童话的奠基者,法兰西学术院院士。他在于法兰西学院宣读的诗篇《路易大帝的世纪》中,提出人类文化是不断发展的,今人不必盲目崇拜古人,认为当代文学比古希腊罗马文学成熟。这些观点引起了布瓦洛、拉辛等人的强烈反对,从而挑起了法国文学史上著名的"古今之争"。

⑧ 即写打油诗的人。

⑨ 德·昆西(Thomas Penson De Quincey,1785—1859),英国散文家、批评家,其作华美与瑰奇兼具,激情与舒缓并存,是英国浪漫主义文学的代表性人物,被誉为"少有的英语文体大师",代表作为《一个吸食鸦片者的自白》。

⑩ *N. Lundis*,Ⅴ,452.——作者

⑪ 即莱顿瓶(Leyden jar),用以储存静电。瓶口上端有一个球形电极,下端用导体与内侧金属箔或水相连,内外金属电极不同。

生的性情相反，前一种分歧甚至比性情差异更重要。英国人和德国人隔着英吉利海峡怒视对方，与其说是因为二者天生反感对方，不若说是源自他们在利益和目标上的冲突。一个世纪以前，当他们拥有相近的利益和目标时，便把彼此天生的敌意（假设果真存在这样一种敌意）深深埋藏了起来。信仰的变化和转移也会迫使人们转向其曾经敌视的对象。例如，勒南年轻时曾攻击贝朗瑞的享乐主义哲学。圣伯夫认为贝朗瑞和勒南天生相互排斥，但随着勒南年岁渐长且越来越倾向享乐主义，他又开始赞扬起贝朗瑞身上那些曾受他指责的品质来。①

7

　　我们不妨再谈谈圣伯夫关于主导机能的看法，毕竟关于同情和反感的理论只是他主导机能理论的一个侧面。作为拉罗什富科的信徒，圣伯夫相信，一个人总会受到自利的支配。一个人最固有的特质，乃是自然植入其体内的主要冲动。于是，自利的一种主要形式就是自我表达的激情，以及对这种主要冲动无拘无束的发挥。这就是解释一切其他行为的神秘的主导动力。一个人或许能抑制其次要冲动，却无法抑制主要冲动——主要机能的运行原则（le jeu de la faculté première）不受控制。圣伯夫部分是从他本人以及浪漫主义运动中伪理想主义者的经验中总结出以上说法的。他在给库辛的信中写道："我不相信自由意志，因为我不相信人有能力控制自身的主要欲望。"②这个意义上的

174

---

① 参见第 288 页。——作者
② *Cor.*, I, 118.——作者

性情,正如爱默生所言:"是一种即便宗教的火焰也无法将其融化的东西。""它能击溃一切神圣的事物。"圣伯夫几乎是怀着恶意愉快地向人们展示,某些人在改变宗教信仰后仍然保存了本质冲动中的自我。歌德说,改宗者绝非吾友。圣伯夫也许会说同样的话,因为改变信仰意味着"颠覆本性"①,同时也否定了性情的规律。无论我们多么圣洁,我们都具有微弱的自爱。(On a beau être saint, on a son petit amour-propre.)②"十字架上亦有自然禀赋的痕迹。"③每个波尔·罗亚尔信徒在改变信仰后,仍保持其独特的性情和天性。帕斯卡在改变信仰后也

175 保留了对几何学的热情(尽管他打趣道,他不认可几何学)。拉辛在忏悔夜也会因一部充满激情的悲剧而苦恼,脑海中萦绕着莫尼姆④泪流满面的身影,而在平息这个罪恶的幻觉前,他谱写了旋律优美的诗行,或许还有完整的戏剧场幕,只供他自己一人聆听。⑤

　　但拉辛这种罕见而独特的天才,本身就容易得到宗教方面的解释。圣伯夫承认,天赋本质上是一种天然的才能,是一种不应得的命数。总之,对所有严格的詹森主义者和奥古斯丁信徒而言,它是一种独立于人的意志和行为之外的恩典。于是,你会发现,"在天才的内心深处,有一种神秘之物。心理学研究在它面前很大程度上会碰到和神学同样的问题,只不过描述这些问题的术语不同罢了"⑥。然而,一个人究竟是

---

① *Port-Royal*, I, 401.——作者
② *Ibid.*, II, 284.——作者
③ *Ibid.*, IV, 335.——作者
④ 莫尼姆(Monime)是拉辛剧作《米特里达特》(*Mithridate*)中的角色。
⑤ *Port-Royal*, III, 315.——作者
⑥ *Ibid.*, I, 116.——作者

用宗教还是用自然处理这个难题,还是有区别的。他说:"世上不乏这样的人,他们每次听到有人不加掩饰地主张神圣恩典理论便怒不可遏。但他们是否反思过自身的诡异命数呢? 这些命数自出生和童年起便深深印在我们身上。这些人或许信教,或许不信教。若他们不是教徒,我完全能理解他们为何会撤退到用心理解释种族和性情等问题。但若他们坚信自己有宗教信仰,如果不借助神圣恩典,又当求助哪些教义呢?"(顺便一提,圣伯夫忽视了第三种可能性,这种可能性存在于东方因果论①中。)"但毕竟大多数人的心智既不是宗教的,又不是反宗教的。它们在二者间游动,不受因果影响:它们停留在所有事物的中段——此即所谓的常识,也可以称为一般幻想(average degree of illusion)。"②

176

圣伯夫承认,在基督徒与自然主义道德家③之间的战争中,他的确站在后者一边。他提到马勒伯朗士④时说:"我想打个比方,这或许会让严肃哲学家不悦(如果还有这样的哲学家),但却能博得蒙田的欢心。马勒伯朗士在阅读笛卡尔的《论人》时,突然发现了自己在形而上学方面的天赋,就像歌唱家加拉⑤儿时观看格鲁克⑥的《阿尔米德》(*Armide*)时,

---

① the Oriental doctrine of karma,即关于"业"的学说。

② *Port-Royal*, III, 491.——作者

③ *Ibid.*, VI, 107.——作者

④ 马勒伯朗士(Nicolas Malebranche, 1638—1715),法国哲学家,笛卡尔学派的代表人物,著有《真理的探索》《论自然和恩赐》等。

⑤ 加拉(Pierre-Jean Garat, 1762—1823),法国音乐家和歌唱家,深受拿破仑喜爱。

⑥ 格鲁克(Gluck, 1714—1787),德国歌剧作曲家,主张歌剧应有深刻的内容,音乐与戏剧应统一。他创造了标题性序曲,又恢复了群舞场面与合唱在歌剧中的重要地位,代表作有《伊菲姬尼在奥利德》《阿尔米德》等。

突然发现自己在声乐方面的天赋一样。加拉在歌剧演出后失踪了,家人四处寻找他,他的父亲很是担心,找遍了城市各个角落。他哥哥在花园尽头发现贮藏室平常关着的门竟然开着,他走进去,惊奇地看到小加拉正在里面:'怎么回事? 你在里面做什么呢?'小男孩回答:'安静! 你坐下来听听。'接着,他唱起了他只听过却从未学过的歌剧《阿尔米德》。在他失踪的二十多个小时里,加拉就这样像夜莺般重复吟唱这部歌剧。一个天才歌者,一个天才形而上学家,虽然后者的思想与前者的音乐不同,但你们的天赋都是自然赋予的啊。"

我们听说,诗人之所以咿咿呀呀学语时便发出美妙动听的话语,是因为他们天生便会如此。总的来说,圣伯夫很热衷研究某种禀赋最初的觉醒。① 譬如,勒图尔纳②是天生的牧师。他儿时住在鲁昂(Rouen),人们从教堂回来后常常一起娱乐,大家伙儿会把他放在扶手椅上,让他复述先前在教堂听过的布道。③ 圣伯夫相信,主导机能显然是自然天生的。接着他说起贺拉斯·韦尔内:"他父母双方的血统助他拿起画笔,他不知不觉就成了画家;他的手精致、纤弱、修长、优雅,他天生便具备画家所需的所有特殊才能,他的手长得极好,很适合绘画,如同阿拉伯马的脚掌,生来便易于奔跑。"④此处,我们又会想起萨克雷的作品。"惠灵顿夫人说:'我从未想过,我的儿子——埃斯蒙德的孙

---

① *Port-Royal*, IV, 8.——作者

② 勒图尔纳(Nicolas Letourneux, 1640—1686),法国詹森主义传教士和苦行作家。

③ *Port-Royal*, V, 210.——作者

④ *N. Lundis*, V, 43.——作者

子会成为小提琴家。'老上校回答道:'亲爱的,你简直在说废话……假如乔治热爱音乐呢?你没法阻止他,就像你没法阻止玫瑰散发香甜的气味,没法阻止鸟儿歌唱一样。''鸟儿!鸟儿天生便会鸣唱,但乔治并非天生就一把提琴在手啊!'惠灵顿夫人摇摇头说。"[1]我承认我认同惠灵顿夫人的话。

有时,在圣伯夫看来,主导机能的早期形式通常是一股魔鬼般的力量,它几乎独立于有意识的自我之外,而且还会不可抗拒地控制自我。他评价莫里哀:"他的禀赋处于支配地位,他心中恶魔般的愤怒从未停止……剧院需要他,他也需要剧院。"[2]当拉辛发现波尔·罗亚尔修道院里的大师们阻碍了自己的激情时,他便预备再次攻击这些圣洁的大师。"当你的主导激情急于宣泄时,无论谁阻碍了主导激情的宣泄渠道,这些人都很不幸。他们犯了错。后来,当这种诗性激情得到满足且快要消耗殆尽之时,拉辛又会再转向他们并给予他们体面的补偿。这对他来说很容易,似乎横在他与他们之间的他最爱的激情,即充满青春、贪婪、饥渴和恼怒的激情不复存在。"[3]

正如圣伯夫热衷证明在理性觉醒前每个人内心深处的主要动力都会起作用一样,他也喜欢借用蒲柏的方式证明,人的主要动力比理性更为长久,它在人的临终遗言上仍会打上印记:"吝啬鬼到死也不会说'我给予'。若你在一位垂死的几何学家耳边低声问:'12的平方是多少?'他还会脱口而出'144',就像身上安装了机器发条似的。

---

[1]　引文出自萨克雷的小说《弗吉尼亚人》(*The Virginians*)。
[2]　*N. Lundis*, V, 270.——作者
[3]　*Ibid.*, VI, 98.——作者

诗人总是迷恋不朽,思考着诗歌。英雄疯狂时会看到战争的胜利和
云端的战友。作家临死也在修改样稿……帕耶(Paillet)想用律师袍作
寿衣。一位赛马师在比赛中被撞倒,他半死不活地翻滚在赛道上,手指
却还不停地晃动,喃喃自语道:'我的鞭子呢?'巴尔扎克作品中的人物
于洛男爵(Baron Hulot)年老时曾引诱他的厨娘:'阿加特,你将来一定
会成为男爵夫人。'他一直活到履行其诺言。人人都在其天生的激情
中死去。"①

　　圣伯夫说,皮隆②生前说的最后一句话,一定是对伏尔泰的诘难。
圣伯夫对皮隆的评论,实际上是以最极端的方式阐明了他的主导机能
论,我们不妨多谈谈这个问题。皮隆的主导机能是创作格言警句。据
圣伯夫说,皮隆是非常杰出的格言机器,他生来就会创作隽语和格言警
句。③"无论是全能的神、朋友、亲属或其他人,只要机警之言滑落到其
舌尖,他一定会脱口而出。有人说:拉封丹创作寓言,塔勒芒④撰写轶
事,彼特拉克孕育出十四行诗,而皮隆只打个喷嚏,便诞生了警句格言。
'打喷嚏'是皮隆自己的说法。你当然没法阻止一个人打喷嚏。"⑤皮隆
不但耗费一生创作格言警句,而且在其死后,他也想将这种创作延续下
去。他写道:"只要我还活着,伏尔泰就不敢攻击我。我了解他。这个

---

　　①　*N. Lundis*, VIII, 128.——作者
　　②　皮隆(Alexis Piron, 1689—1773),法国讽刺诗人、剧作家,以写格言警句
闻名。
　　③　*N. Lundis*, VII, 463.——作者
　　④　塔勒芒(Gédéon Tallemant des Réaux, 1619—1692),法国历史学家、传记作
家,以作品《历史》闻名。
　　⑤　*N. Lundis*, VII, 400.——作者

无赖胆小极了，只有我死了，他才敢侮辱我，他正是如此对待我的朋友克雷比永的。我已预感到他的意图。我的手稿中有一个小盒子，里面装着我献给他的 150 条格言警句。待我死后，若他胆敢对我出言不逊，就让继承我文学遗稿的人每周送一条格言到费尔内（Ferney）去。这些珍贵的格言警句，一定会让住在费尔内的这位令人尊敬的老绅士三年里不再寂寞。"①

  这让我们想起了雨果和他的主导激情：创造对立。他一生都在创造对立，就连他的临终遗言也是一个对立（这是白日与黑夜的战斗［c'est le combat du jour et de la nuit），他还让人筹办了一场美丑对立的葬礼。人们为他举行了一场前所未有的盛大葬礼，但却按照他的指示，将遗体安放在乞丐躺的棺材里。我们发现，雨果在行动和理论上均符合主导机能论。他让人们相信，天才是无法自控的。说到他的灵感，这位伟大诗人，就像被无助地缚在骏马上的马泽帕②，在大草原上狂奔。③ 雨果特别提到了莎士比亚，他说，莎士比亚"没有被上帝狠狠勒住，所以才能自由地挥动羽翼、翱翔天际"。我们不禁想到，这也正是

---

 ① *N. Lundis*, VII, 463.——作者

 ② 马泽帕（Mazeppa），乌克兰民族英雄，年轻时曾在波兰国王约翰·卡吉米尔的宫廷中担任侍卫，后来由于同贵族夫人私通，而被剥光衣服绑在马上，放逐于荒野，垂死之际在乌克兰获救，并加入哥萨克骑兵队。

 ③ 正是这样，当凡人有神明灵感起飞，

   看到自己活生生被绑上你的马背，

   天才啊，热情的坐骑，

   凡人徒然挣扎，唉！你背负着他疾奔，

   走出现实的世界，踢倒现实的大门，

   用你钢铁般的马蹄！（《东方集》［Les Orientales］）——作者

 译文参考《雨果文集》第 8 卷，程曾厚译，人民文学出版社 2002 年版。

泰纳对莎士比亚的评价——当然,泰纳并未把浪漫主义的放纵置于上
181 帝的直接恩赐下。人类真正的自发性,不是任由冲动自为,反而在于抑
制冲动。通过推崇与此相反的那种冲动的自发性——无意识和本能战
胜了意识和理性——卢梭主义者正中决定论者下怀,这是另一个反复
出现的困扰浪漫主义形式的讽刺。泰纳从米什莱这位在卢梭主义意义
上最具自发性的作家出发,宣称"人类精神就像手表一样,是精确建构
的"。的确,或许没有哪个概念比主导机能论更能清晰阐明,上世纪科
学和卢梭式浪漫主义在非人化过程中究竟是如何协作的。

8

泰纳的主导机能论深受巴尔扎克影响,巴尔扎克比19世纪任何一
位伟大的创作者都更靠近决定论。巴尔扎克作品中的人物,不仅是极
其复杂的环境的产物,而且也是主导激情这一逻辑的产物。我们已经
看到,圣伯夫本人也引用巴尔扎克创作的人物来支持主导机能论。但
须指出,他和巴尔扎克以及那些像巴尔扎克一样自始至终贯彻这一理
182 论的人明显不同。如果我们避开这些表面现象,便会发现,圣伯夫并未
在两种看待主导机能的态度——究竟是纯粹自然主义还是纯粹神学
的——之间留下任何折中的选择。但在实践中,他却拒绝这两种极端
态度的侵犯;他更愿意处于"一般幻想的平均水平,即所谓常识中",或
者说,占据上风的,是他对自然主义或任何极端态度的人文主义式厌
恶。作为自然主义者,他信仰主导机能,但作为人文主义者,他相信一
种平衡的能力,一种能够被对立面抑制和调和的能力。他正是从这个

角度攻击巴尔扎克及其信徒的。[①] 他渐渐承认，皮隆只是制造格言警句的机器，但他并不认为，世上最伟大的作家只是令人惊异的机器或狂热的天才。他天生不相信个体的自我克制能力，但同时又相信艺术需要克制。这大约是他晚年之所以高度评价布瓦洛这类批评家的奥秘所在。布瓦洛是看得见的权威原则，他为同时代作家提供了一种他们无法从自己身上找到的约束。无论从以上观点，还是从这位伟大的法国现代批评家对旧批评派主要代表人物的敬意来看，圣伯夫对布瓦洛的判断都值得一提："今天，让我们向如此高贵、和谐的伟大世纪致敬吧！若无布瓦洛，若无认可布瓦洛为诗坛领袖的路易十四，这个世界会变成一副什么模样啊？那些最天才的作家，还能再创造出与其荣耀遗产媲美的作品吗？恐怕拉辛会写出更多《贝勒尼斯》（*Bérénice*）这类作品；拉封丹会少写些寓言，多创作些小故事；莫里哀会继续创作《斯卡潘》（*Scapins*）这类作品，那他也就无法达到《厌世者》（*Le Misanthrope*）这样严肃的高度了。总之，这些非凡的天才都拥有固有的缺点。正是布瓦洛，这位受到伟大的国王认可和肯定的诗人兼批评家的常识，限制着这些作者。他们出于对他的尊敬，才从事更高尚和更严肃的事业。你知道是什么让我们这个时代的诗人败于人下吗？即便他们的天赋如此强大，如此前途无量，且拥有如此恰当的灵感。因为他们缺少布瓦洛和开明君主，这两人相互支持，相互尊敬。这些才华横溢的人，发现自己生活在一个缺乏规训且处于无政府状态的时代，他们毫不犹豫地迎合这个时代；坦白说，他们不像高尚的天才，甚至称不上是高尚的人，反而像

183

---

① 　*N. Lundis*，X，262.——作者

是刚走出学校的学生。我们已经看到了后果。"

　　圣伯夫最突出的一点是，他坚持认为，真正的伟大需要平衡各式各样的德性。他笔下温文尔雅、富有人情味的莎士比亚，与泰纳笔下释放自然力量、"在言语冒犯上毫无节制"的莎士比亚形成了鲜明的对比。在下面这段摘自其演讲《文学的传统》("Tradition in Literature")①的话中，圣伯夫十分愉快地呈现出一副人文主义者的面貌："你会说，但伟大的文学家是超出古典传统之外的啊。请你说出这类作家的名字。我只知道一位堪称伟大的作家——莎士比亚，但你确信他完全超出了传统吗？难道他没读过普鲁塔克和蒙田的作品，品尝他们蜂箱中储满的蜂蜜吗？他是荷马以降最令人尊敬的诗人，当然也是最自然的诗人，尽管他与荷马是如此不同……噢，我不得不说，他是一个完整的人，他不是野兽，也不是心智失序之人，我们不能因为他时而精力旺盛、时而过于敏感——因为他身处在一个野蛮又过度精致的时代——便将他的异乎寻常与怪人和疯子混为一谈，后者沉迷于自己，沉迷于自己的天赋和作品，沉醉于自己酿的美酒。若我们发现莎士比亚突然出现，亲自进入我们的时代，我想他一定是高贵且富有人文精神的，他绝不会像公牛、野猪、狮子等动物；他的面容像莫里哀一样，带有一种高贵的气质，那是一副能直接与心智和灵魂对话的模样。我想，他是温和的，他善于言辞，常常带着（怜悯和宽容的）微笑，温文尔雅。既然他能创作出如此纯净、温柔的人物，那么他一定居于人性的中心。难道我们不正是从他那里找到了最能表现'温和'（gentleness）这个词的句子——'仁慈的乳

----

① *Lundis*, XV, 356ff. ——作者

汁'（the milk of human kindness）吗？我向来认为，精力充沛的天才应该把他们的力量同温和这种特质调和在一起，如此方能避免粗鲁和无礼的冒犯，正如我认为，过分温和的天才也应该掺杂一些普林尼①和路吉阿诺斯②称为'尖锐'（bitterness）的营养，即力量的调味料，因为只有如此，天才才是完美的。莎士比亚正是用这种方式——除了他所处时代的瑕疵——成为完美的诗人。请放心，先生们，无论哪一种伟人，尤其是智力上的伟人，都绝不是疯子或野蛮人。如果一位作家的行为和个性看起来是暴力的、非理性的、仇视常识和最自然的礼法的，那么他或许拥有天赋（因为天才，包括伟大的天才，也会有很多谬误），但他一定不是具备一流品性和人性的作家。荷马有时也会粗心大意；高乃依和人们交谈时也会反应迟缓、粗心大意；拉封丹也会犯错；他们会有些健忘，或者心不在焉。但伟大的人绝不会不切实际、荒谬可笑、怪诞、虚伪、自负或玩世不恭，也不会总是反叛礼仪。至于我本人，无论我多么包容个体多样性和特立独行的人性，我也从未想过把这五六位可敬的伟大作家——这世间仅有的一等绅士，极富创造力和可贵人性的天才——当作一群乌合之众，或者当作只会扑向猎物的疯子。不，传统告 186 诉我们，我们文明的天性更是清楚地告诉我们，理性始终占据主导，它在这些最受想象力喜爱和想象力加持的人中也占主导。"③

---

①　此处指老普林尼（Pliny the Elder，约 23—约 79），古罗马百科全书式作家，著有《自然史》。

②　路吉阿诺斯（Lucian，约 120—约 180），又译"琉善"，古罗马思想家、无神论者，著有《神的对话》《佩雷格林之死》《悲惨的朱庇特》等。

③　*Lundis*, XV, 366ff. ——作者

圣伯夫就这样同时掌握了主导机能理论中真理的一面和非真理的一面,但也在某种程度上牺牲了一致性。在这个问题上,他就像爱默生,爱默生说:"人类身上并不存在某种适应力或普遍适应性,每个人都有自己的特长……我们都各司其职,并冠以最好的名义。"他接着在另一处又宣称:"人类的差异性不是天生的。"但爱默生之所以前后不一致,是因为当他把人们对人类自由的真诚信仰和观察到的事实联系起来时,他是松散的和缺乏精神控制力的。对事实有着惊人掌控力的圣伯夫之所以不一致,则是因为他最终缺少某种确切的信念,尽管我们已经看到了他强烈的唯物主义倾向。圣伯夫考察了关于自由意志的各式各样的信仰——自然主义的或神学的,得出了如下结论:"这世间有多少对立和冲突啊!站在人类的意见海洋前,如同站在大海的边缘,我在潮起潮落中徘徊不定。谁能告诉我一个普遍适用的法则呢?"①

我相信,他的怀疑主义比任何他同时代人通过智识或情感统合现实的努力都更为深刻。他看到了文学和宗教传统准则衰落所暗示的一切,也找到了解决这一"巨大混乱"的方法;②但与此同时,他太过敏锐,因而无法真正热情接受那些用来替代旧规训的新宗教。19 世纪在宗教方面的全部尝试所暗含的方法——无论是情感宗教(the religion of Passion),抑或审美宗教(the religion of Beauty),无论是科学宗教(the religion of Science),抑或人性宗教(the religion of Humanity)——总是相同的:它们都从人性中提炼出了某种十分重要但仍属次要的要素,然

---

① *Port-Royal*, I, 409.——作者
② *Port. lit.*, III, 550.——作者

后试图将这种要素拔高到最高或核心的地位。若我们想穿透他内在生命的最后一片孤寂的深渊(jusqu'au fond désolé du gouffre intérieur)，就必须清楚地认识到，圣伯夫彻底超越了任何一种信仰——新的或旧的。他写道："我追求的唯一统一性，是一种能理解一切事物的统一性。"[①]但单纯的理解本身并不是一种统一原则，而是一种分散原则。除了理解，圣伯夫不以任何事物为目的，因此他注定变成了人们所说的思想界"流浪的犹太人"。他自然也因此遭受了"缺乏稳固核心和中心"的痛苦，他努力想摆脱"埋藏在他内心深处的空虚"。

正如一句拉丁谚语所言，这个世界渴望受骗(Vult mundus decipi.)。因此，就其否定性的一面而言，批评的作用是尽可能地使人类免受其自然倾向的制约，防止人类受江湖骗子所骗。圣伯夫很大程度上具备完成这项任务所必需的觉醒的智慧。几乎没人能成功践行这门艺术；正如圣伯夫所说，这是一个充满了虚假宗教的时代，也是一个生活呈现出虚假统一、满是江湖骗子的时代。[②] 他说："我这种卢克莱修式的批评观虽不是生机勃勃的，但它总好过偶像崇拜。"

然而，尽管圣伯夫相对而言摆脱了他所处时代的幻想，但他却完全汲取了那个时代的德性。用法朗士的话来说，人们越来越把圣伯夫当作一位万能博士，或是 19 世纪的圣托马斯·阿奎那[③]；他不是 19 世纪

---

① *Port-Royal*, III, 589.——作者

② "人们认为 19 世纪在很大程度上将是集文学骗子、人道主义、折中主义、新天主教于一身的世纪。"(*N. Lundis*, V, 253.)——作者

③ 圣托马斯·阿奎那(Saint Thomas Aquinas, 约 1225—1274)，中世纪经院哲学家，将理性引入神学，提倡自然神学。他建立的系统且完整的神学体系对基督教神学的发展具有重要影响，他本人被基督教会奉为圣人，其最著名的作品是《神学大全》。

最伟大的人,但却很可能是本世纪最具代表性的人物。他全面体现了这个时代对水平状态的渴求,也体现了这个时代在知识和同情方面的极度扩展。还有人会说,他体现出这个时代缺乏恰当的中心目标。像圣伯夫这样聪慧的观察者,在这个世纪特有的运动中竟也无法找到稳固的精神寄托。从长远来看,这并不是他的耻辱,而是整个世纪的耻辱。显然,19世纪所有的人生观都忽视了某种东西,而它才是凯旋门的基石。

第七章　谢勒

关于谢勒，人们首先注意到的或许是，与他批评上的重大功绩相比，他生前身后在法国均不受欢迎。他的全部批评作品，无一部再版，某些作品更是绝版。他甚至不是法兰西学术院成员，尽管他比同时代任何重要作家都更加同情学术院的目标。自然而然的推论是，因为他在某些方面与自己的时代和环境脱节了。谢勒高兴地回忆起，他出生于巴黎的意大利人大道，但他绝非典型的巴黎人，甚至不是典型的法国人。首先，受祖辈影响，他很难接受法国人观点的感染。他的父亲是德国瑞士混血。外祖父是英国人，外祖母则是荷兰人。他年轻时曾在英国生活过一段时间，还因此熟练掌握了英语，并在遗传上更亲近英国，这种亲近感或许最为明显地体现在，他对自由的热爱与法国人对平等的热爱形成鲜明对比。后来，他又在斯特拉斯堡住了几年，并变得十分精通德国文学和学术，尤其擅长"高等批评"①。他还通晓意大利语。 总之，他可能是那个时代最全面的世界主义者，他把一般概念和广泛而准确的信息结合起来，并因此名声大噪。

---

① 高等批评（higher criticism）又称历史批评（historical criticism），是一种文学批评方法，以研究古代文献的起源为核心，尤指《圣经》研究。

但是,若说他在英国和德国只算半个本地人,那他在巴黎便算是半个外国人了。人们很清楚他与法国人的不同,这种不同也许是一个宗教问题,而不是遗传问题。必须牢记,勒南是一个自由的牧师,这与牢记他曾为了成为一名天主教神职人员而努力学习同样重要。我们可以部分地将谢勒评论深深影响他的亚历山大·维内的话,用到他自己身上:"法语是天主教的,就像法兰西民族和法国文学是天主教的一样,人们可以去问问新教徒,无论身处何种境地,他在思想和写作方式上是否会彻底放弃自己的原初烙印呢?"①人们在谢勒的风格中会感受到一种神学的冷漠,就像圣伯夫说的维内风格给人带来的感受一样。当然,一个在45岁前一直是职业神学家的人,即便在放弃神学后,也应保持严格的道德风范。同样不可避免的是,巴黎文学界在某种程度上把他当作了局外人。龚古尔兄弟提到谢勒在马格尼晚宴上保持冷漠这件事,有一定的象征意义。(谢勒惊慌地透过他的夹鼻眼镜看着大家。
191 [Scherer, épouvanté et regardant la table du haut de son pince-nez.])②据龚古尔兄弟说,当时客人们正准备离开,戈蒂埃走到最沉默寡言的谢勒身边对他说:"来吧,我希望你能抓住第一次开诚布公的机会;我们大家都在展示自己,而你却只是一个冷眼旁观者,这不公平。"③

谢勒不仅具备新教徒的本能,还具有清教徒的本能。譬如,他在评论莫里哀的那篇文章(《文学异端》["Une hérésie littéraire"])中,表现

---

① *Etudes*, I, 281, 又见第 279 页。——作者
② *Journal des Goncourts*, 22 June, 1863. ——作者
③ *Ibid.*, 20 July, 1863. ——作者

得像一个异端者,他反对既定正统观念的理由是,莫里哀的文辞太不纯正。① 谢勒反对同时代人破坏法语的纯洁性,他这股怒气无疑会让莫里哀本人想起《阿尔切斯特》(*Alceste*)②:"肤浅的文化使人丧失了正确使用术语的情感,人们不惜一切代价创造过度文雅的语言,这就是败坏这个伟大语言的主要原因,近三个世纪以来的伟大作家,曾让这个伟大语言达到了无与伦比的完美境界……最近我在一份报纸上读到一句话:'一桩罪行只有在残酷暴行得以实施的条件下才会发生。(Un crime venait de s'accomplir dans des conditions d'atrocité inovie.)'我亲爱的朋友,你能想象写出这句话的人,他的精神状态吗?到如此地步,难道他还没被上帝和人类彻底抛弃吗?难道不是人人都有权借用伏尔泰之言大声疾呼,我们对流氓的蔑视、嘲弄、唾弃还远远不够呢。"③

192

1

但谢勒身上某些无法代表小环境的真实特性,在更大范围内却极具代表性。格雷亚尔④说:"谢勒是少数能在后辈面前见证 19 世纪人类思想所历经危机的人。"⑤如果说谢勒的一生如此具有代表性,那也是因为,他的一生十分精确地呈现了 19 世纪科学和信仰之间的核心冲

---

① 见布吕内蒂埃在《莫里哀的语言》(*La langue de Molière*)中的回应。(*Etudes critiques*, VII, 85ff.)——作者

② 《阿尔切斯特》是格鲁克创作的歌剧,取材于神话故事。

③ *Etudes*, V, 379.——作者

④ 格雷亚尔(Octave Gréard, 1828—1904),法国教育部部长,对法国现代教育产生深远影响,1886 年当选为法兰西学术院院士,著有《文学概论》《埃德蒙·谢勒》等。

⑤ *Edmond Schérer*, 4.——作者

突。他最早并不认可新批评精神,而只相信《圣经》的字面意,但他最终还是承认了新精神的全部价值。随着对历史方法的接纳,他秉持的信条似乎也变成纯粹相对的了;他所认为的外在现实,看起来不过是心智的发散物(emanation of the mind),简而言之,它们不是客观的,而是主观的。难怪谢勒会认为,明确主客观的差异比发现美洲的意义更为重大。①

　　谢勒对以上差异和类似差异的运用,说明他深受德国思想影响。事实上,他的确是 19 世纪后半叶在法国宣扬这一思想的某些方面上花费力气最多的人之一。1861 年他在《两世界评论》上发表的那篇评论黑格尔的文章标志着他成了批评家,这篇文章大概是他最具影响力的文章。他从黑格尔和其他德国作家身上汲取的主要观点,是一种发展的观点。他在第一部文学评论集的序言中曾说:"宇宙只是事物永恒的流动,真、善、美及其他事物均是如此:它们本来并不存在,而是被创造出来的;与其说它们是人性前进的目的或目标,不如说是全体人类若干世纪以来全部努力的流动性结果。"他在 1861 年的那篇文章中写道:"黑格尔教会我们尊重和理解事实。通过他,我们明白了什么是事物的权利……也因此知道了一种强有力的研究和批评方法……我们不再以自己的形象塑造世界,相反,我们允许世界改造和塑造自己……在现代专家眼中,一切都是真实的,一切都适得其所,每一个真理所在处都构成了真理本身。旧世界的秩序端赖于人们对绝对性的信仰。宗教、伦理和文学,一切都打上了这种信仰的印迹。人们只知道两种来

---

① *Etudes*, VIII, p. xii.——作者

源——上帝或魔鬼；人类亦有两大阵营，善和恶；还有两种永恒，一种是对的，另一种是错的。一边全是谬误，另一边则尽是真理。而如今，在我们心中，没什么是非此即彼的；我们不知道何谓宗教，只知宗教信仰；我们不明白何谓道德，只知道德准则；我们不明道义，只知现实。如此一来，我们对过去的认识是多么不可思议啊！它在我们眼前重生！人 194
类的起源、文明的进步、不同时代的特质、语言的特征、神话的意义、民族诗的灵感、宗教的本质，这么多令人惊喜的发现，这些都要归功于现代科学……我们的科学如此，美学亦如此。它热衷思考和研究，而不是判断……它已经放弃了用一种美的形式去反对、偏爱或排斥另一种美的形式这种空洞的方式。它海纳百川。它像世界般广博，如自然般宽容……事物真正的本质是，只有将真理的对立面引入真理时，它才是完整的；一种主张并不比对立的主张更具真理性，它们总是以矛盾为结局，最终达到一种更高的和解。眼前的事实只是一种偶然现实，一种由消失和出现构成的现实，一种一旦得到证实便立即遭到否定的现实。因此，只说一切都是相对的是不够的；须加上一句：一切仅仅是关系而已。所谓的真理并非真理本身；世上没有绝对的真理……对系统学说唯一公正有效的判断，是基于其自身变化做出的判断。”

　　总之，我们很难想象出比谢勒更极端的相对主义者。在他看来，真理、现实，都和流变纠缠在一起。真理并不先于事实，而是事实发展的结果。这种极端的多元真理观将他与同时代的科学实证主义者联系了起来，今天也会将其同实用主义者联系起来。若谢勒生于中世纪，他大 195
抵会是一位严格的唯名论者（nominalist）。没人比他更热衷证明生活毫无逻辑,也没人比他更热衷证明,所有从心智上整合生活的尝试都是徒劳的。在这个意义上,绝对真理只是形而上幻想。心灵若想为自身建立一套理论,那同样也是幻想。就像一个人想透过窗户观察自己从街边路过的模样。

在他看来,形而上幻想的一种形式,是把某些名词拔高到绝对地位,并使其具有神秘的敬意。他不仅抨击这种幻想的旧有形式,而且还抨击这种幻想在他所处时代的表现形式(这是对他不受欢迎的原因的一个补充)。他在《当代文学批评研究》第八卷序言(这篇文章有时也被当作他的文学宣言)中,用这种方式抨击了"人性"(Humanity)一词。他在这个词中只看到了"满足我们无可救药的神秘主义需求的抽象概念中的一员"。我们有家庭、城市、朋友和亲人,但这还远远不够;我们拓展这些已经有些薄弱的关系,直到我们拥抱全人类(genus homo),我们将"人性"这个词人格化,我们只会满怀深情地谈论它,为它唱赞美诗。"我们为这些化身的祭坛花了不少笔墨——有时是笔墨,有时却是鲜血……在信仰之船遇难时,我们将自己对信仰和爱的全部需求都延续在这个概念上。不仅如此,正是孔德①——实证主义的奠基人——将'人性'变成了人们崇奉的对象。我们已经摆脱了神学和形而上学,却仍然受'人性'一词摆布。"当谢勒认真审视世上各个种族时,他傲慢地问道,人性女神和猴子是否也有一些奇特的相似之处呢?"我这样想很可能是错的。我到底还是唯名论者。人性于我而言毫无

① 孔德(Auguste Comte, 1789—1857),法国哲学家,被称为"社会学之父",其创建的"实证主义"是西方现代哲学转型的重要标志之一,代表作有《论实证精神》《主观的综合》等。

意义。你在何处见过人性？你在何处能找到她？即便在我遇到的这些
男男女女中，有多少人是我认为不必亲密接触的呢！抽象的力量是多
么不可思议，那些同情心泛滥的人忘记了什么是丑陋、愚蠢和粗鲁，他
们不明白什么是邪恶、卑鄙和残暴。你不肯同某人握手：但他却是你的
兄弟。即便你将他送进监狱，砍掉他的头：他也永远是你的兄弟！"

　　谢勒摆脱了由"人性"一词包裹的幻想之网。他想摆脱一切幻想，
凝视赤裸裸的真理。他在其文学宣言中说："当回顾自己这一生时，我
似乎只体会到了寻根究底的热情(voir les choses dans leur fond)。"但在
这个意义上寻根究底——看到事物褪去幻想之纱——或许本身就是一
个理智主义者的错误。儒贝尔意味深长地说，幻想是现实的组成部分。
若忽视幻想，那便会用僵化和孤立的眼光去看待事实或"法则"，从而无
法将其同整体建立起神秘的联系。这样一来，就会产生一种颓废者的 197
虚妄幻灭。他们在外部世界和自身内部只能看到现象以及现象间的关
系，除此之外一无所有。他们缺乏一种"一"的直觉，用以抵抗"多"的
直觉。在谢勒看来，最高深的智慧是，幻想知晓自身即幻想；他要我们
相信，当一个人认识到一切最终皆空时，他会体会到一种奇特而可怕的
欢愉。[1] 不过，好在还有格雷亚尔的证言，据说谢勒自己在庆祝醒悟的
欢愉时，似乎从未如此悲伤过。[2]

　　谢勒的这些特质，难免让我们想起艾米尔[3]，他一向赞赏艾米尔思

① *Etudes*, VII, 36.——作者

② *Edmond Schérer*, 155.——作者

③ 艾米尔(Henri-Frédéric Amiel, 1821—1881)，瑞士哲学家、诗人、评论家，著有
《漫谈卢梭：当今日内瓦人眼中的卢梭》《私人日记：基于谢勒的前沿研究》等。

考幻想和幻灭时的深刻智慧和崇高诗意,包括艾米尔对摩耶和法轮①的思考——阿诺德尖锐地批评艾米尔《私人日记:基于谢勒的前沿研究》中的这些内容是病态的。但谢勒也与阿诺德一样,认为这些思考事实上是徒劳的。他认为,不过分关注未知之物,对人类才大有裨益。他说:"我们必须避免过于靠近生活的细枝末节。生活是一层脆弱的外壳,你在上面行走时不可太用力。一旦脚后跟踩了一个洞,你自己也会从洞中消失。真正的哲学绝不会纠结探讨所有问题,恰恰相反,它常常排斥这些问题。我们走在深渊边缘:要当心头晕目眩。"谢勒本能地做了阿诺德认为艾米尔没能做到的事:他通过转向文学批评的方式,逃离了令人目眩的深渊。

2

198 我们确实可以将谢勒当作艾米尔和阿诺德的中项。② 他们三人几乎用相同的方式处理宗教问题。他们都受到时代弊病的最崇高形式的

---

① 摩耶(Maya)来自梵文,意为"幻",该词最早出现在印度最古老的典籍《梨俱吠陀》中。法轮(Great Wheel)是梵文"Dharmachakra"的英译,是佛教的标志物,佛教借用"轮"比喻佛法无边。

② 稍后我会谈到阿诺德对谢勒的赞誉。当阿诺德读到以下段落势必也会感到满意:"当我们读过那些被邻国人误以为是最优秀实则最矫揉造作的作品后,打开阿诺德的书不妨说是一种休息:比如卡莱尔有意识地故意制造隐语,罗斯金及其情感的深切,他对表达的苦苦追求,还有那些被研究过的装模样样的虚假姿态,很遗憾这些特质常常同真正的优点混合,这恰恰构成了对真正严肃的良好品味的伤害。"(*Etudes*,VII,5.)——作者

中项(middle term)是逻辑学术语,指逻辑范畴体系中联结逻辑始项与逻辑终项的一系列中介范畴。

折磨,也都要忍受信仰缺失带来的空虚感,还要忍受那些在两个世界——一个世界已死,另一个则无力诞生——间游荡的孤独凄凉的人们。尽管谢勒与艾米尔不同,他无须忍受因割裂的忠贞所导致的意志麻痹,但他也在其他方面展现了意志的衰败,且同样强烈。他告诉我们,在二十岁时他经历了一场信仰转变,瞥见了"一种纯洁而神圣的理想生活,这种生活一旦出现,便拥有了生命的一切力量"。随后,他萌生出一种科学观念,将一切事物都归因于自然历史。"无论宗教如何抗议,它都同所有事物一样,是由自然知识组成的。我四十岁时才领悟到这一真相。"①二十岁的阿诺德与谢勒不同,他不会在信仰上如此让步,他四十岁时对科学的屈服就更少了。他不会像谢勒那样,把所有不符合科学真理标准的主观事物都混为一谈;譬如,他并不认为《登山宝训》②和拉马丁的诗歌有相同的主观性。在谢勒看来,宗教和其他事物一样,最终都融入了大自然的知识(religion rentre comme tout le reste dans la connaissance de la nature),他会这样回答:

199

> 人类拥有自然拥有的一切,甚至更多,
> 人类美好的希望尽在这"更多"之中。

阿诺德的人生观总的来说并不完全是禁欲主义的,但至少部分是人文主义的。虽然他在逻辑严密性和知识广度上不及谢勒,但他在天

---

① *Etudes*, IX, 221.——作者
② 《登山宝训》("Sermon on the Mount")是《新约·马太福音》中耶稣在山上的训道。

生的良好判断力方面却优于谢勒。他后来得到缪斯的慰藉,但谢勒却没这样的好运。阿诺德的作品告诉我们,有那么几次,他确实呼吸到了不朽的风,尽管他从未像丁尼生那样,直接攀登到纯粹的宗教本能高峰上。谢勒在尘世自由地活动,但儒贝尔会说:"在高于尘世的另一个世界中,他不会这样自如。"有人因此推断,他早期的信仰是神学和浪漫的宗教狂热的混合物。事实上,研究他和拉马丁的关系,与研究阿诺德和塞南古①的关系同等重要。谢勒把拉马丁当作真正的理想主义者,这实际上意味着,他混淆了宗教和浪漫的希冀。他将这种理想主义与同时代人直白且毫无诗意的精神做了对比,但却得出一个结论:他的同

200 时代人最终是对的。信仰无形和无限之物,只是世界在青春时发生的一件小事,它不但带着无知和幻想,而且还有一丝凯旋的魅力。但这个世界已经向它的青春之梦告别,逐渐成熟。它壮年的所有努力,最终换来了越来越多的安逸和粗俗。②

浪漫幻灭在谢勒转向科学实证主义的过程中发挥了重要作用。我们知道,圣伯夫曾想把宗教信仰置于危险的浪漫主义基石之上,其结果多少也是一种相似的幻灭。因此,当谢勒彻底同过去的神学一刀两断后,便选择圣伯夫作为导师,而圣伯夫也是第一个赞扬谢勒学识渊博的人,这是很恰当的。谢勒不但虔诚地崇拜圣伯夫(他工作时,总在面前摆着圣伯夫的半身像),而且在某些方面,他比泰纳以及其他同样崇拜圣伯夫的人,都更像圣伯夫忠实的信徒。和圣伯夫一样,他也具备最优

---

① 塞南古(Étienne Pivert de Senancour, 1770—1846),法国哲学家、散文家,著有书信体长篇小说《奥贝曼》和阐释卢梭思想的《对人的本性的思考》等。

② *Etudes*, IX, 287.——作者

秀的研究者必备的严谨和细腻,但不同于其他现代学者的是,他是因为文学本身而热爱文学,而不是仅仅将文学作为研究的对象。他认为,圣伯夫属于正在消失的一类批评家,也是最后的人文主义者(正如圣伯夫自己所言,让我们成为最后一个精致的人[soyons les derniers, des délicats])。圣伯夫去世后,谢勒写道:"现在,我们不得不向他告别,向这位清醒的聪慧天才、伟大的作家、魅力十足的演讲家、宽容的朋友告别……若圣伯夫忧虑的预测此刻尚未变为现实,实乃世人之福。倘若一位在文学上占据如此重要地位的人的逝去,并不意味着一个文学时代的终结;倘若已失去最终代言人的优雅和品味,不会随他一起消失;倘若高贵的文学,不会像其他高贵之物一样,注定让位于大众的平庸和粗暴的行为,实乃世人之福。我常会有这样的印象,圣伯夫在生命的尽头感到,自己是新风尚的陌生人;或许当我们失去他这样的人时,难免会在事物仅仅处于变化中时认为,一切事物皆已终结。"①

谢勒的文学批评虽然在某种程度上带有强烈的道德和哲学色彩,但比起圣伯夫,他更靠近批评这种体裁;他的批评不像圣伯夫的批评,不会在不知不觉间融入传记、历史和科学。谢勒对普遍性的兴趣多于对特殊性的兴趣,就此而论,他更像阿诺德,而非圣伯夫。圣伯夫和谢勒脾性上的差异是显而易见的。阿诺德提到谢勒时曾说:"作为一位批评家,他缺少的正是圣伯夫的爽朗和豁达。他缺少那种快乐和光彩,这是一个人天生便能愉快履行的职责,《月曜日漫谈》中的这种快乐和光彩,使圣伯夫言辞得体、语言明快,让他如此迷人。"作为批评家,谢

① *Etudes*, IV, 111.——作者

202 勒不如阿诺德轻松愉悦,后者也曾因活泼遭受指责。或许是因为阿诺德在诗歌中为浪漫幻灭(romantic disillusion)找到了出口。圣伯夫之所以在适应新秩序的过程中不像谢勒那样痛苦,不但是因为他用诗歌净化了时代弊病,还有一些其他原因。作为人文主义者和正人君子,圣伯夫受某些现代状态困扰,但他在抛弃浪漫的宗教狂热后,并未过度保留严格的道德(情况恰恰相反)。更重要的是,他还具有强烈的平民气质,尽管极其不信任人性,但前者还是让他偶尔对人道主义抱有希望。谢勒不仅是严肃的道德家,而且兼具贵族气质,他以骄傲的贵族姿态(宁死不受辱[potius mori quam foedari]),从自己在理智上默许的日益强大的民主平庸(democratic commonness)中抽身离去。

3

谢勒身上常常出现心和脑的强烈冲突,这恰好是格雷亚尔认为谢勒身上极具代表性的价值。谢勒时而对相对性狂热不已,时而又说:"不,我并非为我们这个全盘转变的时代而生,我同情过去,此刻我感到,人类事物中总有一些无法攀越的斜坡。就这样,我看到我的思想信

203 念正将自己带向一个既无趣又缺乏自信的未来。"当人们看到谢勒一面在思想上同现代人站在一起,一面又轻蔑地回避一切带有明显现代性特质的事物时,他们自然会疑惑不解。大多数人之所以效忠新秩序,并不是因为冷静的理性思考,而是源于信仰的力量。但谢勒对新信仰和旧信仰都表现出了"灵魂可怜的清醒"。我们已经看到他是如何对待"人性"一词的;他在揭示与"进步"相关的幻象时同样毫不手软。他

没有创造一种进步的宗教,也不相信世界正朝着"遥远的神圣事件"运动,相反,正如我们所见,他相信世界正朝着普遍而平庸的方向前进,随之而来的是大众日益增长的物质享受。他认为工业和科学进步确有可能,因为每个新发明和新发现都会变成新征程的起点。当我们将现实世界中的确切秩序转变成道德价值世界中的秩序时,当我们以为社会需要通过必然演进和自动发展增益进步、公平、平等、节制、谦逊和审慎时,错误也就此开始。这个错误来自另一个错误,后者把享乐和幸福混为一谈,事实上,享乐顶多只是幸福的众多条件之一。幸福首先是一种灵魂状态,所以你才会因少量的快乐便感到幸福,受奢侈裹挟反而会感到痛苦。因此,如果我们能正确理解进步,就会明白,进步并不能确保任何个体的幸福,更遑论全人类的。进步甚至会对幸福起反作用,因为幸福是智慧的产物,而智慧又预设了一种更加精致的智育文化(intellectual culture),它在各方面都无法兼容民主的进程。①

　　谢勒使用的"民主"一词,当然不是指热爱井然有序的"自由"(liberty),而是如该词在现代法国的用法一样,指的是热爱平等。正如我所指,我们能看到遗传在他评估自由和平等的相对价值的过程中所起的作用。他看到,人们为实现法国民主所做出的努力,与由此产生的千篇一律的平庸形成了讽刺的反差。"就这样吧。长此以往,世界总有一天会变成圣德尼(Saint-Denis)平原。想想吧,要实现这个理想,我们需要多少抗议和作品,要耗费多少笔墨和心血,多少热情和牺牲?"他总结道,人类的未来会像蜂巢和蚁巢一样—— 一成不变、整齐划一、

204

---

① *Etudes*, VIII, pp. viii-ix.——作者

平庸的幸福,生活将变得毫无意义可言。① 在他看来,欧洲社会注定会沿着狭隘和肤浅的逻辑前进,直到事物的本质、不同人之间不平等的力量和价值、人们创造私有财产的本能和需求,以及人们为了生存而不得不组成社会且最终不得不接受自己屈于从属地位的现实,将这种逻辑

205 击得粉碎。② 沉溺于平等美梦的法兰西共和国比我们想象中更信奉天主教,因为它还在追求绝对。它把以往宗教所体现的一切理想主义力量都集中在一个可怕幻想上。③ "我们这代人追求的,是比沙漠更虚无缥缈的幻想,即绝对平等和普遍幸福。"④"别忘了,大众都是理想主义的。当他们自己是事实的受害者时,便会拒绝承认最确凿的事实。他们因为天真和政治上的无知而习惯性地认为,政府机构有能力补救一切事物,人性自身也能适应所有实验。就这样,社会形势一点点变得严峻起来。"⑤

　　既然大众必然是理想主义的,那么唯一留存的希望似乎是,用真正的理想主义反对伪理想主义者的可怕幻想。谢勒本人用来对抗这些虚妄幻想的全部法宝,只有冰冷的幻灭。

4

　　带着这样的民主观,谢勒不相信进步,反而更靠近对立的信仰。直

---

① *Etudes*, V, 317.——作者
② *Ibid.*, X, 240.——作者
③ *Ibid.*, 55.——作者
④ *Ibid.*, 19.——作者
⑤ *Ibid.*, 274.——作者

到生命的尽头,他尤其受颓废想法深深困扰。他很容易夸大其词地赞扬某类作家,说他们在日益平庸化的作品中还能表现出精致和内敛,即便这些作家缺乏足够的实力——包括都丹①、弗罗芒坦②、蒙泰居③、魏斯④。他认为左拉的巨著正是暴民影响文学标准的一个典型例证,而且正如我们所见,他在目前人们熟知的法兰西危机(la crise du français)中也发现了相似的症状。他说:"一切败坏可能只是平等趋势带来的暂时影响,它只在短时间内淹没了人类心智的精致和行为举止的优雅。"⑤"但若非如此,倘若民主想消除以往的学者和正人君子,那么人们就有理由质问,不庄重的艺术和缺少羞耻心的社会将给我们带来怎样的后果呢?""消失的旧文学在一定程度上向粗鲁之人屈服。这就是上天为我们安排的命运吗? 民主会扮演野蛮人的角色吗?"⑥他对法国文学能否在这样极端堕落和愚蠢的社会状态中长期留存表示怀疑。

　　作为人文主义者,谢勒反对文学的这种粗鄙和堕落,但他的人文主义,就像圣伯夫的人文主义以及任何无法超越自然主义层面的批评家

---

　　① 都丹(Ximénès Doudan, 1800—1872),法国记者、评论家,著有《书信论文集》等。详见本书《批评家名录》。

　　② 弗罗芒坦(Eugène Fromentin, 1820—1876),法国作家、画家。

　　③ 蒙泰居(Émile Montégut, 1826—1895),法国评论家,19世纪后半叶法国研究外国文学(特别是英国文学)的主要代表人物,代表作有《文学类型与美学幻想》《文学概论》等。详见本书《批评家名录》。

　　④ 魏斯(Jean-Jacques Weiss, 1827—1891),法国批评家,善于创作格言警句,著有《论歌德》《戏剧与风俗》等。详见本书《批评家名录》。

　　⑤ *Etudes*, X, 330.——作者

　　⑥ *Ibid.*, IX, 347.——作者

的人文主义一样,都过于关注品味,反而没有足够关心标准和规训。他
说:"品味是隐藏自身的艰辛,我们只为浮华的技巧拍手称赞。品味是
207　精致的,我们却崇拜力量。品味是尺度,但我们却拜倒在一切无尺度的
事物面前。从前,我们总嫌笔法不够轻巧,如今笔尖却恨不得在纸上凿
出洞。表现看重的不是精神,而是感觉。最伟大的作家,是能运用最广
泛和最大胆词汇的作家。左拉说起话来,就像一个相信自己和公众是
一致的人似的;不,他更像是一个坚信自己在开创新艺术的人。不幸的
是,我离这样想也不远了。我认为,当圣伯夫去世时,某些事物也随之
终结了。那就是传统意义上的文学,它曾专注于高贵和崇高,精巧和雅
致,它在思想上追求真理,在表达上追求适度;总之,它就是我们现在称
之为文学品味和写作艺术的东西。在我看来,这一切都受到了严重损
害,我承认,自那以后发生的一切并没有让我改变自己的观点。在某种
程度上而言,文学即将消亡,或者若你愿意,也可以说它即将发生变化。
语言的变化是显而易见的。书本和报纸上之所以还保留正字法,是因
为印刷工人还在用它排版,但这种语法其实已经不存在了。至于主题
的选择,人们喜欢更激烈或者满足自己喜好的主题。需要用香料浓烈
的菜肴唤醒大众粗糙的感知力,唤醒他们因过度文雅而变得麻木的味
觉,唤醒所有人智识上的冷漠;我们看到无数作家正在为人们提供这种
必要的刺激物。人们将这一切宣扬为进步的和未来的文学。这的确有
208　可能是未来的文学,我对它一窍不通。但这真的是进步的文学吗? 这
才是争论的焦点。"①

---

① *Etudes*, VII, 194-95.——作者

谢勒用一句话总结了他最大的担忧：我们在迎合美国风尚。(Nous allons à l'américanisme.)①他所抨击的堕落的某些特质，显然与民主的平庸即邪恶的美国化进程无关。缺少差异的民主与过度文雅的堕落当然是有区别的，尽管二者的前提都是毁灭正人君子的行为准则。过度文雅的堕落同 19 世纪大众文学的发展，尤其是同浪漫主义运动相关。我们需要更仔细地界定谢勒对浪漫主义的态度。正如我所揭示的那样，谢勒同浪漫主义运动的某个侧面紧密相关，也同拉马丁诗歌中的感伤之情相关。但这场运动尚有另一面，它从根本上不是感伤的和情绪化的，而是生动形象的和描述性的。用谢勒的话来说，这一面与方才那一面不同。我们同意他的观点，这两个方面确实不同，但二者并未截然分开。无论如何，他对浪漫派作家的同情正在减少，因为这些作家不再表现内心的无限渴望，谢勒将心同宗教联系起来，但他们却用形象化的方式表现心。谢勒不赞成更高级的浪漫描绘形式，他认为这会使语言超出自然的界限，从而有陷入抽空思想内涵的风险。他认为雨果的描写就超出了其思想范围，当然他也例行公事般地以溢美之词姑且承认了雨果的优点。他毫不隐瞒自己对戈蒂埃极富描述性的技巧的蔑视。在所有在世的作家中，戈蒂埃是"最远离崇高艺术观念的人，亦是最缺乏强劲笔力的人"②。谢勒说，描写在当代文学中占据的（重要）地位怎能不让人备受冲击呢？"当你听说某本书或某个篇章备受赞誉时，或者当你听说哪位新作家是天才时，你一定会提前确认，人们所说

209

---

①　*Etudes*, IV, 22.——作者

②　*Ibid.*, VIII, pp. xxi-xxii.——作者

的正是这种精湛的技巧。显而易见的原因是,一个作者或许没什么头脑,但他一定有一双能看清形式的眼睛,以及一双能复制形式的手。"①

　　但谢勒最看不起的一类作家是这样的,他们不但将文学还原成对感官享受的追求,而且是对病态感官享受的追求。如今,在这些将旧浪漫主义与所谓的颓废主义运动结合起来的作家中,波德莱尔是其领袖。谢勒认为,波德莱尔本人以及人们对波德莱尔的崇拜,涵盖了这个时代趋于堕落的一切。他一旦谈及这个问题,就立刻变得尖酸刻薄起来。他说:"波德莱尔带给我一种颓废感,他向我揭示了颓废的本质。我一直以为,这只是从前人们谴责不符合自己习惯的作品时所使用的空洞之词。我曾告诉自己,一切事物都是相对的,每个时代都有其语言和文学,这种语言和文学之所以优秀,是因为它们恰恰表达了人们在社会生活的某一刻产生的思想。的确,人类精神同人类一样,也有青年时代和老年时代;强壮过后便是衰老,这时人类理智开始衰弱,口齿浑浊不清,外形也变得扭曲起来;这时的人不再美丽,不再口齿伶俐、身强力壮,他们变得丑陋、胡说八道和虚弱起来。若要质疑这个事实,就必须先消除美与丑的差异。这恰好是波德莱尔正忙着做的事。""一旦你开始追求艺术中的感官享受,你就会不惜一切代价获得这种感受。美与丑,匀称与畸形。倘若我们无法吸引你,那就让你颤抖……同样的情况也适用于醉汉,他们为了刺激麻木的味觉便狂吞纯酒精;再比如萨德侯爵(Marquis de Sade),他用酷刑为自己的淫欲增添乐趣。我们没理由让这些现象全部消失。一旦可怖之物消失殆尽,你也会抵达丑恶。你描

①　*Etudes*, VIII, pp. xix‑xx.——作者

绘不纯洁的事物。你在它们周围徘徊，并沉迷其中。但这些腐败本身也会腐败。这种腐烂会产生更污秽的腐烂物，最终只剩下一些无法形容的物质，在任何语言中都没有对应之名——这，就是波德莱尔。"①他总结道："波德莱尔不但是文学颓废的标志，而且还是人类理智普遍下降的标志。实际上，事态的严重性不在于一个人写出了四卷这样的书，而在于一个这样的人居然出了名，有欣赏者，甚至有信徒，在于我们居然要严肃对待他，在于我本人居然要忙着写文章来评论他。"②

当谢勒在随后的文章中写到他无法理解那些讨论文学偏好或根据自身好恶讨论文学品味的人时，读者一定想笑。③ 谢勒在处理批评标准的问题时，确实偶尔会从变动的哲学，部分转而向常识求助，部分转而向传统求助。他承认"既不存在绝对的审美，也不存在完全平等的判断力。人类世界既不像我们憧憬的那么高大，也没我们贬斥的这么低劣；既不是柏拉图的理念，也不是个人感觉的无法无天。虽然绝对性抛弃了我们，我们也不能认为世间的一切都是任意的。好的鉴赏家永远会尊崇伟大的作品，任何社会和文学也不会冒着衰败的危险容忍某些腐败堕落"④。

如果说谢勒不如圣伯夫灵活和包容，如果说人们指责谢勒常常表现出他的偏见和偏好，那他的错误也不在于思想和逻辑上的严密，而在于道德上的严谨，这种严谨多少带有阿尔切斯特色彩。换言之，尽管他

①　*Etudes*, IV, 284.——作者
②　*Ibid.*, 289.——作者
③　*Ibid.*, X, 334; V, 66, etc.——作者
④　*Ibid.*, X, 329.——作者

不承认,但他多少还是受到性情好恶的影响。作为人文主义者和相对

212 主义者,他时刻警惕极端和宗派,反对过于绝对地坚持某一观点。他始
终反抗逻辑上的排他性和不兼容性,法国人的心智总是存在这种倾向,
这在他所处的时代尤其常见。他抱怨说,自己"在这个普遍狂热的时
代倍感孤立。整个文学被划分成了不同团体,每个团体都遵循这一口
号写作:除了我们,再无其他救世主。浪漫主义者和现实主义者同样具
有排他性,高蹈派①诗人和浪漫主义者同样很狭隘。我有时也很好奇,
17 世纪意义上的即拉罗什富科所谓的学者和正人君子,也就是那些不
再以任何事物为傲的人,他们后来怎么样了呢?"②他估计,目前尚有六
七人对我们这个时代随处可见的对必然性的狂热崇拜感到陌生,他们没
有激烈的好恶观,他们对力量敏感,但对完美更敏感,他们认为不必因为
崇敬莎士比亚而轻视拉辛,也不必因为崇拜拉辛而轻视莎士比亚。"如
果左拉偶然遇到他们当中的一员,他得多瞧不起这个人啊! 不过,他可
别搞错了,从长远来看,正是这类人将会成为评价他的人。"③

5

谢勒天生的严谨,不仅体现在他对左拉和波德莱尔的态度上,还体
现在他对待最杰出作家的态度上。没有哪个批评家比谢勒更远离无力

---

① 高蹈派是 19 世纪 60 年代的法国诗歌流派,他们以古希腊神话中阿波罗和缪
斯诸神居住的巴那斯山(Parnasse)为名,反对浪漫派的粗率,主张诗歌是客观的,代表
人物有戈蒂埃、邦维尔等。
② *Etudes*, VII, 171. ——作者
③ *Ibid.*, 172. ——作者

的赞美之词。我们大可带着好奇心,去读一读他谈论伟大作家的文章, 213
看看在历经这位天性如此严肃且如此彻底远离传统溢美之词的批评家
的检视后,这些作家还能留下些什么。阿诺德向英国人介绍了两篇谢
勒的此类文章,一篇关于弥尔顿,另一篇关于歌德。谢勒谈论歌德的文
章同他谈论莫里哀的文章一样,都源自他天性中新教徒的一面,他在天
性上是很难被迫默认正统性的。他在德国人对歌德的狂热崇拜中,看
到了一种主张,一个人如果缺少能使他放弃手中判断权的权威,那他便
无法生活。"德国人早已在关于圣父和圣子的批评中极尽敏锐,他们
的批评没有给'教会绝无谬误'论留下任何立足的余地。"①他接着说,
但德国人对歌德的盲目崇拜又拉低了他们的层次。"传记作家们追随
他的步伐,收集他的所有谈话,记录他全部的爱情故事,写下所有相关
人员的生活,如果这些作家没有弄清楚这位伟人在世的每时每刻都在
做些什么,他们一定不会停下脚步。当然,要想完全整理歌德的作品,
尚需更多功夫。人们找到了他最不重要的四行诗和笔记,印出了他的
药物账单,甚至收集了他的指甲和头发。"②歌德的真正功绩被德国人
对他的迷信崇拜夸大了,"这个国家在歌德之前和之后其实都没什么
文学可言"③。谢勒写出这样的话,一定会让德国读者感到愤慨,但谢 214
勒大抵不会对此感到抱歉。我们时常能在这篇文章中读到一种类似德
法战争的创伤。但他最终还是把歌德提升为具有代表性的现代人。他
不但称颂歌德在国际上的重要性,并且还给出了相应的理由。

① *Etudes*, VIII, 52.——作者
② *Ibid.*, 53.——作者
③ *Ibid.*, VI, 350.——作者

交织在谢勒身上的思想的敏锐和道德的严谨,同样也体现在他对另一位伟大的现代人物——拿破仑的评价中。他认为,拿破仑具备所有次要德性。"无论是作为组织者还是战士,拿破仑都备受尊敬。他节俭、勤勉,且具备极其多样的才能。他识人善用。作为谈判者,无人能出其右。他知道如何通过一次胜利获得利益;他也知道如何恐吓、掩饰和欺诈。总之,没人能比他更全面地发挥聪明才智。但这些不可思议的才智恰恰让拿破仑显得缺乏真正的创造性天赋(creative genius)。当你想列出一份单子,弄清他究竟想得到什么,究竟做了什么,究竟为后人留下了什么时,你会一无所获;他没有普遍的指导思想,他毫无目的地行事,活得随心所欲,他疯狂地在空虚中摇摆。他拯救了法兰西,但却让这个国家处于比以往更低劣的位置……他沉浸在野蛮和无理智的事务中,为战争而战争。他像古代的东方君主一样征服他国。他梦想拥有查理大帝或亚历山大大帝一样的帝国。他敏锐的目光能洞悉外交秘密,他能以超人的洞察力预见所有战役动向,却无法看清连最平庸的外交官也能告诉他的一个事实——他正走向地狱。拿破仑相信他的帝国会存续下去。他得意地说,要把帝国传给自己的儿子;或者不如说,他毫无信仰,毫无思想。他就这样任意前进,迎来一场又一场胜利,征服一个又一个国家,就像赌徒每掷一次骰子都将赌注加倍一样,他无法抵挡军营的刺激,他在声势浩大而疯狂的战争中遗忘了生命、国家荣誉和国家安全。拿破仑是最能清晰展现伟大和渺小这两个极端的人。他是一个疯狂的天才。"①注意,谢勒对拿破仑的厌恶,主要是一种道德

①　*Etudes*, I, 141-142.——作者

上的厌恶。他说:"他是缺乏道德感的南方人。这就是他既如此伟大,
又如此渺小,既如此令人惊异,又如此粗鄙的原因。"

谢勒问:"批评首先关注的不正是理解吗?"①有人也许会说,不,批
评首先关注的是评价。但在这个时代,其他人显然比谢勒更需要记住,
批评家应当具备评价功能;相反,谢勒本人是因评价大胆和严厉而闻名
的。有人甚至会从他准备"在这片土地上实施诅咒"的想法中,看到他
神学过往的残存。他的本能与理论之间的不和谐是显而易见的。因
为,倘若如他所说,责任与其他事物一样,在现象②和道德上都是相对
的③,那么一旦否定了性情上的好恶,他又当如何为自己的严苛辩护
呢?作为一名流变哲学家而言,他太过关注颓废问题了。当勒南说
"颓废是一个必须从历史哲学中彻底放逐的词"④时,他或许称得上是
真正的相对主义者。

在谈论达尔文以及早期讨论黑格尔时,谢勒的内在矛盾就显现出
来了。他说:"一旦你掌握了一种科学的思维方法,你就不会再问宇宙
为什么是现在这副模样了。这一事实凭借其至高无上的权威而被人们
接受。……世上本无真实(real),只有实实在在发生的事(the real),达
尔文正是此论的先知。这就是人类理性此刻正在下滑的斜坡,它冒着
放弃为我们提供力量和幸福的危险。"⑤谢勒这样坚持固有标准的人,

① *Etudes*, I, 322.——作者
② *Ibid.*, X, 125.——作者
③ *Ibid.*, VI, 209.——作者
④ *Avenir de la science*, 73.——作者
⑤ *Etudes*, VI, 124.——作者

早已不顾自己内心的反抗,低头套上枷锁,承认唯一的现实就是变化,
217 这是 19 世纪自然主义力量强有力的证言。自然主义被推到这样一种
境地,它总是混淆某些层面,较高层面向较低层面妥协,此外,在理论层
面,它也陷入了谢勒警惕的形而上幻想。但谢勒的自然主义,远没有他
的同道禁欲主义者泰纳那么狭隘。他的文学批评尚未受到过度的科学
热情的损害,从长远来看,这是有利的。他的文学批评带有太多禁欲主
义的凄凉色彩和太多纯粹的幻灭,因而永远无法为他赢得一生从未享
誉的人气。但严肃的学者会继续关注他的批评,这不仅仅是因为,他的
批评能够为 19 世纪的精神危机带来光明,而且还因为,谢勒极为罕见
地把准确而世界性的见闻与严肃的诚意、强有力的思想、明断的勇气以
及"寻根究底的热情"结合了起来。

第八章　泰纳

　　泰纳的确不喜欢谢勒，但他却和谢勒一样由衷地尊敬圣伯夫。我们可以从泰纳谈论圣伯夫的文章中推断出，他曾计划就同一主题写一本关于圣伯夫的书，若这本书真能写出来，一定会在某种程度上扭曲这位大师的形象。他的文章让人想起圣伯夫的文学声誉论（theory of literary reputation），该理论本身不过是圣伯夫最热衷的自爱论（amour-propre）的又一种体现。按照圣伯夫所言，当一个人活在他人的记忆中时，人们看到和尊崇的并非真正的他；他们只是从那个人身上看到自己、尊崇自己。从泰纳的独特视角来看，圣伯夫主要是作为其先行者出现的。泰纳声称，他所做的一切，其实是将《月曜日漫谈》中随处可见的科学方法进行系统化的整合。泰纳一面认为圣伯夫是一位自然主义者，同时又称他为19世纪信奉人类精神的五六人之一。泰纳迫切渴望成为圣伯夫的继任者，这与圣伯夫急于指出自己与泰纳的分歧形成了鲜明对比。

1

　　事实上，泰纳与圣伯夫的差异比二者之间的相似处更为显著。正如我所说，圣伯夫首先是一个列举家。人们指责他在思想上过分谨慎，

在公开场合常常缺乏足够大胆和直白的断言。但另一方面,泰纳则将
自己对一般性的热情推向了鲁莽的地步。泰纳告诉我们,他不但热爱
思考,而且还热衷"快速思考"。可怕的是,他在一些问题上思考过快,
而且还过于固执坚持第一判断。若他在思考中能多一点论证,少一点
逻辑推理,就不会显得那么固执了。但他在抽象推理上具备极高的天
赋,这种抽象推理与帕斯卡称为"几何精神"(l'esprit de géométrie)的数
学才能紧密相连。当我们对比圣伯夫和泰纳时,脑海中会不断涌现出
帕斯卡对"几何精神"和"敏感精神"(l'esprit de finesse)的著名区分。
没有哪个批评家能在"敏感精神"层面超越圣伯夫,这是一种以无限
复杂的方式重现生活的艺术,它没有固定的体系,正如圣伯夫所说,
也没有特定的方法。书就像葡萄,如果你给它们施加过多压力,就会
失去本可从它们身上提取的最佳味道。[①] 相反,一旦任何事物进入泰
纳的批评榨酒机,他一定会从它们身上挤出最后一滴能当作普遍真理
的汁液。

在成为遁世者之前,圣伯夫已经从多方位与世界建立了联系。他
在一封早期信件中写道:"我进入社会,然后观察社会。"[②]泰纳的起点
太过像圣伯夫的终点。圣伯夫为泰纳这代年轻人过分缺乏平衡而感到
震惊。这代人中的许多年轻人和勒南一样,以为自己受脑炎的折磨。
我们确实可以把这种在 19 世纪中叶折磨年轻人的疾病,解释为狂乱的
理智主义。充斥大脑的全部个性力量,在泰纳身上的确清晰可见。他

① *Chateaubriand*, I, 234.——作者
② *Correspondance inédite*, 224.——作者

儿时就曾在一场综合考试中将水蛭敷在自己头上。这种思想高压在其晚年持续不断，以至于他时而会处于完全虚脱的状态，这种情况有一次曾持续了两年之久。

纯粹从理智层面看待生活是极端和片面的。但泰纳并未本能地从极端和片面中抽离出来。从心理学角度来看，没什么比问一个人他究竟是中立者还是极端者更为重要。泰纳和圣伯夫在这个问题上的差异尤为显著。我们从泰纳抛弃任何人文主义的调和以及狂热追求主导机能的行为中，已经看到了这种差异。他热衷泛滥的自然主义。巴尔扎克的暴力和放纵令圣伯夫反感，对泰纳却是一种正面魅力。自然主义宣言《论巴尔扎克》可能比浪漫主义宣言《〈克伦威尔〉序》更具影响力。在泰纳看来，巴尔扎克是一个个性极度张扬的典型，他是如此精力旺盛，如此有力量，以至于难以自控。他的创作也充满了同样旺盛的力量。在现实生活中，你一定不愿遇到这种人，但在文学中，他们是值得尊敬的。倘若走在乡间，你更愿意遇到一只羊，而不是一头狮子，但如果那头狮子关在栅栏里，那它可比羊有趣多了。艺术就是关住狮子的栅栏。因此，艺术家应该向人们展示野生动物，帮助人们摆脱单调乏味的日常生活。我们对他笔下的男男女女本身并不感兴趣。"他们只是雕像的基座，而雕像才是他们的主导激情。"[1]这种激情吞噬了他们的人性。于勒不是一个人，而是一种性情。菲利普·布里达乌[2]自始至终都具备某种主要冲动，直到"他的本性中不再留下任何人类的特

① *Essais de critique*, etc., 147.——作者
② 布里达乌是巴尔扎克小说《两兄弟》中的人物。

质"——除了"青铜像上毫无人气的不祥之光外"①,什么也没有。葛朗台之所以令人印象深刻,也是因为他的激情达到了这样一种地步,"它已经切断了人性和怜悯的根基"②。与莎士比亚一样,巴尔扎克也描绘各式各样的偏执狂。泰纳满意地指出,巴尔扎克在一部短篇小说中塑造了至少七位偏执狂。

一位作家最近在伦敦《观察者》(*Spectator*)报上发文说,萧伯纳缺少人的意识(the sense of human)。从我上文引用的段落不难看出,泰纳显然也缺少人的意识。他在《英国文学》中把玛奈弗夫人③置于贝基·夏普④之上,他之所以这样做,显然是因为贝基·夏普仍算是人,即便她只是一个堕落的人。而在另一方面,玛奈弗夫人则是她所处环境和自身性情的必然产物,因此难以达到一般的人性或道德标准。"她在同类人中是完美的,就像一匹让你爱恨交织的既危险又健硕的马。"⑤

泰纳缺少人的意识,这让他有了某种不好的倾向,尤其是在处理文艺复兴问题上。文艺复兴时期是自然主义大扩张的时代,但同时也是重要的人文主义时代。泰纳在这个时期却只看到了"自然全面而猛烈的扩张"⑥。至于这一时期的文学艺术,他认为那只是一场罕有的准备

---

① *Essais de critique*, 138.——作者
② *Ibid.*, 144.——作者
③ 玛奈弗夫人(Madame Marneffe),巴尔扎克小说《贝姨》中的角色华莱丽(Valérie Marneffe),圣伯夫十分厌恶她。
④ 贝基·夏普(Becky Sharp),萨克雷小说《名利场》中的角色。
⑤ *Lit. ang.*, V, 122.——作者
⑥ *Ibid.*, II, 1.——作者

充分的动物展览而已；那是一场令人耳目一新的展览，展览上没有驯服的家养动物，全是野兽。"我们可以通过动物表演，就像借助那段历史一样，聆听它们野蛮的咆哮；16 世纪就像一个满是狮子的巢穴。"他在《论巴尔扎克》一文中谈到了莎士比亚的"非人化"问题，随后又在《英国文学》中完善了这一论述。他找不到合适的词来形容莎士比亚以及同期剧作家身上完全不受限制的人性。我们在这些剧作家身上看到了"极度兴奋的真实且原始的人，他像火一样燃烧，成了自身动物本能的奴隶，他梦中的玩物彻底向现实屈服，向被压抑的欲望、矛盾和罪恶屈服；他激动、颤抖、贪婪、痛苦地呐喊，他清醒而冷静地从陡峭的山坡和崎岖的悬崖翻滚下去"①。若莎士比亚撰写心理学著作，他一定会说，人是一个"紧张的机器，他为性情所控，受幻觉支配，被狂热的情绪牵引，人在本质上是非理性的，他是动物和诗人的混合物，他将感觉当作美德，将想象当作主要动力和向导，他在高度明确且复杂的环境的随意引导下，走向了痛苦、罪恶、疯狂和死亡"②。

　　我们能在泰纳对力量——有时甚至体现为疯狂和罪恶——的放肆崇拜或其他地方，找到司汤达对他的影响。事实上，我们最好能通过对比二者，或者通过研究他们各自所受的影响，明确泰纳和圣伯夫之间的差异究竟有多大。大多数对泰纳产生深刻影响的人，要么根本没有影响圣伯夫，要么就与圣伯夫格格不入。泰纳在成长期模仿过的作家，都是从理智和情感上追求纯粹自然主义的人。他之所以特别偏爱巴尔扎克和司

223

---

① *Lit. ang.*, II, 48.——作者
② *Ibid.*, II, 259.——作者

汤达,或许可以由这样一个事实来解释,这两位作家结合了运动①中的理智和情感两个方面。他们崇尚卢梭主义的纯粹自发性（pure spontaneity）,并对其做出了科学且明确的解释。人们应该也注意到了泰纳对阿尔弗雷·德·缪塞②（特别是其激情诗）和米什莱的偏爱,他们两人几乎是最激烈的浪漫主义作家。泰纳在《英国文学》的结尾将阿尔弗雷置于丁尼生之上,他说,因为前者比后者更具自发性。大家对此已经很熟悉,我就不再赘述了。

泰纳的自然主义在科学方面受惠于英、德、法三国。他深受斯图亚特·密尔（密尔本人在某种程度上也受到了孔德的影响）影响,也受到致力于精密实验的英国功利主义学派（utilitarian school of Englishmen）的影响,这一学派关注事实以及事实之间的联系。泰纳在他的一句名言中宣称:"关注那些经过细心挑选的、重要的、意义重大的、有丰富细节的、精细的、微不足道的事实,这就是我们今天全部知识的本质。"③但他最终还是渴望更充分的理论。他"想从偶然性中找到必然性,从相对中获得绝对,从现象中看到本质"④,这是他无法从这种英国思想⑤中获得的。他转而向德国寻求思想的绝对（intellectual absolute）。阅读黑格尔的《逻辑学》（*Logic*）是他年轻时做的最伟大的事之一。他

---

① 据上下文推断此处的"运动"指的是自然主义运动。
② 阿尔弗雷·德·缪塞（Alfred de Musset, 1810—1857）,法国浪漫主义诗人、小说家、剧作家。缪塞自小热爱文学,14 岁时开始写诗,20 岁时出版第一本诗集《西班牙和意大利故事》,代表作有长诗《罗拉》、诗剧《酒杯与嘴唇》等。
③ *Intelligence*, I, 4. ——作者
④ *Lit. ang.*, V, 410. ——作者
⑤ 指英国功利主义思想。

形容这本书"像一个怪兽，我在纳韦尔（Nevers）花了六个月时间消化它"①。至于这些英国和德国因子究竟是如何同他的思想结合起来的，我们大可让泰纳本人陈述。在提出"实验和抽象思维构成了人类精神的全部源泉"后，他又补充说："一者指向实践；另一者指向思考。前者把自然当作一组事实，后者则把自然当作一套法则；前者是英国式的，后者是德国式的。"他接着说，法国可以通过调和这两种学派而从中获益。"我们在18世纪拓展了英国思想，当然也可以在19世纪凝练德国思想。我们的任务是调和、修正和完善这两种精神，最终把它们融合为一种精神，然后用一种人人都能理解的方式表达它们，使其广泛流传。"②

泰纳从黑格尔和德国处获得了一种发展的观念，这是一种立足于既定法则和多数群体的发展观念——换言之，是一种历史哲学。圣伯夫不大喜欢这种哲学，因为这种哲学——以基佐为例——将理性规则强加给过去的事实。圣伯夫说，对任何一种可能的历史哲学，我们再怎么痛批它也不为过。他不信任系统化的普遍观念，他不相信这些"吹响的号角"（他就是这样称呼这些普遍观念的），"它们协调各种事实，排列好次序，使其像站在同一面旗帜下一样，井然有序地前进"③。基佐吸引泰纳的一面，似乎恰好是受圣伯夫质疑的一面。泰纳的历史哲学与基佐不同，但他仍然相信历史哲学。他之所以对文学和艺术感兴

225

---

① *Vie et cor.*, II, 30.——作者
② *Lit. ang.*, V, 416.——作者
③ *N. Lundis*, VI, 79.——作者

趣,不是因为文学和艺术本身,而是因为他把文学和艺术当成了通往历
226 史哲学的手段。而且,他达成目标的方法,更靠近基佐,而不是德国人。
应该用泰纳本人的方式证明,我们在泰纳和基佐的心智中发现的这种
特殊逻辑具有激进倾向。

2

如果泰纳的方法能像对他自己那样,对每个人都适用,我们确实更
乐意接受它。我们最应该将他当作种族、环境特别是历史时期的产物
来研究;我们在他身上,能更清楚地看到众多因素是如何结合在一起并
决定他主导机能的本质和运转的。赛塞(Saisset)是泰纳在巴黎高师学
习时的老师,他高度赞扬这名学生,但又补充说:“他的主要缺点是过
于热衷抽象。”就在一年前,他的另一位老师瓦舍罗(Vacherot)也写下
了一段类似的评语:“他过于热爱准则,不惜为了准则牺牲现实,而且
可以肯定的是,他丝毫没有觉察到这一事实,因为他完全是真诚的。”①
这段话很好地呈现了泰纳的特质,同时,这也是法国人不同于其他人的
特质。这种追求纯粹逻辑的激情,体现在经院哲学中,也体现在反对经
院主义的笛卡尔身上,还体现在反对 18 世纪政治笛卡尔主义过度推崇
理性推理(raison raisonnante)的泰纳身上。泰纳在那些于落基山脉猎
熊、于南非捕象的年轻一代英国人身上,看到了古老斯堪的纳维亚海盗
227 的身影。我们在他对准则的热爱中,至少也能看到原始种族冲动的
痕迹。

---

① *Vie et cor.*, I, 123.——作者

　　泰纳作品的另外两个主要特点，一个是他对细微事实的热爱，另一个是他对一时一地色彩的热爱，二者均从属于他对准则的热爱。他作品中的生动描述可与戈蒂埃媲美，但我们又会发现，这些生动的描述和戈蒂埃的描述有所不同，它们不是为描述本身存在的，而是为论证服务的。他累积了大量细微的事实，但准则却主导着他的选择。应该补充一句瓦舍罗的话，泰纳的选择是无意识的，因为他终究有一颗令人敬佩的正直的心智。有了这个前提，我们就能像亚里士多德评价毕达哥拉斯那样评价泰纳了，即"如果逻辑和事实有任何细微的不符，便应该施加轻微的压力"，使事实与逻辑体系相适应；或许我们也可以把约翰逊博士对赫德①不大贴切的评价用在泰纳身上："他是一个系统性阐释全部事物的人；譬如，如果某个时期的时尚是穿红色马裤，他便会告诉你，基于因果律，你在那个时期不会穿其他样式的裤子。"泰纳用这种方式证明，基于因果律，在中世纪的某些时期那样禁欲的时代，任何个体都是无法拥有甚至无法表达一种愉快的人生观的。

　　泰纳持续追索的主导特质，实际上就是一种主导公式，无论他说的特质是关于种族的，还是关于时代或个体的。他写道："对我而言，调查的困难在于，我要找到某些特征和主导特质，从中能以几何学方法推演出一切，简而言之，我要找到事物的公式。在我看来，李维的公式是这样的：他是一位变成了历史学家的演说家。"泰纳沿着这一思路撰写了一本关于李维的书，在这本书中，这位罗马历史学家和他复杂的作品

228

---

　　①　理查德·赫德（Richard Hurd, 1720—1808），英国神学家、作家，著有《道德与政治对话录》等。他编纂的《贺拉斯书信》受到爱德华·吉本的称赞。

被迫进入了这种逻辑模型。这是因为,泰纳的主导激情不像圣伯夫那样,是众多相对独立的激情中的一种,而是一种"像亚伦的蛇①一样,吞没余下一切"的激情,或者说,他的主导激情通过数学和机械的必然性支配着其他激情。泰纳将各项机能间相互依赖的关系置于科学的庇护之下,并将之称为一种相互依赖的法则。②"正如动物的本能冲动、牙齿、四肢、骨骼、肌肉和器官,它们都以这样一种方式组合在一起,它们中任何一个部分的变化都会引起其他部分相应的变化,就像是成熟的自然主义者也能通过推理从少量碎片中重建整个机体"③,即便只精通部分文明的历史学家在某种程度上也可以预测文明的其余部分。于是你会发现,现象的普遍公式就像凡尔赛宫的花圃、马勒伯朗士的哲学神学推论、布瓦洛的作诗法、柯尔贝④的抵押法、朝臣在马尔利宫⑤的恭维以及波舒哀的万能神主张一样,都是明白无误的。它们只是那个时代"理想中普遍意义上的人"展现其主导机能的不同方式罢了。⑥

泰纳之所以强调主导机能,不仅是因为他热爱主导公式,而且——正如我讨论他与巴尔扎克的关系时所说——因为他热爱不受束缚的自

---

① "亚伦的蛇"(Aaron's serpent)出自《旧约·出埃及记》。亚伦是传说中创立犹太教祭司制的第一位祭司,是摩西的哥哥及代言人,他的神杖的顶端长满了花蕾和花朵。《出埃及记》第七章记录了法老命亚伦、摩西与本地术士比拼神迹,将法杖变为蛇的情形,该章第12节录"他们各人丢下自己的杖,杖就变作蛇;但亚伦的杖吞了他们的杖"。

② 见 *Essais de critique et d'histoire*。——作者

③ *Lit. ang.*, Int., I, p. vi. ——作者

④ 柯尔贝(Jean-Baptiste Colbert, 1619—1683),法国政治家,路易十四统治时期任法国财政大臣和海军国务大臣。他将"重商主义"付诸实践,曾被伏尔泰誉为"治国良相"。

⑤ 马尔利宫(Château de Marly)是路易十四在巴黎近郊修建的行宫。

⑥ *Essais de critique et d'histoire*, pp. xiv-xv. ——作者

发性。在研究他热衷的卢梭式自发性呈现出的形式时,我们可以重新
将他的方法应用到其本人身上,找出环境尤其早年的生活环境对他的
影响。他说:"我生活在阿登(Arden)森林,我爱它,但我只保留了孩童
时期对它的记忆。河流、草坪、树丛,这是一个刚学会走路的人看到的
全部景致,它们一定会在他灵魂深处留下某种印象,随后的生活只会不
断完善这个印象,绝不会破坏它。你今后的一切想象都从此处萌生;它
海纳百川,哪怕一整天的景致也无法与黎明媲美。"①纵观泰纳的一生,
他的一切想象都充满了童年的树林,他在巴黎常常因为它们——总体
上来说,是因为自然的外在形式——而饱受思乡病的困扰。他被称为
诗人逻辑学家。但在生动描绘自然的外在形式之外,诗人还应具备更
多能力。而他的风格的确在某种程度上将逻辑与一时一地的色彩结合
在了一起。这种方法几乎是自相矛盾的,它既是分析性的,又是描述性
的,既是客观抽象的,又是主观印象的。人们从他的文稿中发现了一份
奇怪的自我检讨,其中有这样一个问题:他研究方法中存在的两种因素
的暗斗,这是否要为他的创作疲累负责呢?② 也许是受到最终在他心
智中占据主导的分析因素的制约,他的文章并未达到描述性语言应有
的最好效果:他向我们展现的不是一幅完整图景,而是图景的激烈
片段。

　　由于分析的因素在泰纳身上占主导,于是从整体效果上来看,泰纳
的方法并不具备想象的自由,尽管其中充满了丰富的意象。有人质

---

①　*Derniers Essais*, etc., 43.——作者
②　*Vie et cor.*, II, 261.——作者

疑——用约翰逊的话来说——他是否在使心智僵化,因为他自己的心智确实有些僵化。他的方法缺少内在延展性和活力。它折射出一个物质的时代,这个时代传达的是绝对力量,而不是恩典和适度。谢勒说他在读泰纳作品时,不禁会想起"那些反复撞击、发出噪音的巨大蒸汽杵锤。这种持续不断地敲击,将钢折弯,炼造成型。这一切都给予你力量感。但你一定会说,你简直被这些噪音弄得晕头转向,别忘了,这种坚固且散发着金属光泽的方法也包含了笨拙和冷酷的元素"①。

泰纳还有一个未完成的计划,即写一篇以"意志"(Will)为题的文章,作为《论理解力》的姊妹篇;但我肯定他一定会将意志等同于能量(energy)。他在一篇讨论米什莱的文章中说:"我们的心智像钟表一样机械地运作。""这种由主要动力(即主导机能)掌控各部分的机械运动不受意志的控制,因为它就是意志本身。"换言之,他不相信其他自发形式,即能制约生命冲动②且能引导它走向人类终点的内在制约。他和柏格森一样,十分崇拜生命冲动,只不过他认为这种冲动受机械法则(在这一点上,他与柏格森不同)的严格制约。他用无数比喻来说明人的机能究竟是如何必然发展的,以及这个问题为何与个体的选择能力和决断力无关。他曾把人比作低级动物;他说,作为历史学家,他唯一的目标是研究动物道德。③ 他还说:"你可以把人当作一种能创造哲学

---

① *Etudes*, VI, 135.——作者

② 柏格森在 1907 年首次出版的《创造进化论》中使用生命冲动(élan vital)解释世界本原,生命冲动一词在英文中被译为 vital impetus 或 vital force。

③ *Origines, La Révolution*, III, Préface.——作者

和诗歌的高级动物,大约等于蚕吐丝、蜂筑巢。"①他打算像研究"昆虫
的演变"那样研究法国大革命给法国带来的改变。②

但与昆虫演变形式相比,他更热衷的其实是更具必然性以及更本
能的自发形式——植物的自发形式。圣伯夫用一种自然主义的笔调形
容自己是人类精神的植物学家。③ 泰纳借用了这一比喻,而且他在使
用这一比喻时比圣伯夫显得更加固执和生硬。作为一名科学家和情感
自然主义者(他的记忆满是阿登森林),他从无数将人类比作树木花草
的论述中获益。他最喜欢的词很可能是汁液(sève)④。最令其愉悦
的,是人类身上疯狂生长的汁液。他和司汤达一样崇拜意大利,因为那
是人类生命生长最旺盛之处。我们在他的文章中读到,莎士比亚的天
赋"如花儿般在我们眼前绽放"。他并不认为将莎士比亚比作植物是
对莎翁的矮化。说某种事物或人像树木,乃是对其最大的赞誉。"这
些伟大的树木会让你变得伟大;他们是快乐且沉着的英雄;当你看到他
们并同他们接触时,你也会变得和他们一样。你会大声对他们说:你是
迷人且强壮的橡树,你孔武有力,你富有魄力、枝繁叶茂。"⑤

他对植物性的快乐的渴望完全是卢梭式的。至此,我们已经清楚
说明了泰纳和浪漫主义的联系是多么紧密了。为了弄清他们之间的关
系,还需要研究浪漫主义运动的种种影响,然后再把泰纳的方法应用到

232

---

① *La Fontaine*, Préface. ——作者
② *Origines, Ancien régime*, Préface. ——作者
③ 见本书第 145 页。——作者
④ 白璧德使用的英译文是 sap,sève 和 sap 都含有活力的意思。
⑤ *Thomas Graindorge*, 253. ——作者

他本人身上。我们还需借助法兰西第二帝国公开宣扬的唯物主义来阐释他的作品,正如我们也需要通过研究 1830 年盛行的伪理想主义来阐释圣伯夫的早期作品一样。我说过,这种伪理想主义在 1848 年已经被
233 彻底击溃。从各个方面来看,现实世界显然不再会有这种伪理想主义了。于是,泰纳把现实世界交由精确的事实掌控,他还以此为基础,开启了一场新的科学崇拜。但他既是科学实证主义者,又是幻灭的浪漫主义者,他的全部作品都弥漫着幻灭的苦涩——内心的希望与现实之间存在一种讽刺性的矛盾感。对泰纳及其同时代人而言,自然不再是华兹华斯和拉马丁笔下善良的母亲(大自然在那里吸引你、爱着你[la nature est là qui t'invite et qui t'aime]),而是一堆无情的法则。在泰纳书中,自然最确切的人格化身就在下面这段话中,这段话摘自他最愤世嫉俗的作品《托马斯·格兰道》(*Thomas Graindorge*):"路易十一去世前养了一群小猪,他把它们打扮成贵族、中产阶级和教士。他用棍棒教会它们服从,让它们穿着礼服跳舞。一位不知名的女士,我们称之为自然,她和路易十一的做法相同;她可能像滑稽戏演员;她在猛烈地抽动皮鞭让我们进入角色且尽情嘲笑我们的苦相后,才把我们赶进了屠宰场和盐缸。"①

浪漫主义者不仅相信自然的仁慈,也相信人性本善,尽管人类常常被社会败坏。与之相反,泰纳却说:"人类也有狗和狐狸的牙齿,他就
234 像狗和狐狸一样,终日与同伴厮杀。他的后代只为争夺一条鱼便会拿

---

① *Thomas Graindorge*, pp. ix-x. ——作者

起石刀相互砍杀。"同样的故事也在现代社会内部持续上演。① 他在谈论文艺复兴的某个时期时说,生活从未如此丑恶,而这丑恶恰恰是真理。就这样,泰纳从他内心厌恶的法则中,找到了真理和事实。他内心深处的本能却渴望逃离这种现实,去往幻想之乡(a pays des chimères)。这就是他所说的,为自己创造一个出口:这个借口正如我们所见,让你沉浸在对自然外在形式的审美思考中。另一个出口是研究历史,"通过历史这道门,你可以陷入遐想。鸦片有害健康,谨慎的做法是只服用很小的剂量,而且要保证只偶尔食用。自维特和勒内②以降,我们已经食用了太多精神鸦片,而且食用的分量与日俱增;结果,时代的病症也愈发严重。音乐、绘画和政治中的某些症状也证明,理性、想象、情感和神经的错乱正与日俱增。我相信,在这些使我们意志涣散且健忘的毒品中,历史的危险性是最小的"③。第三个出口是音乐,比如弹奏贝多芬的音乐。我们可以将他的整个观点定义为一种受浪漫幻想调和的实证主义。

3　235

泰纳意识到,他和同代人始终不可能从时代病症中彻底恢复,因为时代病症是前代人留给他们的部分遗产。他说:"我们可以达知真理,但却无法保持冷静。我们此时能治愈的,只是自己的理智,我们无法控

---

① *Thomas Graindorge*, 267.——作者

② 指歌德的《少年维特之烦恼》和夏多布里昂的《勒内》,维特与勒内分别是两书中的主人公。

③ *Derniers essais*, etc., 226.——作者

制感觉。"①但他希望脑和心的战争能在后代人身上停止,这样他们便能毫无顾虑、毫无怨言地臣服于科学实证主义了。事实上,作为科学实证主义者,泰纳对同代人和后代人都产生了巨大的影响。因此,在进一步研究他对自然和人性的态度之前,我们应当仔细考虑其实证主义的某些特质。泰纳曾在一篇文章中尽其所能地定义了实证主义,并且阐释了它究竟在哪些方面不同于旧理想主义:"探求真理的第一原则,是否定一切外在权威,而只服从直接的证据,要去触摸和观察,要相信经过检验、讨论和证实的证据;实证主义最大的敌人,是那些缺乏证据的主张,我们称其为'偏见',还有那些不容置疑的信仰,我们称之为'轻信'。"它以理性对抗信仰,以自然对抗启示,以实验和归纳法对抗先验法则。文艺复兴以降,这些生活观的相互斗争始终存在,我们称之为科学与宗教大战。

236　　笛卡尔而非培根,才拥有将自然科学完全注入现代精神的盛名。笛卡尔把现象世界归纳为一个简单的空间和运动问题;他用数量和数学测量代替了关于质(qualities)的讨论;他将充斥在各个哲学流派中的关于实体(entities)、本质(essences)、神秘性(occult properties)和终极因(final causes)的讨论全部排除在科学之外。但笛卡尔的心理学在很大程度上还停留在中世纪,他相信灵魂与肉体相去甚远,灵魂住在松果体内,引用某作者的话来说,"就像寄居蟹住在它借来的壳中"。自笛卡尔以降,一直存在一种趋势,它不认为人从本质上高于其他生物,它

---

① *Lit. ang.*, IV, 423.——作者

越来越把人(包括身体和灵魂)当作低等动物。莫里哀是最先反对将灵魂和肉体机械地分开的人之一,《女学究》(*Les Femmes Savantes*)中的才子(précieuses)曾向笛卡尔寻求支持:

"我的肉体是我自己的,"①

以及

"我的心灵和我的肉体只好携手前进"②等。

当泰纳认为灵魂是自然的产物,因此我们应该像对待其他自然现象那样对待灵魂时,他踏出了这一理论的最后一步。在心理学和其他科学中,我们必须拒绝思考一切与质和绝对价值相关的问题,我们要把自己限制到观察和准确测量上来。"科学靠近终点,靠近人;它穿透了人们可看和可感的世界,这是一个充满星星、植物和石头的世界,一个人们曾经轻蔑地将科学禁闭的世界;它支配着灵魂,它尝试支配所有敏锐而精密的工具,近三百年来的实验已经证明了这些工具的准确性,而且还测定了它们的范围。"③

237

───────────────

① 原文为法文 Oui, mon corps est moi-même,出自莫里哀喜剧《女学究》第二幕第七场。

② 原文为法文 Mon âme et mon corps marchent de compagnie,出自《女学究》第四幕第二场。

③ *Lit. ang.*, IV, 423.——作者

这种想法——将科学方法运用到灵魂问题上——贯穿了泰纳的全部作品,而且为这些作品注入了显著的统一性。他查阅古今历史和文学艺术,就是为了给他的主要论点找到证据。他之所以对一本书或一幅画感兴趣,主要是因为,他把它们当作能证明过去某个阶段人类精神的"符号"或"文献"。一件艺术品呈现出的普遍特征并不源自艺术家的自由选择,而是他在"主导机能"的驱使下创作出的;而这种"主导机能"又是由艺术家的"种族"、遗传、塑造种族的气候与"环境",以及他所处的某一历史发展时期等因素决定的。受这些外在因素影响,个体的自由选择权将会逐步彻底消失。因为一旦个体的单独行为破坏了自然律的链条,并且困扰分析者的所有预测,我们就无法证明,"善恶是像糖酸一样的东西了"①。虽然泰纳没有明确表达过这样的决定论或科学宿命论,但这却是其思想的必然结果。

泰纳受自身方法牵引,从逻辑上否定了灵魂——位于流动现象背后的永恒自我——的存在。这样一来,灵魂就成了实证主义者从科学中剔除的最后一个,当然也是最麻烦的中世纪"实体"。在泰纳眼中,自我只是一种结果——是自然力量的合成物,它不包含除这些力量以及他称之为"一连串事件"之外的任何现实。② 从这个角度来看:"人,无论是物理意义上的还是道德意义上的人,就像无数烟火……永远只能在空虚的黑暗中起起落落。"③人就这样被剥夺了一切超越自然的优

---

① *Lit. ang.*, I, p. xv. ——作者
② "一连串事件"(succession of its events),出自 *Préface de l'Intelligence*, 9。——作者
③ *Ibid.*, 11. ——作者

越性,他被无助地抛到自然力量的茫茫兴衰中:

> 噢,我们这些可怜而无用的孤儿——独自在孤独的海岸
>
> 生于愚蠢的自然,自然却不认识她的儿女![①]

　　泰纳在他描绘的一个著名意象[②]中,把人类族群在盲目冷漠的自然力量中的位置,比作群象踩踏田鼠的情境;他总结说:"自然结出的最美好的果实,是冷漠的顺从,它安抚并锻炼人的精神,它将人的痛苦降低为肉体的痛苦。"[③]布尔热[④]追溯了泰纳哲学与上一代法国人身上流行的悲观和沮丧特质之间的关系。关于人高贵理想和行动的所有言辞,都围绕着旧时代的精神概念,围绕着高级自我和低级自我之间的争斗。传统信仰式微后,接踵而至的是一切固定标准的动摇,以及理性和道德的混乱,我们不禁想问,现代人从生活的科学知识中汲取的营养,是否比他们在意志和个性力量上失去的营养更多呢?我们在歌德这位现代精神的高级牧师身上,不也看不到某种崇高和纯粹吗?这种崇高和纯粹,正是我们在中世纪理想主义者的最后一位代表帕斯卡身上发现的特质。自然主义胜利后,紧随而至的是人类更纯粹精神活动的严重堕落,至少目前看来确是如此。泰纳拒绝承认自己是布尔热小说

239

---

①　引文出自丁尼生的诗歌《绝望》。

②　*Vie et opinions de Thomas Graindorge*, 265. ——作者

③　*Ibid.*, 266. ——作者

④　*Essais de psychologie contemporaine*, 233ff. ——作者
　　布尔热(Paul Bourget, 1852—1935),法国批评家、小说家,代表作有《当代心理学论集》《弟子》等。详见本书《批评家名录》。

《弟子》①中的人物——哲学家西克斯特,正是西克斯特的决定论将罗贝尔·格雷斯鲁引向了犯罪。② 他更不喜欢人们把左拉这种作家当作他的门徒。但泰纳的理论的确与左拉以及其他推动"野兽文学"(la littérature brutale)的作家们相关,这种"野兽文学"强调动物激情的力量,赞扬暴虐,它在血液和神经中寻找行为的决定性因素。泰纳在《英国文学》中用大量描述性词语描绘了自然律给人们施加的不可抗力。"我们说的自然,是一系列隐藏的冲动,它们通常是有害的,普遍来说是粗俗而野蛮的,且始终是盲目的,它们在我们体内战栗,腐蚀我们,它们以行为准则和理性的斗篷作为伪装;我们以为自己可以引导它们,但其实是它们在引导我们;我们以为行为是由自己掌控的,但其实这些行为却受那些冲动支配。"③与这种本能宿命论相比,就连浪漫的激情宿命论似乎也值得尊重了。

倘若泰纳果真认可这种残忍的人生观,那也绝不是因为他本人残忍,反而是因为他是最温柔的人。生活对那些默然旁观、极其敏感且理智的人似乎特别残忍,他们在拥有这些特质的同时,也未能像帕斯卡一样生发出一种意识,认为人是高于恐怖且盲目的自然力量的。就此而论,泰纳确实不会承认自己是悲观主义者或乐观主义者。他并不看好

---

① 布尔热的小说《弟子》(*Disciple*)讲述了哲学家西克斯特(Sixte)与其弟子罗贝尔·格雷斯鲁(Robert Greslou)之间的故事。西克斯特是实证主义的卫道士,认为精神世界是肉体世界的再现,他的学生格雷斯鲁质疑老师的学说,于是严格按照理论进行了一场爱情实验,最终以悲剧收场。布尔热借用小说讽刺、批评了他所处时代流行的实证主义学说。

② *Vie et cor.*, IV, 287ff. ——作者

③ *Lit. ang.*, IV, 130. ——作者

这两种非科学的生活态度。他以同样的理由拒绝为其思想的实际后果承担任何道德责任。尤其在他职业的开端,他认为,科学的宗旨就是为科学而科学(science for the sake of science)。① 他也愿意承认,艺术的宗旨就是为艺术而艺术(art for art's sake)。随着年龄的增长,他越来越急于为科学和艺术辩护,这种辩护即便不是道德方面的,至少也是社会方面的。根据帕斯卡的精彩概括,纯粹的自然主义者,要么是禁欲主义者,要么是享乐主义者。泰纳就是近代纯禁欲主义的最佳例子。我在列举影响他的主要人物时,没有提到他最喜爱的作家马可·奥勒留。他说:"我们的实证科学已经深深地渗透到统治世界的法则细节中去了,但除了语言上的差异外,它已经攀越到了这个总体图景(即马可·奥勒留的图景)的顶峰"②。他在晚年的一封信中写道:"马可·奥勒留是那些精通哲学和科学之人的福音;他对有教养之人所说的话,正是耶稣对普罗大众所说的话。"③我认为,这句话恰是体现禁欲主义傲慢特质的例子。在某些方面,禁欲主义甚至比享乐主义式消遣更远离真正的智慧。

241

无论如何,泰纳都是可贵的信徒。若对他进行长期研究,便很难不在个人层面上尊敬他,但我们不会赞赏他的哲学。马可·奥勒留和现代人道主义者一样,对服务(service)充满了热情。泰纳在这方面越来越像他的导师。他起初认为,科学主义批评家不必责难或赞扬他的研究对象,而只需去了解和理解他们;我们已经看到他对什么样的人类群

---

① *Philosophes classiques*, 36-37.——作者
② *Nouveaux essais, etc.*, 316.——作者
③ *Vie et cor.*, IV, 274.——作者

体给予美学的认可了。他说:"批评就像植物学,植物学对植物持有同等的兴趣。它研究的对象有时是橘树,有时是梨树;有时是月桂,有时又是桦树;批评就是一种不关注植物但关注人类作品的植物学。"但在《艺术哲学》(*Philosophy of Art*)一书中,他在了解和解释的同时,也尽可能地评价和区分了对象。我们不必长篇大论地叙述他在这本书中为了找到一种判断标准而做的种种努力;因为首先,相对而言,这些努力并没多大影响力;其次,他最终也没能成功超越自然主义——换言之,他没能超越现象和相对性。他主要的观点多半是,我们可以根据一件艺术作品所包含的善(beneficence)的成分,也就是作品的社会效用来评判它。我们可以说某些书或艺术品是毒草,而另一些作品则因其结出的果实受到推崇。从整体上来说,这种标准与他早期对事物的浪漫赞美是对立的;因此我们注意到,他对浪漫主义者越来越严苛,这尤其体现在他论述乔治·桑①和爱德华·贝丹②的文章中。如果他能写完《当代法国的起源》(*Origines*)最后一章,当然我们或许也能从他留下的笔记中推断出,他对1830年学派③(包括阿尔弗雷·德·缪塞)仍然会非常严苛。④　泰纳把自身思想的进步归功于歌德的庇护,他将歌德称为,"我们当代文化的伟大推动者"。但歌德不仅是伟大的自然主义

---

① 乔治·桑(Sand George, 1804—1876),法国批评家,著有《文学与艺术问题》等。详见本书《批评家名录》。

② 爱德华·贝丹(François Édouard Bertin, 1797—1871),法国画家,擅长风景画。

③ 1830年学派指1830年七月革命后兴起的现实主义文学流派,以巴尔扎克为主要奠基人。

④ *Vie et cor.*, III, 309f.——作者

者,也是人文主义者。他本能地觉察到,人类与动植物处于不同层面。至于泰纳,他却似乎从未站在高于动植物的层面上认识人类。

4

243

我刚才提到了《当代法国的起源》。1870 年战争和公社运动的冲击,破坏了勒南的严肃性,但它们给泰纳带来的影响却截然不同。泰纳变得比以往更加严肃,他在写作这本伟大的历史著作时,也受强烈的爱国愿望触动,在他看来,自己的祖国正加速滑向深渊。他希望就此进行警示。他批评方法中颤动着的愤慨之情,与他打算以自然主义者观察"昆虫演变"的冷漠态度来研究法国大革命的做法形成了鲜明的对比,总体而言,这种愤慨也与他用决定论者将善恶当作糖酸的态度研究法国大革命的做法形成了鲜明的对比。他的激情推动了逻辑,而他的逻辑反过来又对其挑选和组合累积的众多细微事实产生了影响。他按照这一方法挑选的细微事实,为大革命的恐怖统治平添了一丝忧郁氛围。人们对大革命的看法也许会与泰纳不同,但泰纳对大革命严肃而猛烈的攻击,将会永久性地冲击那个所谓的大革命传奇。要让雨果式和米什莱式的作家疯狂崇拜"1793 年掌权的雅各宾派",同样也非易事。有人说,他的整部作品都在集中对雅各宾派做心理分析。当泰纳攻击那些自身具有暴力逻辑之人时,他的暴力逻辑也产生了前所未有的效力。

他观点中最薄弱的一环是,他试图说明,受其攻击的雅各宾派身上 244 具备的过度抽象的理性是古典精神的直接结果。他被误导了,他误以为人们在罗伯斯庇尔身上发现的伪古典主义外衣与真正的古典主义相关。泰纳说,布瓦洛是罗伯斯庇尔的先驱。① 而布瓦洛的先驱则是贺拉斯,因此贺拉斯应间接为"恐怖统治"负责! 泰纳没有看到约翰·亚当斯②话里暗含的简要区分。他说,人是有推理能力的(reasoning)动物,但人并不是理性的(reasonable)动物。这句话显然可以形容雅各宾派,但若将其用到真正的古典主义者身上,那就适得其反了。虽然布瓦洛对理性的认识比贺拉斯更为抽象,但布瓦洛理解的理性仍然是一种与一切光怪陆离、极端的事物(包括极端的逻辑)对立的直观判断力(intuitive good sense)。从这个意义上来说,布瓦洛本人具备十分敏锐的洞察力,但他在逻辑上有些薄弱,尤其是作为一个法国人而言。因此,正如法盖所言,泰纳用古典精神解释雅各宾主义,这是批评家在文本阐释和文学史上犯过的最严重的错误。

泰纳断然否认人的身上存在着可以让自己警惕暴力和过度的直观判断力。或者说他没有看到人身上的平衡器,这其实只是重复了我之前的判断,即他缺乏人的意识。他在《英国文学》中写道:"确切来说,人天生疯狂,正如肉体天生病态。我们的理性和健康只是一种偶然的成功和愉快的意外。"③他通过研究大革命来证实这种黑暗的自然主义人类观。和柯勒律治一样,他感到人性并不是身着长裙的女神,而是穿着紧身衣的魔鬼。那么在这种情况下,我们为何不回到身着紧身衣的魔鬼的统治中去呢? 既然人类没有内在制约,为何不恢复外在制约、传

---

① *Vie et cor.*, III, 268.——作者

② 约翰·亚当斯(John Adams, 1735—1826),美国第二任总统,《独立宣言》签署者之一,被誉为"美国独立的巨人",著有《论教规和封建法律》。

③ *Lit. ang.*, II, 158.——作者

统宗教和政治束缚呢？但泰纳和其他遵循类似推理过程的人不同，他不会放弃科学的力量而变成守旧派。

恰恰相反，《当代法国的起源》（此书可谓其杰作）第一卷就攻击了远离真正保守派的旧秩序。他试图说明，君主制的弊端必然会导致大革命的弊端，而大革命的弊端必然导致帝国的弊端。因此，他转而反对所有党派——包括君主派、激进派和拿破仑党。他不但面临反对者的全面对抗，而且还要承受其珍视的友谊给自己带来的种种痛苦，比如他与马蒂尔德公主（Princesse Mathilde）的友谊。他批评拿破仑的文章一经发表，这段友谊便破裂了。泰纳给人们留下的最终印象是，他在道德上越来越孤独。

泰纳切断了人们对他的同情，他甚至不相信，自己耗费二十年时间辛苦完成的作品是卓有成效的。他晚年时写道："从事这一系列研究 246 大概是我二十年前犯下的错；它们让我的晚年变得晦暗不清，事实上，我越来越觉得，它们可能是无用的；一种激烈而迅猛的潮流正裹挟我们而去；一部研究这场潮流的深度和速度的书又有何用呢？"①他过于彻底地限制自己，以至于他在历史中无法看到个体行为，而只看到了个体行为无力对抗的集体因素。在他的哲学中，我们始终听到外因对内因起作用，但却很少听到内因对外因起作用。

他显然不够尊重个体的神秘性，而只把个体当作外因聚集和活动的场所。正如我们所见，尽管圣伯夫急于写作一部"精神的自然史"（l'histoire naturelle des esprits），但他在承认"毫无疑问，我们永远无法

---

① *Vie et cor.*, IV, 338.——作者

完全用研究动植物的方式研究人"①时,却表现出了极大的审慎。与之相反的假设在心理实验学派那里已经有了相应的表达。爱默生看到了这一走向科学唯物主义的倾向,他高声提醒人们:"一旦落入所谓的科学陷阱,我认为人们便无法从物理必然性的链条中挣脱了。倘若什么样的胚胎果真一定会造就什么样的历史,若以此为前提,那么人们便生活在肮脏的肉欲主义中,并且很快将自取灭亡。但创造力不应将自身排除在外。每种智慧都有一扇永远不会关闭的、供创造者穿越的门。追寻真理的智力与热爱绝对善的心灵会帮助我们,我们只要听到这些伟大力量的低声细语,便能从与噩梦的徒劳抗争中清醒过来。我们把噩梦扔进它本属的地狱,我们再不会将自己置于如此卑劣的境地。"②我们也可以说,在最平凡的人格中,仍有一小部分人格——无论这一部分多么微小——是无法被分析的;而且这些无法界定的部分,以及这种纯粹的和抽象的自由的残存物,是无法用时间和空间来呈现的,它与人的原创性成正比增长。个体的真实情况同样适用于一个种族或一段历史时期。与伯里克利时期的希腊人相比,澳大利亚丛林中的人更容易归于泰纳定义的范畴。在这个时代最伟大的作品中,总有一些东西能超越一切时空变化,仍能吸引我们的同类。但泰纳关注差异性多于相似性。在这一方面,他将斯达尔夫人的方法推到了极致。在诸如"英国笔记"("English Notes")③这类作品中,他试图仿照斯达尔夫人在

---

① *N. Lundis*, III, 16.——作者

② Essay on Experience.——作者

③ 指《英国文学》。

《柯丽娜》和《论德意志》中采用的方法,用英国人与其他民族的根本区
别来界定英国民族类型。在《论拉封丹》("La Fontaine")一文中,他在
诗人身上看到的,往往是法国人的民族特性和 17 世纪法国的社会样
貌,而非普遍的人类诉求。以这种方法评价一位作家,得冒着无法看到
他在文学上地位和重要性的风险。一位具有很高文学地位的作家,必
须身兼两种特质,这两种特质均不会从根本上替他的种族和所处时代
代言。首先,他必须是独一无二的。其次,他的独一无二与我们的普遍
人性神秘地交织在一起。因此,伟大作家拒绝受其所处环境束缚。他
们传播的影响比接受的影响更多。就此而言,天才是其创造的臣民的
主人,也是未来世界的当代人。

　　当然,泰纳在《英国文学》中最突出的失败,是他试图将这种方法
应用到莎士比亚卓越的创造力上。我们不愿看到泰纳像对待一种化学
气体一样,把莎士比亚的天才限制在某个公式中,尽管我们也不会像马
修·阿诺德那样,认为莎士比亚有如高山般超越了知识的范畴:

> 以天堂的极乐净土为其居所
> 只留下云雾缭绕的基底边界
> 供凡人进行充满挫败的探索。①

事实上,将泰纳的方法应用到伟大的作家身上,给人留下的最深印象,

---

　　①　该诗出自马修·阿诺德的诗《莎士比亚》,收入《马修·阿诺德诗集:1849—
1867》(*The Poems of Matthew Arnold: 1849-1867*)。

是这种方法的极不适用性。我们可以想象,有这样一对孪生兄弟,一个拥有极高的文学天赋,另一个则是庸才。种族、环境和时代给他们带来
249 相同的影响。根据泰纳的理论,他们理应拥有相同的主导机能。此处,集体和普遍的根源,与主导机能这种极具个性的根源之间,明显存在一道不可跨越的鸿沟。有人说,如果把泰纳的方法运用到伟大的高乃依身上,似乎也可以解释高乃依与他的弟弟托马斯①所有的共同点,这都是些大可不必解释的东西。所有这些历史设定和环境,它们与文学批评间的关系,就像作画的框架与画的关系一样;但对泰纳及其学派而言,我们已经指出过,框架往往代替了图画本身。谢勒带着一贯严苛的语调说,泰纳在《希腊艺术的哲学》(*Philosophy of Greek Art*)中用两百页长的文雅而精致的文字,向我们描绘了希腊和希腊人的生活,但"除了开篇的六行字以外,书中没有任何一个字是关于艺术和哲学的"②。

将艺术和文学仅仅当作解释社会和时代的"符号"或"文献",而不把历史和社会作为理解艺术和文学的手段,这本身就极大地混淆了体裁。如果泰纳把《英国文学》命名为《文学所反映的英国社会》("English Society as Reflected in its Literature")这种小标题,至少能部分补救他的困境。因为,倘若他始终无法公正地评价某位作家,那么大可只很好地突出一个时代的主要特征,把主要的趋势潮流弄个水落石
250 出,指出它们之间的互动和相关性。在这方面,他的逻辑能力和智力不仅有明显的优势,而且对于修正某些我们缺乏的德性也十分可贵。如

---

① 托马斯·高乃依(Thomas Corneille, 1625—1709),法国词法学家、剧作家,高乃依的弟弟,著有《艺术与科学词典》等作品。

② *Etudes*, IV, 267.——作者

果有一百名英国或美国读者能从《英国文学》中获得有益的刺激，那么他们当中就会有一个人受到这本书中伪科学偏见的影响。因此，若我们要公正地评价泰纳，就必须保留另一个重要评价。从纯文学的角度来看，他的方法的确是有史以来最糟糕的方法之一，他之所以是一位伟大的批评家，的确不是因为他的方法，而是因为他在方法之外的贡献。他认为自己首先是一位心理学家；就他将科学应用到人类灵魂中的做法而言，他是十分伪心理学的。我们完全是粗糙地将"几何精神"应用在其对立物身上的。但他常常忘记自己的体系，于是在心理学方面，他变得和圣伯夫一样，换言之，他表现出了法国人几个世纪以来持续培养的在心理描写方面的才能，他们在这种才能上登峰造极。但即便他在合乎常理的意义上发展了心理描写，我们还是会兀地惊醒，然后满是厌恶地想起，我们被拴在同一个体系上。

5

　　以泰纳为主要代表的实证主义时代，目前似乎即将走向终结。它的呈现形式对今天的科学家而言，显得过于教条。泰纳年轻时曾写过： 251 "我相信，绝对的、连续的和呈几何状的科学可能是存在的。"①如果他生活在中世纪，毫无疑问他也会相信绝对的、呈几何状的宗教的存在。神学家和教条的科学家都是形而上幻想的受害者。泰纳不但相信自然和人性都在同一规则之下，他还认为，它们最终被包裹在同一个形式之中。他在自己创造的普遍规律的金字塔顶端，瞥见了一个庞大的科学

---

① *Vie et cor.*, I, 47.——作者

公式,这个公式是他的作品中最接近神学家的上帝幻想的东西。"这个具有创造力的公式……填满了时空,它在时空之上。它不在时空之中,时空却源于它。一切生活都只是它的一个瞬间,一切生命都只是它的一种形式;一切物体都以永恒的必然性由它产生,它们被神圣的黄金之链拴在一起。冷漠、静止、永恒、全能——没有一个词能彻底解释它;当它冷静而崇高的脸庞从面纱下展露出来时,一切人类精神都带着敬仰和恐惧低下了头。就在此刻,我们的精神也得到了升华;我们忘却了死亡和渺小;我们欢快地享受无穷的思想,分享它的伟大。"①

252　　这种说法在精神上与马可·奥勒留和鼎盛时期的禁欲主义者完全一致,它在本质上是形而上幻想的极端例子。公式对我们处理人的法则(human law)和自然法则(natural law)是有效且必备的,但它必定永远是暂时的,因为这两种法则都建立在无限的基础之上。这就是爱默生所说的,真理"如此不可控制、不可压缩"的原因。因此,我们要把这种公式同我们的直觉连接起来;如果处理自然秩序问题,就用"多"的直觉;如果处理人的特殊领域,就用"一"的直觉。正如我所说,人文主义者的智慧,不在于他会过度排他地强调某种直觉的法则(order of intuitions),而在于他会调节生命冲动和生命控制这两种法则。

　　每一种直觉都对应一种属于其自身的自发类型。泰纳和决定论者想将自然和人性都禁锢在它们的公式中,这是对两种自发性的否认。正如我在前面引用的爱默生之言(见本书第 246 页),我们可以通过"一"的直觉逃离理智主义噩梦。但比起把精神生活归结为一个"机械

---

　　① *Phil. classiques*, 370-76.——作者

结构的问题"①,比起将精神生活当作齿轮的摩擦声或滑轮的吱嘎声,
人们更愿意追随那些在理智主义中呼吁"多"这一直觉的人;尽管这种
呼吁本身反而会产生堕落的自然主义。自卢梭到柏格森的一系列哲学
家在思想界的风行,正是得益于这种自发性的高涨。对柏格森而言,人
不再像泰纳所言,是一个"活生生的几何体"(living geometry)。在泰纳
那里,人的规则可以计算出来,它可以通过当下预测其未来,也可以排
除时间这个有效因素。柏格森说,以上的理解相当于将机械作用强加
给有机体,将几何强加给生命法则(vital order)。②"对于有机体而言,
时间是现实的本质"③,伴随它的是"不断涌现的新鲜事物",这些事物
从智力层面是难以预见的。柏格森说,事实上我们只有随着创造性波
动不断旋转,凭"直觉"感受它,才能瞥见现实,从而赋予心和脑之间的
卢梭式冲突一种新形式。④ 他并没有像柏拉图那样,要求我们把理智
的辨别力当作通往"一"的直觉式阶梯,相反,他要我们背弃理智,以便
窥视进化进程巨大漩涡的深处。他没有看到人的自发性潜能,这种潜
能可以抵抗"流变",还可以为流变施加人的意图。在柏格森看来,要
想摆脱泰纳及其同代人那种疯狂的理智主义,非投入一种疯狂的浪漫
主义不可;因此,他自然会认可詹姆斯和其他实用主义者。顺便一提,
詹姆斯不仅直接为浪漫主义态度辩护,而且还试图利用泰纳对古典主
义的误读来质疑"古典主义",他把这个词当作经院哲学和枯燥理性的

---

① *Lit. ang.*, I, p. xxxii. ——作者
② *L'Evolution créatrice*, 247. ——作者
③ *Ibid.*, 4. ——作者
④ *Ibid.*, 175. ——作者

254 同义词。① 事实上,泰纳的理智主义更靠近他自己和詹姆斯误读的"古
典主义",而不是贺拉斯或布瓦洛所说的直观判断力。

6

　　泰纳及其信徒夸张的决定论令人生厌,但若我们把决定论当作与
之对立的夸张观点的必然反弹,这种反感会缓和许多。中世纪宗教往
往把人从自然和人类群体中孤立出来,将人置于时空之上,当作完全依
赖神圣恩典和自由意志的生命。圣徒通过压抑自身的所有自然本能达
到完美境界。塞万提斯所讽刺的骑士传奇,只是人们崇拜英雄人格的
另一种表现形式,用以蔑视现实的有限性。相反,泰纳则用高超的分析
能力,从多方面展示了个体意志受自然法则限制和控制的多种方式,以
及"生命体是如何被残酷的必然性控制的"②。他也试图证明,人类的
习俗和个性同样受到自然必然性(natural necessity)的制约;这些历史
产物很大程度上与其所处的环境相关,若果真如此,人类便只能靠缓慢
的演化进程修正自己。因此,他对法国大革命的攻击完全是合乎逻辑
的;因为革命精神归根结底只是对旧理想主义及其在政治上的误用的
255 变形。雅各宾派就像中世纪的教会博士,他们用一种观念实体(ideal
entity)代替了生命和活生生的人类,使规则成为人类与现实之间的障
碍。雅各宾派相信人类制度可以靠纯粹的意志命令,参考一个抽象模
型进行改造,正如他们的中世纪先驱相信个体也能如此改造一样。

---

① 见 1910 年 3 月 31 日詹姆斯发表在《民族》(纽约)上的文章。——作者
② *Lit. ang.*, V, 411.——作者

自然主义通过历史同情(historical sympathy)和科学分析(scientific analysis)这两大工具,在各个思想领域展开了意义深远的革新。例如,在文学批评方面,人们在圣伯夫和泰纳之后几乎不可能再回到旧批评观了——将某本书当作"从天空坠落的流星"①,或将它比作如中世纪教义般基于某个先验土壤的美学符号。总体而论,基于自然主义者的努力,人们不再会如以往那样容易忽视变化和相对性了。他们不会重新回到粗糙的二元论,也不会再回归灵魂和肉体的机械对立,更不会回归到中世纪对自然的禁欲式怀疑。总之,回想起来,自文艺复兴首批思想家到泰纳的这场伟大的自然主义运动,可谓对过去理想主义暴行的必然反击,同时也是对未来更理智的理想主义的必要准备。

泰纳的工作在这场"运动"史中始终具有非常重要的意义,它也很好地展现了这场运动的巅峰。用伏尔泰的话来说,泰纳完全具备"他所处时代的精神";我们无法确定,泰纳究竟是否把他的这种"精神"和"传递给遥远后代的精神"结合了起来。无论如何,他的批评显然不会像圣伯夫的批评那样经得住考验。 256

---

① Flaubert, *Correspondance*, III, 196.——作者

第九章　勒南①

　　勒南说,他写《回忆录》(*Souvenirs*)的目的,与其说是讲述他年轻时的小事,不如说是为了追溯自身的思想源头,或者说"将他对世界的看法传播给大家"②。他记录的思想生活本身非常丰富,而且有趣的是,它在很大程度上代表了他所处的时代。他在一篇文章中提到过"19世纪那种微妙的、逐渐消失的和难以捉摸的思想"(la pensée délicate, fuyante, insaisissable du xix\ :sup:`e` siècle)③,这正是他本人思想的最佳写照。他是普罗透斯④般多变的人,没人能真正把握他。圣伯夫认为,只有在柏拉图式的对话中,才能公正地评价他;但他又补充道,谁能写出这样的作品呢?⑤ 之所以说勒南如此难懂、如此多变,是因为他完美体现了现代批评精神。理解他的第一步,是清楚认识新批评理念和旧批评理念的区别。曾经人们认为批评家的任务是,先根据某种确定的标准做

---

　　① 本章大部分内容收入我编辑的《回忆录》(*Souvenirs d'enfance et de jeunesse*)的前言,由 D. C. Heath & Co. 出版社授权重印。——作者

　　② *Souvenirs*, p. iii. ——作者

　　③ *Dialogues philosophiques*, 299. ——作者

　　④ 普罗透斯(Proteus)是希腊神话中的海神,他有预知未来的能力,但他经常变化外形使人无法捉到他。荷马在《奥德赛》第4卷中讲述了斯巴达国王墨涅拉奥斯捕捉普罗透斯获得预言的故事。

　　⑤ *Nouvelle correspondance*, 175. ——作者

出判断,然后凭借个人影响力和权威强化这种结论。卡莱尔的一句话 258
总结了与以上观点对立的意见的本质:"我们在开始眺望前必须先观
察。"灵活的理解力和广博的同情心逐渐开始取代权威和判断,成为批
评的主要特质。勒南认为,纯粹的判断——"指责这个或赞扬那
个"——"是一种狭隘的方法"。① 如果旧批评的缺陷在于它的狭隘和
教条,那么新批评的危险则在于,它试图用一种普遍同情拥抱世界,却
全然遗忘了批评的任务。勒南把他的批评建立在"排除一切排他性"②
和为所有现实矛盾找到生存空间的"广博的知识热情"上。他说:"从
前,每个人都有一套体系(system),他根据这一体系体验生老病死,现
在我们成功地穿越了所有体系,或者更确切说来,我们突然理解了它
们。"③没人比他更能领悟黑格尔逻辑的教诲,一种真理若想成为真理,
必须由其反面完成。乍一看,他似乎是新型的怀疑主义者,但他并不怀
疑一切,反而承认一切——当然,这只是否认任何绝对真理的迂回方
式。我们犯下的最严重的错误,莫过于假定勒南是真正的怀疑主义者。
他惊呼:"那些从未体验过自相矛盾的人实在可悲。"④但事实上,无论 259
他在之后的写作中如何用反讽和悖论遮掩,他在某些地方也从未自相
矛盾过。只需读一读他年轻时的杰作《科学的未来》(*L'Avenir de la
science*)——这本书写于 1848 年,但直到 1890 年才问世,他在此书序言

① *Avenir de la science*, 199.——作者
② *Ibid.*, 66.——作者
③ *Dialogues phil.*, p. ix.——作者
④ *Etude sur l'Ecclésiaste*, 24. 勒南把这种自相矛盾的情绪归于希伯来作家,也将
这种方式归于自身。——作者

中称自己在这段时间中并无本质上的变化——我们便能更理解他的基本主张。这本书通过呈现勒南对科学极其狂热的崇拜,不但凸显了他一生中的重要时刻,而且还凸显了19世纪的重要时刻。我们只需听听他谈论科学时热情洋溢的语调,便知道他已经背弃了童年的信仰,转身变成了另一个祭坛上的牧师:"科学是一种宗教;未来唯有科学能确立原则;科学能为人们提供人类本质上迫切需要的解决永恒难题的方法。"①当人性被科学地规划后,科学即将着手"规划上帝"。②

1

勒南显然把天主教的所有思想习惯都转移到科学上了。正如圣伯夫所说,"在法国,即便我们不再是基督徒,也仍是天主教徒"③。当然,我们最好把勒南定义为带有天主教想象的科学主义者和实证主义者。譬如,他创造了诸如科学教义(scientific dogma)④、科学教皇(infallible scientific papacy)⑤、科 学 地 狱 和 科 学 法 庭 (scientific hell and inquisition)⑥、通过科学复活和永生⑦以及科学殉道者(scientific martyrs)等相关概念⑧。当科学进步处于危急关头时,他甚至准备求助耶稣会教义,用目的证实手段。"让我们学会不要苛责利用小诡

---

① *Avenir de la science*, 108. ——作者
② *Ibid.*, 37. ——作者
③ *Nouvelle correspondance*, 123. ——作者
④ *Avenir de la science*, 344, 442. ——作者
⑤ *Dialogues phil.*, 112. ——作者
⑥ *Ibid.*, 113, 120. ——作者
⑦ *Ibid.*, 134-35. ——作者
⑧ *Ibid.*, 129. ——作者

计——所谓的'堕落'——的人,前提是他们确实将更美好的人性当作自己的目标。"①他向我们保证,若我们效仿他,就能像他一样用科学洗清罪责:"如果人人都像我一样有教养,那么大家都会欣然拒绝作恶。如此一来,我们就真的可以说:你就是神,是上帝之子。"②

勒南在用宗教情感氛围包裹科学方面具备特殊的天赋。他像老卢克莱修一样,给分析增加了一种它本身并不具备的想象力的光彩。通过这种方式,他吸引了许多与僵硬而枯燥的实证主义不和的人。他们在勒南的作品中能读到一种愉悦的幻想,似乎他们在科学代替宗教的过程中最终并未牺牲什么似的。勒南说:"神、天意(Providence)、灵魂,这些美好而古老的词虽然有些笨拙,但都极具表现力且令人敬仰,科学可以最精确地阐释它们,但却永远无法取代它们。"③换言之,所有旧理想主义的术语都应当保留下来,但它们会在一个灵活含糊的语词体系中获得全新的含义。于是便有了许多关于"灵魂"的说法,但根据勒南的说法,灵魂其实是大脑的一种功能。"呼吸过另一个世界的空气并且品尝过理想甘露的人一定会理解我。"④当我们将这句话同它的出处联系起来,会发现所谓"品尝理想的甘露"不过就是多读几部德国专著而已。勒南告诉我们,人是不朽的——人会"活在他们的作品中","活在热爱他们的人的记忆中","活在上帝的记忆中"。⑤ 我们在

---

① *Avenir de la science*, 351.——作者

② *Ibid.*, 476.——作者

③ *Avenir de la science*, 476, and *Etudes d'hist. rel.*, 419.——作者

④ *Avenir de la science*, 56.——作者

⑤ *Dialogues phil.*, 139.——作者

别处还看到,他说上帝只是一种"观念范畴"(category of the ideal)。经过他进一步的稀释,这种观念不再是对精神秩序高于现象世界的直接而理性的认识——就此而言,爱默生某句话所包含的理想主义比勒南那些长篇大作包含的理想主义要多得多。一种异常深厚且丰富的宗教情感强化了这种理想主义——对科学进步的信仰——正如我们在勒南身上看到的那样。就像他本人明确表达的那样,他的信条是"崇拜理想,拒绝超自然,实验性地探索真理"①。抛开他的第一条信条不谈,勒南和其他实证主义者一样,都极度不信任个体独特的见解和直觉。我们应该注意到,他小心翼翼地将自己对天主教的反抗建立在外在事实而不是理性证明(testimony of reason)或良心(conscience)上。②

262   人们曾坚信自己能通过抽象推理获得真理,法国人比任何人都坚信这一点。在马勒伯朗士的对话录中,泰奥多尔(Théodore)和阿里斯特(Ariste)将自己关在房中,他们拉上窗帘,以便能更充分地体察内心的神谕,然后再从这个闪耀着光芒的主题——虚无没有属性(Le néant n'a point de propriétés.)——开始讨论。对勒南而言,只要能推翻先验论和形而上的假设,他便心满意足了。他认为,"哪怕最微不足道的科学研究"都比"持续五十年的形而上沉思"更重要。③ 诚然,每个人都有权享有自己的哲学,但这种哲学不过是个体对无穷的幻想,它除了恰好包含一些科学数据外,并没多少客观价值。④ 当勒南那些肤浅的读者

---

① *Dialogues phil.*, 1. ——作者
② 见 *Souvenirs*, 250, 297f。 ——作者
③ *Avenir de la science*, 163. ——作者
④ *Dialogues phil.*, 240, etc. ——作者

们知道勒南所做的一切都不及他写作的《闪米特人碑文集》(*Corpus Inscriptionum Semiticarum*)①给他带来的满足更多时,他们定会困惑不已。通常来说这是他全部作品中最枯燥无味的一部,也是他最少融入自我的著作。勒南的回应或许是,与为受科学推崇且注定要取代形而上学空中楼阁的实证知识添砖加瓦所得到的荣耀相比,对无穷的幻想——无论这个幻想多么富有艺术性——是多么微不足道啊!

就这样,勒南小心翼翼地将他对人类的研究建立在历史和语言的实际证据上,而不是建立在内省上。"不存在关于个体灵魂的科学。"② 263 这句话蕴含了他对旧宗教和旧心理学的否弃,但他却用一个在历史中展开的人性形象替代了传统的人性观念。"唯一处在持续发展状态中的且与人相关的科学,是人类历史。"③于是,历史作为达知人性之必然真理的手段,立刻被拔高到非常重要的地位。

2

勒南因其在历史研究方面的天赋而备受尊崇,他如此吹捧历史,有人甚至怀疑,他对人生的看法是否太过于依靠其独特的天赋。莫里哀书中的舞蹈大师说:"世界历史中的一切人类不幸、一切命中注定的挫败和政治家的错误、伟大领袖的缺陷,都是他们不懂得如何跳舞导致的。"但我们不应过高估计上世纪初在如何理解历史这个问题上发生

① 勒南逝世后,人们在他的书桌上发现了几张纸,上面写着:"在我做的研究中,我最热爱的是文献研究。"——作者
② *Dialogues phil.*, 265. ——作者
③ *Avenir de la science*, 132. ——作者

的变革。勒南本人是最早用这种新历史观看待 19 世纪主要成就以及
非凡原创性的人。①　圣伯夫说:"历史,即我们这个时代普遍的品味和
才能,实际上继承了人类所有文化。"②但一些像爱默生这样信仰直觉
264　的人却反驳道:"我们这个时代是怀旧的,它建造了父辈的坟茔。它书
写传记、历史和批评。"在这个问题上,爱默生的声音就像旷野中的哭
泣声。人们越来越能感受到他谓之"用陈旧的戏服伪装自己"的魅力,
直到这种魅力以历史小说的形式出现,吸引那些真正的庸俗之人。

　　这种对过去充满想象力和同情的理解心本身是值得学习的,即便
以片面性为代价。过时的历史学家对人性中可变因素的理解完全不
足。他们用抽象的方式创造出一种类人的肖像,希望这种肖像对"从
中国到秘鲁"的所有独特个体普遍适用;他们在谈论路易十四和梅罗
文加王朝(Merovingian)的国王时,皆用十分相似的术语,而且基本上以
同样的标准来评价他们。与之相反,像勒南这样的历史学家会无所不
用其能地展现某个独立个体在时空中的差异性。他很少从一般性的角
度谈论人,但却能让我们看到安东尼时期的雅典人和伯里克利时期的
雅典人之间的区别,希腊人的精神态度与犹太人的精神态度之不同,以
及罗马居民和安提俄克居民在某些方面的差异。他告诉我们:"批评
265　的本质,是一种进入那些区别于我们的生活方式的能力。"③他在这一
定义中再度呈现了对自身天赋的偏爱,这种天赋使他在掌握和表现思
想情感时都能做出最细微的区分。他在很大程度上拥有他所说的"对

① *Essais de morale et de critique*, 104. ——作者
② *N. Lundis*, I, 103. ——作者
③ *Souvenirs*, 87. ——作者

旧有情感和激情的切身直觉"①。这种预测历史的天赋，除了需要精确的研究，还需要完美融合歌德在《浮士德》第二章结尾处赞美的女性理解力和同情心。勒南热衷强调他本性中女性的一面。"我是在女性和牧师的抚养下长大的。这一事实足以解释我的美德和缺点……我感觉我身上四分之三都是女性特质。"②在其他地方，他把这种占主导地位的女性特质，归功于整个凯尔特人，特别是他所属的那一支。③

由于具备这种天生注意细微变化的才能，勒南特别适合接受新的进化理论。他花大力气让法国人了解的德国学术和思想弥漫着持续成长和发展的观念。旧心理学用静止的观点研究人；但在勒南的哲学中，即便上帝也是演变的。对他而言，伟大的现代成就是"用变化取代存在，用相对概念取代绝对概念，用运动取代静止"④。像勒南这样，发现历史方法可以解释很多事情的人，都试图用它解释一切。他极不愿承认艺术作品是凭借普遍的人类真理而获得价值的，它不只是某类特殊的人或文明的镜子。他说："美好的不是荷马，而是荷马式的生活，是荷马描绘的人性模样。""如果麦克弗森⑤发现的莪相诗歌果真是莪相所作，那么我们理应将莪相与荷马并置；然而一旦证明这些赞美诗是一位18世纪的诗人创作的，那么它们的价值也就微不足道了。"⑥勒南的

266

---

① *Essais de morale et de critique*, 110.——作者
② *Feuilles détachées*, pp. xxx-xxxi. 又见 *Souvenirs*, 113f。——作者
③ *Essais de morale et de critique*, 385.——作者
④ *Averroès*, p. ii.——作者
⑤ 麦克弗森(James Macpherson, 1736—1796)，18世纪苏格兰诗人，声称发现了莪相的诗，19世纪末一些研究者证明所谓莪相的诗是麦克弗森的伪作。
⑥ *Averroès*, 190f.——作者

历史方法不及约翰逊博士的良好判断力准确,后者以其惯有的风格如此评论莪相:"先生,如果一个人放弃心智,他就永远只会写作这种诗。"

我们还可以用勒南的更多文章阐明,他对待文学的态度本质上并不是文学的,而是历史和哲学的。他承认,自己有段时间之所以重视文学,是为了取悦对他影响巨大的圣伯夫。① 从文学爱好者的角度来看,没有什么异端学说比勒南说"文学史在很大程度上注定会取代直接阅读蕴含人类精神的那些作品"更严重②,也没什么比他宣称"用李维写作历史时参阅的文献取代李维所有优美的文章"更严重。③

3

但勒南的目标不仅仅是成为一名历史学家或语文学家。我们应该还记得,他的第二条信条否定了超自然力量,但在别处他却是如此描述超自然力量的:"那让文明蒙羞的诡异疾病尚未从人性中消失。"④他早期接受的全部训练促使他转向了宗教研究。当他从天主教转向科学后,他愈发想要用自己的新信仰证明,历史和哲学的实证方法足以解释那些完全高于它们的事物。宗教假定存在一个一般理性无法进入的神秘领域。只有当这种宗教假定被攻击和质疑时,理性主义者才会取得真正的胜利。带着这些全部想法,青年勒南写道:"19 世纪最重要的书

---

① *Souvenirs*, 354.——作者
② *Avenir de la science*, 226.——作者
③ *Essais de morale et de critique*, 36.——作者
④ *Ibid.*, 48.——作者

应该命名为《基督教起源批评史》(*A Critical History of the Origins of Christianity*)。"①勒南花了三十年时间完成这项伟大的工作。其成果都体现在 7 卷本《基督教起源史》(*Origines du Christianisme*)②和 5 卷补遗本《以色列史》(*Histoire du peuple d'Israël*)中。这些作品或许不是本世纪最重要的作品,但无论如何,它的确是一两代法国人心中最重要的作品。

　　若要详细论述勒南对基督教历史学家必须应对的严肃问题的看法,其实已经远远超出了目前的研究范围。他处理这一问题的方法显然是从德国借来的。他把法国人在表现方面的天赋融入德国研究中,而且使以往少数专家把持的观念广泛流传。但德国学者在《圣经》解释上至少还保留了些许特权。勒南的作品之所以重要,是因为他大胆消除了宗教知识和世俗知识的区别,他把《旧约》《新约》的叙事与李维、希罗多德的作品置于同等地位。《圣经》不再是绝对的神旨,里面每一篇文字都变成了体现时空环境变化的纯粹的人类和历史叙述。《传道书》(*Ecclesiastes*)曾作为上帝之言,但勒南却只把它当作"幻灭的老单身汉的哲学"③。

　　勒南的历史方法常被拿来与 18 世纪的"反宗教"对比,这种"反宗教"的思想完全建立在理性推理之上,且与其反对的教条同样具有不包容的特性。伏尔泰与超自然的对抗,尤其是他讨伐天主教的名言:

---

① *Avenir de la science*, 279. ——作者
② 该书写于 1863—1883 年,加上总索引共 8 卷。
③ *Dialogues phil.*, 27. ——作者

269 "战胜可耻之徒"(Ecrasez l'infâme.)就是这一特性的例证。人们常说，以往时代的激进无神论是一种本末倒置的信仰。"不再有上帝，哈里特·马蒂诺①是他的先知。"如果我们记得勒南的哲学带有不少理性主义的教条色彩，以及嘲弄和不敬言辞——这在法国屡见不鲜——我们确实可以接受将勒南和这种无信仰的人做对比。随着年龄增长，他身上的这种要素越来越明显。某些时候甚至完全配得上对手们对他的评价——"油腔滑调的伏尔泰"。处理宗教问题时，这种轻率的态度本身是非常有趣的，但人们更愿意看到勒南这类人听从古代圣贤的教诲，"而不是轻浮地对待最崇高的事物"。

对于一个像勒南般复杂的人，我们再仔细区分这些不同要素也不为过。他与伏尔泰有些许共同点，但他和德国批评家的相同之处更多。此外，他在情感上对基督教的崇拜，使他像极了夏多布里昂这种为天主教辩护的人。他凭借这种特质深深影响了同代人。因为即便宗教失去了对理性和性格的有效控制，也仍然在情感领域徘徊。当宗教不再以

270 真理之名吸引我们时，它仍然以美的名义吸引我们。② 正如勒南所说："我们厌恶天主教的教条，但却喜欢古老的教堂。"我们沉浸在中世纪建筑、基督教礼仪和仪式中的诗歌以及熏香的味道中，或者和勒南一样，沉浸在圣母颂歌中。③ 这种情绪可以称为宗教狂热，但不能把它与

① 哈里特·马蒂诺(Harriet Martineau, 1802—1876)，英国社会学家、翻译家，撰写了大量论及社会、宗教和女性的文章，节译了孔德的《实证哲学》，著有《政治经济学的解释》《美国社会》等。

② *Dialogues phil.*, 328.——作者

③ *Souvenirs*, 65.——作者

真正的宗教混为一谈，它们之间并无必然联系。

勒南恰好处在这样一个时刻，人们一方面在情感上渴望回到过去，但另一方面，在理智上又要接受新秩序。心拒绝听从脑的判断。心与脑的冲突在 19 世纪中叶尤其普遍，甚至如圣伯夫所言，它已经变成了一种时髦的心理状态。①

> 我反抗的理性徒劳地尝试相信，
>
> 而我的内心仍在质疑。②

宗教情感在夏多布里昂这类人身上仍然很强烈，相当一部分他同时代人的宗教情感都带有顽抗的理性。但五十年后，天平倾斜到现代精神一边，许多人开始向过去的宗教形式致以温柔而惋惜的道别。勒南就是这些人的代言人，他说："我们曾经拥有的信仰绝不是束缚，当我们将它裹进上帝死后沉睡的紫色裹尸布里时，我们已然付出了代价。"③他随后便在《当代法国的起源》中编织起了基督教的裹尸布，并为它准备了——只要它还信仰超自然——一场充满同情和敬意的葬礼。我们已经谈到过，他尤其具备做这种事的才能。他是最清楚如何利用宗教粉饰实证主义的人，也是最知道如何给科学理性增加一丝模糊上帝气息的人。他给予了这代人想要的东西，带有无限之味的糖果。

271

---

① *N. Lundis*, V, 14.——作者

② 阿尔弗雷·德·缪塞《上帝的希望》(*L'Espoir en Dieu*)，或参见缪塞《罗拉》(*Rolla*)体现相同情绪的部分。——作者

③ *Souvenirs*, 72.——作者

(Il donne aux hommes de sa génération ce qu'ils désirent, des bonbons qui sentent l'infini.)①就这样逃向感性的宗教,在很大程度上变成了一个与文学和艺术享受相关的问题。这种转变在夏多布里昂身上尤为明显,不难发现,勒南身上也有相似的享乐主义味道。他告诉我们,他对基督教创造者的性格怀有"强烈的兴趣"②。他在另外一段话中也说要"品尝宗教情感的趣味"③。勒南说他能给予耶稣的最高赞誉是耶稣可以满足人类的审美意识,没有什么比这更能冒犯《基督传》(Vie de Jésus)的严肃读者。他谈论基督时常常会用"温和(doux)、漂亮(beau)、优美(exquis)、可爱(charmant)、迷人(ravissant)、美妙(délicieux)"这类形容词。

但我们也看到,无论这种宗教狂热与我们的喜好如何不符,它的确迎合了当代大众的口味。《基督传》之所以得以出版并获得巨大成功,或如谢勒所言"成为本世纪的大事件"④,并不是因为它的内在价值,而是因为它生逢其时。这本书在出版的五个月间销售量高达六万册,随即被译为多种语言。无论这本书用哪种外在形式包装自己,东正教徒、新教徒和天主教徒都能从中读出,当下宗教正遭受其最猛烈和最致命的攻击,此书出版一两年后,就有成百上千的书籍、小册子和杂志文章

---

① Doudan, *Lettres*, IV, 143. 关于勒南的部分值得一读。——作者
② *Souvenirs*, 312. ——作者
③ *Avenir de la science*, 248. ——作者
④ *Etudes sur la littérature contemporaine*, VIII, 108. ——作者

争相回应它。① 马赛的主教每天下午三点敲钟,以抗议基督教的敌人勒南;教皇庇护九世(Pius IX)将勒南称作"欧洲渎神者"。在某些情况下,诽谤还会加剧争论。甚至有报道称,犹太财阀罗斯柴尔德(Rothschild)曾资助勒南百万法郎,让他撰文攻击基督教。②

如果不冒险深入神学争议的危险区域,我们在这里也会看到,《基督传》其实并非勒南最棒的作品。有些人则走得更远,他们援引弗洛里③的话:"那些认为自己能改良《福音书》(*Gospel*)叙述方式的人,根本不理解《福音书》。"勒南超越其他人之处主要在于,他善于运用精细的阴影法(shadings)渲染历史记录中的相对元素;但如阿诺德所言,"在现代哲学术语中,耶稣即'绝对',我们无法解释他,也无法理解、超越和命令他"。用历史方法研究《启示录》(*Apocalypse*)这类作品或尼禄受害这类事件是最有效的。但我们并不需要用它来感受耶稣纯粹的精神高度。当泰纳在《英国文学》中使用这种方法研究莎士比亚独树一帜的个性时,历史方法显然失败了。耶稣和莎士比亚似乎都不是靠任何一种环境或任何一种趋同"影响"便能解释清楚的。

勒南的时代与我们所处时代的相似之处在于,它强烈地意识到个体对社会的责任,但它却完全意识不到个体对自身的责任;因此,勒南

273

---

① 部分回应的文章名录参见米尔桑(Milsand)《与勒南〈耶稣传〉有关的出版文献》(*Bibliographie des Publications Relatives au Livre de M. Renan: Vie de Jésus*)。——作者

② *Feuilles détachées*, p. xxii. ——作者

③ 弗洛里(Claude Fleury, 1640—1723),法国教会史学家、天主教徒,著有《天主教历史》《基督教制度研究》等。

顺从时代精神,尽其所能地把耶稣的使命还原到情感和人道主义的迸
发上来。在他的叙述中,意志的男性宗教(masculine religion of the will)
几乎完全将自己献祭给了心灵的女性宗教(feminine religion of the
heart)。但正如圣伯夫所说,两个伟大的基督教类别一开始便是不同
的——一个"温柔而脆弱",另一个则"果断而坚定"。① 信徒身上呈现
的不同特质,在造物者身上却是统一的。勒南没能认识到这个事实,因
此他描绘的耶稣是不一致的。他没能向我们解释清楚,来自加利利②
的"优雅而亲切的道德家"到底是如何变成"末日里忧郁的巨人"的。

274   勒南几乎毫不掩饰他对圣保罗的厌恶,圣保罗显然对个体的精神
生活更感兴趣,任何历史阐释方法都无法将他变成人道主义者。勒南
称圣保罗为基督教的第二位创立者,但他并不大同情保罗派③的特殊
之处,也不赞同保罗派强烈的负罪感,以及它对低级自我和高级自我、
肉体法则和精神法则的强调。圣保罗高喊:"我是一个可怜人,谁能将
我从这死去的肉体中解救出来?"对此,勒南会提醒我们,他是布列塔
尼人伯拉纠④的同道,后者宣讲人性的自然美德,反对正统基督教。
(传统意义上的)基督徒会从这些证据中看到,勒南缺乏内在生活的某
些必然要素。无论如何,这是他决定从狭隘的语文学层面看待一切事

---

①   *Port-Royal*, I, 217. ——作者

②   加利利(Galilee)是耶稣的诞生地,位于今巴勒斯坦北部地区。

③   保罗派(Pauline religion),此处指圣保罗宣讲的基督教。圣保罗一生中开展
了数次宣教旅程,足迹遍布小亚细亚、希腊等地,在外邦人中建立了许多教会。

④   伯拉纠(Pelagius,360—420),基督教神学家,因质疑奥古斯丁的原罪论等思
想被教皇定为异端。他认为人性本恶,但人人皆可受洗,强调人的自由意志,其思想
被称为"伯拉纠主义"(Pelagianism),代表作有《论自然》《捍卫自由意志》等。

物的一个古怪例子。他说:"我承认,我对原罪教义最不感兴趣。没有任何其他教义像它一样,建立在针尖上。亚当偷食禁果的故事只是《创世纪》(*Genesis*)两种版本中的一种。如果埃洛希姆①版本流传下来,或许就不存在原罪一说了。耶和华式的堕落故事(Jehovistic)讲述的关于堕落的故事……也就永远无法引起古代以色列人的关注了。保罗是最早从中引申出在数百年间给人们带来阴暗和恐惧的可怖教义之人。"②

　　勒南对神迹的态度很好地体现了他的实证主义。他最教条之处,是他对什么是"自然的"和什么是"超自然的"的坚定判断,以及他对一切在贝特洛③实验室中无法测试之物的断然拒绝。仿佛我们通过微不足道的经验片段,就真能弄懂普遍"法则"是否会被更高的"法则"超越和限制似的! 他在《基督传》中偶尔也会诉诸善意谎言论(theory of pious fraud)。他认为,《圣经》中的麻风乞丐拉撒路(Lazarus)表演复活乃是有意为之,目的是增加耶稣这位奇术师的知名度,他的看法引发了许多非议。而在其他地方,他更愿意将这些神迹当作对某些自然事件的歪曲。譬如,圣灵降临节(Pentecost)和火舌(toungue of fire)很可能起源于剧烈雷雨天气的闪电。④ 保罗是因为发烧和疲劳而引发了脑充

275

---

　　① 埃洛希姆(Elohim)在希伯来语中指"神"。在《摩西五经》(即希伯来《圣经》最初的五部经典)中,除了耶和华之外,埃洛希姆是对上帝最主要的称呼。

　　② *Feuilles détachées*, 375-76.——作者

　　③ 贝特洛(Marcelin Berthelot, 1827—1903),法国化学家,他对化学反应热效应的研究推动了物理化学的发展,是爆炸机理和爆炸波研究的先驱。贝特洛积极参与政治和社会活动,担任过法国教育与艺术部长、外交部长。

　　④ *Les Apôtres*, 62.——作者

血,且患有眼炎,所以才会在去大马士革的路上想象自己遇到了耶稣。① 关于基督复活的教义——如勒南所言,这条教义与基督教的全部未来相关——其实是源于抹大拉的玛丽亚(Mary Magdalene)的幻觉②。

虽然勒南在这些方面是实证主义者,但他的思想仍然保留了许多浪漫主义的印迹,他小心翼翼地想在方法中抹除这些印迹。因此,他有时也会缺乏客观性,且无法摆脱尊崇历史人物的倾向。他推崇这些历史人物的方式,是在他们身上倾注自己的特质。他在刻画耶稣和马可·奥勒留时便倾注了许多自己的特质。他本人越来越带有讽刺性的超然(ironic detachment),而且他总认为耶稣也必定同样具备这一优势。"耶稣很大程度上具备所谓卓越之人必需的美德——我是说,那种能微笑着看着自己的作品,能超越它,且不受其困扰的天赋。"③勒南借助外在环境寻找他的浪漫美梦,但有时也会让外部环境向美梦屈服。他曾在 1869 年即普法战争前一年一场不成功的选举竞争中提议裁减军队。一个真正的政治家,本应为了在一个细心的观察者看来再明白不过的实际的战争危机而牺牲他人道主义式的和平愿景——倘若他恰好怀有这种愿景的话。据勒南说,凯尔特人常常"将梦想误作现实"。"凯尔特人诗意生活的本质是'冒险',换言之,是追求未知,是无止境地追求转瞬即逝的欲望对象。"④勒南发现,这种民族特性和他自己对

① *Les Apôtres*, 180ff. ——作者
② *Ibid.*, 8ff. ——作者
③ *L'Antéchrist*, 102. ——作者
④ *Essais de morale et de critique*, 386. ——作者

浪漫主义和思想冒险的热爱存在某种联系。虽然他在宗教研究上的定论较少，但他却用惊人数量的假设弥补了实证信息中的空白。在他处理观念和事件时表现出的自由中，或如某些人所说，他在缺乏理智的谨慎和清醒的同时，也存在某种激动人心的东西。理智谨慎的人只会对勒南和泰纳研究某些主题——比如佛教①——的勇气感到诧异，这些主题宏大而晦涩，即便专家也无法彻底理解——他们将这些主题全部还原成了靠不住的、看似合理的普遍法则。爱默生说："自然憎恶普遍法则，它每时每刻都在用无数鲜活的特例羞辱哲学家。"勒南使许多与种族心理尤其与闪族人心理相关的观念广为流传，除此之外，他还认为"不毛之地都信奉一神论"。但他又花费了一生时间收集了与这一观点趋于对立的"特例"，这些例证全都收入了勒南本人创作的《闪米特人碑文集》(*Corpus*)中。

　　将勒南的方法与圣伯夫这样的真正怀疑主义者的方法做一对比是具有启发性的，要知道，圣伯夫会仔细挑选不涉及未知领域的主题，他以无可匹敌的谨慎向前行进，探索路途中的每一步。听勒南谈论圣保罗，人们会以为他一定亲眼见过圣保罗。他告诉我们："这个丑陋的犹太人身材矮小、粗壮，伛偻着身体。他的头又小又秃，怪异地架在肩上。他苍白的脸上长满了浓厚的胡须，他有着鹰钩鼻，尖尖的眼睛，黑色的眉毛在前额连在一起。"②圣伯夫经常在雷卡米耶夫人的客厅见到夏多

---

　　①　勒南论及佛教的文章收在其《宗教史新论》(*Nouvelles études d'histoire religieuse*)中；泰纳论及佛教的文章在其《批评与历史新论》(*Nouveaux essais de critique et d'histoire*)中。——作者

　　②　*Souvenirs*, 66, *Les Apôtres*, 170. ——作者

布里昂,但他只在《夏多布里昂》一书的附录中提到过夏多布里昂眼睛的颜色,并由此得出了一个令人沮丧的结论:除了谈谈夏多布里昂眼睛的颜色,就像谈玛丽·斯图亚特①的发色和很多其他事物一样,我们还知道些什么呢?②

但我们不必在勒南备受质疑的天赋上停留太久,反倒忘记了他真正优秀之处。未来的基督教历史学家对超越一般人类经验的事件做出的结论,可能会与勒南的看法完全不同。他们可以避开由他的浪漫主义以及那些滥用的推测引发的谬误。但可以肯定的是,此后,缺乏历史发展意识的《圣经》研究者将不再会受到严肃对待;就传播这种历史意识而言,如我们所见,勒南可谓举世无双的大师。

4

勒南是一位如此狂热的进化论信仰者,因此,我们应该把他的方法用到他本人身上,研究他自己是如何进化的,方显公平。他在自传中将自己描述为一个"矛盾集合体"。③ 他所指的矛盾之一,可能是他晚年与早年之间的矛盾。这一转变的性质前文已稍有提及。勒南总是很愉快,这是他天性风趣和机敏的标志之一;但这种快乐与他晚年的讽刺性"快乐"(gayety)截然不同,后者与他年轻时在《科学的未来》这类作品

---

① 玛丽·斯图亚特(Mary Stuart, 1542—1587),苏格兰女王玛丽一世,法国国王弗朗索瓦二世的王后,后逃往英格兰,被伊丽莎白一世囚禁,最终以企图谋杀伊丽莎白一世的罪名被处死。

② *Chateaubriand et son groupe littéraire*, II, 404.——作者

③ *Souvenirs*, 73.——作者

中表现出的严肃甚至一本正经的语调,形成了鲜明的对比。他在早期
一篇文章中曾愤怒地攻击贝朗瑞对"好人之神"(Dieu des bonnes
gens)——对堕落的高卢人报以宽容微笑的善良之神——的崇拜。①
大约同一时期,他把"快乐"当作"对人类命运的奇怪遗忘"②;因此,当
他二十年后告诉我们"古代高卢人的快乐也许就是最深刻的哲学"时,
我们会感到十分惊讶。他曾在一次公开演讲中鼓励听众:"要用法语
教会所有民族开怀大笑。这是世上最理智、最有哲理的事。法国的喜
剧歌也很不错。我曾对'好人之神'怀有敌意;我的上帝,我实在误解
了你……难道没人说过,上帝更喜欢法国士兵的咒骂,而非清教牧师的
祷告吗? 我们怀着愉快的心情走进上帝最深沉的教导。"③

　　勒南对这种变化的解释非常简单:因为他是混血儿,他性格中轻松
随意、爱开玩笑的加斯科涅人(Gascon)的一面,战胜了他本性上严肃的
布列塔尼人(Breton)的一面。④ 但我们若过于认真对待他的解释,也许
就会忽视他生命中许多其他重要特质。我们最好先记住,勒南是一个
受理智把控的人,然后再问问自己,与这种占主导地位的理智一致的哲
学究竟是什么。爱默生说:"我想说的第一个危险症状,是理智的变化
无常,就像知道太多也会对虔诚有害一样。所谓知识,就是无知之
知……无论何时,虔诚是多么值得尊敬啊! 但理智会扼杀它。"⑤勒南

① 参见 *Questions contemporaines*, 461ff。——作者
② *Feuilles détachées*, 263-264.——作者
③ *Essais de morale et de critique*, 383.——作者
④ *Souvenirs*, 141.——作者
⑤ 引文出自爱默生《代表人物》中"怀疑主义者蒙田"一章。

最初是用虔诚的态度对待理智的,他将理智作为一切确定性的源头,后来,他逐渐受到自己构想的逻辑前提的驱使,形成了爱默生描述的那种态度。他 1890 年的想法仍然与 1848 年所想一致,认为科学是需要我们认真关注的一个问题;但他对科学抱有的希望都落空了!他不再认为科学能代替宗教,而是承认"科学只能帮我们避免谬误,却无法给予我们真理"①。他在生命尽头所说的话,似乎是爱默生的回响:"我们一无所知——对有限之外的事物,我们只能言尽于此。不否认,亦不确认,就让我们怀有希望吧。"②"我们须知如何等待;最终可能一无所有;或者,谁又能说真理不是一种悲哀呢?不要急着找到它。"③"一切皆有可能,上帝亦然。"④

281　　勒南后来的思想发展,是他过于强调理智的结果,也是他试图将理智拔高到一个只服从性格和意志的地位的结果。不管我们认为知识多么重要,也须用丁尼生的诗提醒她:

她须有自知之明:

她位居次位,绝非首要。⑤

　　勒南对知识的崇拜,部分也是天主教徒迷恋外部权威的残存物。

---

① *Avenir de la science*, p. xix. ——作者
② *Feuilles détachées*, p. xvii. ——作者
③ *Ibid.*, p. x. ——作者
④ *Ibid.*, 416. ——作者
⑤ 引文出自丁尼生为悼念亡友亚瑟·亨利·哈勒姆创作的组诗《悼念集》。

他以科学事实权威代替了教堂权威。他希望保存理想,但又不愿将理想建立在一种大胆的断言,即人类优于自然现象这一法则之上,于是,他被迫从外部事实中寻找一种连贯有序的原则,他无法借助自己的哲学在自己身上找到这种原则。换言之,他对抗怀疑主义的唯一办法是历史哲学。① 他要我们相信,所有外部事实,所有过去发生的事,即在圣伯夫这种怀疑论者看来混乱且毫无联系的事件,"都会走向一个遥远的既定目标";当然,这个目标就是科学理性的胜利。"原始"和本能的时代如今已经让位于一个有意识的反思和分析的时代,在这个时代之外,勒南想象不出更高的阶段。他不承认在本能的自发性和理智的分析活动之外,还有一个更高级的灵魂的自发性。他勇敢地接受了自身逻辑的一切后果,并预言了这样一个时代:艺术、诗歌乃至一般意义上的道德等"自发"形式都会消失,科学将成为万物的主宰。② 他有时也发现,自己谈及宗教时难免会带有高人一等的语气,因为他毕竟是从较高的和分析的层面来看待这种"自发"创造的。

　　事实在多大程度上能与理论一致呢? 如果严格从个人正义(personal righteousness)以及个体行为对公共福利的态度的角度来研究历史,那么历史本身或许有严格的道德。以这种方式研究历史的人,不一定会从英国的胜利中得出勒南的结论——自我中心在现实世界已有

____

① 这些历史理论中的某些元素借自黑格尔,另一些(尤其是原始理论)则从赫尔德处借来。——作者
② *Dialogues phil.*, 83f. ——作者

了回报①,也不会从法国 1848 年革命的失败中看到理想与现实不符。②但若就勒南的经验来判断,要想对过去有深入的认识,且将这种认识调整为适应全人类渐进更新的方案,并非易事。而且,在勒南一生中,他的实际行动经历似乎也以反抗其理论为乐。他承认,自己确实没能从 1851 年和 1870 年事件激发的悲观主义中恢复过来。③ 最终,他彻底放弃了将理想转化为现实的念头:他非但没有掩饰历史的非道德性,反而夸大了这种非道德性。在《内米的神父》(*Prêtre de Némi*)的结尾处,贵族梅提斯(Metius)说:"一切都回到了正常状态。世界将在它天然的温床即罪恶中安息。这些好管闲事的热情主义者都有一个荒谬的幻想,他们认为可以在不使用暴力的前提下用理性统治世界,他们把人当作有理性的生命。世界靠成功的罪恶得以存续。"

但对于这些像勒南一样无法逃避外在事实的人,还有比承认(历史的非道德性)更严峻的吗? 他们也没有把哲学建立在稳定的内在意识上。宗教从前是对道德生活的约束,勒南则用分析消解了宗教;他希望从外部事实中找到新的约束力,结果却令他失望,于是,道德感悬搁在真空之中。塞艾莱④说:"我们要下定决心,外部事实不会帮我们做决定,也不会让我们摆脱自身思想的主动性和责任心。勒南的精神生活是一场惠泽大众的实验,它告诉我们逻辑会将一颗真诚的心智引向

---

① *Souvenirs*, 124.——作者

② *Ibid.*, 122.——作者

③ *Ibid.*, 124; *Dialogues phil.*, p. xviii (note).——作者

④ 塞艾莱(Gabriel Jean Edmond Séailles, 1852—1922),法国哲学家,著有关于勒南的人物传记《厄内斯特·勒南》《论艺术天才》等。

何处,这一心智决意要追寻真理到底,却只在事实证据中寻找。"①勒南
告诉我们,倘若他还保有道德,那也是因为,当信仰本身消失时,信仰给
予他的人生方向仍然存在。②"我们就像那些被生理学家取出大脑的
动物一样,依然能根据固有的惯性继续保持某些功能。但这些本能活
动会随着时间的流逝愈来愈弱……我们凭借影子的影子活着,我们的
后代又凭借什么存活下去呢?"③于是,在勒南的设想中,一切都是尖锐
的对立——就像理性和感性④、古典和浪漫⑤、现实和理想⑥、科学和道
德。他无法用更高的视野调和这些矛盾的术语,并使之融合。他没有
选择相互对立和貌似合理的结论,而是让"大脑不同的叶片彼此就这
些问题对话"⑦。这种状况如果继续下去,最终会导致意志的瘫痪。
"无生命的星球,或许就是那种批评战胜自然诡计的星球;我有时幻
想,倘若人人都可以学会我们的哲学,那么世界就会停止运转。"⑧

　　但我们不能从字面上理解这一切。勒南对科学进步仍抱有充分的
信心,这足以支撑他多年来的艰苦工作和奉献。他告诉我们,这种信心
现在仅仅只是纯粹的个人爱好。事实通常很容易反过来支持那些对立
的假设。也许"上帝"和自然正在欺骗我们。诚然,世界很可能只是一

---

① *Ernest Renan*, 341.——作者
② *Souvenirs*, 12.——作者
③ *Dialogues phil.*, p. xix;又见 *Souvenirs*, 343。——作者
④ *Souvenirs*, 57ff. (*Prière sur l'Acropole*).——作者
⑤ *Ibid.*——作者
⑥ *Ibid.*, 122.——作者
⑦ *Dialogues phil.*, p. viii.——作者
⑧ *Ibid.*, 43f.——作者

场巨大的闹剧,是"天性快乐的造物主"(jovial Demiurge)创作的作品。① 尽管如此,我们仍要坚定地保持美德,同时,我们也要带着一种快乐而讽刺的超然态度表明,就像自然不把我们当回事一样,我们也不把自然当回事。有了这种方式,即便生活最终毫无意义,我们也不会一错到底。② 勒南在《科学的未来》中宣称,如果他不再相信科学,那么他"要么自杀,要么变成享乐主义者"。③ 他对科学的信仰虽然还没有消失,但已然受到了动摇,因此,由于他热衷将矛盾统合起来,他开始呈现出自己既是科学禁欲主义者又是享乐主义者的姿态。他一早便知道,只有伊壁鸠鲁提倡的道德才适合大众。唯有那些推动科学事业的人——这显然是知识精英(intellectual élite)的特权——才有资格分享"理想"。他为大众留下的,是华兹华斯所谓的"爱和酒的原始幸福"。他反对禁酒协会,这些协会不支持底层人们饮酒的合法行乐行为。他只是要求这种醉态"温文尔雅、和蔼可亲,且带有道德情操(!)"④。

这种享乐主义的慰藉并不总是错的,尤其是对科学圣贤而言。勒南带着这种情绪创作了他的"哲理剧"(drames philosophiques)。我们在阅读《茹阿尔的女修道院院长》——用最纯洁的语言来表现与纯洁对立的思想——这类作品时会惊呼:最纯粹的污秽!(Purissima impuritas!)

---

① *Drames phil.*, 359. ——作者
② 以上观点浓缩在 *Feuilles détachées*, 394ff。——作者
③ *Avenir de la science*, 411. ——作者
④ *Feuilles détachées*, 384. ——作者

若勒南能接受他的姐姐亨莉艾特①的建议和引导,无疑可以避免这些品味上的错误。但也正是因为这些错误,他在垂暮之年才会成为深受法国大众喜爱的作家之一。人们常常看到他出入时髦的上层社会,开展公开演讲、参加宴会、会见客人。正如他所说:"法兰西喜欢人们恭维她,且分担她的过错。"②

5

我们在讨论勒南的享乐主义特质时,自然还会谈到一个时常与他的名字连在一起的名词:浅薄(dilettanteism)。这里我们只需弄清楚他第一个假设——知识是绝对和自足的善,它不需要成为比之更高级事物的附属——的后果。勒南不但通过让理智为科学服务将理智神圣化,而且开始变得"对一切都充满了神圣的好奇"③。如果说他在许多方面仍然是一名天主教徒,那么最能证明他不是基督徒的事实则是,他将好奇心吹捧为我们本性中最高的力量。④ 他说:"耶稣及其门徒完全忽略了人类精神中渴望知识的那个部分。"⑤基督徒陷入了相反的极

① 亨莉艾特(Henriette Renan,1811—1861),法国作家,勒南的姐姐。由于父母早逝,亨莉艾特17岁时便作为家长照顾弟弟勒南,对勒南的成长和创作产生了极大影响。白璧德在前文提到有的作家的姐姐比作家本人更优秀,正是指亨莉艾特和勒南。

② *Questions contemporaines*,66,又见 *Souvenirs*,352-53。——作者

③ *Avenir de la science*,157.——作者

④ "科学始终保持对我们天性中最高的欲望,即好奇心的满足。"(*Avenir de la science*,p. xix.)——作者

⑤ *L'Eglise chrétienne*,142.——作者

287 端,他们赋予了好奇心一词完全错误的含义①,他们将全部智力活动只当成一种求知欲望(libido sciendi),即折磨人类的三种欲望之一。据说波尔·罗亚尔修道院的教员之所以开除了一个男孩,就是因为他表现出了强烈的求知欲望。② 威尔逊主教(Bishop Wilson)表达了一种节制的基督教观点,他说:"对知识的渴求应当受到管控和节制,因为它就像任何其他过度的欲望甚至被坦白承认的肉欲一样,是危险和罪恶的。"

对勒南来说,好奇心带来的快乐和益处是无限的。他认为,即便是天堂,若真如描述所示,大部分是由虔诚的老妇人组成的话,那它必定是令人生厌的,除非到不同星球的考察可以为天堂生活带来乐趣。③当他好奇为什么艾米尔不愿臣服于科学好奇心带来的快乐,反而宁愿写作一部充满病态沉思和内省的长达六千页的私人日记(journal intime)时,我们会有同感。"我的朋友贝特洛纵使有千百世的时间可用,也会有其他事可忙,而不会记录自己的生活。我估计,如果按照计划,我需要五百年时间才能完成我的闪米特人研究。如果我对他们的兴趣减少了,我很可能会去学中文。"④

288 事实上,好奇心是如此令人满足,即便它为实现科学千禧年所做的

---

① 见帕斯卡《思想录》:"好奇只是虚荣心而已。"(*Pensées*, II, 6) 对比德尔图良(Tertullian)《异端条例论》:"有了耶稣后,我们就没有必要寻找求知欲了。我们在接受《福音书》后,也就没必要再寻找真理了。"(*De praescr. hær.*, c.7)——作者
② 见圣伯夫 *Port-Royal*, III, 495。——作者
③ *Feuilles détachées*, p. xvi. ——作者
④ *Ibid.*, 359. ——作者

一切被证实是虚幻的,它本身仍然是一个令人满意的奖赏。"不管采用什么体系考量世界和人类生活,我们都无法否认,它们强烈地引起了我们的好奇心……我们可以随心所欲地辱骂世界,但却无法阻止它变成最奇特和最吸引眼球的奇观。"①"哲学好奇心就这样变成了最高贵和最可靠的思维方式。即使其他一切都是白费力气,但好奇心似乎不会如此;即使好奇心失去价值,但它无论如何都是人类存在的最快乐的方式。"②我们从这些话中看到了浅薄的萌芽。如果回到这个词的意大利词源上,"浅尝者"指的是在追逐某事时不带任何长远目标而只顾使自己愉悦(diletto)的人。在这个特定意义上,"愉悦"是指为了自身利益才对好奇心感兴趣的,它把世界纯粹当作一个奇观。总之,浅尝者是心灵上纵情享乐的人,是把思想作为获得乐趣的手段的人。摆脱一切束缚的理智,为其无处不在而欢欣鼓舞。它很快从否定变为肯定,认为所有观点看似都是合理的,没什么是确定无疑的。浅薄,正如布尔热所定义的,是一种"与理智和感官享受相关的心智倾向,它带我们走向一个又一个不同的生活,并引导我们投入一切生活形式,而不是某一种形式"③。

但我们万万不可陷入肤浅的巴黎大众的错误,只看到勒南的享乐主义和浅薄。他直到生命的尽头,即便面对所有的不确定,也始终保持着对科学最初的信仰。这立刻将他和他的大多数门徒区别开了。他仍然把科学家和哲学家当作特权人群,认为他们职业的严肃性超过其他

---

① *Essais de morale et de critique*, 330.——作者

② *Ibid.*, 330f. ——作者

③ *Essais de psychologie contemporaine*, 59.——作者

任何人。相反,法朗士却努力让我们认为,老学究西尔维斯特·波纳尔的工作与火柴盒收藏家特里波夫的工作,在严肃程度上并无二致。①勒南认为,一千个辛勤的研究者耗费一生弄明白"流浪的犹太人"②这一传说的本土形式,是有价值的。③ 但一个在文学和知识中只看到精致快乐的人,在逻辑上也会把这种快乐与其他形式的自我放纵同等对待。法朗士说:"这些饱读诗书的人,与吸食大麻的人如出一辙……书籍是西方的鸦片。总有一天,我们都会变为图书管理员,至死方休……仅巴黎一天内就出版了 50 册书,这当中还不包括报纸。这实在是一场荒谬的狂欢。我们会走向疯癫。人类命运先后陷入了相互矛盾的极端。在中世纪,无知引起恐惧。那时有我们如今并不熟悉的精神疾病。当下我们正通过学习加速全身麻痹。"④

我们不必在勒南的门徒们身上花费太多时间。大师本人(勒南)对科学的信仰已经减弱,其追随者对科学的信仰还会进一步减弱。法朗士说:"显而易见,我们对科学的信心——过去曾是多么坚定——已然丧失大半……即便我的老师,厄内斯特·勒南——一个比任何人都更相信科学并对科学怀揣希望的人——都承认,那种以为现代社会可以完全建立在理性主义和实验之上的想法只是一个幻想。"⑤但随着科

---

① 西尔维斯特·波纳尔(Sylvestre Bonnard)和特里波夫(Trépof)都是法朗士小说《波纳尔之罪》(*The Crime of Sylvestre Bonnard*)中的人物。
② 流浪的犹太人(Wandering Jew):传说一个犹太人在耶稣去往十字架的路上嘲弄他,因而被诅咒要在尘世行走,直到耶稣再临。这个故事的不同版本在 13 世纪的欧洲广泛传播,并引起众多文学家、史学家的考订和阐释。
③ *Avenir de la science*, 224.——作者
④ *La Vie littéraire*, I, pp. viii–ix.——作者
⑤ *Ibid.*, IV, 43.——作者

学进步信仰的衰落,抵抗怀疑主义的最后一道防线也会消失,世界将自身分解为一系列无意义的现象流变。与勒南一样,法朗士也认为,剔除现象的哲学只是个体对无穷的幻想和关于个人情感的浪漫美梦。就这样,人类被剥夺了一切确定的标准,无论是内在标准还是外部标准。人类注定是毫无希望的主体,还不如放弃翻越个性的高墙。① 存在(being)彻底被生成(becoming)吞噬。这些研究"流变"的现代哲学专家变得和古代智者②一样,后者将动词"存在"(to be)从他们的谈话中放逐。

> 无歇,无静,无止,
>
> 无好无坏,无光无影,
>
> 无本质或永恒的法则:
>
> 无"有"(is),一切皆被创造而成。③

291

理智和情感不再为科学或任何高于它们自身的事物服务,而被赋予了纯粹的享乐主义功用。结果是,我们在多年前就有了莫里斯·巴雷斯④和以"我"(moiistes)为研究对象的一类哲学家,后者"虔诚地培

---

① *La Vie littéraire*, I, p. iv.——作者

② 吕哥弗隆(Lycophron),高尔吉亚(Gorgias)的信徒。——作者

③ 引文出自丁尼生的诗歌《我们是自由的》。

④ 莫里斯·巴雷斯(Maurice Barrès, 1862—1923),法国小说家、散文家,早年受波德莱尔影响。巴雷斯也是爱国主义者,鼓励法国的民族主义,代表作有《法国的不朽精神》《法国信仰》等。

育'自我'",并将其转化成了一幅充满精致情感的拼贴画。①

　　勒南主义(Renanism)就这样变成了这个世界已知的最隐微的"理智的堕落"(intellectual corruption)一词的同义词。然而,继续关注浅薄的危险性,是毫无益处的。勒南的缺陷是我们这个民族最不可能陷入的倾向。我们能用"做"规避他对"思"的过分强调。盎格鲁-撒克逊人的自然冲动,是在没有充分思考为什么要做的情况下便急于行动,随后还为勤劳生活高兴不已。勒南的过度或许正好可以帮助我们矫正自身相应的缺陷。我们需要以理想的世界主义的标准完成对某位作者的一般评价,歌德终其一生传授和阐释了这一最令人尊敬的思想。因为,如果外国文学无法纠正我们的狭隘,弥补本土文化的不足,我们大可不必在它们身上花费太多时间。勒南之所以对德法冲突感到如此绝望,是因为他相信法国思想或德国思想无法单独发挥作用,一者需要另一者来修正。② 敏锐的思想、精确的批评、自由思考的快乐以及心智容纳度——圣伯夫和勒南这类人拥有的品质——从目前来看,这些品质都不会让我们有过度发展的危险。暂且不论勒南和圣伯夫的确切地位,单说勒南和圣伯夫是 19 世纪所有法国作家中对英美读者最有价值的,一点也不为过。

6

　　勒南在许多地方都称得上是我们的老师。倘若无法公正地评价他

---

① 关于巴雷斯的更多新观点见本书第 368 页。——作者
② *La Réforme int. et mor.*, 124. ——作者

作为一位艺术家的重要性,那么任何关于他的研究都将是不完整的。
他在现代文学中的杰出地位,或许不是因为他是重要的思想家,而是因
为他完美的文学技巧——他完善了一种在法国文学乃至英语文学中都
少见的形式。法盖说:"他比本世纪任何其他作家都更具魅力,那种魅
力难以描述,它包裹并最终控制我们。《回忆录》(*Souvenirs d'enfance*)
的某些篇章——如《雅典卫城的祈祷者》(Prayer on the Acropolis)——
是法国文学中最优美的文章。"①这种魅力的超高品质得益于,它将分
析排除在外。最高级的艺术应该摆脱任何能教授和模仿的技巧和手
法。正如儒贝尔所言:"我们不愿在艺术中看到我们的印象来自何处。
那伊阿得②应该藏起她的瓮;尼罗河应该隐藏他的源头。"

总之,勒南完成了一项罕见的壮举,他既保存了自己的风格,但又
并未变成一个文体家。他告诉我们,他"向来是最不文学的人"③。这
句话暗含了语文学家对富有想象力之人不公正的轻视,但它更多是对
刻意追求文学效果之人的抗议,勒南在许多同时代人身上都发现了这
种倾向。他毫不掩饰自己对某些人的厌恶,他们不知何为人,而只知何
为文人。他也毫不掩饰自己对某些美学家的厌恶,他们在无法明确自
己所表达的事物之前就急于沉迷表现手法。当《费加罗报》(*Figaro*)的
记者问他如何看待象征主义者以及这几年在巴黎搅弄风云的其他文学

---

① *Histoire de la littérature française*, II, 401. ——作者
② 那伊阿得(Naiad)是希腊神话中掌管水泉的水泽女神。
③ *Souvenirs*, 354. ——作者

流派时,他回答道:"他们还是吮吸手指的婴儿呢。"①

　　事实上,勒南在这些现象中看到了人们对生活过分刻意的文学态度,也就是他所处时代的弊病:"文学病(Morbus litterarius)！这种病症的显著特征是,我们热爱事物并不是因为它们本身,而是因为其产生的文学效果。我们开始通过戏剧幻想来看待世界……舞台灯光让我们无法看到日光。"②对他而言,文学似乎已经受到了人们装腔作势的本能和法国人称之为"华而不实"(cabotinage)的低级舞台效果的侵犯。夸大法国人性格中的这一因素绝非易事,尤其是自卢梭和浪漫主义以来。整个法国就是一出喜剧(Natio comœda est)。有人说夏多布里昂想在舞台上建造一间隐士的小屋。法国最近发生的事后来竟发展到这样一种地步,抗议竟是在新闻记者和业余摄影师的见证下进行的。勒南看到的怪病,正以艺术和文学之名围绕着他,这些病症为他描写"敌基督者"(Antéchrist)尼禄——帝国哗众取宠的演员——和罗马社会的衰落提供了不少线索。他告诉人们,尼禄是"真诚的浪漫主义者",他是第一个发现文学和艺术是生活中唯一值得严肃对待之物的人,因此他才是"为艺术而艺术"(l'art pour l'art)派真正的先驱。

　　为了规避这些唯美主义错误③,他甚至准备禁止所有与修辞和写

---

　　① Huret, *Enquête sur l'évolution littéraire*, 422.——作者

　　儒勒·于雷(Jules Huret 1864—1915),法国记者,他采访了64位法国作家,用达尔文的进化论解释法国文学发展的规律。

　　② *Feuilles détachées*, 232.——作者

　　③ 我们应当记得,勒南的作品避免了这些错误的形式,但不缺乏错误的本质。他的道德唯美主义可参考《回忆录》(*Souvenirs*, 115),他断言,美比德性更重要。——作者

作有关的系统教学,因为它们向年轻人灌输了危险的异端学说,即表现本身的价值独立于所表现的事物之外。① 他说,他很早便发现"形式上的浪漫主义是错误的"②,所以他始终忠于法国古典文学的传统和古代有良好教养的文学流派,后者在沉静而谦逊的文学风格中,看到了与沉静、低调的外衣匹配的美德。戈蒂埃的红马甲传奇③与他的文学风格之间一定存在某种相似性。勒南非常担心自己陷入过度形象化(picturesque),于是,就像他告知我们的那样,他花了一整年时间来"调和"《基督传》的风格。④ 他将自己在浪漫反叛中对法国文学传统标准的尊重,部分归功于他本人的品味,但更多或许是源自他的姐姐亨莉艾特的影响。"她让我相信,古典作家简洁而规整的风格足以表现一切事物,新的表现手法和激烈的形象要么源自我们的自负,要么源于我们对自己所享有真正财富的无知。"⑤他在别处还说:"噢!千万别说17世纪那些一生都在琢磨遣词造句的无名才子一事无成。他们完成了一件杰作——法语。他们通过创作《法兰西学术院词典》⑥,以让我们免遭无限自由——这对语言是致命的——侵害的方式,为人类精神做出

295

---

① *Souvenirs*, 253f. ; 又见第 220 页。——作者

② *Ibid.*, 89.——作者

③ 1830 年,雨果的浪漫主义戏剧《欧那尼》(*Hernani*)即将在巴黎的法兰西剧院上演,以戈蒂埃为首的年轻支持者身着奇装异服出现在巴黎街头支持演出,戈蒂埃当时穿了一件红色马甲。

④ *Souvenirs*, 355.——作者

⑤ *Ma Soeur Henriette*, 35f. 对勒南风格产生正面影响的还有奥古斯丁·梯叶里(见 *Souvenirs*, 371)和萨西(Sacy)的《辩论日报》(*Journal des Débats*)(见 *Feuilles détachées*, 135)。——作者

⑥ 为了法兰西语言的规范、明晰、纯洁且易于理解,法兰西学术院的院士们于1694 年编辑出版了第一部词典。

296 了微弱的贡献……只有当一个人意识到,《法兰西学术院词典》包含了表达每种思想——无论这种思想是多么微妙、多么新颖、多么精纯——所需的全部词语时,他的心灵才真正成熟。"①我们只有将勒南与雨果这样的文学长裤汉(literary sans-culotte)②对文学的态度做一对比,才能把握勒南对母语持有的保守甚至胆怯态度的全部意义,雨果曾吹嘘自己像罗伯斯庇尔似的使用法语词,他说自己"为旧词典戴上了一顶红色的自由之冠"。

尽管有雨果和同时代大部分文人的例子和规范,勒南最终仍坚持认为,清醒、克制以及对传统品味的尊重才是文学的美德。因此,他的风格总是如此完美,除了他性格和思想上的缺点之外,其风格本身缺点很少。男性因素在他的性格中不占主导,因此他的风格并不具备我们在帕斯卡散文中发现的男性味道。他的哲学尚不足以帮助他超越自我,因此他的作品缺乏一种以坚定的生命信仰为积淀的善于交流的温情。若我们不以这些严格的标准考察他的作品,而是将他的作品与法国或其他国家近来取得的成就做一对比,那一定会认可他身上这种罕见的优点。我们对勒南的总体评价可以归结为,他虽然是一位伟大的思想家,但却缺少伟大哲学家的品质,然而,他仍拥有伟大的历史学家

297 的诸多品质以及艺术家的全部品质。他是一位完美的散文大家,其散文语言轻而易举地超越了现代文学所有优秀的散文。

---

① *Essais de morale et de critique*, 341f. ——作者

② "长裤汉"或"无套裤汉"原是法国贵族根据穿着打扮对民众的戏称,在法国大革命之后成为革命者的同义词。

第十章　布吕内蒂埃

　　很少会有人像布吕内蒂埃那样，在 57 年的人生中经历如此多激烈的活动，也很少有人像他那样，用坚强不屈的意志支撑着虚弱的身体，并取得了巨大的成就。他年轻时曾被巴黎高等师范学校拒之门外，但最终还是成了法国高等教育大本营的一员。他于 1893 年成为法兰西学术院院士，几乎同一时间，在长期居于次要岗位后，他终于担任了《两世界评论》的主编。1897 年初的美国之行，只是他作为演说家和讲授者多次露面中的一次。在作为批评家的三十年或更长时间里，他平均每年至少出版一本书，但直至去世，他也没能完成《法国古典主义的历史》(*History of French Classicism*) 这本有望成为其里程碑的巨著：未完成的作品亦有望青史留名(Pendent opera interrupta)。这本书已完成的部分暗含着一种更成熟的风格，或者至少缓和了他风格中的严苛。他最后一项同时也是最出色的研究，是蒙田研究，对于一个处在慢性病末期的人来说，这是一项惊人的成就。"几何精神"的化身布吕内蒂埃对"敏感精神"的化身蒙田的评价超越了所有人；(之所以说布吕内蒂埃是"敏感精神"的化身)，是因为人们认为布吕内蒂埃并未完美平衡帕斯卡界定的这两种特质①，沃盖先生(M. de Vogüé)在《两世界评论》

---

　　①　指几何精神和敏感精神。

发表的一篇纪念文章中持同一看法。他真正亲近的 16 世纪人物并非
蒙田，而是逻辑大师约翰·加尔文。两人同样缺乏体贴、温和及诱人的
气质，但还可以就布吕内蒂埃的风格多说两句，正如布吕内蒂埃对加尔
文的评价："他的严谨终究有高尚之处，生硬和冲突恰是其独特的
威严。"①

1

　　加尔文是法国散文"几何精神"的第一个显著例子，当然，我们在
早期用拉丁文写作的学者身上也可以看到同样的辩证法转向。布吕内
蒂埃和泰纳一样，也让我们感到经院哲学仍游荡在它的起源之地。尽
管他们二人都试图运用科学归纳法，但他们仍是经院式的，因为他们热
衷于构建具有几何对称性的庞大观念体系，这种体系对可观察事实的
依赖程度远低于心灵的逻辑需求；他们的经院主义特质源于他们对辩
证法的运用和滥用，他们往往误以为推论就是理性。对逻辑一致性的
激情，从一开始就是法国人心灵的主要优势，但一旦这种激情以牺牲事
300　实和常识为代价，那它便有了最严重的缺陷。法国人偶尔会用推理反
驳那些显而易见的证据，这让人想起了茹尔丹先生（M. Jourdain）凭借
演绎推理（par raison démonstrative）杀人。② 或许布吕内蒂埃最令人恼

---

　　①　*Hist. de la lit. fr. classique*，1ᵉ Partie，218. ——作者
　　②　出自莫里哀《贵人迷》（*Le Bourgeois Gentilhomme*）第二幕第二场，剑术教师向
茹尔丹展示剑术技巧，认为剑术"问题的关键只在于能够运用手腕：或是往里拧，或是
往外拧"。茹尔丹由此推论："照这样练，一个人用不着多大勇气，就能稳稳地杀死对
方而永远不会死在对方剑下了。"白璧德借此讽刺法国人过分迷信推论。

怒的,是他在德雷福斯事件①中的态度。但通常而言,布吕内蒂埃的逻辑与泰纳相比,还是体现出了更多对事实的尊重。事实在泰纳心中就像穿透冰洲石的一束束光线——它们沿着他的理论线条折射和分化。布吕内蒂埃不及泰纳科学,但也不及他伪科学,或者说,至少伪科学与布吕内蒂埃的文学批评并无密切联系;他不会像泰纳的决定论那样,强加给自己一种不仅非文学而且完全反文学的方法。暂且不论他在文学达尔文主义方面的尝试,这一点我们稍后会谈。布吕内蒂埃并不是科学家,而是一位有杰出演说天赋和敏锐历史发展意识的逻辑学家。

历史发展意识是布吕内蒂埃和圣伯夫的主要连接点,这个连接点反过来又正好强化了二者的差异。正如我说过的,具有强烈"敏感精神"的圣伯夫对特殊性持有的激情与布吕内蒂埃对一般性的激情几乎同样多。恰如圣伯夫本人所言,他的目的是将一切事物特殊化,当他将事物一般化时,他总是很不情愿。没人比他更警惕普遍化中隐藏的谎言,但用爱默生的话来说,如果"自然厌恶一般性",那么人性中最高尚的部分也会厌恶一般性的缺失。我们有理由在渴望事实的多样性和统一性之间达成某种妥协。布吕内蒂埃《抒情诗的进化》(*Evolution de la poésie lyrique*)一书的题词,显然直接反驳了圣伯夫的方法:"无论何时,一旦我们想弄清楚某种复杂现象的含义,如果过分冒险深入细节,那么结果便是徒劳的。"布吕内蒂埃去世前写作的评论巴尔扎克的书,几乎

301

① 1894年法国陆军参谋部犹太籍上尉军官德雷福斯(Dreyfus)被诬陷犯叛国罪,被革职并处终身流放,法国右翼势力乘机掀起反犹浪潮。不久后真相大白,但法国政府却不愿承认错误,直至1906年德雷福斯才被判无罪。

没有提到任何巴尔扎克生活的细节,这本书反驳了现代派用传记式闲聊取代严肃批评的做法。

人们之所以尊重布吕内蒂埃,是因为作为一位观念史学家,他的逻辑受到了足够事实的调和,同时也是因为他对自 16 世纪晚期至今的整个法国文学的全面掌握①,他在这个领域的知识十分广博,且记忆力绝佳。他最擅长追溯主要的思想潮流——比如《进步观念的形式》("Formation of the Idea of Progress")这类文章。这种写作本身十分有价值,我们在英语世界中很少看到这样的作品。但事实上,布吕内蒂埃对希腊一手材料一无所知,他只略微懂得一点中世纪知识,他对法国以外的现代文学也缺乏足够的了解。他说,莱辛②想去除德语中的希腊文和拉丁文,彭斯③、雪莱④两人与拜伦处在社会天平的两端,他还说:"柏拉图像智者一样辩论,像孩子一样思考。"⑤我们会怀疑,对柏拉图做出如此判断的人,或许无力证实更高级的想象力。因为这位批评家本身缺乏想象力,他缺少一把——正如查普曼所言——"借助诗意打开诗篇的恰当钥匙"。⑥ 布吕内蒂埃既不为感觉(senses)而生,也不为

302

---

① 布吕内蒂埃对法国 16 世纪早期的了解并不全面,尤其是法国与意大利的关系,见 Henri Hauvette, *Revue critique.* 8 juillet, 1905, 14ff。——作者

② *Etudes critiques*, VI, 225.——作者

莱辛(Gotthold Ephraim Lessing, 1729—1781),德国剧作家、批评家,代表作有《拉奥孔》《汉堡剧评》等。

③ 彭斯(Robert Burns, 1759—1796),苏格兰诗人,主要用苏格兰语写作,其诗歌受民歌影响,通俗流畅,便于吟唱,在民间广为流传,被称为苏格兰的民族诗人。

④ *Etudes critiques*, VI, 234.——作者

⑤ *Discours de combat*, 90.——作者

⑥ 乔治·查普曼(George Chapman, 1559—1634),英国诗人、翻译家、剧作家,翻译了荷马史诗。引文出自《荷马的〈伊利亚特〉》中的《致读者》。

想象（imaginations）而生，他只为观念（ideas）而生。人们可以把戈蒂埃那句熟悉的话颠倒过来重新评价他，对布吕内蒂埃而言，可见世界是不存在的。沃盖说："他很可能是19世纪唯一一位伟大的文学家，他的世界里从未出现过卢梭以及卢梭的长子夏多布里昂，这两人从未给他的血液注入任何一滴美味的毒药。"我们承认这一论断的真实性，即使这种判断对布吕内蒂埃的性情来说不见得正确，但至少他的作品风格确实如此。在这方面，他与泰纳构成了一组奇特的对照，勒梅特尔说，泰纳具有"充满暴力和肉欲的想象力"，他总是沉浸在大量描述性的细节中。

若说泰纳的逻辑融合了一时一地的色彩，那么布吕内蒂埃的逻辑则是好战且高谈阔论型的。他晚年一些作品的题目，例如《战争论》（*Discours de Combat*），也同样适用于他的文集。他喜欢说，17世纪伟大的法国作家创造了一种"讲话体"——他们并不认为"自己在写作"，而是认为"自己在讲话"。这句话很好地形容了他的风格，即在严肃的谈话中使用口头语言。他用逻辑连接词将各个论点连接在一起，以一种有震慑力的队列形式向前推进，就像拿着连锁盾牌行军的罗马军团。他被称为战斗式批评的创建者。这让我们想起了一句关于逻辑之父的古语：与亚里士多德作战。（Quaerit Aristoteles pugnam.）布吕内蒂埃为基督教辩护时曾说："倘若一个人没有对手，他就无法感受到自己还活着。"①因为缺乏真正的对手，所以他常常与想象中的对手对话。有人将他粗暴而蛮横的脾气比喻为新古典主义时期严厉的批评家——布瓦

303

① *Discours de combat*, 2ᵉ série, 166.——作者

洛和约翰逊博士的急性子。但不同于布吕内蒂埃,后两位本质上是温和的,即便在最严峻的情况下,他们也会克制暴怒。

如前所述,圣伯夫认为现代批评家拥有除权威和判断力之外的全部批评美德;他们在才华和技艺上的所得,往往以权威和影响力上的缺失为代价。布吕内蒂埃的不同之处在于,他消除了圣伯夫的指摘,并且恢复了"批评家"一词原本的含义。当信仰至少在受教育阶层中已然完全过时之时,他仍然保有信仰,并且坚持依循信仰做出判断。他拥有某些通常能将自身信仰强加给无信仰之人所具备的力量。他仍然坚持某些陈旧的观点,认为书主要是为了表达思想,但在今天,许多人读书并不是为了思想,而是为了娱乐,顶多是为了追求高雅的审美感受。他让自己变成了古典传统的战士,在将艺术病态化的主观时代,他仍然宣称,理性是至高无上的。在极易陷入自我沉沦的时代,他却坚定而严肃。当文学在很大程度上受女性特质影响时,他却创作出了带有强烈男性特质的作品。在诞生马拉美①的十四行诗和龚古尔兄弟《日记》的时代,他却尽其所能地把风格限定在波舒哀时代的语法和词汇中。

勒南劝我们莫动怒,要我们"忍受世界的命运;哭喊无用,坏脾气亦不得体"②。布吕内蒂埃的哲学与这种温和的哲学截然相反。他热衷援引孔德的话,人性更多的是由已作古之人而不是尚在人世之人构成的。他如此支持这种古人多数论(opinion of this dead majority),以至

---

① 马拉美(Stéphane Mallarmé, 1842—1898),法国象征主义诗人,法国现代主义诗坛领袖,其诗歌追求语言变化和音乐性,著有长诗《牧神的午后》等。

② *Souvenirs*, p. xx.——作者

于他与同时代所有主流趋势都发生了冲突。他就像一个现代的西格 305
尔①,用三段论去推论同时代人难以接受的真理。他维护普遍意义上
的人,但他维护这一观念的方式使他与同代人隔绝。他说:"对一个人
来说,能远离冷漠且带有敌意的社会,身处其中但又能评价它,便是一
种快乐。"布吕内蒂埃一定受够了这种简单的快乐,尤其是像他的朋友
们说的那样,在他远未下定决心面对必然的报复之时。他对维尼的同
情,或许并不只是因为他们拥有相同的悲观情绪,而且还基于一个事
实,他和维尼都将强烈的敏感藏在了冷酷而严厉的外衣下。布吕内蒂
埃是生活在神经衰弱时代的禁欲主义者,他将攻击享乐主义的种种娱
乐方式当作自己的独特使命。因此,作为最不典型的高卢人,他与那些
被他形容为"堕落的享乐主义者"的同时代人之间都存在必然的冲突;
他与他称为文学纵欲者的法朗士之间也有必然的冲突;他与似乎想把
理智转变成精致娱乐方式的勒南之间同样存在必然冲突。

　　布吕内蒂埃作为批评家的工作史,在很大程度上也是他的论战史。
他有三次论战尤其值得我们关注。最早,他作为《两世界评论》的撰稿
人,将左拉和自然主义者作为攻击的对象,后来他又用一系列文章将这
场论战延续了 12 年之久。随后,他宣布现代科学破产②,科学已经无 306

————————

　　① 西格尔(Siger of Brabant,约 1240—1284),法国经院哲学家,生于比利时。他
是拉丁阿威罗伊主义的主要代表之一,主张用纯理性的方式解释亚里士多德的学说,
就这个问题他在 1266—1276 年与波纳文图拉和阿奎那等人展开了激烈的辩论,著有
《论理智灵魂》《逻辑问题》《自然问题》《论世界的永恒性》等。
　　② "科学的破产"这一短语出现在他从梵蒂冈回来后发表在《两世界评论》
(Revue des Deux Mondes, 1 janvier, 1895)的文章中。贝特洛在《巴黎评论》(Revue de
Paris, 1 février, 1895)上回应了这篇文章。——作者

法履行诺言,就这样,他又卷入了与贝特洛以及其他鼓吹纯粹实验方法的人之间的小册子论战中。最后,他多年来始终没有放弃攻击勒梅特尔、法朗士和热衷印象主义批评的人的机会。

2

布吕内蒂埃的《自然主义小说》(*Le Roman naturaliste*)收录了他第一次批评论战时的文章,这是他第一次对自《包法利夫人》、泰纳的《论巴尔扎克》以降占据毋庸置疑统治地位的自然主义信条提出强烈抗议。他尤其要拆穿左拉及其追随者,特别是他们崇拜的"人类文献"(human document)的科学伪装。他说,对逝去生活的一系列细致记录和观察,最多只能告诉我们事实,却无法告诉我们真理——他的这一说法复兴了歌德最喜欢的一个特质——而后者才是艺术的目的。把这种方法运用到过去的事物身上同样是徒劳的。埃德蒙·德·龚古尔①并未将真实的历史从"三万个小册子和两千份报纸"②中剥离出来,而据307 他陈述,自己阅读这些材料主要是为了写作一部关于 18 世纪的书。当自然主义被剥掉伪科学装饰以及无数字面意义上的生活观察记录后,它非但不是反浪漫主义的,反而在很多方面都是浪漫主义逻辑的延续。左拉的性情,其实是在较低层面上复制了雨果的性情;浪漫美梦只不过

---

① 埃德蒙·德·龚古尔(Edmond de Goncourt, 1822—1896),法国小说家,部分作品与弟弟茹尔·德·龚古尔共同完成,其长篇小说有《列莱·莫伯兰》《日尔米尼·拉赛德》《马奈特·萨洛蒙》《瞿惠赛夫人》等,多用心理学和病理学的观点分析人物精神状态。弟弟茹尔去世后,埃德蒙十分悲痛,搁笔数年后又创作了小说《女郎爱里沙》、自传体小说《桑加诺兄弟》等作品,并续写完《龚古尔兄弟日记》9 卷。

② *Le Roman naturaliste*, 296.——作者

变成了噩梦。布吕内蒂埃说:"左拉再造了自然,并让自然适应了其幻想的迫切需要。"①他大胆地用"下流且怪诞的狂热想象"②代替了现实。布吕内蒂埃道明了福楼拜和夏多布里昂之间的关系。他认为,龚古尔兄弟混淆了绘画艺术和写作艺术的"印象主义"③,其根源显然与浪漫主义有关。

自然主义的确萌生于卢梭的《忏悔录》(*Confessions*);因此,布吕内蒂埃对受卢梭影响的一切文学总是持相当敌视的态度。他指出,浪漫主义作家的首要本质特征其实是"抒情":他的意思是,这些作家完全是自恋的(self-absorption),他们除了自身情感和想要表达的观点,并不关注任何其他事物。距今一个世纪以前,夏多布里昂曾试图阻挡现代思想的潮流,他以宗教的名义回应中世纪,结果不但没能在文学中保留基督教理想,反而让文学远离了生活。安德烈·谢尼埃④意图调和艺术想象和现代科学,但以夏多布里昂为首的作家们仍傲慢地忽视了时代对理智和科学的渴望。由此而付出的代价是,他们对观念越来越无能为力。夏多布里昂更关注图像和抑扬顿挫的音乐性,而不是思想内涵。戈蒂埃完全压制了自己身上可能拥有过的任何关于思考的微弱意愿,他瞧不起资产阶级,只专心致志地寻找稀有且精致的审美感受。随

308

---

① *Le Roman naturaliste*, 350.——作者

② *Ibid.*, 348.——作者

③ *Ibid.*, 94.——作者

④ 安德烈·谢尼埃(André Chénier, 1762—1794),法国诗人。他受母亲影响,对古希腊文学很感兴趣,在古希腊、拉丁古典文学方面有很深的造诣。同时,他又受法国启蒙时期哲学家、科学家的影响,醉心于进步思想,崇尚理性。其代表作有诗歌《青年女囚》等。

着时间的流逝,不同学派提升审美能力的方法变得愈来愈复杂,对外行人而言也愈发难以理解。勒梅特尔在象征主义运动的高峰期曾说:"文学渐渐变成了上层精英们(mandarins)的神秘消遣。"

如果这就是缺乏思想价值的文学的命运,那么无法充分发挥想象力的科学也只能渐渐陷入干巴巴的分析中了。但无论唯美主义者和分析家在表面上有何分歧,他们都有一个重要的相似点。美学家追求审美感受,科学家追求机械的分析,总体而言,他们最终都没能提出任何与生活有关的整体目标。他们要么是为艺术而艺术,要么是为科学而科学。他们都拒绝认识独立于感觉和分析之外的本性领域,从而使自己与那种能直接将自由意志信仰变为可能的洞察力隔绝开来。就此而论,纯粹情感文学的极端代表左拉与科学理智的极端代表泰纳是一致的,他们都断言,善与恶就是糖与酸一样的生成物。布吕内蒂埃谈到左拉时说:"他完全忽视了一种神秘的心理学,这种心理学与理智和意志相关,它很好地反抗了感觉的冲击,也抵抗了欲望的进攻。不必跟他讲脱离肉体的自由,这种自由不但支配肉体,还赋予了肉体一个高于满足肉体需求的目标;他是无法理解你的。"①

布吕内蒂埃之所以如此攻击唯美自然主义者,是因为他们忽视了真正属于人的品质,也是因为他们试图将人类还原到动物本能层面。布吕内蒂埃在为人类自身和行为准则辩护的过程中攻击了科学自然主义者"鲁莽的学问"(impudent knowingness),譬如,贝特洛声称的所有问题的答案都能在实验室中找到、"世间再无神秘之物"这类观点。布吕内蒂埃

309

---

① *Le Roman naturaliste*, 207.——作者

坚持认为,人是超越自然的。"本世纪在道德、科学和艺术上犯的巨大　310
错误是混淆了人和自然,它没能停下来想想,只有人们在艺术、科学和
道德中把自己与自然区别开来,把自己当作自然的例外时,他们才算得
上是人。"①卢梭最有害且流传最广的学说是人性本善。② 但在现实
中,人们往往不是凭借服从自然,而是依靠反抗自然才向善的。

　　因此我们可以说,布吕内蒂埃作品的核心是对 19 世纪自然主义的
反驳,他反对将人完全融入自然。托马斯·布朗爵士③说:"我们身上
一定有某种神性;一种先于自然力,且不必向太阳屈服的力量。"布吕
内蒂埃不同于托马斯·布朗之处在于,他似乎更多是依靠逻辑而不是
直接的视觉达至超验自我的。他的理想主义建立在推论而不是洞察力
上,这种理想主义本质上仍然是消极的,因而无法给我们带来慰藉。

　　布吕内蒂埃倾向于将基督教和佛教当作伟大的消极宗教,他认为
其教义与叔本华的学说相似。他在某篇文章中甚至把叔本华的思想体
系置于基督教和佛教之上。一方面,他并未认清叔本华哲学本质中的
消极特征;另一方面,他又无法领会快乐与启示的积极原则,这一原则
是基督教和佛教的可取之处。"生命喜而乐,万物不占有,如光音天
人,以乐常为食。"④这段经文可以帮助我们弄清楚佛教的静心　311

---

　　① *Nouvelles questions de critique*, 343.——作者

　　② *Ibid*., 345, 370.——作者

　　③　托马斯·布朗爵士(Sir Thomas Browne, 1605—1682),英国作家、医师,对医
学、心理学均有贡献。他提出了"心理合化说",认为心理化合物不是观念元素简单相
加的总和,而是具有新质特点的复杂现象,著有《人的心灵哲学》等。

　　④ *Dhammapāda*.——作者

　　引文出自《法句经》第 200 条,译文参考白璧德:《法句经——译自巴利文并附论
文〈佛陀与西方〉》,聂渡洛、黄东田译,商务印书馆 2022 年版,第 102 页。

(temper)和叔本华痛苦的幻灭(disillusion)之间的区别；基督教与叔本华的区别也是如此。

3

　　但在进一步充分考量布吕内蒂埃和宗教的关系之前，让我们先看看他的第三场，同时也是最重要的论战——他与鼓吹印象主义的批评家们之间的论战。他在这场论战中再次捍卫了自己理解的理想。他坚决反对勒梅特尔和法朗士，他认为，在感觉和印象的自我之外，每个人身上都有一个与其他人相同的真实自我。他带着十分的热情投身到了一场在他看来是为了捍卫祭坛与家园(pro aris et focis)，且与批评生活息息相关的论战中。法国文学批评历经几个世纪的耕耘，产生了一个自相矛盾的结果，它诞生了一批否定批评的批评家。法朗士在其 4 卷本著作①的序言中说："至于我自己，我根本不能算作批评家。我没有操作打谷机的天赋，只有天才才能将文学成果装入打谷机，然后把谷粒和谷壳分开。"他在别处还说，他在这部杰作中的最大努力，是愉快地讲述其灵魂的"冒险"。② 顺便一提，法朗士热衷谈论的"灵魂"，实际上指的是神经(nerves)和感觉(sensibility)。勒梅特尔和法朗士都是女性化的。法朗士的个性尤其带有一种难以琢磨的魅力，这对感受到这一魅力的其他人来说是一个困惑的难题，对他本人来说更是如此。他和布吕内蒂埃之间的论战，有时也是在男性原则和女性原则的战争中

---

　　① 指《文学生活》。
　　② *La Vie littéraire*，I, p. iii.——作者

展开的。力量对抗魅力，理性对抗感性。

　　一个人的哲学思想在某种程度上总能反映他的性情。印象主义者宣称，哲学思想并不能反映除性情之外的任何事物。不过，当勒梅特尔和法朗士用他们的实际行动为这种说法辩护时，布吕内蒂埃却无法充分利用自己的实际行动反驳它。就此三人而言，我们感到他们身上都有一种因无法统一而互相争吵的性格特征，这种统一与歌德提到塔索和安东尼奥时所说的统一一样。但即便这种统一性也无法为最优秀的批评提供其所需的一切。他们仍然缺乏儒贝尔所具备的比任何法国现代批评家都完善的直觉。

　　事实上，勒梅特尔自19世纪90年代早期与布吕内蒂埃争论以来，便与法朗士渐行渐远了，即便当时他们二人的关系其实也并没有布吕内蒂埃想象得那样亲近。他们二人的确具备超越布吕内蒂埃的审美感知力和趣味——这种热情对品味而言，即使不是全部所需，也是必要的基础。勒梅特尔不仅比布吕内蒂埃更富热情，而且他在与布吕内蒂埃论战时还展现了自己对当代文学的独特热情，布吕内蒂埃则因为其禁欲式的不信任态度而与当代文学保持距离。勒梅特尔说，他是如此热爱19世纪下半叶的文学——它"如此智慧，如此焦躁，如此疯狂，如此忧郁，如此病态，如此精致"——以至于这些作品有时还会"让他欢喜地颤抖，愉悦地渗入他的骨髓"①。

　　勒梅特尔在文学上的敏感让人想起了圣伯夫，相比于任何其他法国现代批评家的作品，圣伯夫可能更愿意支持勒梅特尔的某些论述。

----

　　①　*Contemporains*, I, 239.——作者

热情、生机、闪耀的智慧,同时又能在虚无缥缈、不负责任的外衣下巧妙地进行深入和富有穿透力的反思——勒梅特尔兼具这些文学美德。然而,他第一阶段的作品给人留下的整体印象,是一种精神的困惑。他显然无法从自己身上找到一种能与无限流动的理智和感觉相抗衡的力量。他让我们想起了帕斯卡笔下的耶稣会神父,后者能让任何观点都变成"可能"。"我们很乐意看到这位博学的诡辩家进入同一问题的正反两面,他在任何地方都能找到合适的理由——这就是他的敏锐和机智之处。"勒梅特尔开始从两种、四种甚至六种角度讨论同一个问题,与此同时,他还避免呈现出奇数的角度,以免使其看上去太像结论。

314

但我们必须小心一点,即便在勒梅特尔印象主义特质最明显之时,也不要过分夸大他的精神困惑和缺少准则的特质。他内心深处一定会隐隐同情超现代的诉求,但左拉、于斯曼①、魏尔伦这些超现代(时髦)作家并不会因为勒梅特尔对他们的评价而欢欣鼓舞。他对这类作家的评价,在某种程度上体现了他不仅有热情,而且还有品味。他用直观判断力这个极其古典的美德,代替了布吕内蒂埃身上过多的逻辑。他这样谈及象征主义诗歌:"不,我不愿谈论它们,因为我发现它们是无法理解的,这令我厌烦。这并非我之过错。作为20年来被打上古典主义传统烙印的都兰(Touraine)本地人,作为这个明智、温和且惯于嘲弄的

---

① 于斯曼(Charles-Marie-Georges Huysmans,1840—1907),法国现代主义文学转型中的重要作家,象征主义的先行者,批评家常将其与叔本华对比讨论。于斯曼早年参与了以左拉为首的自然主义文学流派"梅塘集团"的活动,后来因主张变化逐渐远离自然主义派,转向神秘主义,代表作有《逆天》《改诅咒的人》等。

民族的子孙,我尚未准备好去理解他们的信条。"①

　　总之,勒梅特尔最初坚持的,是一种能够平衡当代人口味的文学传统;尽管他缺少内在准则,但他明显为缺少内在准则而感到痛苦,而且并未像法朗士那样真心热爱这种纯粹嘲讽性的冷漠。勒梅特尔对勒南的攻击,让人们第一次注意到他的批评家身份。尽管勒梅特尔在日后无疑会觉得这一攻击有些天真,尽管他的批评充满了讽刺意味,尤其还带有正宗高卢人的恶意和不敬,但他的评价仍然是有意义的。他在谈论勒南时,想象了一个善于辞令的对手:"这个人经历过灵魂所能经受的最可怕的道德危机。他在 20 岁那年,也就是做选择极其痛苦、极其惊心动魄之时,被迫在信仰和科学之间做选择……他是愉快的。拉梅内因为与教会之间一个相对无关痛痒的分歧(或许因为他只是一个修辞学家),而在绝望中死去;茹弗鲁瓦②则因为与教会之间更微不足道的分歧,便陷入了无药可救的悲伤。更不必说,帕斯卡仅仅因为怀疑带来的恐惧便陷入混乱③,而勒南却是快乐的! 不,不,勒南不应该感到快乐;只有最大胆的自相矛盾,才能让他感受到这样的快乐。就像麦克白谋杀了睡眠一样,勒南在他每部作品中,几十次、上百次地谋杀了喜悦,谋杀了行动,谋杀了精神的安宁和道德生活的静谧。"④因此,勒梅特尔在德雷福

315

---

　　① *Contemporains*, IV, 66.——作者

　　② 茹弗鲁瓦(Théodore Simon Jouffroy, 1796—1842),法国哲学家,1814 年进入巴黎高师,深受库辛影响,其哲学研究主要集中在苏格兰哲学,代表作有《道德哲学随笔》等。

　　③ 关于帕斯卡的这一说法如今已经不再可信。——作者

　　④ *Contemporains*, I, 203.——作者

斯事件的压力下,非但没把希望寄托在其缺乏的内在准则上,反而又回到传统准则上来了,这毫不令人奇怪;换言之,他居然与保守派结盟,尽管不像布吕内蒂埃那样立场鲜明。但今天我们看到的勒梅特尔与布吕内蒂埃攻击的印象主义者勒梅特尔之间的分歧,并不如人们想象得那样大。他在评论拉辛的书中,用印象派的惊惧(impressionistic trepidation)捍卫古典主义观点,其效果有趣,在某些方面也令人满意。我们在《论卢梭》中看到他对印象主义之父的攻讦不失辛辣。但我们在书中看到的,更多的是这种方法的缺点,而不是优点,尤其是,它缺乏宏大的思想结构。一个人即便再聪明,也无法在短短几页书中弥补这一缺陷。勒梅特尔对卢梭在国内外影响的了解并不充分,这种不充分强化了法国反动的保守派一直给人们带来的视野收缩感。还值得注意的是,勒梅特尔在其保守阶段——无论在进攻还是防守中——很容易受到与他类似的作家的吸引,这些作家具有的感知力即便不是主导性的,也是高度发达的——如拉辛、费奈隆①、卢梭、夏多布里昂。他仍然相信,批评家受自身多变的情感掌控,因此批评就是一个"喀迈拉"。②

4

法朗士早期在否定固有准则方面比勒梅特尔更为激进,他始终否

① 费奈隆(François Fénelon, 1695—1715),法国神学家、诗人、作家。他是寂静主义的主要倡导者之一,著有《特勒马科斯纪》等。

② *Chateaubriand*, 223.——作者

喀迈拉(chimera)是古代希腊神话中的怪兽,它拥有狮子的头颅、山羊的身躯和一条蟒蛇组成的尾巴,指代杂交动物或者合成兽,也比喻"不可能的想法"或"不切实际的梦"。

定固有准则。人们在他身上发现了批评精神的巅峰和终极表现形式，他将这种表现形式等价于批评本身——按照他的说法，批评精神的创造者是蒙田、圣埃夫勒蒙和培尔；批评是最终的且注定会吸收其他任何形式的文学形式。在我们这个思想绝对自由的时代，当好奇心成为主要德性时，这种形式已经取代了神学，并且在圣伯夫身上找到了属于它的圣托马斯·阿奎那。① 317

　　事实上，法朗士只是把他的老师圣伯夫和勒南身上的相对论萌芽推向了极致而已。用相对观念取代绝对观念——这似乎的确是 19 世纪在文学批评乃至全部思想领域的显著成就。从黑格尔到达尔文，"生成"、增长和发展的观念以上百种形式渗透并改变了现代人的思维习惯，它们让我们越来越难以将事物看作是永恒的和终极的。1860 年，谢勒高声大喊："绝对性已死！"但如我们所见，心却拒绝承认脑的判断。勒南试图在自己身上调和旧与新，结果却生出了他的一神论（theory of a God），但这个神并不存在，他只存在于"生成"的过程中。接下来法朗士要做的，是摆脱这些软弱的顾忌，抵达被称为"绝对相对性"的那个信条。法朗士坚信，他绝对受自身人格的控制，而且他本人和其他人的个人观点不参考任何标准，这一推论的必然结果，是一种关于普遍幻想的学说。他之所以承认放纵，部分是因为他的同情心，但更 318 主要的还是因为他轻视人性，并将人性仅仅当作幻想的玩偶。健康和疾病都是无用的实体；②清醒和疯狂同理。③ 法朗士所属的新"流动"

---

① *La Vie lit.*, I, p. v.——作者
② *Ibid.*, II, p. viii.——作者
③ *Ibid.*, I, 183.——作者

(following)哲学家派,在生活观念上与旧有的"流动"哲学家非常类似:

> 一切思想、一切信条、一切梦想都是真实的,
>
> 一切幻想都是异想天开、诡谲奇怪的;
>
> 人是衡量一切真理的准绳,
>
> 他自成一体。一切真理即变化。

　　东方的"幻"(doctrine of illusion)①就这样出现在西方思想中,但后者并未像印度心智②那样用"一"补充"幻"。现代幻想派诗人李勒③,用非凡的艺术激情捕捉和表现时空最转瞬即逝的表象,所有这些表象都缺乏精神实感,这种精神实感或在人类身上,或在自然现象身后。他的诗歌注入了某种令人恐惧和眩晕的东西,这种东西来自诗人对一系列无意义现象的思考,它们生于虚无,在黑暗中昙花一现,随即又消失在虚无中:

> 闪电、噩梦、永恒的谎言,
>
> 古老的生活永远
>
> 由虚无表象的无尽旋风编织而成。

---

　　①　"幻"是佛教概念,指假相或想象的物。诸法皆由因缘和合而生,又由因缘离散而灭,一切事象皆无实体性,故称为"幻"。

　　②　指佛陀。

　　③　李勒(Leconte de Lisle, 1818—1894),法国高蹈派诗人,出生于印度洋上的留尼汪岛,著有《古诗》《野诗》《悲诗》三部诗集,并翻译了古希腊诗人荷马、赫西俄德等人的作品。

就法朗士而言,关于普遍幻想的感觉,并未造成太多形而上的痛　319
苦,而主要导致了一种极端形式的浪漫主义讽刺,这种讽刺充斥在勒南
晚年的作品中——拥有这种讽刺的人盘旋在所有观点上方,拒绝受任
何观点束缚。但在德雷福斯事件中,当讽刺者的自由受到回归过往这
一呼吁的威胁时,当这种呼吁的狭隘性企图开始用某种确定的模式限
制精神时,法朗士便不再冷漠,而变得好斗起来。但即便在这种时刻,
一旦同伴有任何明确的建设性方案,他的讽刺也不会饶过他们。他内
心始终轻蔑地同情这样一些人,他们即便在最严肃的问题上也会被流
动的外表所欺骗。

这些小木偶

走着、走着、走着

转了小三圈,

随即离去。①

但在法朗士看来,这些小木偶都是邪恶和堕落的,它们是饥饿和生殖本
能的玩物。归根结底,他的人生观和左拉一样,是残忍的自然主义。他
断言:“人性的本质不会改变,这种本质即残酷、自我、嫉妒、肉欲、凶
残。”②用他自己的话来评价他自己的作品,有人可能会认为当代思想
有一丝不可思议的刻薄味;我们的文学不再相信事物的美好。③　他的　320

---

① 　参见 *La Vie lit.*, I, 58。——作者
② 　*Ibid.*, IV, 48. ——作者
③ 　*Ibid.*, IV, 14. ——作者

讽刺在《波纳尔之罪》(*Le Crime de Sylvestre Bonnard*)里最为温和,在《企鹅岛》(*L'Ile des Pingouins*)这类晚期作品中又变得极具破坏性。

因此,他为左拉之死所作的颂词很妥帖,尽管有这样一个事实:几年前法朗士对左拉的辛辣讽刺,与他批评中惯于赞赏的特点形成了鲜明对比。他评价左拉说:"他的作品很糟糕,他是那种可怜虫,有人也许会说,真希望这种人从未到这世上来。"①这种自相矛盾的原因很简单:若说法朗士在自然主义人生观上与左拉并无多大差别(除了他总体上更不乐观这一点以外),那么他对形式及形式作用的认识和左拉就有很大区别了。"像希腊人一样吧",这句话可以概括法朗士想要传递的信息(他本应说,像某些希腊人一样吧,尤其是希腊智者派);既然一切皆幻,真理也远离了我们,那就让我们追求美吧。②他的讽刺继承的唯一古代遗产,是古典作品及以这些作品为基础的古代教育,这也是他准备辩护的内容。他的风格很容易让人联想到过去,这种风格对传统元素的融合可以媲美柯林斯金属③。无论它多么缺少真正的古典精神,它都拥有古希腊亚历山大学派④的一切优雅特质。勒梅特尔说,它是拉丁精神开出的至尊之花。我们还须补充一句,它也是浪漫唯美主义的至尊之花。法朗士比大多数现代唯美主义者都更强调与对称相关

321

---

① *La Vie lit.*, I, 236.——作者

② *Ibid.*, I, 343f.——作者

③ 柯林斯金属(Corinthian metal)是古代一种极有价值的金属合金,据说是由金、银、铜按一定比例混合而成,老普林尼、西塞罗以及普鲁塔克等古典作家在他们的作品中都提到过这种金属。此处用以比喻集聚多种优良元素的混合体,珍贵难得。

④ 亚历山大学派(Alexandrian)发源于亚历山大里亚,以柏拉图哲学为基础,折中古希腊各派哲学,代表人物有安莫纽萨卡斯、普洛丁、普罗克洛等。

的美,而不是与表现相关的美。譬如,他比勒梅特尔更醉心艺术和语言的纯粹形式,后者冒着缩小书面语和口语差别的风险追求语言的生动性和表现力。他不但比大多数同时代人对形式具备更多直觉,而且在某种程度上也更具备人的意识,这显然是自然主义时期许多作家和批评家缺失的。他评价雨果:"你会感到痛心和害怕,因为他的巨著中有这么多怪兽,可是中间竟没有一个人形。"①

　　或许法朗士最好被定义为人文唯美主义者——我曾这样定义过沃特·佩特,事实上,英美读者几乎都会将他同法朗士比较。但佩特的散文在形式上不及法朗士纯粹,而且我认为他也没有能力对雨果做出人文主义的回应。尽管他的观点和法朗士都是唯美主义的,但公正地讲,他不大关注感官享受。我记得自己曾读过法朗士一本书,某位著名的美国学者虽然高度赞扬他人文主义的一面,却撕掉了这本书中的一整篇文章——儒贝尔也用同样的方法对待他收藏的 18 世纪作家们的作品。佩特身上充满浪漫主义宗教狂热的感性和愈发不虔敬的理智之间的矛盾不如法朗士尖锐。法朗士一心沉醉在圣方济各②身上,而他的脑却呼唤伏尔泰。但人们在佩特和法朗士身上,都可以感受到一种享乐主义的消遣,这种消遣在二者身上都与一种极致的文雅(suavity)结合。用佩特的话来说,我们在这两位作家身上都"充分"感受到了"精致秀美的颓废派所具备的精妙而雅致的甜蜜"。佩特在英国的影响不大。至于法朗士的影响嘛,格雷亚尔在迎接他进入法兰西学术院时,曾

————————————

　　① *La Vie lit.*, I, 115.——作者

　　② 圣方济各(Saint Francis of Assisi, 1182—1226),中世纪意大利修道士,天主教方济各会和方济各女修会的创始人。

当面指责他鼓动了有害的幻想和堕落的艺术爱好（les songeries malsaines et les dilettantismes dissolvants）。

这种抛弃了品格和意志，转而向感性寻求庇护的人文主义的危机，是显而易见的。法朗士的一些言论①几乎抵达了审美潮解（aesthetic deliquescence）的最后阶段，这一阶段的特征体现在无政府主义者劳伦·塔亚德②那句矫揉造作的格言中："只要姿势漂亮，行动有什么要紧？"人们会觉得法朗士不会回避任何堕落，只要这种堕落表达得足具艺术性。另一方面，他几乎是在用一种法利赛主义③的品味处理一般性和司空见惯的事物。他评论左拉："他毫无品味可言，我终于开始相信缺乏品味就是《圣经》中最严重的罪，它是最大的罪恶，也是唯一无法原谅的罪恶。"④说明他偏向法利赛品味的最好例子，或许是他对乔治·欧奈特⑤的攻讦。⑥ 勒梅特尔在论及同一主题的一篇文章的序言中说，他常常用文学主题取悦读者。他还说，倘若他今天要为读者讲述乔治·欧奈特的小说，希望读者能原谅他。他的这些话无疑给人们留下了深刻印象。

323

---

① 例如 *La Vie lit.*, II, p. iii。——作者

② 劳伦·塔亚德（Laurent Tailhade, 1854—1919），法国讽刺诗人、散文家、翻译家，为无政府主义辩护。

③ 法利赛人是犹太人的一个宗派，他们严格遵守宗教的外在形式，法利赛主义（pharisaism）即法利赛人的教义和实践，与形式主义同义。

④ *La Vie lit.*, I, 233.——作者

⑤ 乔治·欧奈特（Georges Ohnet, 1848—1918），法国小说家、戏剧作家。欧奈特崇拜乔治·桑，反对现实主义小说，他的作品带有强烈的理想主义色彩，代表作有《冶金厂厂主》《深渊之底》等。

⑥ *La Vie lit.*, II, 56ff.——作者

法朗士与佩特不同,他偶尔会表现出强烈的憎恶,但佩特几乎从未远离赞赏原则。但总体而言,法朗士还是会将自己作为一个批评家的角色还原到"温柔地赞叹事物之美"上来。他是一个热衷梦境的人,他告诉我们,他对事物本身的兴趣比不上对事物之暗示物的兴趣。"于我而言,所有书籍,即便最出色的书,其最珍贵之处仍是读者投射进去的事物,而不是它们本身包含的内容。"①蒙娜丽莎和她的微笑向佩特暗示的奇妙美梦,可能是英国批评家讲述灵魂在伟大作品中历险的最佳例证。法朗士那篇让布吕内蒂埃气愤不已的文章,体现了这种方法最糟糕的一面;他本想在这篇文章中批评勒南的《以色列史》,但最终却沉浸在对幼年时玩过的诺亚方舟的空想中。

这整个过程暗含了一种体裁混用,即未对批评和创作做出区分。 324
尽管勒梅特尔也致力于成为一位创作者,但他对创作和批评的态度仍不尽相同。如果法朗士能更强烈地意识到批评独特的正当性,他也许会写作更多批评文章。在他作为一位作家的整个职业生涯中,文学批评——最狭隘的意义上的文学批评——只是其中的插曲而已。

5

布吕内蒂埃无论如何都支持批评,而且比同时代任何一个人都更愿将批评当作一个明确的类型来发展。法朗士在批评中对判断的轻视以及他对批评这种文体的轻视,正如我试图表明的那样,是源于他极端的相对感,这种相对感是自然主义的产物。自然主义运动的力量体现

---

① *La Vie lit.*, II, p. xi.——作者

在如下事实中,采取种种方法与自然主义做斗争的布吕内蒂埃,要么急于加入自然主义科学的一面,要么加入其美学的一面。虽然他为批评的整全而战,但他也承认,批评也涉及持续的流变。

　　圣伯夫几乎是现代批评家中唯一一个成功将批评既当科学又当艺术实践的人;或者如他本人所言,他是成功融合了诗歌和生理学的人。泰纳试图将批评变为一种纯粹的科学,而其他人比如勒梅特尔,又几乎将批评完全当作一种艺术来发展。布吕内蒂埃也打算将批评既当科学又当艺术,但乍一看来,他的艺术显然不是圣伯夫的艺术。布吕内蒂埃似乎想凭借自己的教条主义倾向,使由斯卡利杰①用拉丁文开启的并由马勒布②、布瓦洛、尼扎尔等一系列法国批评家延续的传统继续保持活力;尽管因为自身的历史意识,他从一开始就比这些人更靠近相对主义者。他在 1889 年巴黎高师的讲座中声称,自己想变得既是科学的又是历史的。他想向海克尔③和达尔文的思想求助,而泰纳曾向居维叶

---

　　① 斯卡利杰(Julius Caesar Scaliger, 1484—1558),文艺复兴时期人文主义者,他以一篇反对伊拉斯谟的文章《以西塞罗反对伊拉斯谟的演说》为西塞罗辩护,并开启了自己的人文主义事业。斯卡利杰对古罗马情有独钟,他不仅将维吉尔置于荷马之上,而且认为古希腊悲剧作家不及塞内加。他将亚里士多德的《自然史》译为拉丁文,其代表作《诗论》深受亚里士多德《诗学》影响,是文学批评史上的重要作品。

　　② 弗朗索瓦·德·马勒布(Françoisde de Malherbe, 1555—1628),法国诗人、批评家。他发展的古典主义诗歌原则主张语言准确、明晰、和谐、庄重。他反对七星诗社丰富语言的方法,不主张运用古字、复合字、技术用语等,要让语言"纯洁"化,这些原则受到 17 世纪批评家的欢迎,对法国文学产生了持久影响,其代表作有《劝慰杜佩里埃先生》等。

　　③ 海克尔(Ernst Haeckel, 1834—1919),德国物理学家,达尔文进化论的捍卫者,代表作有《自然创造史》《人类发生或人的发展史》等。

和若弗鲁瓦·圣伊莱尔①寻求同样的帮助。布吕内蒂埃的文学达尔文主义总体上想表明，不同的文学体裁在很大程度上会像动物种类那样进化。他试图说明"它们源自何种时空环境；它们是如何仿照生物进化方式发展的；它们是如何适应或吸收一切有助于它们发展的东西的；它们是如何消亡的；它们腐坏的成分又是如何进入到新体裁的形式之中的"②。譬如，他认为中世纪的武功歌③就分化成了编年史和圆桌骑士传奇（Round Table romances），而这些传奇又经过演变进入了现代小说。

当我们概括性地叙述布吕内蒂埃的进化理论时，它似乎是合情合理的。但我们发现，在其体系运行的过程中，经院主义常常战胜科学，他对逻辑对称性的热忱将他引入了歧途。譬如，达尔文试图通过一种假设解释物种起源，这个假设认为，某些动物即便在同样的环境影响下，也会因为某些无法解释的原因变得与其他同类动物不同。布吕内蒂埃告诉我们，同样地，时不时会出现这样一些人，他们能修正文学进程，创造新的文学体裁。因此，他用一种备受质疑的类比——达尔文理论中的假说——解释了艺术中十分重要的一个事件：创作者的诞生。

326

---

①　若弗鲁瓦·圣伊莱尔（Geoffroy Saint-Hilaire，1772—1844），法国博物学家，拉马克的同事，捍卫并扩展了拉马克的进化论，确立了"组成统一"的原则。若弗鲁瓦的科学观点具有先验的意味，他相信有机设计的基本统一性，以及物种及时发生变异的可能性，著有《哲学解剖学》等。

②　*L'Evolution de la poésie lyrique*，I，5. ——作者

③　武功歌（Chansons de Geste）是11—14世纪流行于法国的一种数千行乃至数万行的长篇故事诗，通常用十音节诗句写成，以颂扬统治者的武功勋业为主要题材，根据查理大帝远征西班牙的史实写成的《罗兰之歌》是其代表之一。

如果布吕内蒂埃的类比是准确的,那么从事文学创作的个体就会服从盲目的宇宙冲动,而不会服从由其意志生出的深思熟虑的行为。正如勒梅特尔所说,体裁在布吕内蒂埃手中变成了纯粹的经院哲学实体和静如草木的抽象观念,它按照自己的生命路径演变,几乎与其传递的媒介即作者的大脑无关。布吕内蒂埃进化论中的可贵真理,已经包含在亚里士多德《诗学》(*Poetics*)的一句话中了:"经过多种多样的变化后,悲剧终于达到了它真正的本性,并在那里停了下来。"在处理体裁问题时把这种生物类比推得太远,其导致的危险性恰好可以用布吕内蒂埃自己的话来描述:"我们要特别注意的是,千万别把简单的比喻变成至高无上的批评法则。在这些宏大的概括中,个体消失了。我们渐渐习惯,只有当过去的某些人或作品能满足我们自己的理论时,我们才会认为它们是有价值的。充满多样性和复杂性的生活摆脱了我们,也避开了我们试图用来限制它的僵化的公式。"他之所以没能继续他的进化计划,或许是因为,就连他自己也认为,若不借助伪科学,他无法实现这个计划,至少无法在细节上有所作为。

　　但当布吕内蒂埃将几乎被以往批评家视作稳定和静止的一切事物,都交由进化论、相对领域处置后,他又是如何为其"教条式"的批评找到依据的呢?还有什么处于流动和变化之上的标准能成为评价一部作品好坏的参考呢?我们如何在文学评价中摆脱受自身性情缠绕的幻想之网,又如何摆脱社会偶然的狂热和空想呢?最后,我们怎样才能将自己从法朗士的印象主义中拯救出来呢?布吕内蒂埃当即给出的答案是,我们必须让感觉和情感服从理性。若进一步深入他的思想,我们会发现,他被引导去寻找一种绝对的东西,即有人称作"绝对的人"
(absolute man)的信仰,也可以说是柏拉图式的抑或经院哲学的"人性"
观念。他会根据一部作品所表现出的普遍且必然的人性来评价这部作
品,也会根据作品对高度审美愉悦和真实的人类思想情感两者的整合
度来评价它。

"绝对的人"本身只是一个形而上的抽象概念,布吕内蒂埃拒绝将 328
其批评直接置于这一概念之上。他在批评实践中,用一种绝对取代了
另一种绝对,即用在历史中展开的人类精神统一性,取代了理论上的人
类精神统一性。他用化身于传统的全人类的证言和经验,反对个人偏
好及任何个别人物给我们留下的印象。在后世吸引读者数量最多的作
家,才是最真实和最值得赞扬的人。一种观点只要足够古老、足够具有
普遍性,就能得到布吕内蒂埃的认可。他毫不犹豫地像剥夺个体独立
创作权那样,剥夺了个体独立判断的权利,这一切都是为普遍人性更高
的荣誉和利益服务的。布吕内蒂埃和印象主义者争论的问题是如此重
要,我得在最后一节全面讨论这个问题。

6

我们已经充分说明,布吕内蒂埃一生中所遇到的最大难题,乃是要
寻找一种标准,用以反对其所处时代的普遍散漫和自我放纵,以及他所
谓的"病态和畸形的自我发展"①;他的解决方案从一开始就是极端保
守的。他在生命最后十年的保守倾向自然遵循了其早期的设想,特别 329

---

① *Questions de Critique*, 214.——作者

是这样一种设想,即人性需要一种约束原则,这个原则不由个体自身产生,而必须"外在于、先于和高于"个体。在他看来,由于缺乏传统标准,现代社会似乎已经陷入了印象主义的无底深渊。当然,现代派用兄弟原则(principle of brotherhood)取代约束原则的方法来克服布吕内蒂埃遇到的难题;每个人都放松本能和"创意",然后通过对其他人同等的自由发挥个体冲动的同情,来抑制利己主义的膨胀。这就是卢梭和他的美国同道沃尔特·惠特曼的兄弟无政府论(theory of fraternal anarchy)。布吕内蒂埃说,现代法国竟然追随卢梭,把一个疯子当作向导。他认为我们或许可以很好地区别不同类型的个人主义,但它们在实践中都是利己主义的同义词;它们都为"印象的流动性,个人意识的无拘无束和思想的游移不定"[1]提供了不恰当的出口。

换言之,布吕内蒂埃无法逃离19世纪思想的恶劣困境——要么为了社会牺牲个体,要么为了个体牺牲社会;它无法在无政府主义自许和扼杀个体主动性的集体主义之间找到一个中间地带。我们至少会同意他的一个说法:一个社会如果拒绝用传统方式统一生活,并且它以为自己不依靠任何与个体冲动对抗的新的统一性,仍能使自身持续发展的话,这样的社会可能会狠狠受骗。布吕内蒂埃和法朗士在这个问题上的对立态度,至少如实地反映了当代法国思想的主要裂隙。诚然,在法国,如果一个人不想很快被当作保守派,那么他一定不要高喊:我们要尊重、权威和规训。如果法国人在不超越这一时期[2]的前提下还能取

① *Discours de combat*, 2ᵉ série, 151. ——作者
② 指19世纪。

得巨大成功,那么将证明以往所有圣贤的人性观都是错的;这本身是一个相当有趣的结果。

引导布吕内蒂埃走向天主教堂的因素现在已经很明显了。天主教堂似乎为他提供了足以使社会对抗个体的规训和明确的准则。他这一宗教转向的动机,正如他自己所说,是"社会的";他的动机当然与那些因宗教仪式的审美魅力而进入教会的人的动机大不相同。他轻蔑地评价这种享乐主义的形式:"感官享受不是宗教。"他转向天主教仅仅是因为,对他而言,天主教为人们提供了一个井然有序的社会进步的希望和一种更具规训的集体主义希望。人们常常误以为布吕内蒂埃具有"17 世纪的灵魂",或者像沃盖一样,错误地把他比作波舒哀和帕斯卡。 331
布吕内蒂埃对人道主义难题——社会的未来以及人与人之间的关系——的持续关注,带有孔德而不是波舒哀的色彩。而且在他内心深处,他与叔本华的共同点比与帕斯卡的共同点更多。只需对比促使布吕内蒂埃转变的"社会原因"和缝在帕斯卡外衣上的那片羊皮纸,便足以说明以上结论,帕斯卡在羊皮纸上记录了他转变信仰的详情(1654年 11 月 23 日,夜)。帕斯卡用一句常常被人们重复的话,总结了这种突然的启示:"快乐、确定、安宁。"布吕内蒂埃是真正的时代之子,他在创作而非冥想中寻找救赎;更确切地说,禁欲主义者布吕内蒂埃和享乐主义者圣伯夫都曾公开声明,创作是他们逃离形而上绝望深渊的手段。人们指责布吕内蒂埃脱离时代。与之相反,他的作品之所以无法经久不衰,或许恰恰是因为他太靠近其所处的时代了。他缺少一种直觉,单凭这种直觉,人们便能脱离某个特定的时代精神,从而进入真正的时代精神。他很少体验到儒贝尔称为"静卧于光"（repose in the light）的智慧。他在审美感知力上远不及圣伯夫，甚至比不上勒梅特尔。由于缺乏这两种主要直觉，他在情感和理智方面的联想力也较弱。他始终头脑清晰，但却缺少灵光（luminous）。勒梅特尔说："他如此重视精度，以至于在他看来，一个事物如果不能被严格和精确地表达出来，它便是不存在的。"①（我们应该还记得，这就是兰波在苏格兰人身上发现的特质，也是兰波说自己从根本上是反苏格兰的原因。）

　　布吕内蒂埃缺少以上直觉，这不但妨碍他为宗教传统辩护，而且也不利于他为文学传统辩护。他并未充分考量宗教或文学中直接促进个体完善且间接促进社会完善的那种贵族因素。圣伯夫哀叹人文（humane letters）的衰败，他哀叹的不仅是规训的削弱，更是人文从精致和差异的世界中消失。只需对比布吕内蒂埃和圣伯夫各自对巴尔扎克的态度，便能弄清这个问题。对批评家们而言，巴尔扎克和雨果的确是名副其实的试金石，因为他们都是拥有强大力量的作者，但这种力量是提坦式（Titanic）和库克罗普斯式（Cyclopean）的，而不是人类的力量，布吕内蒂埃把圣伯夫对巴尔扎克的敌意归结为圣伯夫个性上的愠怒和嫉妒。个性上的愠怒当然存在，但就像我在其他地方试图说明的那样，圣伯夫展现的敌意，其背后是他的人文主义——正如其本人所言，是这样一种事实："无论如何，他仍属于古典学派。"圣伯夫既尊重巴尔扎克充满活力的创造力，又反对他的暴力和无节制，可以说，他是比布吕内蒂埃更优秀的人文主义者。

―――――――――――――

　　① *Contemporains*, I, 225.——作者

　　许多读过布吕内蒂埃论巴尔扎克的读者,无疑都会困惑,他为何会对这样一位作家致以温情的敬意。正如布吕内蒂埃所言,巴尔扎克对自泰纳至左拉的整个法国自然主义运动产生了巨大影响,且他本身就是一股不受约束的自然力量。① 布吕内蒂埃的批评家职业生涯不正是从批评自然主义小说开始的吗? 他难道不是因为想反抗"仍在我们血液中流淌的自然主义"而变成"理想主义者"的吗? 若我们还记得巴尔扎克和布吕内蒂埃基于类似的原因都转变成了天主教徒,这个难题至少就解决了一部分。巴尔扎克无法在自己身上找到自我对抗的源泉,他认为这种对抗不是高级自然和低级自然之间的冲突,而仅仅是一种主要冲动的呈现,这种冲动反过来又是被无比复杂的环境压力决定的;他想不出任何能帮助个体从利己主义和主体性逃脱出来的内在出路,因此他通过从教会寻求最终约束的社会团结(social solidarity)来反抗个人主义。他和布吕内蒂埃都站在社会一边反对个体。布吕内蒂埃和巴尔扎克在回归传统规训的过程中,都以自然主义式的悲观主义为出发点。即使我们没有其他证据,但布吕内蒂埃对叔本华充满同情的研究也足以证明这个问题。

　　在处理布吕内蒂埃身上"自然主义"和"理想主义"的复杂关系时,还有一个不可不说的问题:他是如何调和自身敏锐的历史相对感与外部的绝对逻辑的呢? 作为一个思想家,他志气满满地想要将传统的稳固信仰同现代的进步观念结合起来。他断言,教条本身也在发展。我们很容易从这一说法中追溯到纽曼主教对他的影响。他呼吁天主教的

333

334

---

① *Le Roman naturaliste*, 165.——作者

发展应与现代民主的某些追求保持和谐,这一呼吁虽得到利奥十三世的欣赏,然而却远无法被今天的教皇接受。布吕内蒂埃进入天主教,是为了摆脱个人主义,但最终他却发现,自己竟被当成了异教徒。与泰纳及上世纪许多伟大人物一样,布吕内蒂埃给我们留下的最终印象也是他强烈的精神孤独。

布吕内蒂埃为传统辩护的一些论点着实令人惊讶。事实上,人们在他身上看到了他对矛盾的疯狂热爱。他不是通过攻击普遍意义上的人类概念,而是通过维护这一概念,来满足自己对矛盾的热爱的。他承认,用孔德的"实证哲学"和"物种起源"为天主教辩护是危险的,但这同时也是一项创举。他把科学的遗传学说与原罪教义等同起来,把美国宪法和罗马教廷等同起来,他还用达尔文支持圣文森特①。我们最好不要追随他这些奇怪的联想,但我们必须意识到,他一直在思考当代思想的一个核心问题,即如何调解"存在"和"生成"的对立,如何在保存自然主义战利品的同时,又能确保人高于自然现象的那个部分的完整性。

事实上,布吕内蒂埃对重大且重要问题的直觉几乎没什么过错,虽然他错失了正确的解决方案。他的错误具有启发意义,虽然他没能意识到,纠个人主义之偏的必须是更健全的个人主义,阿喀琉斯的长矛本身就能治愈其造成的伤口。治疗印象主义的最佳解药,是带着相反的观点通读作品。人们认为他能纠正那些疲于思考、懒散享乐的人。像

---

① 圣文森特(St. Vincent de Lérins, ? —450),高卢地区教会作家,被尊为"圣人"。

布吕内蒂埃这样在当前思想局势下仍能获得有逻辑的秩序着实不易，当下流行的哲学似乎就像一个哈佛大学本科生提到中国儒学时错用的那个词——混乱主义（confusionism）。他的作品充斥着禁欲主义的阴郁氛围，但他在明晰而贯通的推论中体验到的信仰，又能使其振奋不已。布吕内蒂埃说："人孰无过？ 一直以来，我的缺点之一就是对教条主义者的热爱，且看我是如何宽容教条主义者的吧：我原谅他们，不仅仅是因为他们秉承教义并且坚决捍卫教义，而且还因为，每当他们改变教义时——我是说那些好的教义——总能给出改变教义的充分理由。"①他相信"观念支配世界"②。在这一点上，他与法盖不同，法盖是位真正杰出的沉思者，他并不相信思想的实践功效；这或许就是法盖作品即使充满智慧但仍无法激励人心的原因所在。布吕内蒂埃写道："若将卢梭从 18 世纪拿掉，或许可以将大革命推迟 20 年至 25 年；倘若拿掉他的《社会契约论》（*Social Contract*），那便不可能产生雅各宾派的计划了；若拿掉《社会契约论》第四部的六、七两章，或许还能阻止罗伯斯庇尔。"不过，逻辑和生活之间的联系并不总是如此亲密。

336

    布吕内蒂埃看不起那些将学问从思想中分离出来的人，也看不起那些虽有思想却无法致力于某种严肃目标的人；他瞧不起那些在文学中只看到思想和感觉一同流浪的浅尝者以及印象主义者，也看不起那些在过分细致的观察中迷失自我的人：例如，那些用 500 页文字证明莫里哀死于黎塞留路 40 号而不是 34 号的人，或者那些找遍巴黎教堂 80 册手稿的记

---

① *Nouveaux essais de lit. cont.*, 314.——作者
② *Discours de combat*, 2ᵉ série, 172.——作者

录,只是为了明确尼侬·德·朗克洛①出生日期的人!他在一篇最强有力的文章(《新狂热》[*La Fureur de l'Inédit*])中,抨击了现代学术最迷恋的"原创性研究"。他高声喊道:"科学和意识、高雅的品味、鉴赏力、艺术的选择和创作、对风格的感知、恰当的表达、艺术或优雅、雄辩或力量,过去这一切都归于天赋或天才的名义之下——在文本阐释者和文献编辑者眼中,这些特质果真还重要吗? 已经受其腐蚀大半的公共舆论,似乎很快会站到他们一边。"②布吕内蒂埃一直在攻击学术上的这种亚历山大主义(Alexandrianism)的倾向,以及培根论述拼写改革时所说的"无用的精细"(unprofitable subtleties)③的倾向。在布吕内蒂埃的同时代人中,几乎无人会如此强调文学与思想,以及思想与生活之间的关系。

> 真正的神,坚韧的神,实乃思想之神。(Le vrai Dieu, le Dieu fort, est le Dieu des idées.)

可惜,他在这方面为人们树立的榜样力量,竟向他思想的保守倾向屈服,而那些在思想研究甚至事实研究上都低于他的人,在攻击他时仍拥有如下优势——他们看起来至少仍是现代精神的捍卫者。

---

① 尼侬·德·朗克洛(Ninon de Lenclos, 1620—1705),法国作家、著名的交际花,沙龙文化的代表人物。她受到众多法国文豪追捧,拉罗什富科亦为其写下动人诗篇。

② *Nouvelles questions de critique*, 28.——作者

③ 出自培根在英文版《学术的进展》(*The Advancement of Learning*)基础上扩写的拉丁文版本 De Augementis. Vol. II, Book VI, chapter I。培根在文中批评了当时某些人关于语言和文字的极端看法,比如文字拼写必须与发音一致。

第十一章　结论

　　众所周知,路易十四曾让布瓦洛评价他创作的十四行诗,布瓦洛读过之后说:"陛下,您无所不能。若您打算写些糟糕的诗,您已然做到了。"对现代读者而言,这个故事的意义不在于它体现了批评家的勇气,而在于展现了国王的温和。伴随民主进步,一个人对文学的看法已经可以和另一个人同样优秀了——更有甚者,爱尔兰人还会补充说——诸如敬意和谦卑这类词已变得陈旧起来。我们几乎无法想象,人们过去曾允许自己的个人印象被一系列外部规则威吓和控制到何种程度。一个世纪以前,一位爱丁堡评论员还可以写下这样的话:"诗歌至少与宗教有共同之处,某些卓越的作家在很久以前就确定了诗歌的标准,人们后来再质疑这些作家的权威便不再合法。"①拉辛告诉我们,他的喜剧《讼棍》(*Les Plaideurs*)首演时,观众们还曾担心"他们没有按规矩发笑"。

　　反叛最终产生于"规则"的暴政,浪漫主义批评家反对新古典主义 的狭隘,前者主张更广博的知识和更宽泛的同情心;他们在眺望前,会先观察观察,他们是历史主义的,而不是教条主义的;他们既不拒绝接纳,又不做出结论,他们只会解释;最重要的是,他们是有鉴赏力的,他

---

　　① 　Article on Southey, *Edinburgh Review*, October, 1802.——作者

们用卓有成效的赞美的批评,取代了无用的挑错的批评。这整个学派的缺点在于,他们常常忘记,知识和同情心终究只是批评家的女性德性。因此,这种现代批评缺少了男性德性,有了完全被同情和理解吞噬的评价倾向:理解一切,原谅一切(tout comprendre, c'est tout pardonner)。勒南是更广博知识和更宽广同情心这一理想的完美化身。他说,当一个人出现在他面前时,他会试着进入这个人的思想,并先用这人自己的思想招待他。我们会不由自主地想起约翰逊博士,想起当某些人与他不一致时,他是如何压制这些声音的;也会想起雷诺兹①、吉本②、柏克③等人如何冒险以"联名信"(Round Robin)反对约翰逊,以至于约翰逊这位可怕而严苛的批评家竟不知要将一腔愤怒首先向谁发泄。一个批评家应当培养女性德性,这是好事,也是必需,但还应具备一个前提

① 雷诺兹(Sir Joshua Reynolds, 1723—1792),英国18世纪学院派肖像画家,创立皇家美术学院,担任首任院长,被封为爵士。雷诺兹推崇古希腊罗马和文艺复兴时期意大利的美术,他在一系列讲演中宣扬"纯正"的趣味和法则,认为以庄重风格表现严肃题材是美术的崇高任务,而历史画便是执行这一任务的最佳方式,但现实中,他无法以历史画谋生,只好花费大部分精力绘制社会所需的肖像画。代表作有《塞缪尔·琼森博士》《装扮成悲剧女神的西顿夫人像》等。
② 吉本(Edward Gibbon, 1737—1794),英国历史学家。吉本年轻时曾于洛桑求学五年,返回英国后曾担任军官、下议院议员,反对北美殖民地独立。1761年他用法文写成了《论文学研究》,显示了他对古代史家们的了解以及对罗马共和国政制与法律的兴趣,对其后写作《罗马帝国衰亡史》一书产生了直接影响,但并未受到英国人的重视。吉本最著名的作品是《罗马帝国衰亡史》,全书包括罗马帝国后期和整个拜占庭帝国的历史事件。
③ 柏克(Edmund Burke, 1729—1797),英国保守主义思想家、政治家。柏克被公认为保守主义的鼻祖,但他本人始终以"老辉格党人"自居,亦即"老自由派"。柏克对北美独立运动和法国大革命抱以不同态度,他全力支持北美殖民地人民反对英王统治,并认为这是反对英王"专横的权力"的斗争,但他又抨击法国大革命中的雅各宾党人,认为这场革命是为了建立一个专横的政权而发动的。其代表作有《美洲三书》《法国革命论》等。

条件,正如丁尼生所说,他必须是有女性特质的男性(man-woman),而
不是有男性特质的女性(woman-man)。由于忽视了这个真理,上个世
纪批评的发展,先是接近一种历史形式,随后是传记形式,最后变成了
漫谈形式。历史和传记对批评判断的逐步侵犯,让人想起了梅罗文加 340
王朝那些披着服从的外衣偷偷进入君主的宫殿,最后却突然弑君的宫
廷官员们。如果判断最初没有表现得像个"懒汉国王"的话,它也就不
会被轻易取代了。

1

　　正如我们所见,圣伯夫晚年想要努力修正和完善他早期的批评方
法,重新为判断确立至高无上的地位。令人好奇的是,这位战斗的浪漫
主义者在 1830 年究竟是如何转变为保守派人士的。转变为保守派的圣
伯夫最终称赞马勒布、布瓦洛和约翰逊博士等人是真正的批评家。圣伯
夫追随这些人,将自己的判断大都建立在古典主义者的传统标准之上,
但没人比圣伯夫更清楚明白,这些标准注定会失效。他高声疾呼:"在大
混乱到来之前,让我们成为他们当中的最后一员吧。"①

　　圣伯夫预见的"大混乱"如今已经发生在我们身上。我曾指出,就他
本人对后继者的影响来看,说他不是标准和判断的卫士,而是杰出的相
对性学者,这一点是准确的。如今,几乎所有批评,只要是漫谈型的,都会
被归类为要么是印象式的,要么是科学的;这种相对性学说统合了印象
的批评和科学的批评。一本书只有与情感相关时,印象主义者才会对它 341

---

　　① *Portraits littéraires*, III, 550. ——作者

感兴趣,而他称赞任何引起他兴趣的事物的方式,是说它"易于引发联想"(suggestive)。科学批评家本人只会对一本书作为一种现象究竟与其他现象有何联系感兴趣。当这种联系方式是众多联系的终点或出发点时,他就会说,它"意义深远"(significant,这是歌德最爱的词)。如果我们要求印象主义者超越其情感,用一种更为客观的标准进行判断,他便会说,艺术中并无客观因素,而只有"暗示"(suggestiveness)。他几乎和一位晚近的法国作家一样,把艺术当作了"脆弱的催眠术"。如果我们继续逼迫科学批评家穿透现象,用绝对价值衡量一部作品,那么他便会逃入"不可知论"。

我们可以借用泰纳为人熟知的一段话说明这个问题,他是那些企图将批评科学化的人中最杰出的一位。泰纳在《英国文学》中说:"我们在花哨的现代诗歌中究竟能看到什么? 或许是一位像缪塞、雨果、拉马丁、海涅一样从事研究、游历四方的现代诗人,他常常穿着黑色外套,戴着黑色手套,他深受女性欢迎,在每晚的社交活动中鞠无数次躬,说无数恭维的话;他住在二楼,每天早晨读报;他紧张不安,特别是在这个彼此压制的高度民主的社会中,毫无信用的官方威严夸大了他的主张,同时还增加了他的重要性,他的敏锐感知常常让他以为自己就是神,因此他不会过分快乐。"

首先,这种通过一首诗推断一位诗人的生活和个性的尝试,其结果是非常不准确的。我们从最近出版的约翰·理查德·格林①的书信中读到,当泰纳在英国为写作《英国文学》最后一章收集资料时,他打算

---

① 约翰·理查德·格林(John Richard Green, 1873—1883),英国历史学家,其历史叙述将人民大众作为主要的描述对象,代表作有《英国人民简史》《人民英国史》等。

同桂冠诗人丁尼生的好友帕尔格雷夫①谈论丁尼生。泰纳问:"他年轻时难道不富有、奢侈、纵情享乐、自我放纵吗? 我在他早期的诗歌中看到了他的放纵,他对物质美的热爱,他喜欢珠宝,他纵情欢乐,他嗜酒,还有……""打住! 打住!"帕尔格雷夫不耐烦地说,"丁尼生年轻时很穷——他一年只有不到一百磅的收入,他习惯简约和节制,现在仍是如此,他始终在意的,无非是聊天和烟斗;他从不了解你所说的那种奢侈。"泰纳感谢帕尔格雷夫提供这些信息——但当这本书出版时,读者发现,作者还是按自己的喜好,将丁尼生刻画成了年轻的酒肉之徒。②

即便假定泰纳作出了正确的推论,他也会让我们把注意力集中在诗歌最不诗意的特质上。他寻找的平淡无奇的事实,在平庸作品和一流作品中都看得见。当泰纳开始用这种模式处理弥尔顿这种天才诗人,把《失乐园》(*Paradise Lost*)还原成单纯的"符号"时,他的整个方法实际上是荒诞且不充分的。泰纳在评论弥尔顿时说:"亚当是真正拥有投票权的家长,是议员,也是老牛津人。"当他听亚当和夏娃,人类第一对夫妇谈话时,他只听到了"在一个英国家庭中,两个善于推理的人——克罗内尔·哈钦森(Colonel Hutchinson)和他妻子的谈话。上帝啊! 快给他们穿上衣服";他以这种方式写了许多书。

但布尔热却代表印象主义者发言说,泰纳单纯从"意义"角度评论的这部诗集,还有另一种解读方法;布尔热把诗集中的"暗示"呈现为

———————————

① 帕尔格雷夫(Francis Turner Palgrave, 1824—1897),英国诗人、评论家,他的文学批评以敏锐、机智闻名,代表作有《诗歌风景》《英诗金库》等。

② *Letters of John Richard Green*, 372. 格林所写轶事与泰纳对丁尼生的最终评价或不完全一致。——作者

343

印象主义者的感觉时,用了大量修饰词,但受篇幅限制,此处就不再引用了。他让我们想象,在一个阴霾的冬日午后,有一位独守闺房的年轻女性。她慵懒地躺在长椅上,一股朦胧的忧郁突然涌上她的心头;她怀着无以言表的期待,颤抖着转向她最喜爱的诗人。她并未从心爱之书的精美色彩背后推测出平淡无奇的环境事实,也没有推测出泰纳所说的天才身上模糊的动物起源。她感知到的,是诗人的梦——"一个难以言喻的神秘远方,诗人成功地将远方变作萦绕诗歌的光环"。对泰纳而言,诗是结果;但对那位"如此愉悦地陶醉其中的"年轻女性而言,诗则是原因。"她并不关心提炼魔力的蒸馏器,只要这种魔力有效用,只要她读到的作品能达到绝妙且令人震颤的狂热,只要这些作品能始终为她甜蜜或悲伤的美梦带来无限狂喜。"布尔热总结道,有谁会看不到,全然不同的艺术理论就暗含在处理这本诗集的两种方法中呢?①

这两种理论的确不同,但它们的相似之处在于,无论是泰纳说的"意义",还是布尔热说的"暗示",它们都没能为我们从相对性的流沙逃向有坚实判断的土壤提供真正的方法。我们可以肯定的是,当代三流作品中的多愁善感,会比索福克勒斯戏剧为躺在长椅上的年轻女性"暗示"出更多难以言喻的梦。更笼统而言,有多少曾极具暗示性且在文学史上仍具有最深刻意义的书,现在却被认为本质上没多少价值!这一点在卢梭的作品中尤为明显,人们在印象主义者身上找到的极其

①　节选自《当代心理学论集》(*Essais de Psychologie contemporaine*)对泰纳的评论。——作者

夸张的个体意识(sens propre),最终都能追溯到卢梭那里。① 如果印象　345
主义展现的特殊情感形式可以追溯到卢梭的话,那么我们最好将印象
主义的哲学理论当作现代思想对一句古代格言——人是万物的尺
度——的再现。这句著名格言在希腊生活的决定性时刻流行起来,而
且它的确准确地总结了一切摒弃传统标准的时代的观点。最重要的问
题是,我们究竟是以智者的精神,还是以苏格拉底的精神在阐释这句格
言呢? 印象主义者和智者对这句格言的相似解读不言而喻;不仅个体,
即便个体当下的感觉和印象,都成了万物的尺度。法朗士说:"我们所
有人都根据自己的尺度判断一切事物。既然判断等同于比较,而我们
又都只有一个属于自己的尺度,并且这个尺度会不断变化,那么除此之
外,我们还能做些什么呢? 我们所有人都是流动表象的玩物和消遣的
对象。"②或许没有哪位晚近作家在运用这条格言时能比爱默生表现出
更多苏格拉底的精神了。爱默生说:"真正的人不属于任何时代或空
间,他自身即事物的核心。他在何处,自然就在何处。他衡量你,衡量
一切人和事。"虽然爱默生如此强调这条格言,但他并未像法朗士那
样,屈从于相对性学说和随之而来的普遍幻觉感;相反,他对人性的统　346
一有了新的认识——这是一种以洞察力而非传统为基础的统一性。他
曾在某处说,他发现,世上最好的书既富有思想又富有情感,这些书像

---

① "这其实就是19世纪的先驱卢梭,他在个体中,也就是情感和情绪的自我
中,看到了事物的唯一尺度。"佩里西埃(Pellissier)《当代文学研究》(*Etudes de
Litterature contemporaine*)。参考布吕内蒂埃《批评的新问题》(*Nouvelles questions de
critique*, 214)。——作者

② *Vie lit.*, I, 318.——作者

是"全知全能的正人君子"的作品。这个全知全能的正人君子显然就是爱默生所说的万物的尺度。只有当个体自己意识到必然的人性时，他才是万物的尺度。可以肯定的是，我们在实践中很难划出这两种个人主义的界限。在古代雅典，也有人——比如阿里斯托芬在《云》（*Clouds*）中——把苏格拉底当作一般的智者。同样，今天也有人会看不清爱默生和一般印象主义者之间的区别。桑塔亚纳教授①说："爱默生的力量之源并非其学说，而是他的性情。"②

我们常常无法将爱默生的语言与印象主义者的语言区别开来。"我会在门柱的门楣上写下狂想（whim）这个字。""梦想将我们带入梦境，幻想永无止境。""生活是情绪的流动。"但他又小心翼翼地补充道："我们身上也有一种不会变化且高于所有情感和心智状态的东西。"印象主义者否认这种绝对的判断因素，因而他会用享乐和懒散自由地放纵其性情；同时，他还轻蔑地宽容那些愿做"流动表象的消遣对象和玩物"之人。法朗士说他"温柔地蔑视众人"。我们大可借用柏克的话回应他，"由轻蔑产生的宽容，绝非真正的仁慈"。印象主义导致浅尝者和文学享乐主义者（jouisseurs littéraires）的数量急剧增长，这些人对"品味之事不容探讨"（de gustibus non）这句箴言的发展，定会令箴言的作者（贺拉斯）大吃一惊。贺拉斯所呼吁的真正的品味自由，在一句西班牙格言所直白表达的真理中，得到了必要的矫正："有些品味应受棍

347

---

① 桑塔亚纳（George Santayana，1863—1952），西班牙哲学家、文学家、批判实在论代表之一，移居美国，任教于哈佛大学，著有《理性的生活》、小说《最后的清教徒》等。

② *Poetry and Religion*，218.——作者

棒责打。"①据说,圣伯夫曾在同尼古拉尔多②的谈话中因尼古拉多尔对良好品味的粗暴冒犯而怒不可遏,后来,他竟然忍无可忍地将尼古拉尔多踢了出去。但丁在回答其对手时曾说,基于一个真正的意大利人的本能,他想"用匕首而不是言辞回应这个野兽"。我们必须记住,按照以往的理解,"良好的品味"是由两种不同元素组成的:首先是个体的感觉,其次是能够规训和制约这种感觉的外部规则。对有良好教养的群体而言,遵守规则是一种高贵的义务,正是在这个意义上,里瓦罗尔③准确地将品味界定为一个人的文学荣誉。现如今,虽然外部法则已经被废除,但品味并不因此便转让给了反复无常和漂泊无依的情感; 只有当这种情感受到内部感知的标准的调整时,它才能达成品味,在这个意义上,我们可以将品味定义为一个人的文学良知;总之,这只是低级自我和高级自我相互斗争的一个方面。事实上,有人坚持认为,品味不是一种靠意志努力便能赢得的东西,而是一种天生的、不可言传的鉴赏力,是一种神秘的选择,是缪斯赋予少数几个人的天赋;在文学上受神感召的人很多,但被选中的人却很少。伏尔泰在《哲学辞典》(*Philosophical Dictionary*)的"品味"("Goût")一节讨论了少数选民的品味问题,接着又在下一节"恩典"("Grâce")中尽情嘲笑那些持相同宗教教义的人。不仅个体,就连全世界的人都曾遭到缪斯抛弃。正如伏尔泰

348

---

① 西班牙原文为"Hay gustos que merecen palos"。——作者

② 尼古拉尔多(Louis Nicolardot, 1822—1888),法国散文家、评论家,著有《路易十六日志》等。

③ 里瓦罗尔(Antoine de Rivarol, 1753—1801),法国作家、翻译家、保皇党人,曾翻译但丁《神曲·地狱篇》。

悲伤地说，整个世界都是野蛮的（presque tout l'univers est barbare）。时至今日，也许还会有人认为伯阿沃斯①神父那个著名的疑问——德国人究竟是否文思敏捷——是合理的。德国和其他国家已经有太多例子可以说明，孜孜不倦和良好的意图远不足以满足品味的需求。无论品味在神学上是何模样，在文学上仍确如戈蒂埃所说，缺乏恩典的作品是无用的。

然而，虽然人们承认品味问题中存在预先命定的因素，但并不会因此而承认印象主义者宣扬的性情宿命或定局。当然，每个人都有初始的或性情中自带的品味，但很难讲这种品味会因服从人性的更高要求而发生多大程度的转变。约翰逊博士说，倘若他对未来没有任何义务和关系，那么他会与一位美丽的女士一起，轻松地驾着四轮马车度过一生。这就是约翰逊博士性情中的品味，如果他是法朗士的门徒，也许会将这种品味当作自己最终的信仰。博斯韦尔②转述了约翰逊在这个问题上的怒火："先生，千万不要习惯于相信印象。一个人一旦相信印象，他便会逐渐顺从它，并长期向其屈服，这样他就无法成为一个自由的行动者，或者有某种相似的效果，他会误以为自己不是自由的行动者。处在这种状态中的人不应活着……人们不能信任他，就像不信任老虎一样。"

---

① 伯阿沃斯（Dominique Bouhours，1628—1702），法国耶稣会牧师、散文家和新古典主义批评家。

② 博斯韦尔（James Boswell，1740—1795），英国传记作家，与塞缪尔·约翰逊交往深厚，最著名的作品是《塞缪尔·约翰逊传》。

约翰逊显然会赞成佛教徒,后者将人在自身性情中懒散沉溺的行为①当作一切致命死罪之首恶。上文约翰逊的怒斥,有利于澄清受法朗士软弱无力的诡辩污浊的空气。但我们知道,约翰逊的观点也隐含了他对个人印象的过度否认,因此这种观点在某种程度上仍是陈腐的。毕竟,对我们而言,鲜活、生动、个人的印象亦有好处;总之,唤醒感觉对我们是有益的;但我们应当"唤醒的感觉是,我们要成为更好的鉴赏者",而不仅仅是唤醒让我们成为更好的享乐者的意识。譬如,佩特不断强调我们有必要唤醒感觉,但当他让我们"生活在高雅的感觉长河中"时,当他催促我们振作自身,"拼命努力去观察、去触摸"时,谁都能听出这些话里的享乐主义意味。另一方面,我们不应该用禁欲来否定印象自身的价值。据说,布吕内蒂埃曾对一个他怀疑对方在思想上有享乐主义倾向的批评家说:"你总是赞扬那些取悦你的事物,而我从不这样做。"②这是一种禁欲主义的品味,它与那些观看拉辛喜剧时想要按规则发笑的观众的品味如出一辙。布吕内蒂埃就这样自然而然地走向了保守;他只因为看到了个人主义可能存在的恶,于是便让现代人放弃其宣言——人是万物的尺度,然后重新服从外部权威。17世纪的一类批评家试图建立一种完全独立于个体之外的标准。印象主义者则走向了另一个相反的极端,他们想建立一种完全处于个体内

350

---

① 这是巴利语"放逸"(pamóda)的全部含义。其相反的品质是"不放逸"(appamóda)或勤勉(strenuousness),这是佛教的主要德性。应补充一句,这种东方"勤勉"是为了征服自我,而不像西方人那样,是为了征服外部世界。——作者

② 见勒梅特尔《当代人》(*Contemporains*, VI, p. xi)。对比布吕内蒂埃《19世纪抒情诗的演变》(*L'Evolution de la poésie lyrique*, 25)。——作者

部的标准。问题是我们要找到普罗克汝斯忒斯和普罗透斯的中间地带①；这个合适的中间地带似乎是基于个体内部的标准，但个体又感觉这个中间地带是超越自我的，且它能支配一个人和其余人共有的本性。

351　　印象主义者不但否认一个人可以在稍纵即逝的印象中获得任何这样的判断原则，他还进一步否定了全体人类摆脱普遍幻想和相对性的全部方法；总之，他否定了那句古老的教会格言"这个世界坚决判定"（securus judicat orbis terrarum）②呈现的信条，顺便一提，这一信条是如此重要，以至于当它传到林肯手上时，转而变成了民主的基石："你无法一直愚弄所有人。"③法朗士像圣伯夫一样，也坚持认为，就整体而言，人类根本不具备纠正自己以及战胜错误和幻想的能力。我们在圣伯夫那里可以找到一整章论述名望无用的话。法朗士接着说："古人的后代们遗失了四分之三的古代作品，剩下一部分还遭到后人可怕地讹用……仅存的一小部分古书中更是有令人作呕、遗臭万年的作品。

---

①　白璧德用普罗克汝斯忒斯和普罗透斯的比喻说明应当在一致性和变化之间找到平衡。

②　原文为" Quapropter securus judicat orbis terrarum, bonos non esse qui se dividunt ab orbe terrarum, in quacumque parte orbis terrarum"（*Contra Epist. Parmen.* 3.24），意为"这个世界坚决判定，那些将自己与世界割裂的人是非善的"。换言之，人不能只生活在个别印象中。

③　出自林肯 1858 年在伊利诺伊州的演讲，全句为"It is true that you may fool all the people some of the time; you can even fool some of the people all the time; but you can't fool all of the people all of the time"（你的确可以在一段时间内愚弄所有人；你也可以在所有时间内愚弄一部分人；但你无法一直愚弄所有人）。换言之，某一个体（或权威）并非全知全能，人皆有选择。

据说瓦里乌斯①曾是与维吉尔旗鼓相当的作家。但他的作品已经遗
失。埃里亚努斯②简直是个蠢货,而他的作品却被保存了下来。这就
是你的后代。"③在这个问题上,两种个人主义之间的差异也是绝对的。
爱默生说:"文学声誉无运气可言。为每本书做最终裁决的,不是当时
存有偏见的喧闹大众,而是天使组成的法庭;我们无法诱惑、哀求和恐
吓公众决定一个人的名誉头衔。只有值得传承的书才会流芳百世。布
莱克莫尔④、科策比⑤和波洛克⑥也许会流传一时,但摩西和荷马才会
代代相传。书的永恒不是由人们对它的友善或敌意确定的,而是由其
自身特有的分量或其内容对恒常人心的内在意义所确定的。

此外,为了全面确定我们的批评标准,我们还要补充一句,当前睿

352

---

① 瓦里乌斯(Lucius Varius Rufus,公元前74—公元前14),古罗马诗人,维吉尔
好友,他在维吉尔死后助其出版了《埃涅阿斯纪》。瓦里乌斯被贺拉斯称为史诗大师,
在古罗马诗坛享有至高地位。

② 埃里亚努斯(Aelian,170—235),全名 Claudius Aelianus,罗马修辞学家,用希
腊语写作,著有《论动物的特性》《杂闻轶事》等。他的作品、语录被后人大量引用,但
白璧德认为其作品价值不高。

③ *Vie littéraire*,I,111.——作者

④ 布莱克莫尔(Richard Doddridge Blackmore,1825—1900),19 世纪英国小说
家、诗人,开启了英国小说的新浪漫主义运动。布莱克莫尔最受欢迎的作品是历史爱
情小说《洛娜·杜恩》,其余作品少有流传。

⑤ 科策比(August Freidrich Ferdinand von Kotzebue,1761—1819),德国剧作家、
小说家,以写作感伤流行剧闻名。科策比的剧作善于体察观众的心理,热衷讨好观
众,自 1779 年到 1839 年曼海姆民族剧院上演科策比的剧作 1487 次,远远超过席勒、
莎士比亚与歌德,但时过境迁,如今其大部分作品变为历史遗迹。其代表作有《德国
小城居民》《陌生人》等。

⑥ 波洛克(Robert Pollok,1798—1827),苏格兰诗人,其代表作《时间的流逝》
在北美地区受到广泛欢迎,多次出版且销量巨大。

智的少数人的判断也需要后来人的认可。①

2

以上是对批评标准的简要概括,此外,我们还要充分考虑它与法国乃至其他国家当代生活的主流趋势之间的关系。在现有条件下,我们显然要更加强调(上述)定义的第一部分(即睿智的少数人)。如果说在文学中毫无可能始终愚弄全部公众,那却很有可能在某个特定时刻愚弄公众甚至全部公众,或者始终愚弄某部分公众。与之相反的观点得到目前世界上最活跃的所谓卢梭式民主力量的支持。卢梭主义者,或者我应该毫不犹豫地称其为伪民主党人(很遗憾,我竟需要如此多与"伪"相关的名词来形容我们的现代活动),去除了标准中的人文主义或贵族元素。他们评价一本书,不诉诸睿智的少数人,而是基于这本书对普通人的即时影响。我们还记得,托尔斯泰在《论艺术》中为这种谬误的极端形式,也就是我们称之为人道主义谬误的极端形式辩护。他得出的结论是,19 世纪最伟大的文学作品是《汤姆叔叔的小屋》(*Uncle Tom's Cabin*)。始终以向导身份存在的爱默生,对我们恐怕也爱莫能助了。他当然有自己的人道主义幻想——这也是他和同时代人共有的幻想。爱默生重新解释了他最热爱的箴言"人是万物的尺度",他说:"我们是光度计,是用来测量微量元素聚集物的敏感的金箔和锡

353

---

① 呼吁少数的敏锐眼光而非多数人判断的观点出现在亚里士多德的文章中,他设想存在一个理想的读者,他是严肃的、理智的、成熟的(ὁ σπουδαῖος, ὁ φρόνιμος, ὁ εὐφυής)。这种普遍统一原则最早出现在朗吉努斯的作品中(朗吉努斯《论崇高》,第七章)。——作者

箔。我们可以通过上百万种质量或性质了解火的真实效用。"人们不禁想问,爱默生说的"我们"究竟是谁？我们大可承认人是光度计或光的量具,但若要像爱默生曾极力推崇的那样,认为这种理想的标准完好无损地存在于不受节制的普通个体身上,何其荒谬。爱默生在其他地方曾这样谈论歌德:"他讨厌受愚弄,也讨厌重复那些多年来支配人类信仰的老妇人的无稽之谈。他说,在此,我就是一切事物的准绳和仲裁人。我为什么要相信它们？"他对歌德的评价很是贴切,但当街头路人都像这样成为一切事物的尺度时,其结果往往与粗俗的傲慢无异。若人道主义谬误没有如此完美地适应商业主义,把利益建立在取悦普通人品味的基础之上,如果它没有像印象主义者那样失去传统控制,鼓励我们将心智沉浸在纯粹的当代事物中,那么相对而言,它的确是无害的。事实上,这些因素以某种方式结合在一起,威胁着一切高级且严肃的品味标准。用人道主义者描述事物时所采用的令人十分不快的词来说,文学正处于庸俗化、商业化和新闻化的危机中。有一些批评家,通过将自我平庸与读者平庸联系起来的方式,让自己名声大噪。圣伯夫说,我们在写作中,"应抬眉眺望山峰,让眼睛注视那些值得尊重的芸芸众生,并时时追问自己:他们究竟会怎样评价我们呢？"我们可以将他的建议与人们熟知的一个故事做一对比,美国有位杂志编辑告诉那些年轻的供稿人,你必须时刻记住奥什科什有位老太太,可千万别写任何她听不懂的话。写作究竟是面向理想的大师,还是奥什科什的老太太,这自然是有差异的。

显然,人道主义谬误恐怕会完全颠覆我们的批评标准,这个标准是

354

建立在当下睿智的少数人的判断上的,而当下睿智的少数人的判断又受到过去睿智的少数人的加持,正如传统中的"金链"(catena aurea)①所示。我们也要面对这样一个事实,爱默生比任何现代作家都更乐于强调个体对选择的需求(譬如他的诗歌《日子》),也更强调传统所体现的选择智慧,但他过分鼓励了普通人和那些未受规训、不加择选以及缺少传统意识的人。他的影响力在很多方面备受质疑。布朗乃尔②说:"我们所知的全部'傲慢'(perky)之人,几乎都是爱默生主义者。"如果我们想避免误解,就得仔细问一问,此处"傲慢"的本质究竟是什么,也得说明我们为什么在极度怀疑爱默生主义的同时还要珍视爱默生,或至少珍视他某个方面的特质。

在之前某个章节,我曾强调儒贝尔和爱默生有诸多相似之处,在同一章我又将儒贝尔和斯达尔夫人分别比作典型的柏拉图式的热情主义者和卢梭式的热情主义者。③ 问题出现了,爱默生究竟是否和儒贝尔一样,是纯粹柏拉图式的热情主义者呢? 他的众多拥趸无疑会认同这一结论。最近有本书还特地论证了爱默生完全受柏拉图影响。④ 而另一方面,另一位作者则宣称,爱默生是卢梭最值得称道的信徒。⑤ 事实

①　Catena 指代一种《圣经》注解传统,其中最有名的是圣托马斯·阿奎那的《金链》,该书收集了希腊和拉丁教父对四部福音书的注释,两篇有关《圣经》价值和范围的讲道稿,以及圣托马斯·阿奎那本人的注释和说明。

②　布朗乃尔(William Crary Brownell, 1851—1928),美国文学评论家,早年间为《纽约世界》杂志供稿,后在《民族》杂志任职,其代表作有《维多利亚时期的散文大师》《美国散文大师》等。

③　见第二章。

④　见 J. S. Harrison, *The Teachers of Emerson*。——作者

⑤　见 Thomas Davidson, *Rousseau*, 231。——作者

上,如果爱默生的一些言论都能在儒贝尔处找到相应说法的话,那么我们也能找到更多他与卢梭类似的言论。如果不过分迂腐地在爱默生身上对号入座,那么我们可以说,我们在他身上发现了分别属于儒贝尔和卢梭(以及卢梭的信徒斯达尔夫人)的两种心理特征的混合体;这种混合体是如此古怪,从而使爱默生成了文学界最难以定位的人物之一。

　　爱默生和卢梭之间的一个明显联系,是他们的自立(self-reliance)学说。这一学说在《爱弥儿》的许多篇章中都有阐述,人们通常认为这也是爱默生的核心学说。但爱默生在自立中提到的"自我"是什么意思呢? 用他自己的话来说,"原初自我(aboriginal self)——普遍信心得以建立的基础——究竟是什么?"他接着回答,这种自我是"天才、美德和生命的本质,也是所谓'自发性'和'本能'的源泉。我们将这种最基本的智慧称为'直觉'"。这种自发性理论的源头,显然可以循着德国和新英格兰的各种路径上溯至卢梭。但爱默生果真与卢梭一样,是用"自发性"这个词或类似术语指代一种纯粹的扩张过程吗? 后者是一种能战胜外部障碍和束缚的冲动。特别是,他究竟是在卢梭意义上,还是柏拉图意义上使用"直觉"一词的呢? 此处,他身上出现了我提到过的那种古怪的混合特质。他显然是从柏拉图的意义上来理解统一的,这种统一带有某种崇高和宁静。同时,他又把个性中纯粹的离散力(centrifugal powers)和统一的概念置于同一层面。他赞许地援引了东方对"神"的定义:一种内在制约(这种定义绝不会出现在卢梭处),然后他又以相同的语气提到了"神圣扩张"(divine expansion)。本能和直觉同样受人尊重,而且本能也常常等同于直觉。人们有时会疑惑,既然

356

357

人性的扩张本能如此神圣,为何还需要内在制约呢? 为什么我们无法把这样的神,妥善还原为伊壁鸠鲁的神呢? 难道人类心中就不存在某种邪恶本质,引导我们走向与我们所依赖的以规训和约束为己任的"自我"完全不同的方向吗? 爱默生回答道:"以人性堕落为乐,是人最后的放荡和亵渎。"

此处,爱默生与卢梭一样,否定了人性固有的恶。我认为,他的主要不足——也是他所有其他不足的源泉——是他与华兹华斯和许多卢梭主义者一样,"只关注人类命运的一半"①。他们对待堕落问题的这种态度,与已证实的事实冲突,也与所有坚决、清晰、诚实的思考冲突,因而长期严重损害了秉持这种态度之人的名望。关于这个问题,还有一个奇妙的对照。乔纳森·爱德华兹(Jonathan Edwards)②大约是爱默生之前美国最具创造力的思想家,他就因为用(与爱默生态度)截然相反的另一个极端来处理这一问题而令自己的名声严重受损。历史地来看,爱默生对堕落的否认,仅仅标志着他极力从爱德华兹在恩菲尔德宣讲的《落在忿怒之神手中的罪人》(*Sinners in the Hands of an Angry God*)中撤退——从爱德华兹试图利用堕落建立的精神上的恐怖统治中撤退。爱德华兹利用这种恐怖统治为摇摇欲坠的神学提供支撑。然而,

---

① 杜加尔德夫人(Madame Dugard)在其专著以及 P. E. 莫尔(P. E. More)在《谢尔伯恩散文》(*Shelburne Essays*, I, 71ff.)中指出了爱默生及其带来影响的核心弱点。——作者

② 乔纳森·爱德华兹(Jonathan Edwards, 1703—1758),美国神学家,北美殖民地大觉醒运动的领导者,被誉为美国哲学的开拓者。他重视真理的知识,但也同时看重宗教经验,提出了"心灵感觉"(超自然力量在人心中引发的经验),著有《自由意志论》等。

爱德华兹在处理罪恶和现实问题时，只是夸大了事实，他只是用一种几近疯狂的执着夸大了事实，但爱默生和卢梭主义者却轻易否弃了事实。这可能就是爱德华兹强大的逻辑能力和爱默生薄弱的辩证法形成鲜明对照的一个原因。

值得怀疑的是，像爱默生这种在辩证法方面如此薄弱的人，究竟能否称得上是柏拉图主义者呢？我们可以想象出苏格拉底会在柏拉图对话录中如何追问爱默生，苏格拉底会要求他给出"自然""本能"这类词清晰、分明的定义和多元的特性，但爱默生用词往往含混不清。他不仅缺乏更清晰的思维技巧，这一缺陷导致许多专业哲学家完全拒绝承认他，而且他还缺乏更为重要的一致性，这能让他将工作的两个主要方面统合起来——一方面是他坚持的独特性和个体化，这是他和他所处时代共同的特征；另一方面是专注的精神和统一感，这是他和历史上所有预言家共有的特征。儒贝尔认为，一位严肃的思想家应该在提出一个真理的同时，提出另一个能修正和约束它的对立真理；否则真理就不会有益身心，反而会变成麻醉品。虽然爱默生照例为人们提供了真理和对立真理，但二者并没有通过生动的辩证法连接在一起，正如他同阶层的思想家通常对待真理的态度，那么他的追随者就很可能只会汲取麻醉品而抛弃矫正物。我们可以认为，缺乏规训和责任的"理想"是一文不值的，但我们还是有可能从爱默生身上汲取某种理想主义的东西，这东西毫无规训可言，它仅仅是一种模糊的乐观主义的升华。我们不必探明自然和人性的法则，然后再让自己适应这些法则，相反，在爱默生的影响下，用他自己的话来说，我们充满了"美妙的不确定感"，变得

359

"像火药的烟气一样,可以任意膨胀"。总之,爱默生鼓励我们相信,情感的沉醉可以治愈严酷的现实罪恶和痛苦。爱默生的这一面相,一方面显然与卢梭相关,另一方面又与美国人民族性情中最不可靠的一面相关,后者可在"基督教科学"中找到其极端的表达。卢梭实质上说的是:"人类是善的,因此自然也是美好的。""我是高尚的、谦和的,因此世界也是高尚的、谦和的。"这是基督教科学家所秉持教义的最新形式。

360 　　爱默生的这一卢梭主义面相,不但隐藏了个体内部善与恶的冲突,还掩盖了个体对文化的需要,即个体解决自身问题时从社会——总体而言,即从过去和现在的人类经验——中寻求的帮助。如果时代正在忍受肮脏的平庸,爱默生告诉我们事实就是如此,那么时代的困境必定是,个体缺乏足够的自信用其一贯的直觉反抗平庸。爱默生不厌其烦地强调循规蹈矩的可怕之处。譬如,正如"英国教会"表现的那样,它"让眼睛模糊不清,让身体变得臃肿,让人们发出铿锵有力的呼噜声"。但另一类爱默生主义者,却向我们暗示了不循规蹈矩的可怖之处。这类人大多完全依赖内在神谕,当他们觉得自己与众不同时,便以为是受到了神的启发。诚然,人们最终必须循着自己的光行走,但他们永远也无法从爱默生身上学到,要首先确保这道光不是黑暗的究竟是多么困难。爱默生在《引证与原创》(*Quotation and Originality*)中详述了个人的努力究竟是多么微不足道,一个人做得最好的工作无非就是引用和模仿;个体很可能会变得谦卑起来,正如柏克所说,个体会意识到利用自己的智慧资本所要面临的危险。但随后爱默生又说:"对于过去一

切称得上超凡脱俗的事物而言,'天才'这个简单的词本身就是圆满的
答案……天才相信最微弱的预感,它可以对抗一切历史证据。"有了这 361
句令人安心的话,个体很可能会失去刚刚才开始萌生的谦卑,再度变得
像火药的烟气似的任意膨胀。有了这一内在神谕,我们为什么还要不
遗余力地在吸收传统的基础上建立标准呢?

帕斯卡也许会说,爱默生眼中人的崇高感尚未受到卑劣感的充分
调和。爱默生认为:"一个人必须坚定不移地植根于自我本能之上。"
芝加哥的一位医生近来宣布,普通人大都具备谋杀的"本能";如果我
们相信数据,就会发现,顽固地植根于这一本能之上的美国人越来越
多。但我并不想在爱默生主义和谋杀之间建立某种联系。对那些顽固
地植根于自己本能之上的人而言,其最坏的情况无非是,他可能会顽固
地将自己置于粗鄙的本能之上。爱默生强调:"近来哲学的自信原则
(affirmative principle)相信,个体拥有一种独立且自足的力量。"歌德见
证了爱默生提到的哲学——原创性天才的哲学——的开端,他本人几
乎是这种哲学的受害者。他说:"就好像一个人除了笨拙和愚钝,还能
从自己身上得到什么似的。"

像爱默生这样聪慧的人,其影响力常常会妨碍谦卑,而后者又是智
慧的首要标志;他是一个真正的贤者,但却仍是人性的奉承者;正如我
之前所说,他身上有卢梭主义和洞察力的令人困惑的融合;他给我们的 362
印象,有时是一种真正的宗教精神,就像神学家所说,是一种活在恩典
中的精神,有时又会让我们强烈地联想到"美好的灵魂"对宗教精神的
卢梭式讽刺。但正如阿诺德所说,光是稀有物,无论在何处发现光,我

们一定要珍惜它:因此,我们一定要珍惜爱默生身上的光,尽管这束光常与难以实现的乐观主义有关,就像我们必须珍惜爱德华兹身上的光一样,尽管那束光与难以实现的神学相关。爱默生在自己最美好的时刻感知到的"超灵"(oversoul),是真正的超灵,而不是被卢梭当作替代物的"灵魂之下的部分"(undersoul)。他由此为我们提供了构建批评标准的元素。但我已试图说明,如果我们不想在运用这些元素时误导他人,那就必须用严格的区分防范此类错误。

3

我们要寻觅的,是一个能够以过去为依据确立规训和选择的批评家,而不只是一位传统主义者;他对传统的把握,是一个持续进行严肃和清晰思考的过程,换言之,这是一个不断使过去的经验适应当前变化需求的过程。

那么谁才是真正批判性地阐释过去的模范呢?我们很难在19世纪找到这种人,尽管我们通常认为19世纪是最有历史价值的一个世纪。本世纪流行的两种对待过去的态度,分别是科学的态度和浪漫的态度。持科学态度之人主要注重调查和确定过去的事实。浪漫主义者则沉醉于对事实的纯粹生动刻画,或者从现实向过去逃遁,用泰纳的话来说,他们用过去为自己制造借口。但过去根本不应该被当作研究的实验室或美梦栖息的茅庵,而应该被当作一连串经验。那个既能完全进入传统,同时又知道如何将传统与现在相连的人究竟在何处?即使圣伯夫也无法完全满足我们的要求。他是自然主义宿命论的受害者,这种宿命论就像疫病似的萦绕在人类精神中长达 50 年之久或更长时间。他说:"人类有幻想的自由。"如果一个人无法自由地从知识中获益,那么了解过去又有何用? 我们可以借助歌德(被圣伯夫称为批评之王的人)和歌德的话思考上述问题。歌德说,人们全面研读他的作品后获得的主要益处是得到了"某种内在自由"。

歌德的确比任何现代作家都更接近我们正在寻觅的批评家;艾克曼的谈话和歌德晚年的批评作品所揭示的,不是浪漫的歌德,也不是科学的歌德,而是人文主义者歌德。在我看来,作为批评艺术的实际践行者,歌德似乎比不上最优秀的法国批评家;但作为批评思维传统的创立者,他是无与伦比的。正如圣伯夫所说,歌德不仅吸收传统,而且吸收了所有传统,他因此成了现代人中的现代人;他关注每一片从地平线升起的新风帆,但他是站在苏尼翁①眺望这些风帆的。他用宏大的背景和视角来完善和支撑他的个人洞见,从而让当下不是对过去的奴性模仿,也不是对过去的苍白否定,而是一种创造性的延续。他说:"我们必须用大量的普遍历史来反抗一时的错误和偏差。"他让我们别再空谈"绝对",而要学会根据其实际的表现形式来认识它。这种从"多"中看到"一"的人文艺术特殊形式,似乎特别适合我们这个时代。这个时代与诸如古希腊、古罗马等其他时代不同之处在于,它掌握了大量经过验证的人类经验。

我说过,比起卢梭主义的歌德,人文主义的歌德对我们的目标更为重要。但我必须补充一点,他从卢梭主义转向人文主义的过程,与其最终结果几乎具有同等的启发意义。歌德对卢梭主义的自发性、原创天

364

---

①　苏尼翁是阿提卡半岛南端的著名海角。

才理论的彻底反叛——他从一开始就是这一理论在德国的主要倡导者——或许恰好暗含在我先前援引的一句话中。歌德没有像爱默生那样继续培养美妙的不确定感，也没有像火药烟气似的任意膨胀；总之，他不会只满足于浪漫主义的狂妄自大；他发现人是通过接受限制而获得进步的，而不像卢梭主义者想让人们相信的那样，是通过摆脱限制实现进步的。《威廉·迈斯特》（*Wilhelm Meister*）以及他的晚期作品教会我们，个体必须让其性情和冲动服从于某种高于它们的东西——换言之，他必须摒弃性情和冲动。歌德所说的个体不断死亡和生成（stirb und werde）的过程，与宗教中最深刻的东西当然是一致的；但还应该看到，歌德所说的放弃完全是非禁欲的。这种放弃似乎是生活经验的自然结果，而不是宗教中常见的那种与生活经验暴力冲突的结果。

歌德放弃的是卢梭主义的空想世界。他渐渐从空想转向了实干。他结合了莱布尼茨和亚里士多德的术语，宣称人应该通过不断努力将自己从一个纯粹的单子提升至隐德莱希①。只有通过这种方法，他才有希望在世间继续幸福地生活下去。我们可以把《浮士德》第二部结尾处天使宣布以工作（works）救世的几句话当作对歌德中心思想的最佳总结：

凡人不断努力

我们才能济度。②

---

① 隐德莱希（entelechy），亚里士多德使用的哲学术语，意为"实现"，即目的或行动的完成。莱布尼茨借用这一术语指单子中的原动力。

② 引文出自《浮士德》第二部，第五幕结尾处众天使的宣讲。译文参考歌德：《浮士德》，绿原译，人民文学出版社 2015 年版，第 395 页。

但就"工作说"(doctrine of works)尤其是《浮士德》第二部中的"工作说"而言,我们有了第一个关于歌德的疑问。我曾引用歌德的话反对爱默生。此处则需要引用爱默生反过来指出歌德的局限性,方有公平可言。在《代表人物》(*Representative Men*)一书中,爱默生先是由衷地称赞了歌德,之后却转而认为,歌德并不崇拜最高统一性。就这一判断仅体现了爱默生的卢梭主义面相而言,他对文化的怀疑和对分析的厌恶似乎是微不足道的。但爱默生不仅是卢梭主义者,而且还是一位预言家,在我看来,他的洞察力和他的卢梭主义面相都体现在他那句"歌德并不崇拜最高统一性"的话里了。

现在来说说歌德,爱默生说他并不崇拜最高统一性,其实这只是指责他缺乏宗教高度的另一种说法而已。无论如何,他都比上世纪大多数人更少混淆存在的各个层级。他保持视野开阔,也没有受到科学或其他任何教条主义乃至宗教层面上的教条主义的迷惑。他彻底洗涤和净化了自己身上卢梭主义者的伪崇高(pseudo-spirituality)特质——他不再逃避外部现实,也不去眩晕地凝视那深不可测的"内心",并在《塔索》(*Tasso*)中提醒人们应对抗这种伪崇高。① 总之,他从我们内心浪漫的梦境中逃了出来。但至高的权威也曾告诉我们,天国同样存在于内心。即便内心活动,似乎也会出现不同方向的选择,或不同的道路。

---

① 我们四周存在着
　　一些深渊,它们由命运挖掘;
　　但最深的却在我们心中,
　　并且吸引人跳进其中。——作者
　　原文出自歌德戏剧《塔索》第五幕第二场。

歌德会毫不犹豫地回应，他的目标不仅是要摆脱浪漫主义，而且还要摆脱基督教的病态。我曾援引过圣伯夫的话，他说歌德不仅吸收传统，而且还吸收了全部传统。那么追溯至朱迪亚的传统是什么样的呢？这一问题的答案绝不简单。我们还记得，他在临死前几周还对基督教做了令人印象深刻的称颂①，但随后他又折回了早期信仰，即认为帕斯卡对宗教的损害比18世纪任何一个自然神论者和无神论者都严重。帕斯卡描绘了一幅与爱德华兹相似的人类命运画卷，尽管色调不那么骇人：一方面，上帝处于绝对和任意的统治地位，另一方面，人类无望地在罪恶中翻滚；只有"雷电和上帝恩典的有形烦扰"（thunderclaps and visible upsets of grace）方能跨越这条鸿沟。基督教过于夸张的形式和圣奥古斯丁令人望而生畏的精神浪漫主义，毫无疑问都不是歌德所热爱的。与这种暗含禁欲主义的精神状态相反，他想要调和灵与肉，或者正如诋毁他的人所说，他变成了异教徒。但至少他对奥古斯丁基督教的态度，与现代精神主要趋势对后者的态度是一致的。强迫整个世界放弃来之不易的灵肉和谐，再次走入悲痛的忏悔之中，这将会给人们带来一场难以想象的灾难。

368　　　但歌德实在太伟大了，因此他也无法完全否认恩典的事实，他也有被更高力量控制的无望感。他能在精神上顺从这种力量，他知道，若一个人不想只当提坦（Titan），那么他的工作就必须接受这种力量

---

① 见1832年3月11日与艾克曼的谈话（Conversation with Eckermann, 11 March, 1832）。与歌德宗教观点相关的重要段落见奥托·哈那克（Otto Harnack）《成就歌德的时代》（*Goethe in der Epoche seiner Vollendung*, 50-90）。——作者

的祝福。① 但他会让人们细想工作以及工作的可行性,而不是只关注完全无解的神秘事物。智慧的可贵之处就在于:它不会让心智专注于对自身无益,或完全超出自身掌握的事物。

我现在似乎已经误入与我本来讨论的主题相距甚远的领域中来了,其结果似乎是徒劳的。对此,我的回答是,批评的核心问题,是寻找一种与嬗变个体对立的标准,总体而言,这也是当代思想的主要问题;因此,任何一种没有向第一原则(first principle)回归的解决方案,都毫无价值。再者,如果我在一本谈论法国批评的书中,用了如此大量的篇幅讨论爱默生和歌德,我的目的显然是想借用这种方式强调我的信仰,即我们不能像当代一整个流派的法国思想家②认为的那样只依据法国的状况解决规训和标准问题,而应当用国际化的视野来解决这个问题。最后,倘若我对恩典和善的工作(good works)的讨论显得有些过时,那我可以用圣伯夫的话回答各位,当简单的心理分析扩展到某个临界点时,它在其他方面也会遇到与神学相同的问题。一个人本来的天赋和他对这种天赋的运用,归根结底都有某种恩典的因素在起作用。正如我所指,圣伯夫在列举这种神秘现象的各种例子时,忽视了东方“业”(Karma)③的思

369

---

① 你们提坦虽然伟大,
　　但永恒的善、永恒的美,
　　均是上帝的功业;只可上帝拥有! ——作者
原文出自歌德戏剧《潘多拉》(Pandora),第 1084—1086 行。
② 即那些所谓的民族主义者,如:保罗·布尔热、莫里斯·巴雷斯、查尔斯·莫拉斯等。——作者
③ Karma,中文意译为“业”,是印度文化中产生最早且最基本的一个哲学和宗教概念,主要指一个人生命中的自然与必然事件是由前世的作为决定的,含有善恶、苦乐果报之意。

想中非常有趣的解释。根据业的思想，一个人的大部分生活是完全不受其意志和现世行为影响的，他的生活仅仅是他前世所作所为的一个结果。这一学说对其信徒的影响，必然不同于奥古斯丁基督教对其信徒的影响，因为它用严格的因果联系代替了神意过于夸张的干预。但它只是把难度向后推了几步；在普遍思想这一层面上，这种学说本身以及它所暗含的转世轮回的信仰，与恩典学说一样都是难以置信的。在这个问题上，我们有佛陀为证，他是业报的主要倡导者。他将业报归因于四大"不可思议之事"①。他说，如果一个人想直接掌握这种法则②的运行机制，那么他便会产生极其痛苦和烦恼的精神习惯，这些习惯最终会让人走向疯癫。对"业"的信仰应溶解在我们的意识中，并从彼处

370 照耀我们的行为。我们真正的注意力，应当集中放到面前那条"道路"上。我们可以推断出佛陀会怎样看待奥古斯丁③基督教，这种宗教让人们远离工作，永远沉浸在恩典的奥秘之中。佛陀或许会赞成霍姆斯④的看法，即对一位信仰始终如一的加尔文教徒而言，他唯一能做的一件恰当之事是发疯。

---

① 见 *Anguttara Nikāya*, Part II, sect. 77。——作者

四大"不可思议"即 acintya，出自《增支部》，对应汉译《增一阿含》："舍利弗当知。如来有四不可思议事。非小乘所能知。云何为四。世不可思议，众生不可思议，龙不可思议，佛土境界不可思议。是谓，舍利弗！有四不可思议。"舍利弗言："如是，世尊！有四不可思议，世界、众生、龙宫、佛土实不可思议。"

② 该词的巴利文是"kammavipāko"。——作者

③ 我并不是说奥古斯丁不重视工作，只是说基督教受其影响的一面更注重恩典。——作者

④ 霍姆斯（Oliver Wendell Holmes, 1809—1894），美国诗人、医学改革家，著有诗歌《老铁壳》《最后一片叶子》等。爱伦·坡将《最后一片叶子》誉为最优秀的英文诗歌之一，林肯也对此诗评价颇高。

接下来我们再回到歌德身上,他在从恩典转向工作的过程中,的确表现出了极强的判断力和精神纯洁的本能。他创建了一个写满"不可思议之事"的清单,正如我们猜想的那样,这个清单与佛陀的清单大体无异。譬如,我们可以看到,他们两人都认为,关于个体不朽的思考是毫无益处的。[①] 究竟还有多少问题虽然是专业哲学家热衷讨论,但要么因其无解,要么因为如佛陀所说"于教化无益",事实上并不重要啊!歌德坚持认为,人类之所以失败,并不是因为缺乏解决终极问题的启迪,而是因为他们忽视了一个自己一直面临的,非常明显且通常而言非常谦卑的义务;如他所言,是因为他们无法满足日常的义务(die Forderung des Tages)。就此而言,歌德所说的"当前的实践",与约翰逊博士如出一辙,后者更是展现出行动天赋的最佳代表。约翰逊说,所有理论都反对自由意志,但我们全部的经验却支持自由意志——这是我所知的关于自由意志的最恰当表述。因此,约翰逊与歌德类似,他从一开始就拒绝进入教条的超自然主义者或教条的自然主义者构建的形而上学迷宫。泰纳这种教条自然主义者解决上述问题的方法,与教条的超自然主义者的方法是一致的,他们都想弄清楚不可思议之事(佛陀也曾指出这一点)[②]。但"一"和"多",以及人类与"一""多"的关系,必须永远规避终极的系统阐述。

那么,我们为什么还要质疑歌德的工作说呢?答案是,他在应对浪

① 歌德关于这一问题的妙语见 1824 年 2 月 24 日与艾克曼的对话(Eckermann, 24 February, 1824)。——作者

② 见我前面引用的段落。理智地认识物质世界对应的巴利文是"世间思惟"(lokacintā)。——作者

漫主义病症及基督教病症的过程中,把关注点更多地从个体的内心生活转向了外部世界。对比一下他和自己在某些方面信奉的导师——亚里士多德,我们便能更清晰地说明这个问题。我敢说,没人会否认歌德在性情上更接近亚里士多德,而不是柏拉图。尽管当柏拉图说美德"不是人生而有之,也无法习得,而是上天赐予人类的礼物"时(《美诺》[*Meno*]),他早已在思考中提出了恩典学说,但亚里士多德还是坚定地认为,美德是可以习得的,因此他完全是工作虔诚的信徒。但他让我们做的工作主要不是功利性的。他让我们用工作把低级自我从丑恶的习惯中解救出来,他不会让我们像浮士德一样填海造陆。此外,强加给低级自我并使其受限的目的,借助一系列中间目的,与指向最高和完善的终极自我相互连接;换言之,它最终取决于爱默生所说的最高统一性的直觉。亚里士多德的确不像柏拉图那样,能够习惯性地认识到这个统一性。虽然在严苛的基督徒看来,柏拉图"在理想之国(Zion)怡然自得",但他却更能认识到人类在无限面前的无望和谦卑,总之他看到,一个只过分专注工作的人,时刻处于迷失的危险之中。

尽管亚里士多德不如柏拉图关注最高统一性,但我相信,他对统一性的关注一定超过了歌德。虽然歌德绝非纯粹的自然主义者,但正如我在最后的分析中试图展示的那样,他对生活的构想比亚里士多德更具自然主义,也更具扩张性。歌德生在一个极具扩张性的时代,他被拉入了这个时代的主流。他在《浮士德》第一部中,为两种支配这个时代的主要力量——科学实证主义("太初有行"[Im Anfang war die Tat])和卢梭浪漫主义("感觉即一切"[Gefühl ist alles])——创建了一个最恰当的规则。亚里士多德主义者指出,行动(Deed)和情感(Emotion)二者本身还不够,我们必须用某种适当的目的来指导行动、约束情感。随着年龄渐长,歌德在这一方面变得越来越像亚里士多德主义者了。但即便如此,他在《浮士德》第二部结尾处仍然依据扩张原则构思了行动和情感。我已经从亚里士多德的角度批评了歌德的行动说(conception of the Deed)①。让我们再从同样的角度稍微思考一下他的情感说(conception of the Emotion)。众所周知,他称赞"引导我们上升"的"永恒的女性"是最高的情感形式。在这里,我们不免想起了但丁——一位几乎不会因不崇拜最高统一性而遭遇指责的诗人——他宣称了构建地狱之墙的"原始之爱"。② 但丁的思想暗含了某种令人感到战栗的选择性。但我们若像歌德那样设想最高层次的爱,显然会走向一个相反的极端,我们会完全排除判断和甄别的元素;我们显然会忘记,如果说"永恒的女性"可以引领我们上升,那么就只有"永恒的男性"才可以引导我们一直保持向上。我们可以推测,最高级的爱不仅是判断的或同情的,更是对判断和同情的有力调和;它是一种选择性的爱。这种爱属于超理性层面,用歌德的话来说,在这个层面上,难以言喻的事物也能变为现实。③

我们现在可以开始看看,爱默生认为歌德并不崇拜最高统一性这句话,究竟在哪种意义上是正确的了。他在《浮士德》第二部中的人生

① 即"工作说"。
② *Inf.*, III, V.6.——作者
③ 难以形容的事物,
　　就在这里完成。——作者

观,明显倾向于分裂为 19 世纪为人熟知的两个极端——一方面,主要是以功利主义精神构想工作说,另一方面,则是以一种易普及、未加择选的同情来构想工作说。最高统一性的出现使工作从外部世界回归个体内心,从而使同情具有了选择性。我们所持的观点,本应含有较多的人文主义色彩和较少的人道主义色彩。确切来说,歌德想把《浮士德》第一部中纯粹的浪漫主义冒险家转变为优秀的人文主义者甚至人道主义者,这并非易事。如果我们要十分公正地对待人文主义者歌德,就不应该把眼光过于局限在浮士德身上。

真正的人文主义者是有选择性且富有同情心的人,他有自己的标准——这些标准是鲜活、灵活且直觉式的。亚里士多德让这类人成为全部品味和行动问题的仲裁人——由这种人来决定该如何解决品味和行动的问题。[1] 亚里士多德承认,这种人之所以属于睿智的少数人,无非是因为他们生来如此。[2] 亚里士多德展现出了良好的判断力,他并未深入这个事实背后,一旦他向事实背后进军,便会陷入无解的谜团之中。正如一位希腊诗人所说,世上有三类人:(1)有洞察力的人,(2)缺乏洞察力,但能通过才智看到他人洞察力的人,(3)本身缺乏洞察力,同时也没有才智知晓他人洞察力的人(他还补充说,最后一类其实就是无用之人)。我们生活中有着令人不安的事实,第三类人实在太多

375

---

① 仿佛就是事物的标准与尺度(The σπουδαῖος is ὥσπερ κανὼν καὶ μέτρον)。出自 *Eth. Nic.*, III, 4, 1133a33。——作者

经查此处希腊文应出自《尼各马可伦理学》1113a33,白璧德标注的引文位置有误。

② 他是成熟的(εὐφυής)。对照 *Eth. Nic.*, III, 5, 1114b6。——作者

了,用儒贝尔那句古雅的话来说,世上有太多头顶不开天窗的人。有些人在其他方面很杰出,但却缺少天窗;在我看来,泰纳就是缺少天窗的人。我们也无法像柏格森那样,通过强调审美直觉而非精神直觉来逃避这个困难。普通人无法通过自己的努力获得像济慈那样的审美感知力,正如他们也无法由此获得像爱默生那样的精神感知力。增强这两种能力,就像给自己的身高增加一肘尺一样困难。一个人要想完全具备批评的能力,就必须在某种程度上兼具这两种感知力。

　　我们不必像伏尔泰对待品味问题那样,过于严肃地对待恩典和得救预定论(predestination)这些明显的要素,因为这样会忽略工作的真相;我们也不必从街头行人身上看到万物的尺度,因为这会忽视恩典和工作的真相;我们最不必做的,就是如托尔斯泰般在未开化的农民身上寻找文学和艺术的标准,因为这是在冒着即刻陷入疯狂幻想的危险,构建颠倒的恩典。正确运用恩典和类似学说,会让我们变得谦卑,而不会让我们陷入病态和绝望。带着适当的自我怀疑,这种不信任体现为我们乐于用传统增强自己的洞察力,体现在我们承认工作必须经由外部和上级启发、指导才可证明其是否有效,于是,我们在文学和其他方面必须首先强调工作。我们应该立刻在我所界定的意义上工作,即让所有人都感受最高统一性的控制,其实即意味着在实践中做出选择。世上一切知识和同情,都只是为那些权威的和高度人文的选择行为所准备的。因此我们必须明白,诚如爱比克泰德①所言,外界物体只是为选

_____

　　①　爱比克泰德(Epictetus,约55—约135),古罗马著名的斯多葛学派哲学家,本是奴隶,后投入斯多葛派哲学家鲁佛斯门下,以寻求个人的心灵自由、安宁为宗旨,主张回归内在的心灵生活,倡导遵从自然规律过一种自制的生活。

择准备的原材料,而且我们有能力做出选择。譬如,一座庞大的图书馆就包含了无数潜在的选择,选择范围从左拉至柏拉图。至于我们对它的态度,就像对其他事物的态度一样,要从懒惰的自我放纵情绪中唤醒艰苦奋斗的精神,从酒醉的腓力中唤出清醒的腓力①。我们阅读的作品,作为选择的一个部分,最终决定了我们在世间的位置。无论在何处,一旦忽视了"伪善的时日"(hypocritic Days)带来的机会——这些日子线性排列、无始无终——我们便会"在肃穆的发带下,看出其轻蔑的嘲笑,为时已晚"②。

　　我们必须不断做出决绝的选择,但不可带有任何敌意和禁欲色彩。浪漫主义者在一个世纪或更长一段时间中,都急于向我们灌输一种思想,即选择是狭隘的,且可能是恶劣的。我们不应选择,而应当欣赏——雨果还补充说,我们要像野蛮人那样学会欣赏。戈蒂埃说,即便他认为雨果某首诗做得不佳,他也不会跟自己承认这个事实,哪怕是在午夜时分一盏烛光也没有的漆黑地窖中。当他这样说时,他一定实现

377

---

　　① 原文是一句16世纪的谚语"from Philip drunk to Philip sober",句中的"腓力"指的是亚历山大大帝的父亲马其顿国王腓力二世。这句谚语与一桩不公正的判决有关,被定罪的女性说希望向"清醒的腓力"(Philip sober)上诉,此处恰隐含了一位"酒醉的腓力"(Philip drunk)。这个故事在16世纪被广泛运用,成为约定俗成的谚语。
　　② 本句中的诗出自爱默生的《日子》。原文为:
　　　　Daughters of Time, the hypocritic Days,
　　　　Muffled and dumb like barefoot dervishes,
　　　　And marching single in an endless file,
　　　　……
　　　　Turned and departed silent. I, too late,
　　　　Under her solemn fillet saw the scorn.

这位大师(雨果)的理想了。毫无疑问,许多作家都希望将批评还原成一种"赞美的艺术",就像一些浪漫浅尝者近来所界定的那样。但有句格言说得好,奶油会杀死猫;显然,批评也会因过度赞美而消亡。歌德认为,野蛮的真正标志是,缺乏辨别卓越的能力。一个人可以通过过度赞扬或过度责难显示他缺乏这种能力。譬如,如今我们在美国看到的,是无数糟糕和平庸的书,每本书在被遗忘的过程中都被冠以本只有杰出作品才配得上的溢美之词。事实上,人们最近创作了太多所谓杰作,多到令文学停滞。批评家和所有人一样,都急于表明他流着人类仁慈的乳汁,总而言之,他是"美好的灵魂"。此外,在这样一个国家中——人们坚信,只要我们认为一切事物足够美好,那么它们最终都会幸运地实现——美好的灵魂在商业上是有利可图的。事实上,基督教科学家已经把感受美的艺术建立在分红的基础之上了。另一方面,人们认为,一个拥有太多排斥性意见和反对意见的人不是乐观主义者,而在美国许多地区,人们正好也认为不乐观的人是毫无信用的。好脾气的批评家一定比坏脾气的批评家好。近来,一位新西兰作家在将美国批评家比作"哄逗一批批无与伦比的文学新生儿的产褥护士"后,说新西兰的批评家是"一群等着老鼠、兔子离开洞穴的固执梗犬"。若他的话可信,那我们可比新西兰强多了。但这并不是一个关于乐观或悲观的问题,而是秉持标准并勇敢应用标准的问题。正如我在以儒贝尔为例时试图表达的那样,一个人可以非常和蔼可亲,但同时也可以极其严厉和挑剔。

过度的同情和欣赏当然不是美国独有的。事实上,马克斯·诺

378

尔道①就引证德国批评家,将其作为过度主义(superlativism)弊病的最糟糕的例子。他认为这种过度主义会让随口说出的溢美之词走向歇斯底里的边缘。现代批评在摆脱形式主义并进而变得具有包容力和同情心的过程中,只完成了一半任务,而且还是不大困难的那一半任务。现在已经到了完成另一半任务——为判断和选择寻找新的原则——的时候了。勒南说"歌德用他博大的爱的主张拥抱全世界"②,这是以下这种观点的夸张说法:歌德是伟大的扩张时代当之无愧的代表。但若歌德活到今日,他或许就不会那么关心拥抱世界了。他更关心的,会是如何用标准对抗非选择性的民主噩梦。对我们来说,如歌德一样,圣伯夫的批评重点也不是我们当前所需要的,尽管这并不有损于我们对圣伯夫的赞赏。正如我试图说明的那样,他手中的体裁正在从中心向外逐渐扩展。如今我们所需要的,不如说是一场从批评边缘即知识和同情来到其内部即判断中心的运动。从勒南使用批评一词时在某种意义上违背了其词源意义这一事实中,我们大可推断出,批评在 19 世纪究竟已变得多么边缘化了。

我们现在最需要的,不是勒南或圣伯夫这类伟大的相对性学者,而是一位既不刻板又不保守,且能把位于善变个体和变动现象之上的标准带入作品的批评家;简言之,是一位能用真正的人文主义反对实用主义者的伪人文主义的批评家。我们指望这种批评家宣告一种哲学,不是柏格森的生命冲动哲学,而是具有生命统一性和约束力的哲学——

① 马克斯·诺尔道(Max Nordau, 1849—1923),出生于匈牙利的德国政论家、医生,犹太复国主义领袖,著有政论《退化》、小说《感情的喜剧》等。

② *Avenir de la science*, 448.——作者

约束力是一种内化的生命法则,而不仅仅是僵死、机械的外部原则。我 380
们不妨提出这样一种自相矛盾的说法:如今,批评从第二个圣伯夫身上
获得的益处比从第二个布瓦洛身上获得的益处要更少,换言之,我们更
需要一个人像布瓦洛为 17 世纪作出贡献那样为我们今天的核心事业
努力效劳。明智之人既不会否认布瓦洛的狭隘①,也不会替其理论中
常常显现的形式主义辩护。但正如圣伯夫所指出的,布瓦洛的伟大在
别处——他在批评判断中显示出一种与生俱来的鉴赏力和几乎完全准
确的直觉。② 圣伯夫还说,他并不是完全否定的或限制性的,但限制因
素在他身上的确占主导地位。一个现代的布瓦洛,如果他想对批评事
业产生作用,那么他会接受上世纪伟大的扩张性产生的主要成果,但他
最需要关注的,不是用博大的爱的主张拥抱全世界,而是如何在不同程
度的优缺点之间做出敏锐且干脆利落的区分。这种人自己也会感受到
布瓦洛所说的自己在 15 岁时被激发的那种仇恨——对愚蠢书籍的仇
恨;而且他也不缺少践行这一仇恨的材料。换言之,时代为讽刺提供了
空间;但这种讽刺必须是建设性的,如布瓦洛本人所言,它必须是暗含
标准且"受良好判断力净化的讽刺"。当拙劣的作家像求婚者跪倒在
奥德修斯的箭前那样,跪倒在布瓦洛的格言警句前时,20 世纪最令人
鼓舞的事,便是诞生一位能写出这类一流讽刺作品③的布瓦洛。

---

① 圣伯夫在《新月曜日漫谈》(*N. Lundis*,I,300—02)中列举了布瓦洛的不
足。——作者

② 见《夏多布里昂》(*Chateaubriand*,II,114ff)关于批评家的特质和角色。——
作者

③ 尤其是其被称为"邪恶书籍及作者殉道录"的第九首讽刺诗,朗松称之为"对
名誉严厉且令人敬佩的抨击"。——作者

4

381　　在当代法国,我之前试图界定的那种包含选择性和人文主义的批评,其兴起的可能性究竟有多大呢? 这个问题的答案肯定只是暂时性的。近年来,批评这一专门领域中最有趣的变化,或许要数显著体现在拉塞尔①书中的反浪漫主义运动了。② 这一运动具有我在谈论布吕内蒂埃时提到的一些不足,布吕内蒂埃在这场运动中的影响当然是显而易见的。要反对自然主义,就必须像亚里士多德和最佳状态时的歌德那样,吸收自然主义合法的一面。尽管这场运动从传统中汲取生命营养,但它绝不能梦想回到不可能的过去。总之,它绝不能是法国意义上的反叛的保守派。部分基于其逻辑的严谨,法国人采取了一种方式,将文学问题和宗教问题联系起来,随后又将宗教问题转化为政治问题。要重申的是,这就是我在本章始终从爱默生和歌德的角度讨论文学问题的原因。如果我从某些法国人(比如儒贝尔)的角度讨论文学问题,

382　　就无法避免某些误解。我们渴望的日子必定会到来,到那天,普通法国人会明白,一个人不是雅各宾派,并不意味着他一定是耶稣会士,一个人不主张教权主义,也不代表他就是反教权主义的。但这一天还未到来,尽管某些迹象表明它正向我们走来。结果会证明,如果法国想在世界文明中保持至高的地位,她就必须祛除其血液中耶稣会和雅各宾派

---

①　拉塞尔(Pierre Lasserre, 1867—1930),法国批评家、散文家,年轻时是热诚的爱国主义者。拉塞尔是《行动法国》杂志的主要评论家,他反对浪漫主义,维护新古典主义,并试图将新古典主义与法国大革命的理想联系在一起,他的反浪漫主义思想也影响了卡尔·施米特。其代表作有《基督教的危机》《尼采的道德》《法国浪漫主义》等。

②　*Le Romantisme français*, 1907.——作者

的毒素。

　　当下法国，另一个直接与批评标准问题相关的重要运动是哲学领域的运动。柏格森自然是这场运动的众多代表中最具国际影响力的。如果这场运动的主要目标是削弱科学教条主义，那么关于在废墟上究竟应当建立什么，仍存在极大混乱。我在本书中已经充分阐明了我的想法，无论柏格森的哲学能如何攻击经院主义科学，从建设性方面来看，它都不是人文主义的，反而是最反人文主义的。它是浪漫主义的晚期产物。从工团主义（syndicalism）到未来派绘画，它与当代生活中一切暴力和极端的事物有关。柏格森对直觉的呼吁，尤其受到世界范围内浪漫浅尝者的喜爱。直觉证实了他们业已存在的信仰，即他们无须为其随意的印象做理性辩护，而且可以继续无休止地沉醉在颓废的唯美主义中。《两世界评论》暗示柏格森很可能是新苏格拉底。但显然他更像是新普罗泰戈拉①。他带来的影响会阻碍我们在当下建立判断标准，就像普罗泰戈拉和智者们也会阻碍苏格拉底努力维持古希腊的理性标准一样。一切在不稳定之上建立标准的尝试，就如同承诺要在海浪之上建造坚固的大厦。②

　　最后，如果我们打算从当前话题的角度理解法国形势的话，那么就必须略微考察当代教育的状况。教育上最明显的特征是，多年来（尤

383

---

　　①　普罗泰戈拉（Protagoras，约公元前490—约公元前420），古希腊哲学家，智者派代表人物，主张"人是万物的尺度"。

　　②　印象主义最有害的一些形式出现在某些当代社会学家中。在科学的或伪科学的术语下，很容易察觉雅各宾派的假设，单纯的冲动乘以百万或千万，也会变得令人敬畏。例如，一位杰出的法国社会学家认为雅典陪审团投苏格拉底死刑是正当的，因为这一判决得到了当时的"社会良知"的支持。——作者

其是 1902 年第二次教育"改革"以来）人道主义一直在反击人文主义。法国这场人道主义运动正如所有同类运动一样，也分为两个主要方面：首先，是崇拜事实（"太初有行"）权威，拒斥无功利目的的教育；其次，是崇拜普遍的无选择的同情。这两方面携手破坏人文主义，它们支持公立高中的科学和功利性课程，结果巴黎大学的语文学学派胜过了文学学派。人们说法国旧教育过于鼓励大家空谈修辞，我们必须承认这句话的真实性。因为，法国反对的人文主义并不是原本的人文主义，它反对的是法国大革命后公立高中在拿破仑支持下建立起的人文主义，这种人文主义在很大程度上又来源于耶稣会教士制定的形式主义教育方案。

384

巴黎大学这场新运动的领导者是古斯塔夫·朗松①。我们不能因为他的《法国文学史》（*History of French Literature*）品质上乘，便忽视他是人道主义者而不是人文主义者这个事实。在我看来，他在处理文学和科学之间的关系这个微妙且重要问题时采用的方法非常不可靠。他现在对事实的依赖，比他最初采取这种方式时更甚。他甚至愈发相信，如果把人类目标强加给事实，人们要么会变成一个保守的人，要么会迷失在模糊不清的主观性中。我们可以把圣伯夫的方法应用在朗松身上，通过他的信徒来研究他。我们看到，他在巴黎大学建立的研究室发表的文章非常真诚透彻，但缺少更好的选择和整合，而这恰好是以往最优秀的法国学者的特质。在文学研究上对事实不加选择地崇拜，就是

---

① 古斯塔夫·朗松（Gustave Lanson, 1857—1934），法国文学史家、批评家。朗松接受泰纳关于文学与时代、社会、环境的关系的理论，并将其运用于文学史研究，于1909—1912 年编写了《法国文学书目手册》。

法国人说的档案热情主义者(la fichomanie)。

　　与此同时,一场活跃的反对运动正开始崭露头角,矛头直指 1902
年教育"改革"和新巴黎大学派过度的语文学研究。[1] 朗松略带尖刻地　385
回复[2]了那些指责他将文学研究非人化的人,他批评这些人只是文学
研究的业余爱好者。美国也出现了语文学家与人文主义者(或自认为是
人文主义者的人)的争论,但没那么尖刻。这种争论之所以影响不大,一
部分是因为我们没有法国人那么看重观念(在这方面我们比不上法国
人),另一部分则是因为,我们并未将这个问题同宗教和政治问题混为一
谈(在这方面我们又优于法国人)。在美国,一个人完全可以自称为人文
主义者,而不必担心自己被怀疑是耶稣会教士或支持君主政府的人。我
还应补充的是,除了更多从理论上反对新教育的人外,我们近来还看到
了一种反对新教育的常识暴动[3],这一晚近运动的领导者努力想使宗教
和政治摆脱新教育的影响,其志可嘉:这个国家所谓的"阿莫斯特理
念"[4]最好应当传播开来,并且应该在全国范围内产生影响。

---

　　① 最近对新巴黎大学最杰出的反驳是阿加顿(Agathon)的《新巴黎大学的精
神》(*L'Esprit de la Nouvelle Sorbonne*,1911 年第 3 版,最早是 1910 年发表在《观点》
[*L'Opinion*]杂志上的文章)。这部作品需谨慎对待。据我所知,阿加顿是两位年轻人
的化名,他们的敌意出自某些个人原因。可参见 P. 莱瓜伊(P. Leguay)的《巴黎大学》
(*La Sorbonne*,1910 年第 2 版)。——作者

　　② 例如可参考他 1911 年 4 月在《月度回顾》中写给查尔斯·萨罗门(Charles
Salomon)的信。——作者

　　③ "法国文化协会"组建于 1911 年,其成员包括大量不同机构的成员(法兰西
学术院亦在其中)。关于运动过程的有趣信息可参考该协会公告。——作者

　　④ 阿莫斯特学院在 1885 年的 25 周年校庆上宣布将古典学习作为学生的必修
科目,并取消了自然科学相关的学士学位,主张高等教育培养的学生不应以赚钱为目
的。这种做法被称为"阿莫斯特理念"(Amherst idea)。

386   这场常识暴动就其现状来看是件好事,但我相信它无法充分自证。人文的有效复兴,必须建立在健全的哲学基础上,而这些基础目前还不存在。新巴黎大学派和其反对者之间的问题异常复杂,我们不能通过为一方贴上文学标签,为另一方贴上科学或语文学标签的方式来处理这个问题。说某人是偏文学的,并不能帮我们确立他的最终位置。古代智者也是"文学的",事实上他们比苏格拉底更坚决地赞扬文学作品。了解一个人的关键,不在于他是否认为自己是文学的,而在于他的观点究竟是苏格拉底式的还是智者式的。公开拥护文学的人,也许只是柏格森式的美学家,他让我们通过凭直觉发觉创造性的变迁来认识现实。朗松在比较自身和很多反对者之后,认为自己的立场是值得尊重的。他的想法完全正确。这些反对者本身是不自律的,而且缺乏传统的规训;相反,朗松提供的方案可能是一种去人化的规训,但至少仍属于规训。败坏法国及他国文学乃至文学研究名声的,是大多数自称代表文学的人身上那种令人无法容忍的软弱无能的特质。无论自然主义时代的开端如何,它最终都会变成帝国主义的时代;科学研究者在文学领域的

387   胜利,只是这种帝国主义思想的一种体现。的确,不屈服任何其他规训的人至少应该臣服于事实的规训。浪漫浅尝者为了进入教育行业,被迫屈服于语文学的枷锁,他们只是得到了自己想要和应得的东西而已。

    但事实和科学的规训以及历史研究方法仍不是真正人文主义规训的等价物。如果新教育使自身与以往伟大的人文主义之间的纽带变得松散,或干脆切断这一纽带,那么法国尤其会遭受无法弥补的损失。我曾说过,从字面上回到属于人文主义的过去或一般意义上的过去,根本

是行不通的。我们应当有标准和选择性,但它们必须基于不同的原则。举例来说,没有哪位诗人对待选择问题比但丁更深刻,所谓选择,即实践中的自由意志。然而但丁很少在完全独立于两种外部标准的情况下做选择——这两种标准分别来自精神上的教皇和现世的皇帝。① 如今,如果说我们还有标准,这种标准也必须是内在的,因此,正如我所言,我们当下的难题与苏格拉底和智者面临的问题有很多相似之处。我们知道,苏格拉底最大的成就,是要为人类生活恢复坚实的基础,当时泛滥的新理智精神正使这一基础变得不可能。② 在智者过度柔弱的精神之上,我们还多了些过度柔弱的情感。如果我们无法找到任何补救措施,现代世界便会像古希腊一样,成为智者的猎物。它不会像人道主义告诉我们的那样,朝着"某些遥远的神圣事件"前进,反而会朝着堕落的帝国主义发展。有什么原则能约束所有思想和情感的扩张呢?借用纽曼主教③的话:"我们需要的是一个面对面的对手,他能帮助我们抵挡和挫败激情的强大力量,以及理智那腐蚀一切、溶解一切的力量。"他在别处把这种现象称为"人类的野蛮思想"。答案或许是,倘若果真存在这类对抗者,他们一定不会出现在现代人无法接受的权威形式中,但会存在于我们对某一事物的直觉中。这个事物的生命力不在

388

---

① 　特别是他的《论世界帝国》。——作者

② 　见阿诺德《杂文》收录的伊顿演讲。——作者

③ 　纽曼主教(John Henry Newman, 1801—1890),英国神学家、诗人。纽曼原为英国圣公会牛津运动的领袖,1845 年皈依罗马天主教,1879 年被教宗利奥十三世擢升为枢机,但他并未被祝圣为主教,而是以司铎的身份获得执事级枢机头衔,2019 年被梵蒂冈正式封圣。纽曼曾写作《为自己的一生辩护》,讲述其宗教信仰变化的过程,另著有《论基督教教义的发展》等。

理智之下，我们对它体察越深，它就越能给理智以及整个人类生活施加一个极具控制力的目标。一段时间以来，世界一直在向一种全然不同的直觉秩序（order of intuitions）行进，而且在柏格森哲学中，它的前进速度已变得十分匆忙。因此，我谈论批评标准时，十分强调爱默生这类思想家，他秉持一种完全现代的权威观。正如我想表明的那样，他在某些方面甚至过于现代，但他更靠近"一"的直觉而不是"多"的直觉。

389　在康科德爱默生的书房中，第一个映入人们眼帘的是圣伯夫的肖像，这幅画直到爱默生去世仍挂在那里。据说爱默生曾把这幅肖像当作特别的珍宝。爱默生在写作中很少单独提到圣伯夫，若能将这两位如此不同的人——一个是伟大的相对性学者，一个是超灵哲学家（philosopher of the oversoul）——互相联系，将会非常有趣。在 19 世纪的批评中，《新月曜日漫谈》和《代表人物》两本书处于相反的两个极端；但正因如此，尽管爱默生有人道主义幻想，尽管他对艺术形式有严重误解，但他仍是圣伯夫必要的修正者。圣伯夫虽然无限广博且灵活多变，但他缺乏高度。圣伯夫缺乏高度并非偶然，而正如我试图说明的那样，这与他的自然主义研究方法直接相关。自然主义的不足在近来的批评中愈发明显。圣伯夫本人在追求传统标准和追求更宽广的同情及知识之间，保持着某种平衡。他的继承者没能保持这种平衡。知识以知识本身为目的，它不屈从任何判断原则，而且已经退化成专家的狭隘和浅薄。过分强调广博和同情敏感，已经导致了印象主义者的放纵。我曾引述圣伯夫对法兰西第一帝国批评家的描述，他说这些人是"廉389　价版"的布瓦洛。如果今天的批评家不愿成为"廉价版"的布瓦洛——

或不愿成为片面的圣伯夫——那么他们就得培养绝对价值感,并把这种感觉当作平衡历史和传记研究方法的力量;简言之,他们需要用爱默生这种作家的优点补足圣伯夫。我们可以用两段令人印象深刻的话说明这个问题。

第一段话来自《波尔·罗亚尔修道院史》的结尾,圣伯夫谈论他为获得真理所做的努力:"我们能做的终究还是太少啊!我们的目光多么有限!——它多像茫茫夜空中微弱的火炬!尽管他能从内心深处了解研究对象,能把理解这个对象当作最热切的追求,能把描绘这个对象当作最大的骄傲,但当未来某天,这项工作几近终结,当结果终于实现,当他对这项工作的沉醉感逐渐消失,当疲惫和无法逃避的厌恶感侵袭而来,当他觉察到自己只是无限幻想萌芽中最短暂的一员时,他会感到自己是多么无力,多么卑微啊!"

这种普遍变化感和相对感会引发我在别处提过的一种错误的幻灭,即颓废的幻灭。但还存在另一种幻灭:统一感变得极其强烈,以至于其余一切似乎都是不真实的。为了说明这个问题,我们可以求助爱默生。他说:"世上并无偶然和无秩序可言。一切都是体系化且有次序的。众神处在各自的领域。年轻人走进苍穹大厅,与众神独处,众神赐予他祝福和礼物,召唤他到他们的宝座上来。突然,下起了幻想的暴风雪。他幻想自己置身于一大群人中,这些人忽左忽右,他必须服从他们的动作和行为……每时每刻的新变化和晃动的幻影,阻碍和分散了他的注意力。忽然间,天空放晴,云雾消散,众神仍坐在自己的宝座上环绕着他——只有众神与他。"

　　爱默生在这段话中给了我们些许提示,即如何既接受相对思想,同时又能不丢失绝对价值感,不被虚幻感吞噬,艾米尔就曾陷入这种虚幻。如果圣伯夫不在不懈劳作中寻求遗忘,那么他也会有相似的境遇。爱默生所做的,是帮助批评寻找内在标准,从而使之取代其失去的外部标准;他帮助批评在无序中看到潜在的更高秩序。他说,我们需要一件"用弹性钢编织的外套"①,简言之,我们需要一种能恢复男性判断力但又不显得教条狭隘的批评标准。有了这种标准,批评仍然能够涵养出可贵的女性德性——它拥有理解和同情的能力,但同时又不软弱胶着。

392　　因此,理想的批评家应当把圣伯夫的广博、多样性、差异感同爱默生的高度、洞察力、统一感结合起来。谨慎而言,还需补充一点,这种批评家——就如爱默生所说的广义上的人——不可多得。但即便完全符合目前标准的批评家几乎不可能存在,我们至少还是可以在用判断来平衡当代文学和生活中普遍存在的印象主义方面取得些许进展。

---

　　①　引文出自爱默生《代表人物》中"怀疑主义者蒙田"一章。

附录 批评家名录

提示：以下名录并不包括全部作家，也并未囊括每位作家的全部作品。虽然本人意欲充分记录作为文学批评家的重要作者的作品，但一般情况下我较少提到正文中已经列出作家的著作和文章。想获取更多参考信息的读者可参阅以下作品：H. P. 蒂姆的《法国文学书目指南：1800—1906》，尽管此书有诸多错误；据我所知即将出版的朗松的 4 卷本作品《法国现代文学书目指南》涉及法国 19 世纪文学的部分。C. H. C. 赖特的《法国文学史》(1912, 883ff) 也为我们提供了绝佳的参考资料。

阿尔贝（Paul Albert，1827—1880）

《希腊宗教与诗人》(1863)，《诗集》(1868)，《散文集》(1869)，《浪漫主义文学史》(2 卷本，1871)，《17 世纪法国文学起源》(1872)，《17 世纪法国文学》(1873)，《18 世纪法国文学》(1874)，《道德文学集》(1879)，《诗人与诗》(1881)，《19 世纪法国文学史》(2 卷本，由其子莫里斯·阿尔贝整理)(1882, 1885)。

艾米尔（Henri-Frédéric Amiel，1821—1881）

《漫谈卢梭：当今日内瓦人眼中的卢梭》(1879)，《私人日记：基于谢勒的前沿研究》(2 卷本，1885 年由汉弗莱·沃德夫人译作英文)(1883)。

参见布尔热《当代心理学论集续编》(1885)，贝尔特·瓦迪尔《艾米尔传》(1885)，勒南《落叶集》(1887)，马修·阿诺德《批评文集》(第二辑,1888)，谢勒《当代文学批评研究》(1889)。

安培(Jean-Jacques Ampère, 1800—1864)：历史学家,曾游览德国、挪威等国,为《环球报》撰稿。1833 年起担任法兰西大学历史、法国文学教授。1848 年当选为法兰西学术院院士。

《诗歌的历史》(1830),《文学与旅行》(1833),《12 世纪前法国文学史》(1840),《查理大帝及 11 世纪法国文学史》(1841),《中世纪法国文学史：与外国文学比较》(1841),《巴朗什》(3 卷本,1848),《希腊、罗马和但丁》(1848),《文学、旅行和诗歌》(2 卷本,1850)《美洲游记：美国、古巴、墨西哥》(2 卷本,1855),《从古罗马到今天的罗马》(4 卷本,1865),《东方科学与文学》(1865),《文学与文学史合辑》(2 卷本,1867)。

参见圣伯夫《文学肖像》第 2 卷(1844),《当代肖像》第 3 卷(1846),《新月曜日漫谈》第 8 卷(1868)。

安热利耶(Auguste Angellier, 1847—1911)：诗人和批评家。

《罗伯特·彭斯》(2 卷本,1893)。

奥贝坦(Charles Aubertin, 1825—1908)

396

《18 世纪公共精神：1715—1789》(1873),《法国诗歌和语言的起源》(1874),《法国诗歌与文学史》(1876—1878),《1789 年前的法国议会和政治雄辩术》(1882),《法国语言和格律的起源与形成》(1882),《中世纪法国编年史》(1896),《法国诗学和新理论家》(1898)。

巴尔扎克(Honoré de Balzac，1799—1850)：巴尔扎克作为文学批评家的主要成就体现在他 1840 年创办《巴黎人评论》中。

《19 世纪法国作家通信》(1834)，《巴黎编年史》中公开的批评研究(1836)，《文学法典》(1856)，《巴黎研究未出版残篇》(1870)。

参见 A. 塞谢、朱尔斯·贝尔托著《浪漫主义时代》中的《巴尔扎克的文学批评》一文。

巴朗特(Prosper-Brugière de Barante，1782—1866)：议员、历史学家，1821 年曾翻译席勒作品。

《18 世纪法国文学图景》(1809)，《历史、文学合集》(3 卷本，1835)，《文学、历史研究》(1858)，《巴朗特回忆录》(8 卷本，1890—1891)。

参见 A. 米希尔斯《19 世纪法国文学思想史》(1842)，圣伯夫《当代肖像》(卷 4，1843)，布朗德《移民文学》(1882)，法朗士《文学生活》(1892)。

巴尔贝·多尔维利(Barbey D'Aurevilly，1808—1889)：诗人，小说家，19 世纪后半叶典型的拜伦式浪荡子，浮夸悖论的大师，他反对时代主流趋势的刻薄语调十分有趣，但最好不要过多阅读他此类作品。

《雨果的〈悲惨世界〉》(1862)，《法兰西学术院的 40 座雕像》(1863)，《歌德与狄德罗》(1880)，《当代戏剧》(3 卷本，1887—1892)，《冷漠的沉思》(1888)，《昨日论争》(1889)，巴尔贝多数批评文章收录在《19 世纪的作家和作品》(共三辑，17 卷本，1861—1899)中，《多样的批评》(1910)。

参见布尔热《研究与描写》(1889),提索《批评的演变》(1890),法朗士《文学生活》(卷3,1891),勒梅特尔《当代人》(卷4,1893),戈蒂埃《19世纪肖像》(1894),勒瓦卢瓦《批评回忆录》(1896),杜米克《19世纪的人与思想》(1903),E.格雷里《多尔维利:生活与作品》(1904),E.塞埃《巴尔贝·多尔维利》(1910)。

巴杜(Agénor Bardoux, 1829—1897)

《安德里厄的生活与作品概述》(1868),《18世纪末研究:博蒙伯爵夫人》(1884),《社会与文学研究:屈斯蒂娜夫人》(1888),《另一个时代的研究》(1889),《夏多布里昂》(1893),《基佐》(1894)。

巴利娜,即文森夫人(Arvède Barine, Mme. Vincens, 1840—1908)

《女性肖像》(1887),《散文与幻想》(1888),《公主与贵妇人》(1890),《贝尔纳丹·德·圣皮埃尔》(1891),《阿尔弗雷·德·缪塞》(1893),《资产阶级和小人物》(1894),《神经过敏者》(1898),《路易十四与格兰特小姐》(1905)。

波德莱尔(Charles Baudelaire, 1821—1867)

波德莱尔大部分批评文章收录在1870年勒梅尔7卷本《美学好奇心》第3卷《浪漫艺术》。

博尼耶(André Beaunier, 1869—   ):小说家,记者,批评家。

《新诗》(1902),《颂歌》(1909)。

贝迪耶(Joseph Bédier, 1864—   ):法兰西大学教授。

《特里斯坦和伊索尔特传奇》(贝迪耶编译,1900),《批评研究》(1903),《史诗传奇》(2卷本,1908)以及众多其他中世纪研究。

贝尔索（Ernest Bersot，1816—1880）：哲学家、道德学家。

《伏尔泰的哲学》（1848），《18 世纪哲学研究》（1852），《18 世纪研究》（2 卷本，1855），《文学与道德》（1861），《实际问题》（1862）。

布拉兹·德·比里（Blaze de Bury，1813—1888）：文学和音乐批评家，历史学家，翻译了《浮士德》及歌德其他作品。

《德国现代诗人和作家》（2 卷本，1846），《德国现代作家》（1868），《文学与艺术的浪漫图景》（1878），《大仲马的生活、时代与作品》（1885），《我的研究和回忆录》（1885），《歌德与贝多芬》（1892）。

比雷（Edmond Biré，1829—1907）：怀揣恶意研究雨果生平琐事的保守批评家。

《雨果与复兴》（1869），《1830 年前的雨果》（1883），《拉普拉德的生活和作品》（1886），《文学肖像》（1888），《文学漫谈》（1889），《1830 年后的雨果》（2 卷本，1891），《历史与文学肖像》（1892），《1852 年后的雨果：流亡——诗人最后的时光与死亡》（1894），《历史与文学》（1895），《巴尔扎克的荣誉》（1897），《历史漫谈》（1897），《新文学漫谈》（1897），《近期文学与历史漫谈》（1898），《历史与文学研究》（1900），《1830—1852 的保皇党人》（1901），《夏多布里昂的最后一年》（1902），《当代传记》（1905），《夏多布里昂、雨果与巴尔扎克》（1907），《作家与士兵》（2 卷本，1907），《我的回忆录》（1908），《当代小说与小说家》（1908）。

布瓦西耶（Gaston Boissier，1823—1908）：法兰西大学拉丁文学教授，1876 年当选为法兰西学术院院士，19 世纪最有天赋的拉丁文学批评家。

《诗人阿提乌斯》(1857)，《瓦隆的生活和作品》(1861)，《如何循序渐进搜集西塞罗书信》(1863)，《西塞罗及其伙伴》(1865)，《奥古斯都至安东尼时代的宗教》(2卷本，1874)，《恺撒时期的反对派》(1875)，《接受论》(1877)，《考古散步：罗马与庞培》(1880)，《圣热尔曼博物馆》(1882)，《新考古散步：贺拉斯与维吉尔》(1886)，《德·塞维尼夫人》(1887)，《异教的终结》(2卷本，1891)，《圣西门》(1892)，《罗马治下的非洲》(1893)，《沉默》(1903)，《旧政权下的法国学术》(1909)。

波尔多(Henry Bordeaux，1870—)：小说家，批评家。

《维利耶·德·利尔·阿达姆》(1891)，《爱德华·罗德》(1893)，《特奥多尔·德·威泽瓦》(1894)，《生活、艺术和现代精神》(1894)，《生活与艺术：当代思想与情感》(1897)，《1897—1900年的作家与风俗》(1900)，《妇女和儿童肖像》(1900)，《1900—1902年的作家与风俗》(1902)，《文学朝圣》(1906)。

布尔热(Paul Bourget，1852—)：优秀的批评家和小说家，他的《当代心理学论集》对19世纪后半叶精神病症做了出色记录。布尔热本身亦受大量病症折磨。

398　《厄内斯特·勒南》(1883)，《当代心理学论集》(1883)，《失衡的心理》(1884)，《当代心理学论集续编》(1885)，《肖像研究》(2卷本，1883；3卷本，1906)，《接受论》(1895)，《批评与学说》(1912)。

布里松(Adolphe Brisson，1863—)：《编年史》编辑。

《私人肖像》(5卷本，1894—1901)，《文学喜剧》(1895)，《铜版插图》(1898),《我们的幽默》(1900),《荣誉的反面》(1905)。

布罗伊(le duc Albert de Broglie,1821—1901)

《文学与道德研究》(1853),《新文学与道德研究》(1868),《马勒布》(1897),《七年战争前后的伏尔泰》(1898)。

布吕内蒂埃(Ferdinand Brunetière,1849—1906):1870 年巴黎高师考试失利,此后在鲁朗热寄宿学校教书,1875 年开始为《两世界评论》撰稿,1886 年任巴黎高师讲师,1891 年于奥德翁剧院演讲,1893 年当选为法兰西学术院院士,1897 年担任《两世界评论》主编,1894 年访问梵蒂冈,1897 年前往美国讲学,随后因在德雷福斯事件中的态度激怒了"知识分子",1900 年宣布改信天主教,继而失去巴黎高师教职,且未能在法兰西学术院成为德夏内尔的继任者。

《法国文学史批评研究》(8 卷本,1880—1907),《自然主义小说》(1883),《历史与文学》(3 卷本,1884—1886),《批评的问题》(1889),《文学史体裁的演变 1:文艺复兴至今批评的演变》(1890),《批评的新问题》(1892),《法国戏剧时代:1636—1850》(1892),《当代文学论集》(1892),《接受论》(1894),《19 世纪抒情诗的演变》(2 卷本,1894),《教育与知识》(1895),《科学与宗教》(1895),《新当代文学论集》(1895),《故土观念》(1896),《进化论的道德》(1896),《理想主义的复兴》(1896),《法国文学史手册》(1897),《诉讼后:答几位"知识分子"》(1898),《艺术与道德》(1898),《法国精神的敌人》(1899),《拉丁天才》(1899),《国家与军队》(1899),《战争论》(3 卷本,1900—1907),《论教育自由》(1900),《论法兰西学术院》(1901),《信仰的实际理性》

（1901），《信仰的动机》（1902），《雨果教程》（材料由巴黎高师学生提
供，布吕内蒂埃编辑整理，1902），《关于勒南的五封信》（1903），《基督
教的社会作用》（1904），《信仰之路》（1904），《法国古典文学史：1515—
1830》（卷 1：16 世纪，1905；卷 2：17 世纪，1912），《文学杂集》（1905），
《巴尔扎克》（1906），《圣文森特·德·莱恩斯》（1906），《实际问题》
（1907），《18 世纪研究》（1911），《战争通信》（1912）。

参见勒梅特尔《当代人》（卷 1：1885；卷 6：1896），法盖《当代戏剧
札记》（卷 2，1889），《论文学》（卷 2，1904），杜米克《今日之作家》
（1894），道登《文学新论》（1895），布里松《私人肖像》（卷 2，1896），阿
尔瓦拉特《写作艺术》（1896），达尔鲁《布吕内蒂埃与个人主义》
（1898），佩里西埃《文学与道德研究》（1905），吉罗《布吕内蒂埃》
（1907），丰塞格里夫《布吕内蒂埃》（1908），法盖《布吕内蒂埃》
（1911）。

卡罗（Edme-Marie Caro，1826—1887）：哲学家，他混迹在使其声名
狼藉的时尚圈，是佩勒隆戏剧《游戏人间》（Le Monde où l'on s'ennuie）
中贝拉克的原型，但他确实也是一位非凡的批评家。

399　《歌德的哲学》（1866），《19 世纪的悲观主义》（1878），《18 世纪的
终结》（2 卷本，1880），《乔治·桑》（1888），《文集与肖像》（2 卷本，
1888），《诗人和小说家》（1888），《文学杂集》（1889）。

参见布吕内蒂埃《批评的问题》（1888）。

塞斯特（Charles Cestre：1871—　　）：波尔多大学教授。

《法国革命与英国诗人》（1906），《萧伯纳》（1912）。

沙勒(V. -E. -Philarète Chasles，1798—1873)：年轻时在英国生活过 7 年,《辩论日报》的编辑之一,1847 年起担任法兰西大学教授。

《性格与环境》(1833),《18 世纪的英国》(1846),《西班牙及西班牙文学在法国、意大利的影响》(1847),《16 世纪的法国》(1848),《19 世纪的人和风俗》(1850),《19 世纪英国文学与风俗》(1850),《19 世纪英美文学与风俗》(1851),《莎士比亚》(1852),《古代和现代德国》(1854),《生活和书中的批评旅行》(2 卷本,1865—1868),《当代研究》(1866),《当代肖像》(1867),《当下的问题与过去的问题》(1867),《法兰西学术院：命运与过去》(1868),《再论当代：作品与风俗》(1869),《阿里丹：生活与写作》(1873),《古典时期》(1875),《新民众的社会心理》(1875),《中世纪》(1876),《回忆录》(2 卷本,1876—1877),《17 世纪的法国、西班牙和意大利》(1877),《16 世纪的英国》(1879)。

夏多布里昂(François-René，vicomte de Chateaubriand，1768—1848)：其文学观点散见于 1802 年问世的《基督教真谛》(原书副标题为"基督教之美"),1811 年的《游记》,1836 年的《论英国文学》,1849—1850 的《墓中回忆录》,《文学论集》以及目前出版的《通信集》(1912)。

参见圣伯夫《夏多布里昂及其文学团体》(2 卷本,1860),谢勒《当代文学批评研究》(卷 1,1863),勃兰兑斯《流亡文学》(1882),法盖《19 世纪文学研究》(1882),布吕内蒂埃《文艺复兴至今批评的演变》(1890),沃盖《历史时刻》(1893),比利《肖像研究》(1894),杜米克《法国文学研究》(卷 2,1898)。

谢尼埃(Marie-Joseph Chénier，1764—1811)

《呈皇帝陛下文学状况和演变之进程的报告》(1808),《1789 年以来文学的发展与状态》(1816),《1806—1807 巴黎雅典娜神庙论文学发展絮语》(1918)。

参见 A. 米希尔斯《19 世纪法国文学思想史》(1842)。

谢尔比列(Victor Cherbuliez, 1829—1899)

《论马或一匹菲迪亚斯的马》(1860),《文学与艺术》(1873),《德国的人与物》(1877),《前自然主义时期的人与物》(1883),《接受论》(1888),《外邦印象》(1889),《自然与艺术》(1892),《法国浪漫传奇:1610—1816》(1912)。

参见布吕内蒂埃《论法兰西学术院》(1901),法盖《论文学》(卷 1,1902)。

楚盖(Arthur Chuquet, 1853—　　): 法兰西大学教授,《批评评论》的编辑。

400　《卢梭》(1893),《德国文学研究》(2 卷本,1900—1902),《司汤达》(1902),《德国文学》(1909)。

库辛(Victor Cousin, 1792—1867): 哲学家,历史学家,巴黎大学教授,1820 年其担任的课程被法国政府叫停,1828 年讲学再次大获成功,七月王朝期间卷入政治纷争,1840 年担任公共教育部部长。

《帕斯卡的思想》(1842),《文学絮语》(1843),《杰奎琳·帕斯卡》(1844),《投石党运动期间的德·隆格维尔福》(2 卷本,1853),《德·萨博雷夫人》(1854),《德·奥特福夫人:谢弗兹公爵夫人》(2 卷本,1856),《文学回忆录》(1857),《17 世纪的法国社会》(2 卷本,1858)。

参见圣伯夫《文学肖像》(卷3,1844),屈维利耶·弗雷里《历史与文学研究》(卷2,1854),泰纳《19世纪法国哲学》(1857),勒南《批评与道德论集》(1859),查理·瑟克雷丹《库辛的哲学》(1868),谢勒《当代文学批评研究》(卷4,1873),雅内《库辛及其作品》(1885),卡罗《哲学与哲学家》(1888),圣伊埃尔《库辛及其书信》(3卷本,1895),法盖《19世纪的政治与道德》(2卷本,1898)。

克鲁瓦塞(Alfred Croiset,1845—)：巴黎大学希腊文教授。

《色诺芬：天才与性格》(1873),《品达诗歌及希腊抒情诗的格律》(1880),《希腊文学史》(5卷本,与其兄合作,1887—1899),《阿里斯托芬和雅典派》(1907)。

屈维利耶(Alfred-Auguste Cuvillier-Fleury,1802—1887)：1834年起为《辩论日报》撰稿,1866年当选法兰西学术院院士,是保守批评家,反对浪漫主义者的"风格唯物主义"。

《批评与历史合集》(11卷本,1852—1865),《历史与文学研究》(2卷本,1854),《新历史与文学研究》(1855),《历史与文学终论》(2卷本,1859),《历史学家、诗人和小说家》(2卷本,1863),《研究与肖像》(2卷本,1865—1868),《死后与灵魂》(1878),《私人日志》(1900)。

参见梅莱《今日与昨日的肖像》(1865),法朗士《文学生活》(卷1,1888)。

多努(Pierre-Claude-François Daunou,1761—1840)：历史学家。

《布瓦洛对法国文学的影响》(1787),《13世纪文学状况》(1814),同年出版的《法国文学史》一书贡献了许多论述12、13世纪作家的文章。

德尚(Gaston Deschamps，1861—)

《书籍与生活》(6卷本，1894—1904)，《马里瓦》(1897)

德夏内尔(Emile Deschanel，1819—1904)：德夏内尔在诸多篇章中坚持的"古典作家的浪漫主义"怪论对文学批评意义不大。

《作家和艺术家的生理学：自然批评论》(1864)，《阿里斯托芬》(1867)，《随谈：道德与文学杂集》(1868)，《文学与演讲年鉴》(1870)，《本杰明·富兰克林》(1882)，《古典作家的浪漫主义》(5卷本，1882—1886)，《拉马丁》(2卷本，1893)，《法语的曲解》(1898)。

参见圣伯夫《新月曜日漫谈》(卷4，1864)，勒梅特尔《当代人》(卷7，1899)，德尚《书籍与生活》(卷5，1900)。

401　　**德雅尔丹**(Paul Desjardins，1859—)

《法国古典派的方法》(1904)。

都丹(Ximénès Doudan，1800—1872)：曾担任斯塔尔夫人第二次婚姻所生儿子路易斯·安弗尼·德·罗卡的家庭教师，随后还担任了保罗·阿尔贝和德·布罗伊的家庭教师。都丹在布罗伊的帮助下于法国政府任职，后半生在布罗伊家中度过。都丹与朋友们的通信及其批评短文都收录在1876—1877年出版的《法国杂志》(奥松维尔、斯特雷·德·萨西和屈维利耶编辑)中，合集名为《书信论文集》(4卷本)。都丹是典型的体弱多病者，他的评论如儒贝尔般细腻而深刻。

杜米克(René Doumic，1860—)：《两世界评论》长期撰稿人，1909年当选为法兰西学术院院士，观点十分保守。他的特殊气质或许在于他的批评尖锐刻薄但又不失明智。

《文学史要素》(1888),《作家肖像》(1892),《沿海作家与军事作家短评》(1892),《易卜生的誊写人》(1893),《法国优秀作家文学研究》(1893),《今日之作家》(1894),《每日生活与风俗》(1895),《青春》(1895),《论当代戏剧》(1896),《法国文学研究》(6卷本,1896—1909),《法国文学史》(1900),《19世纪的人与思想》(1903),《艾尔维赫致拉马丁的信》(1905),《新戏剧》(1908),《乔治·桑》(1909),《拉马丁》(1912)。

杜·坎普(Maxime Du Camp,1822—1894):小说家,旅游家,战士(加里波第"千人团"成员),福楼拜亲密的朋友,1880年当选为法兰西学术院院士。

《文学回忆录》(2卷本,1882—1883),《戈蒂埃》(1890)。

小仲马(Alexandre Dumas fils,1824—1895)

《接受论》(1875),《序言集》(1877),《回应雨果后继者李勒》(1897)。

迪皮伊(Ernest Dupuy,1849—   )

《19世纪俄国文学大师》(1885),《维克多·雨果》(1886),《雨果的诗歌》(1887),《博纳德·帕里西》(1894),《狄德罗喜剧的悖论》(1902)。

厄内斯特-查理(Jean Ernest-Charles,1875—   ):编辑,文学和戏剧评论家。

《法国今日之文学》(1902),《文学家的周六》(5卷本,1903—1907),《莫里斯·巴莱的一生》(1907)。

法盖(Emile Faguet, 1847——　):1897 年起担任巴黎大学法国诗歌教授,1900 年当选为法兰西学术院院士。是当前在世的最重要的法国批评家。鄙人认为,法盖作为文学批评家不及勒梅特尔。他最优异、最著名的作品是《政治与道德》。他在这部作品及其他作品中展现出一种自己无法通过有力的综论来充分控制的充沛的精力、无处不在的才气和理智。他最近所写作品的数量和写作速度都暗示了其理智的失控。

《16 世纪的法国悲剧》(1883),《17 世纪的大师》(1885),《法国作家文学短评》(1885),《拉封丹》(1885),《高乃依》(1885),《法国作家作品汇编》(1885),《19 世纪文学研究》(1887),《当代戏剧札记》(7 卷本,1889—1895),《17 世纪文学研究》(1890),《16 世纪文学研究》(1893),《19 世纪的政治与道德》(3 卷本,1891—1899),《伏尔泰》(1894),《巴黎大学法国诗歌讲义》(1897),《古代戏剧与现代戏剧》(1898),《福楼拜》(1899),《政治问题》(1899),《法国文学史》(2 卷本,1900),《当代政治问题》(1901),《安德烈·谢尼埃》(1902)《自由主义》(1902),《孟德斯鸠、卢梭和伏尔泰的政治观比较》(1902),《论文学》(卷 1,1902;卷 2,1904;卷 3,1905;卷 4,1908;卷 5,1909),《论戏剧》(卷 1,1903;卷 2,1905;卷 3、4,1906;卷 5,1910),《左拉》(1903),《阅读尼采》(1904),《拼字法的简要分类》(1905),《文学家的爱情》(1906),《反教权主义》(1906),《1907 年的社会主义》(1907),《和平主义》(1908),《政治论集》(1909),《十戒 1:爱;2:友谊》(2 卷本,1909),《道德的屈服》(1910),《塞维尼夫人》(1910),《无能的崇拜》(2 卷本,

1910),《卢梭的生活》(1911),《布吕内蒂埃》(1911),《阅读经典古书》(1911),《十戒:职业》(1911),《十戒:上帝》(1911),《责任的恐惧:无能的崇拜续》(1911),《必要的偏见》(1911),《卢梭的友人》(1912),《卢梭与莫里哀》(1912),《书籍在说什么》(1912)。

参见杜瓦尔《法盖:批评·道德·社会学》(1911)。

福里埃尔(Claude-Charles Fauriel, 1772—1844):1802 年担任拿破仑警察富歇的私人秘书,1830 年起任教巴黎大学,1836 年成为铭文学会会员。

翻译丹麦诗人 J. 巴格森诗作《帕瑟尼德》(1810),翻译意大利戏剧家曼佐尼悲剧《卡马尼奥拉伯爵》(1823),《歌德的一篇文章及其戏剧艺术理论》(1823),《现代希腊流行诗歌》(2 卷本,1824—1825),《日耳曼统治下的南方高卢史》(4 卷本,1836),《反异端的阿尔比教派的宗教改革史》(译自普罗旺斯语,1837),《普罗旺斯诗史》(3 卷本,1847),《但丁和意大利语言文学的起源》(2 卷本,1854),《执政府最后的时光》(1885),《福里埃尔和玛丽·克拉拉通信集》(1911)。

参见圣伯夫《当代肖像》(卷 4,1845),A. 奥扎南《奥扎南全集》(卷 2,1859),J. B. 加勒《福里埃尔》(1909)。

菲勒兹(Charles-Marie Dorimont, abbé de Féletz, 1767—1850):1801 年起担任《辩论日报》编辑,1827 年当选为法兰西学术院院士,其批评既尖锐又温和。

《哲学、历史、文学合集》(4 卷本,1828),《对几位作家作品的文学历史评价》(1840)。

参见圣伯夫《月曜日漫谈》(卷1,1850),维尔曼《文学历史当代回忆录》(卷1,1853)。

费隆(Augustin Filon,1841—　　)

《居伊·帕坦:生活及通信》(1862),《葡萄牙文学研究:1669》(1863),《英国文学史》(1883),《英国印象》(1893),《梅里美及其友人》(1894),《英国戏剧的昨天、今天和明天》(1896),《大仲马在罗斯丹》(1898),《梅里美》(1898),《英国漫画》(1902)。

弗拉特(Paul Flat,1865—　　):小说家、批评家,《蓝色批评》①编辑。

403　　《论巴尔扎克》(1893),《再论巴尔扎克》(1894),《我们的女文学家》(1908)。

丰塔纳(le comte Louis de Fontanes,1759—1821):诗人和批评家,流亡伦敦时与正在流亡的夏多布里昂结识,1808年起执掌帝国大学。

《〈基督教真谛〉批评摘录》(1802),《作品集》(2卷本,附圣伯夫和夏多布里昂的简介,1839)

参见圣伯夫《帝国时期的夏多布里昂及其文学团体》(1860)

法朗士(Anatole France,1844—　　):法朗士的批评常是创作型的,其创作(小说等)则是批评型的。

《阿弗雷德·德·维尼》(1868),《德·圣彼埃尔和玛丽·梅内斯克》(1875),《夏多布里昂》(1879),《文学生活》(4卷本,1888—1894),《拉马丁的〈致埃尔维拉〉》(1893),《接受论》(1897),《在勒南雕像揭

---

① 即《政治与文学批评》。

幕式上的演讲》(1903),《左拉的葬礼》(1903)。

法朗士与布吕内蒂埃的论争见 4 卷本《文学生活》序言,也可见布吕内蒂埃《当代文学论集(印象主义批评)》(1891)。

戈蒂埃(Théophile Gautier,1811—1872):戈蒂埃许多批评文章都是应报纸所邀而写(他说自己就像开了长篇连载批评文章的作坊似的)。他的批评以极端的欣赏而著名,他属于某些新浪漫主义者所说的那种"创作型"批评家。但古典主义者会说他混淆了体裁。

《法国青年》(1833),《〈莫班小姐〉序言》(1835),《滑稽的人》(2卷本,1844),《曲折》(1845),《1847 年的沙龙》(1847),《现代艺术》(1852),《随想与曲折》(1852),《25 年来的法国戏剧批评史》(6 卷本,1858—1859),《巴尔扎克》(1859),《俄国古今艺术瑰宝》(1861—1863),《绘画中的神与半神》(1863),《浪漫主义史》(1874),《当代人肖像》(1874),《回忆与肖像》(1875),《木炭画与铜版画》(1880),《戏剧、艺术与批评回忆》(1883)。

见圣伯夫《当代肖像》(卷 2,1838)及《月曜日漫谈》(卷 2,1838),波德莱尔《戈蒂埃》及《简要评价雨果的一封信》(1859),勃兰兑斯《法国浪漫派》(1882),蒙泰居《当代人的消亡》(卷 2,1884),法盖《19 世纪文学研究》(1887)。

加齐耶(Augustin Gazier,1844—　　):历史学家和批评家,尤其对波尔·罗亚尔教派感兴趣。

《文艺复兴以来法国文学简史》(1891),《文学与历史合集》(1904),《乡村的波尔罗亚尔信徒》(1905),《波尔·罗亚尔修道院续编》(1906),《波尔·罗亚尔修道院史简介》(1909),《17世纪波尔罗亚尔修道院》(1909)。

格巴尔(Emile Gebhart,1839—1908):巴黎大学外国文学教授,法兰西学术院成员。

《古希腊罗马自然诗史》(1860),《希腊艺术与风格史》(1864),《意大利:历史批评论》(1876),《拉伯雷:文艺复兴与改革》(1877),《意大利文艺复兴的起源》(1879),《17世纪末以来的意大利宗教情感史引言》(1884),《法国南方人研究:意大利文艺复兴及历史哲学》(1887),《意大利神秘主义》(1890),《皇冠四周:1075—1085》(1893),《拉伯雷》(1895),《学士学位与古典研究》(1899),《中世纪佛罗伦萨讲故事的人》(1901),《桑德罗·波提切利》(1907),《米歇尔·昂热》(1908)。

404 　**若弗鲁瓦**(Julien-Louis Geoffroy,1743—1814):耶稣会信徒,路易大帝学院教授,与费雷隆一起编辑《文学年鉴》,大革命期间隐居,在《辩论日报》开设批评专栏。

《批评论》(1779),《戏剧文学教程》(6卷本,1819—1820),《戏剧手册》(1822)。

参见圣伯夫《月曜日漫谈》(卷1,1850),勒梅特尔《若弗鲁瓦:〈辩论日报〉百年目录》(1889),格朗热《若弗鲁瓦和帝国时期的戏剧文学》(1897)。

热鲁泽(Eugène-Nicolas Géruzez,1799—1865)

《宗教与政治雄辩术史》(2卷本,1837—1838),《法国文学论》(2

卷本,1839),《文学史论》(1839),《与公立中学匹配的文学课程》
(1841),《文学史新论》(1845),《公立中学文理学士学位考试必读法国
文学作品》(1849),《中世纪至今法国文学史》(1852),《法国大革命时
期法国文学史:1789—1800》(1859),《法国文学史》(2 卷本,1861),
《法国文学史略》(1862),《思想杂记》(1866)。

吉德尔(Antoine-Charles Gidel, 1827—1899)

《现代希腊文学研究》(1866),《17 世纪的法国》(1873),《法国文
学史》(4 卷本,1874—1888),《写作艺术》(1878),《作家作品插图词典
手册》(与 F. 罗利耶合著,1897)。

吉罗(Victor Giraud, 1868—　　)

《帕斯卡:其人、作品和影响》(1898),《泰纳和悲观主义》(1898),
《泰纳的哲学》(1899),《论泰纳》(1900),《泰纳》(参考书目,1902),
《夏多布里昂作品的演变史》(1903),《帕斯卡的宗教哲学与当代思想》
(1903),《夏多布里昂的文学研究》(1904),《反教权主义与天主教》
(1906),《当代的书与问题》(1906),《布吕内蒂埃》(1907),《贺拉斯的
道德思想》(1907),《时间的主人》(1911),《再论夏多布里昂》(1912)。

龚古尔兄弟(Les de Goncourt frères):**茹尔·德·龚古尔**(Jules,
1830—1870),**埃德蒙·德·龚古尔**(Edmond, 1822—1896),小说家。

《督政府时期的法国社会史》(1855),《18 世纪的艺术》(3 卷本,
1856—1865),《18 世纪私人肖像》(2 卷本,1857—1858),《龚古尔兄弟
日记》(7 卷本,1887—1895),《文学序言与宣言》(1888)。

参见圣伯夫《新月曜日漫谈》(卷 4,1862;卷 10,1866),布尔热《当

代心理学论集续编》(1885),勒梅特尔《当代人》(卷3,1888),法朗士《文学生活》(卷1,1888),杜米克《作家肖像》(1892),《法国文学研究》(卷2,1898)

古尔蒙(Rémy de Gourmont, 1860—　　):《法国墨丘利》编辑,持极端唯美主义观。

《拉丁语的秘密》(1892),《流行诗》(1896),《法国语言美学》(1899),《思想文化论》(1900),《风格问题》(1902),《文学漫步》(3卷本,1905—1909),《但丁、贝亚特丽齐和爱情诗》(1908)。

格雷亚尔(Octave Gréard, 1828—1904):因其著作和法国教育部长的身份闻名,对法国现代教育产生深远影响。1886年当选为法兰西学术院院士。

《文学概要》(1875),《接受论》(1888),《埃德蒙·谢勒》(1890),《普雷沃·帕拉多尔》(1894)。

405　**基佐**(François-Pierre-Guillaume Guizot, 1787—1874):历史学家,议员。1812年起在巴黎大学讲学,1922年课程被当局叫停,1828年和库辛、维尔曼一起再度在巴黎大学讲学,1830年被路易·菲利普任命为内政部长,1836年当选为法兰西学术院院士,1840—1848年担任事实上的首相。

《莎士比亚及其时代》(1852),《学术论谈》(1861),《文学、传记合集》(1868)。

参见《月曜日漫谈》(卷1,1850),《新月曜日漫谈》(卷1,1861;卷9,1864),泰纳《批评与历史论集》(1858),谢勒《当代文学批评研究》

（卷1,1863;卷4,1873),法盖《19世纪的政治与道德》(1891)。

奥松维尔(le vicomte Othenin d'Haussonville, 1843—　　):1888年当选为法兰西学术院院士。

《圣伯夫的生活与作品》(1875),《文学与传记研究》(1879),《内克尔夫人的沙龙》(2卷本,1882),《普罗斯佩·梅里美》(1888),《阿克曼夫人:据未刊书信及稿件整理而成》(1892),《拉科代尔》(1895),《回忆曼特农夫人》(3卷本,1902—1905),《法兰西学术院的作家》(1907)。

奥维特(Henri Hauvette, 1865—　　):巴黎大学拉丁语教授。

《路易吉·阿拉曼尼》(1903),《意大利文学》(1906),《基尔兰达约》(1908),《但丁》(1911)。

埃内坎(Emile Hennequin, 1859—1888):在塞纳河洗澡时溺水而亡。埃内坎前些年引人关注的科学理论如今已经成了伪科学。他某些颇具洞察力的话与类似如下的评论纠缠在一起:"维克多·雨果大脑中的主导机制可能是第三额回。"

《科学批评》(1888),《科学批评研究:法国作家》(1889),《科学批评研究:几位法国作家》(1890)。

参见布吕内蒂埃《批评问题》(1888),提索《法国批评的演变》(1890),罗德《19世纪新论》(1898)。

雨果(Victor Hugo, 1802—1885):雨果总体的生活观是非批评的,或可以说是反批评的。其文学观点可参考《短曲与民谣集》的各篇序言(1822,1824,1826,1828,1853),也可见其他诗集序言,包括《秋叶集》(1834),《暮歌集》(1835),《心声集》(1837),《光与影》(1840),《沉思集》(1856)等。他最重要的文学宣言是《〈克伦威尔〉序》(1827)。另有其他戏剧序言,如《欧那尼》(1829),《玛丽昂·德·洛梅》(1830),《快乐国王》(1832),《吕克雷斯·波吉亚》(1833),《玛丽·都铎》(1833),《安吉罗》(1835),《吕布拉斯》(1836),《城堡里的伯爵》(1843),《文学与哲学札记》(2卷本,1834),《威廉·莎士比亚》(1864),《论伏尔泰》(1878)。

雅南(Jules Janin,1804—1874):1830年起成为《辩论日报》的主要批评家,是其所处时代的"批评王子"。他奢华、浮夸,是中产阶级印象主义者。他认为专栏文章是"我们为某日奇观发出的小小欢呼声"。

《戏剧文学史》(6卷本,1853—1858),《当代批评、肖像和性格》(1859),《文学杂集》(1859),《贝朗瑞及其时代》(2卷本,1866),《作品杂集》(12卷本,1876—1878),《青年作品集》(5卷本,1881—1883)。

参见 F. 皮亚《谢尼埃和批评王子雅南》(1844),普朗什《批评家肖像》(1853),圣伯夫《月曜日漫谈》(卷2,1850;卷5,1851),巴尔贝·多尔维利《作品和人物》(卷4,1865),戈蒂埃《当代人肖像》(1874)。

儒贝尔(Joseph Joubert):1754年生于蒙特利亚克,1824年在巴黎逝世,曾在基督教神学院(图卢兹)学习,后在校担任老师,1778年前往巴黎与狄德罗、拉·阿尔普见面,成为丰塔纳的私人好友,1790年当选为蒙特利亚克地区和平法官,1793年结婚,住在约纳河畔的维尔纳夫,1809年被任命为巴黎大学督学。

《儒贝尔随思录》一部分由夏多布里昂于1838年出版,1842年儒贝尔的侄子出版了增订本《随思录、短论、箴言和通信集》，1864 年第 4 次增订，1911 年再版的《儒贝尔随思录》由吉朗德写了导言和注释。

参见圣伯夫《文学肖像》（卷 2，1838），《月曜日漫谈》（卷 1，1849），萨西《文学、伦理和历史杂集》（卷 1，1858），马修·阿诺德《批评集》（1865），P. 德·雷纳尔《儒贝尔通信集：1785—1822》（1883），勒梅特尔《当代人》（卷 6，1896），帕里斯《儒贝尔新论》（1900）。

朱瑟朗（Jules Jusserand，1855—　）：1902 年担任法国驻美国大使。

《中世纪的英国：威廉·朗兰笔下的神秘欧洲》（1893），《英国文学史 1：文艺复兴的起源》（1894），《英国文学史 2：内战时期的文艺复兴》（1904），《英国文学史略》（1895），《旧政权下法国的莎士比亚》（1898）。

拉马丁（Alphonse Lamartine，1790—1869）：他大多数文学批评文章是晚年迫于生计而写。

《诗的命运》（1834），《文学通俗讲义》（28 卷本，1856—1869），《波舒哀》（1864），《西塞罗》（1864），《莎士比亚及其作品》（1864），《巴尔扎克及其作品》（1865），《意大利三诗人：但丁、彼特拉克、塔索》（1892），《哲学与文学》（1894）。

朗松（Gustave Lanson，1857—　）：巴黎大学法国文学教授。

《写作与风格原理》（1887），《尼维勒·德·拉奎斯及其催泪喜剧》（1888），《波舒哀》（1890），《17 世纪书信选》（1890），《写作艺术导论》（1890），《法语写作实践》（1891），《布瓦洛》（1892），《法国文学史》

(1894),《人类与书》(1895),《高乃依》(1895),《现代社会与大学》(1901),《伏尔泰》(1906),《散文艺术》(1908),《法国文学书目手册》(卷1:16世纪,1900年;卷2:17世纪,1910年;卷3:18世纪,1911年),《美国讲学的三个月》(1912)。

　　拉普拉德(Victor de Laprade,1812—1883):诗人,批评家,里昂大学教授,1858年继任缪塞成为法兰西学术院院士。

　　《法国的文学天才》(1848),《荷马史诗中的自然情感》(1848),《基督教之前的自然情感》(1866),《现代人的自然情感》(1867),《论理想主义批评》(1882),《自然情感史》(1883)。

　　拉鲁梅(Gustave Larroumet,1852—1904)

　　《马里沃:生活及作品》(1883),《莫里哀的喜剧:作家与环境》(1886),《1892年的沙龙》(1892),《波拿巴·拿破仑》(1892),《历史研究与戏剧批评》(1892),《文学与艺术研究》(4卷本,1893—1896),《梅索尼埃》(1893),《法国的艺术与国家》(1895),《雨果的家庭:格恩西的印象》(1895),《艺术简论和笔记》(1897),《法兰西在东方》(1898),《拉辛》(1898),《雅典和耶路撒冷的诗歌·希腊和叙利亚游记》(1898),《戏剧批评和历史研究新论》(1899),《最后的肖像》(1904)。

　　拉塞尔(Pierre Lasserre,1867—　　)

　　《基督教的危机》(1891),《查尔斯·莫拉斯和古典主义的复兴》(1902),《尼采的道德》(1902),《尼采的音乐思想》(1907),《法国浪漫主义》(1907),《雅典民主制时期的历史学家克鲁瓦泽》(1909),《大学的官方准则》(1912)。

勒贡特·李勒(Leconte de Lisle，1820—1894)

他最重要的批评文章是《古代诗集》序言。

勒弗朗(Abel Lefranc，1863—　)：法兰西大学教授。

《马格丽特·德·纳瓦尔最后的诗》(包括一些 16 世纪研究，1898)，《法国大学的法语文学与语言》(1904)，《为帕斯卡一辩》(1907)，《莫里哀的告诫》(1904—1909)，《莫里斯·盖兰研究》(1908)。

勒古伊(Emile Legouis，1861—　)：巴黎大学英语文学教授。

《米歇尔·博皮综述》(与人合著，1891)，《威廉·华兹华斯的青年时代》(1896)，《乔叟》(1911)，《为英国读者阅读法国诗歌辩护》(1912)。

勒梅特尔(Jules Lemaître，1853—　)

《莫里哀和丹库尔后的喜剧》(1882)，《高乃依如何理解亚里士多德的〈诗学〉》(1882)，《当代人》(7 卷本，1885—1899)，《戏剧印象》(10 卷本，1888—1898)，《高乃依和亚里士多德〈诗学〉》(1888)，《四次演讲集》(1900)，《意见蔓延》(1902)，《理论与印象》(1903)，《谈谈旧书》(1905；第 2 版，1908)，《论卢梭》(1907)，《拉辛》(1908)，《费奈隆》(1910)，《夏多布里昂》(1912)。

参见法朗士《文学生活》(卷 1，1888；卷 2，1890)，佩里西埃《当代文学新论》(1894)，《当代文学研究》(卷 2，1900)，杜米克《今日之作家》(1895)。

勒梅西埃(Népomucène Lemercier，1771—1840)：戏剧家。

《通俗文学分析教程》(4 卷本,1817)。

参见沃捷《论勒梅西埃的生活和创作》(1886),苏里奥《勒梅西埃及其通信者》(1908)。

勒尼安(Charles Lenient,1826—1906)

《培尔研究》(1855),《中世纪法国的讽刺艺术》(1859),《16 世纪讽刺文学中的讽刺艺术》(1866),《论皮埃尔·勒布伦诗歌作品会议集》(1866),《18 世纪法国喜剧》(1888),《中世纪法国的爱国诗歌》(1891),《法国的爱国诗歌》(2 卷本,1894),《14 世纪法国喜剧》(2 卷本,1898)。

勒瓦卢瓦(Jules Levallois,1829—1903):曾长期担任圣伯夫的秘书。

《讽刺批评》(1862),《圣伯夫》(1872),《无名的高乃依》(1876),《先驱者塞南古》(1897)。

兰蒂亚克(Eugène Lintilhac,1854—　)

《博马舍及其作品》(1887),《法国文学批评和历史概要》(2 卷本,1891—1894),《研究生课程和文学学士经典文学研究补遗》(1892),《勒萨热》(1893),《从荷马到亚里士多德的希腊奇迹》(1896),《戏剧讨论会》(1898),《米什莱》(1898),《中等教育问题》(1898),《法国戏剧史》(卷 1,1904;卷 2,1906;卷 3,1908;卷 4,1909;卷 5,1911)。

利韦(Charles-Louis Livet,1828—1898)

《法语语法和 17 世纪的语法家》(1859),《男女雅士》(1859),《伟大时代的肖像》(1885),《莫里哀语言小词典》(3 卷本,1896—1897)。

洛梅尼(Louis de Loménie，1818—1878)

《当代名人长廊》(10 卷本，1840—1847)，《博马舍及其时代》(2 卷本，1855)，《米拉波》(5 卷本，1878—1891)，《文学与历史概论》(1879)。

马格宁(Charles Magnin，1793—1862：)有浪漫主义倾向的批评家。《环球报》和《民族》主要撰稿人，国家图书馆馆员，在巴黎大学接替福里埃尔。

《欧洲戏剧的起源》(1838)，《闲谈与沉思》(1842)，《赫洛思维撒剧院》(1845)，《欧洲木偶戏史》(1852)。

参见圣伯夫《当代肖像》(卷 3，1843)，《月曜日漫谈》(卷 5，1863)。

玛尔塔(Constant Martha，1820—1895)：1869 年起担任巴黎大学拉丁语教授。

《塞内加作品中的实践伦理学》(1854)，《罗马帝国的道德家》(1864)，《卢克莱修的诗》(1869)，《古代伦理道德研究》(1883)，《艺术之美》(1884)，《古代文学杂论》(1896)。

莫拉斯(Charles-Marie-Photius Maurras，1868—　)：他积极为古典主义辩护，反对现代趣味的松散和堕落，但他反对的方式却是将古典主义、浪漫主义的问题与政治问题混合起来。他在报纸上(特别是在《法兰西行动》上)发表了多种评论，出版了许多关于社会、政治问题的著作。

《让·莫雷亚斯》(1891)，《三种政治思想：夏多布里昂、米什莱、圣伯夫》(1898)，《维尼斯、乔治·桑和缪塞的情人》(1902)，《思想的未来》(1905)。

梅里美(Prosper Mérimée, 1803—1870):小说家、考古学家。

《文学历史合集》(1855),《文学历史肖像》(1875)。

梅莱(Gustave Merlet, 1828—1891):他是查理曼中学和路易斯·格兰德高中的修辞学教授,对许多学生产生了重要影响。

《理想主义与文学幻想》(1861),《昨日印象》(1863),《漫谈女性与书》(1865),《男性与书》(1869),《圣埃夫勒蒙:历史、道德、文学研究》(1870),《法国古典主义文学研究》(1875),《法国古典主义文学研究(17—18 世纪)》(1876),《法国文学概况(1800—1815)》(3 卷本,1877—1880),《〈罗兰之歌〉文学研究》(1882),《伟大的古代拉丁文学研究》(1884),《伟大的古希腊文学研究》(1885),《19 世纪古典诗人诗选》(1890)。

梅齐埃(Alfred Mézières, 1826—   ):1863 年起担任巴黎大学教授,1874 年当选为法兰西学术院院士。

《莎士比亚:作品及批评》(1861),《莎士比亚的同代人》(1863),《莎士比亚的前人和同代人》(1863),《莎士比亚的同时代人与继承者》(1864),《但丁与意大利》(1865),《彼特拉克》(1867),《法国社会和农民》(1869),《歌德:用生活解释作品》(2 卷本,1872—1873),《接受论》(1875),《18 世纪和 19 世纪的法国》(1883),《梅齐埃答皮埃尔·洛蒂》(1892),《生与死》(1897),《过去的时代》(1906),《昨日、前日之男女》(1909),《绝无仅有》(1909)。

米希尔斯(Alfred-Joseph-Xavier Michiels, 1813—1892):艺术批评

家、历史学家,圣伯夫的论敌。

《德国研究》(2 卷本,1839),《19 世纪法国文学思想史》(2 卷本,1842),《英国回忆》(1844),《喜剧与笑的世界》(1887)。

莫诺(Gabriel Monod,1844—　):历史学家,法兰西大学教授。

《儒勒·米什莱》(1875),《历史大师:勒南、泰纳、米什莱》(1894),《肖像与回忆》(1897),《加斯顿·帕里斯》(1903)。

蒙泰居(Emile Montégut,1826—1895):历史学家、道德学家、批评家。接替普朗什在《两世界评论》的工作(他第一篇批评文章是关于爱默生的)。19 世纪后半叶法国研究外国文学(特别是英国文学)的主要代表人物。

《法国天才》(1857),《今日之时代》(1858),《意大利诗人和艺术家》(1881),《文学类型与美学幻想》(1882),《论英国文学》(1883),《当代人的消亡》(2 卷本,1883—1884),《英国现代作家》(3 卷本,1885),《东方国家的书和灵魂》(1885),《南方与北方》(1886),《批评合集》(1887),《剧作家与小说家》(1890),《批评家的阅读时间》(1891),《文学概论》(1893)。

莫里斯(Charles Morice,1861—　)

《保罗·魏尔伦》(1887),《明日:美学问题》(1888),《最近的文学》(1889),《主张》(1895),《诗歌的宗教意义:诗歌用词与美的社会原则》(1898),《拉伯雷的作品和当代批评》(1905)。

缪塞(Alfred de Musset,1810—1857)

热衷讽刺,尤其喜欢讽刺他的浪漫主义者同道,其文章收录在《杜普伊斯和考特内的来信》中。

内特蒙（Alfred-François Nettement，1805—1869）：其观点极其保守。

《复辟时期的法国文学史》（2 卷本，1853），《七月王朝时期法国文学史》（2 卷本，1855），《当代诗人与艺术家》（1862），《当代小说》（1864）。

尼扎尔（Désiré Nisard，1806—1888）：为《辩论日报》和其他杂志撰稿，曾担任教育监察部长，巴黎大学教授，巴黎高师校长，法兰西学术院院士。

《颓废拉丁诗人的生活与批评研究》（2 卷本，1834），《合集》（1838），《法国文学史》（4 卷本，1844—1861），《文艺复兴研究》（1855），《游记》（1855），《文学批评研究》（1858），《文学历史研究》（1859），《文学历史新论》（1864），《文学历史合集》（1868），《四位伟大的拉丁史学家》（1874），《肖像与文学史》（1874），《文艺复兴与宗教改革》（2 卷本，1877），《学术演讲录》（1884），《新历史与文学合集》（1886），《反思大革命和拿破仑一世》（1887），《回忆与传略》（2 卷本，1888），《癔症》（1889），《论浪漫派》（1891）。

410　　　参见圣伯夫《当代肖像》（卷 3，1836）及《月曜日漫谈》（卷 15，1864），谢勒《当代文学批评研究》（卷 1，1863），道登《文学新论》（1895），梅济耶尔《尼扎尔名言录（百年纪念版）》（1906）。

奥扎南（Alphonse-Frédéric Ozanam，1813—1853）：1845 年接替福里埃尔担任巴黎大学教授，深受福里埃尔影响，是杰出的但丁研究者，也是 19 世纪法国天主教的重要人物。

《论但丁的哲学》(1838),《但丁与 13 世纪天主教哲学》(1839),《日耳曼研究》(2 卷本,1847—1849),《未刊印材料:8—13 世纪意大利文学史研究资料》(1850),《奥扎南全集》(11 卷本,1862—1865),《13世纪意大利的法国诗人》(1872)。

参见弗约《文学、政治、历史、宗教合集》(卷 4,1847—1850),拉科代尔《弗雷德里克·奥扎南》(1857),安培《文学与文学史合辑》(卷 2,1867),A. 奥扎南《F. 奥扎南的生活》(1879),B. 福尔基耶《F. 奥扎南》(1903)。

帕里高(Hippolyte Parigot,1861—)

《艾米尔·奥吉埃》(1890),《近来的戏剧》(1893),《天才与技巧》(1894),《大仲马剧作》(1899),《大仲马》(1900),《勒南》(1909)。

帕里斯(Gaston Paris,1839—1903):法国最杰出的中世纪语文学家,也是杰出的文学家、批评家。1872 年起担任法兰西大学教授,1896年成为法兰西学术院院士。

《中世纪诗歌》(2 卷本,1885—1895),《法国中世纪抒情诗的起源》(1892),《弗朗索瓦·维隆》(1901),《中世纪法国文学简史》(1907)。

帕坦(Henri-Joseph-Guillaume Patin,1793—1876):1833 年起担任巴黎大学拉丁语教授,1843 年当选法兰西学术院院士。

《古代和现代文学合集》(1840),《希腊传统研究》(3 卷本,1841—1843),《拉丁诗歌研究》(2 卷本,1869),《文学演讲及杂论》(1876)。

佩里西埃（Georges Pellissier, 1852— ）

《法国诗学的历史和理论脉络》（1882），《大革命前的法国政治作家》（1882），《16 世纪法国艺术与诗歌》（1883），《都·巴尔塔的生活和作品》（1883），《19 世纪文学运动》（1889），《当代文学》（1893），《当代文学新论》（1895），《16 世纪诗选》（1896），《当代文学研究》（1898），《当代文学运动》（1901），《法国文学史概观》（1902），《文学与道德研究》（1905），《伏尔泰的哲学》（1908），《浪漫主义中的现实主义》（1912）。

小朱利维尔（Louis Petit de Julleville, 1841—1900）：巴黎大学教授。

《法国论文和演讲集》（1868），《公元 4 世纪的雅典学派》（1868），《法国戏剧：神秘剧》（1880），《文学史》（2 卷本，1884），《法国戏剧史：中世纪的法国喜剧家》（1885），《法国戏剧史：中世纪法国的风俗与喜剧》（1886），《法国戏剧史：中世纪法国喜剧汇编》（1886），《法国戏剧：戏剧文学通史》（1889），《法国语言文学史》（8 卷本，1896—1899），《法国文学通史》（1899）。

411 　**皮绍**（Amédée Pichot, 1796—1877）：历史学家、小说家、诗人，翻译过拜伦和其他英国作家的作品。

《沃特·司各特及其作品概述》（1821），《论拜伦的天才和性格》（1824），《英国和苏格兰文学历史之旅》（3 卷本，1825）。

普朗什（Gustave Planche, 1808—1857）：1831 年起为《辩论日报》撰稿，因为犀利评价同代艺术家和作家而著名，其中多是他熟识之人，马修·阿诺德称其为"一流批评家"。法国人普遍认为普朗什是《恨世者》中阿尔切斯特式的批评家,其性情比其批评更为严苛。

《1831年的沙龙》(1831),《文学概论》(2卷本,1836),《文学新论》(2卷本,1854),《艺术研究》(1855),《法国学派研究:1831—1852》(1855),《绘画与雕刻》(2卷本,1855)。

参见米希尔斯《19世纪法国文学思想史》(卷2,1842),蒙泰居《文学概论》(1893)。

蓬马丹(Armand de Pontmartin,1811—1890):与圣伯夫有过激烈冲突的保守批评家,他在《沙博诺夫人的星期四》中的文学讽刺因揭露丑闻而大获成功。

《文学漫谈》(1854),《新文学漫谈》(1855),《文学漫谈终论》(1856),《周六漫谈》(1857),《新周六漫谈》(1859),《周六丛谈终论》(1860),《文学周》(1861),《沙博诺夫人的星期四》(1862),《新文学周》(1863),《文学周终论》(1864),《新星期六》(20卷本,1865—1881),《老批评家的回忆》(10卷本,1881—1890),《我的回忆:童年和青年》(1885),《我的回忆:第二次青春》(1886),《文学插曲》(1890),《最后的星期六》(3卷本,1891—1892)。

参见弗约《文学、政治、历史、宗教合集》(卷2,1859),圣伯夫《新月曜日漫谈》(卷2、卷3,1862),比利《肖像研究》(1894)。

普雷沃-帕拉多尔(Lucien-Anatole Prévost-Paradol,1829—1870):泰纳在巴黎高师的同学,法兰西第二帝国时期优秀的政论家。在反对当局多年后他进入法国帝国政府成为驻美国大使,普法战争爆发时在美国自杀。

《乔纳森·斯威夫特》(1856),《文学与政治》(3卷本,1859—1863),《埃蒂安·德·拉·博蒂》(1864),《法国道德家研究》(1865)。

参见圣伯夫《新月曜日漫谈》(卷1,1861),谢勒《当代文学批评研究》(卷1,1863;卷3,1866;卷4,1873),格雷亚尔《普雷沃·帕拉多尔》(1894),《普雷沃·帕拉多尔的文学》(1894)。

雷米萨(Charles de Rémusat,1797—1875):哲学家,1824年起为《环球报》撰稿,1846年成为法兰西学术院院士,1871—1873担任外交部长。

《阿伯拉尔》(2卷本,1845),《德国哲学》(1845),《文学批评与研究》(2卷本,1847),《古今合集》(2卷本,1847),《18世纪的英国》(2卷本,1856),《培根》(1857),《钱宁》(1857),《赫伯特·德·谢伯利爵士》(1874)。

参见圣伯夫《文学肖像》(卷3,1847),阿尔贝《19世纪法国文学史》(卷2,1885)。

勒南(Ernest Renan,1823—1892):勒南将自己一生的主要兴趣点
412 都收录在作品《回忆录》中。他生于布列塔尼的特勒圭叶,早年间在特勒圭叶学院和巴黎的夏尔多内·圣尼古拉斯学院学习,这为他后来成为圣叙尔皮克神学院牧师做了准备,但学习历史和语言期间培养的怀疑主义精神使他在1845年10月最终同神学院决裂。接下来的3年半,勒南在克鲁泽寄宿学校担任教师,并在那里结识了贝特洛。1849年受政府聘任前往意大利考察,历时8个月,在此期间他对1848年民

主的幻想消失,艺术世界向他敞开大门。经过十年分别,他 1850 年再次同姐姐亨莉艾特见面,并在接下来十年间受到姐姐的照顾和鼓舞(参见《我的姐姐亨莉艾特》第 32 页)。1851—1860 年在国家图书馆东方文献部工作。1856 年当选为法兰西文学院院士,同年与画家阿利·谢弗的侄女结婚。1860 年在姐姐的陪同下前往腓尼基考察,二人在叙利亚均感染热症,亨莉艾特于 1861 年去世。他在东方旅行期间完成了作品《耶稣传》。1862 年担任法兰西大学希伯来语教授,但政府因其非天主教意向禁止了他的课程,并在两年后剥夺了其教职。1869 年在莫城竞选代表时失利。1870 年同拿破仑亲王前往斯堪的纳维亚旅行,同年,随着法兰西第二帝国倒台再次获得法兰西大学教职。1878 年当选法兰西学术院院士。1882 年担任亚洲协会会长。1884 年担任法兰西大学校长。勒南在顽强地扛过了长期病痛后,于 1892 年 10 月 2 日在法兰西大学寓所逝世。

《科学的未来》(1848 写作,1890 年出版),《阿威罗伊、阿威罗伊主义与叙利亚的逍遥学派》(1852),《闪族语史及比较体系》(1855),《宗教史研究》(1857),《语言的起源》(1858),《批评与道德论集》(1859),译《约伯记》(1859),《〈雅歌〉中的赞美歌》(1860),《我的姐姐亨莉艾特》(1862 写作,1895 年出版),《耶稣传》(1863),《法国文学史》收录的各篇文章(参见第 24—31 期,尤其是第 24 期收录的《14 世纪法国美术状况》),《费尼斯的使命》(1864),《使徒》(1866),《当代问题》(1868),《圣·保罗》(1869),《精神与道德改革》(1871),《敌基督者》(1873),《哲学对话录》(1876),《福音书》(1877),《历史与旅行杂记》

(1878),《基督教会》(1879),《英国讲演录》(1880),《马可·奥勒留》(1882),译《传道书》(1882),《回忆录》(1883),《宗教史新论》(1884),《演说报告集》(1887),《以色列史》(5 卷本,1887—1894),《哲理剧》(1888),《落叶集》(1892),《私人文学》(1896),《勒南与贝特洛通信集》(1898),《青年备忘录》(1906),《新青年备忘录》(1907)。

参见谢勒《宗教批评杂集》(1860),《当代文学批评研究》(卷 4、卷 7—10,1863—1895),《宗教史杂集》(1864),圣伯夫《新月曜日漫谈》(卷 2,1862;卷 4,1863),布尔热《当代心理学论集》(1883),勒梅特尔《当代人》(卷 1,1884;卷 4,1889),《戏剧印象》(卷 1,1889),法朗士《文学生活》(卷 1,1889;卷 2,1894),沃盖《历史时刻》(1893),佩里西埃《19 世纪文学运动》(1894),莫诺《勒南、泰纳和米什莱》(1894),塞埃依斯《厄内斯特·勒南》(1895),埃斯皮纳斯《勒南的一生》(1895),布吕内蒂埃《当代文学新论》(1895),《世界经典文学作品文库》(卷 21,1897)。

413 **勒纳尔**(Georges Renard,1847—　)

《伏尔泰传》(1883),《当代法国研究》(1888),《青年批评之王》(1890),《战争批评》(3 卷本,1894—1897),《文学史研究的科学方法》(1900)。

里戈(Hippolyte Rigault,1821—1858)

《古今之争》(1856),《里戈全集》(4 卷本,1859)。

罗德(Edouard Rod,1857—1910):小说家。

《比较文学》(1886),《19 世纪研究》(1888),《当今时代的伦理思

想》(1891),《但丁》(1891),《司汤达》(1891),《歌德研究》(1898),
《19世纪新论》(1898),《卢梭的问题》(1906),《爱德华·罗德回忆录》
(1911)。

萨西(Samuel-Ustazade-Silvestre de Sacy, 1801—1879):1828年起
为《辩论日报》撰写文学和政治论稿,1854年当选法兰西学术院院士,
著名的人文主义者和藏书家。

《文学、伦理和历史杂集》(2卷本,1858),《从萨西、费瓦尔、戈蒂
埃和蒂埃里看文学的发展》(1868)。

参见圣伯夫《月曜日漫谈》(卷14,1858),勒南《批评与道德论集》
(1859),普雷沃·帕拉多尔《文学与政治》(卷3,1863),泰纳《批评与
历史新论》(1865),《历史与批评终论》(1894),谢勒《当代文学批评研
究》(卷7,1882)。

圣伯夫(Charles-Augustin Sainte-Beuve, 1804—1869):在其父逝世
几个月后生于海滨城市布洛涅。圣伯夫的父亲是政府官员,52岁时娶
了时年40岁的圣伯夫母亲为妻。圣伯夫母系有英国血统。圣伯夫在
布莱利奥学院学习后于1818年进入巴黎的朗德瑞寄宿学校。1823—
1827年学医。1824年开始为他的老师杜布瓦创办的《环球报》撰稿,
后因在《环球报》上发表评论《颂歌与民谣集》的文章(1927年1月)而
结识雨果。复兴隆萨及七星诗社是他开展前浪漫主义运动的一部分。
同时开始为《巴黎评论》撰稿。1830—1831年与圣西门的追随者关系
密切。为《民族》和刚刚创办的《两世界评论》撰稿。前往瑞士与维内
见面,并于1837—1838年在洛桑讲学,讲述《波尔·罗亚尔修道院史》。

1840 年被库辛聘为巴黎玛莎林图书馆馆员。1844 年当选为法兰西学术院院士。1848 年革命后离开巴黎,前往比利时列日大学一年,担任法国文学教授(详情可参考圣伯夫《夏多布里昂》序言)。1849 年 9 月返回巴黎,并开始在《立宪报》杂志上连载《月曜日漫谈》,1853 年转往《箴言报》。1854 年在法兰西大学担任拉丁诗歌教授,但仅开课两周便因其政治立场被学生抵制。1858—1861 年于巴黎高师讲学。1861 年又返回《立宪报》杂志,并开始写作《新月曜日漫谈》,1865 年当选参议院议员。

《16 世纪法国诗歌戏剧批评史概述》(1828),《隆萨选集,附概要、注释、评述》(1828),《约瑟夫·德洛姆的生活、诗歌与思想》(1829),《安慰集》(1830),《快乐集》(2 卷本,1834),《八月的沉思》(1837),《波尔·罗亚尔修道院史》(5 卷本,1840—1859;第 3 版时为 7 卷本,1869—1871),《爱之书》(1843),《月曜日漫谈》(16 卷本,1851—1862,第 3 版作了一些修订,1857—1872),《维吉尔研究》(1857,1870 年修订再版),《帝国时期的夏多布里昂及其文学团体》(2 卷本,1860,1873 年修订再版),《文学肖像》(3 卷本,1862—1864),《新月曜日漫谈》(13 卷本,1863—1870,1864—1878 修订再版),《当代人肖像》(5 卷本,1869—1871),《女性肖像》(1870),《P. J. 普鲁东:生活及书信》(1872),《献给公主的信》(1873),《月曜日初谈》(3 卷本,1874—1875),《圣伯夫备忘录》(1876),《巴黎编年史》(1876),《圣伯夫书信集》(2 卷本,1877—1878),《新书信集》(1880),《圣伯夫致科隆贝未刊书信集》(1903),《圣伯夫致朱斯特·奥利维尔夫人未刊书信集》

414

（1904），《圣伯夫致雨果及雨果夫人的信》（《巴黎评论》1905 年 12 月、
1 月、3 月刊登），《致查理·拉贝特的信》（1912）。

参见谢勒《当代文学批评研究》（卷 1，1863；卷 4，1873；卷 7，
1882），奥松维尔《圣伯夫的生活与作品》（1875），勒瓦鲁瓦《圣伯夫》
（1872），特鲁巴《圣伯夫最后一任秘书的回忆与揭秘》（1872）、《圣伯夫
的一生》（1876）、《圣伯夫最后一任秘书的回忆》（1890），马修·阿诺德
《大不列颠百科全书》，布吕内蒂埃《文艺复兴至今批评的演变》
（1890），泰纳《历史与批评终论》（1894），法盖《19 世纪的政治家与道
德家》（卷 3，1899），斯波尔贝什·德·卢凡朱尔《无名的圣伯夫》
（1901），吉罗《〈月曜日初谈〉分析一览表以及对圣伯夫批评文章的研
究》（1903），米肖《〈月曜日漫谈〉之前的圣伯夫》（1903），《圣伯夫的
〈爱之书〉》（1905），《圣伯夫研究》（1905），塞谢《浪漫主义史研究：圣
伯夫》（2 卷本，1904），G. M. 哈珀《圣伯夫》（1909），P. E. 莫尔《谢尔本
文集》（第 3 辑，1906），F. 瓦萨《圣伯夫其人与作品》（1912）。

圣马尔克·吉拉尔丹（Saint-Marc Girardin，1801—1873）：1834 年
起在巴黎大学担任法国诗歌教授，1844 年当选为法兰西学术院院士。
他积极诙谐幽默地反对浪漫主义，在文学批评家之外，他还是一位道德
家。人们指责他带有某种资产阶级的心理习惯，而且认为比起天生的
写作能力来他更具即兴创作的能力，被法国人称为"民族作家"。

《勒萨日的颂歌》（1822），《波舒哀的颂歌》（1827），《16 世纪法国
文学图解》（1828），《德国文学与政治概览》（1834），《戏剧文学教程》
（4 卷本，1843），《文学与伦理学论集》（2 卷本，1845），《旅行与研究的

回忆》(2卷本,1852—1853),《拉封丹和寓言家》(2卷本,1867),《卢梭的生活与作品》(2卷本,1870)。

参见维内《19世纪法国文学研究》(卷3,1851),尼扎尔《文学批评研究》(1858),《肖像与文学史》(1874),《回忆与传略》(1888)。

圣维克多(le comte Paul de Saint-Victor,1827—1881):浪漫主义者,其风格因色彩温暖而备受泰纳及其他作家推崇,但这一优点并不能弥补其理智的匮乏。

《人与神》(1867),《歌德笔下的女性》(1869),《拉马丁》(1869),《维克多·雨果》(1885),《古人与今人》(1886),《当代戏剧》(1889)。

参见圣伯夫《新月曜日漫谈》(卷10,1867),谢勒《当代文学批评研究》(卷4,1873;卷7,1882),泰纳《历史与批评终论》(1894)。

桑(Sand George,1804—1876)

她的文学批评主要见其《文学回忆与印象》(1862),《回忆与印象》(1873),《文学与艺术问题》(1878),《书信集》(6卷本,1882—1884,特别是她与福楼拜的通信)。

415　　**萨尔塞**(Francisque Sarcey,1828—1899):当时最有影响力的戏剧批评家,1867年起为《时代报》撰稿,很好地诠释了资产阶级的良好品味。

《男女喜剧演员》(1878),《青年回忆》(1884),《成年回忆》(1892),《戏剧四十载》(8卷本,1900—1902)。

参见勒梅特尔《当代人》(卷2,1889),法盖《剧场论》(1903)。

萨尤(André Sayous,1808—1870)

《加尔文文学研究》(1839),《宗教改革时期法国作家文学研究》(2 卷本,1842),《法国流亡文学史》(2 卷本,1853),《流亡的 18 世纪》(2 卷本,1861)。

见维内《法国文学研究》(卷 3,1851),萨西《文学、伦理和历史杂集》(1858),圣伯夫《月曜日漫谈》(卷 15,1861)。

谢勒(Edmond Schérer, 1815—1889):生于巴黎,有瑞士、荷兰、英国血统。1831 年 8 月 10 日起前往英格兰蒙茅斯担任福音派牧师。1833 年返回巴黎。1836—1839 年在法国东北部的斯特拉斯堡学习神学,随后在日内瓦的自由神学学校教授神学。1849 年 12 月辞去学校教职。1850—1859 年在日内瓦自由教授神学。1860 年离开日内瓦回到巴黎,加入《时代报》,在此期间写作了 3500 篇文章。1871 年当选为国民议会议员,1875 年当选为参议院议员。

《改革派教义》(1843),《法国宗教改革派实况》(1844),《基督教会学说概论》(1845),《批评与信仰》(1850),《亚历山大·维内》(1853),《给本堂神甫的信》(1853),《宗教批评杂集》(1860),《当代文学批评研究》(10 卷本,1863—1895),《宗教史杂集》(1864),《狄德罗》(1880),《宪法修订》(1881),《法国与民主》(1883),《梅里西奥·格里姆》(1887),《18 世纪文学研究》(1891)。

参见圣伯夫《月曜日漫谈》(卷 15,1860),格雷亚尔《埃德蒙·谢勒》(1890),提索《法国批评的演变》(1890),都坦《文学新论》(1895),布特米《泰纳、谢勒、拉布拉耶》(1901)。

塞谢(Léon Séché, 1848—　):特别热衷写传记的作家。

《波尔·罗亚尔修道院》(1899),《沃尔内:1757—1820》(1899),《圣伯夫》(2卷本,1904—1905),《A.德·缪塞》(1907),《"法兰西缪斯"派》(1908),《沃坦斯·阿拉尔·德·梅里坦》(1908),《拉马丁的小说》(1909),《阿布维夫人》(1909),《浪漫主义诗歌》(1910),《路易·菲利浦的金色青年时代》(1911),《约瑟夫·德洛姆团体》(2卷本,1912)。

塞埃(Ernest Seillière,1866—　):正在探究扩张、浪漫主义生活态度与帝国主义的关系,见《帝国主义哲学》。

《斐迪南·拉萨尔研究》(1897),《德国社会党的文学与道德》(1898),《戈宾诺与历史雅利安主义》(1903),《阿波罗与狄奥尼索斯》(1905),《民主帝国主义》(1907),《浪漫主义的毒害:论非理性的帝国主义》(1908),《浪漫时代的爱情悲剧》(1909),《〈帝国主义哲学〉导言》(1910),《巴尔贝·多尔维利》(1910),《新浪漫主义的神秘主义》(1911),《叔本华》(1911)。

西斯蒙第(Jean-Charles-Léonard, Simonde de Sismondi,1773—1842):历史学家,斯达尔夫人的密友,其著作《欧洲的南方文学》(4卷本,1813)对浪漫主义运动有潜在影响。他和斯达尔夫人一样缺乏形式感。

416　　　参见圣伯夫《新月曜日漫谈》(卷6,1863),谢勒《当代文学批评研究》(卷2,1865)。

斯达尔夫人(Mme. de Staël,1766—1817):瑞士银行家、路易十六的部长内克尔的独生女。在其母亲的客厅与拉·阿尔普相识。1786

年与瑞典驻法国大使斯达尔男爵结婚。大革命期间同塔列朗及其他好友一起在英格兰避难。1794 年 9 月与本杰明·贡斯当相识。1795 年 5 月在巴黎开设沙龙,但同年又返回科佩。1797 年 4 月再次在巴黎开设沙龙,加入反拿破仑群体。1802 年丈夫斯达尔男爵去世。1803 年 10 月被放逐至离巴黎 40 里格远处。1803 年 12 月—1804 年 2 月离开法国前往德国。1804 年聘请 A. W. 施莱格尔担任其子的家庭教师,闻听父亲死讯匆忙赶回法国。1804 年 11 月启程前往意大利。1807—1808 年的冬天在慕尼黑和维也纳度过。1810 年法国版《论德意志》被没收(《论德意志》于 1813 年在伦敦出版,1814 年在莱比锡出版)。1811 年与年仅 23 岁的日内瓦政府官员洛卡再婚。因受拿破仑迫害,于 1812 年 5 月 22 日逃往科佩,借道维也纳、华沙前往俄国。1813 年 6 月访问瑞典和英格兰。1817 年 2 月突发中风,同年 7 月 14 日去世。

《关于卢梭性格及作品的通信集》(1788),《论小说》(1795),《论激情对国家和个体命运的影响》(1796),《从文学与社会制度的关系论文学》(2 卷本,1800),《戴尔芬》(4 卷本,1802),《柯丽娜》(3 卷本,1807),《论德意志》(3 卷本,1810),《论自杀》(1813),《论法国大革命》(3 卷本,1818),《十年流亡》(1821)。

参见圣伯夫《女性肖像》(1835),勃兰兑斯《流亡文学》(1882),布伦奈哈塞特夫人《斯达尔夫人》(法文和英文译本,1887),佩里西埃《19 世纪的文学运动》(1889),布吕内蒂埃《法国文学批评研究》(卷 4,1890),《文学史体裁的演变》(卷 4,1890),《19 世纪抒情诗的演变》(1895),德约伯《斯达尔夫人与意大利》(1890),索雷尔《斯达尔夫人》

(1890),法盖《19 世纪政治与道德》(卷 1,1891),杜米克《19 世纪的人与思想》(1903)。

斯塔弗(Paul Stapfer,1840—)

《文学批评小喜剧,或属于三个哲学流派的莫里哀》(1865),《劳伦斯·斯特恩》(1870),《艺术的仲裁人与当事人》(1872),《莎士比亚与古代》(2 卷本,1879),《现当代法国文学研究》(1880),《莫里哀与莎士比亚》(1880),《歌德及其两部重要的古典主义作品》(1881),《文学与道德杂集》(1881),《拉辛和雨果》(1886),《拉伯雷》(1889),《论文学名望》(1893),《蒙田》(1894),《蒙田的家庭和友人》(1895),《法国伟大的基督教布道》(1898),《一位古代老者的悖论与自明之理》(1904),《幽默与幽默家》(1911)。

司汤达(Henri Beyle Stendhal,1783—1842):对泰纳和布尔热在文学观点方面都产生潜在影响的重要人物。他在《拉辛与莎士比亚》中定义的浪漫主义是不存在的。法盖指出,若沿着这一定义,最反浪漫主义的作家恰恰是 1830 年的浪漫主义者。该书对整体的反驳恰好同约翰逊博士在《莎士比亚》序言中的论断一致。

《拉辛与莎士比亚》(1823),《文学与艺术合集》(1867)。

417　参见 A.波普《司汤达作品史》(1904),J.梅里亚《司汤达的思想》(1910)。

塔扬迪耶(René-Gaspard-Ernest Taillandier,1817—1879):又称圣勒内·塔扬迪耶,常年为《两世界评论》撰稿,尤以外国文学方面的文章居多。

《诺瓦利斯》(1847),《青年德意志史:文学研究》(1849),《高加索诗人:米歇尔·莱蒙托夫》(1856),《外国文学史》(1861),《西斯蒙第未发表书信》(1863),《高乃依及其同时代人》(1864),《文学生活剧作和小说》(1870),《拉封丹寓言导论》(1873),《新普罗旺斯诗歌的命运》(1876),《文学研究》(1881)。

参见圣伯夫《新月曜日漫谈》(卷 5,1863),蒙泰居《当代人的消亡》(1889)。

泰纳(Hippolyte-Adolphe Taine,1828—1893):1841—1851 年在波旁大学和巴黎高师就读。1852 年因政府不满其决定论被迫辞去普瓦提埃公立高中的教职。1853 年获得博士学位。1857 年因在《19 世纪法国哲学》一书中攻击库辛的官方哲学而声名狼藉。1864 年担任艺术学校教授。1868 年结婚。1871 年前往牛津大学讲学。1878 年当选法兰西学术院院士。

《柏拉图的面具》(1853),《论拉封丹寓言》(1853,1860 年又以《拉封丹及其寓言》为名出版),《皮勒内游记》(1855),《论李维》(1856),《19 世纪法国哲学》(1857,1868 年修订版改名为《19 世纪法国古典哲学》),《批评与历史论集》(1858),《英国文学》(5 卷本,1863—1867),《批评与历史新论》(1865),《意大利游记》(2 卷本,1866),《艺术哲学》(1865),《意大利艺术哲学》(1866),《艺术中的理想》(1867),《荷兰艺术哲学》(1868),《希腊艺术哲学》(1869),《托马斯·葛兰道》(1868),《论智慧》(2 卷本,1870),《论普选》(1871),《论英国》(1872),《旅居法国:1792—1795》(1872),《当代法国的起源》(6 卷本,1876—1893),

《批评与历史终论》(1894),《旅行笔记》(1896),《生活及通信集》(4卷本,1903—1907)。

参见圣伯夫《月曜日漫谈》(卷8,1857),《新月曜日漫谈》(卷8,1864),谢勒《宗教批评杂集》(1858),《当代文学批评研究》(卷4,1866;卷6、7,1878;卷8,1884),蒙泰居《论英国文学》(1863),卡罗《神学思想及新批评》(1864),布尔热《当代心理学论集》(1883),埃内坎《科学批评》(1888),布吕内蒂埃《文艺复兴至今批评的演变》(1890),莫诺《勒南、泰纳和米歇尔》(1894),A. 德·马尔热里《泰纳》(1894),G.巴泽洛蒂《泰纳》(1895),佩里西埃《当代文学新论》(1895),吉罗《论泰纳》(1901),《泰纳作品目录》(1902),奥拉尔《法国大革命史学家泰纳》(1907)。

戴克斯特(Joseph Texte,1865—1900)

《卢梭和文学世界主义的起源》(1895),《欧洲文学研究》(1898)。

弗约(Louis Veuillot,1813—1883):一位在为天主教教皇绝对权力主义者辩护上有杰出天赋的作家,尤其体现在讽刺和抨击方面。他的批评阵地是《世界报》(1860—1867年受打压)。

《文学、政治、历史、宗教合集》(18卷本,1856—1875),《巴黎味道》(1866),《莫里哀和布尔达卢》(1877),《雨果研究》(1885)。

参见圣伯夫《新月曜日漫谈》(卷1,1861),谢勒《当代文学批评研究》(卷1,1863),及(卷4,1874),勒梅特尔《当代人》(卷6,1896)。

维尔曼(Abel-François Villemain,1790—1870):1810年在巴黎高师担任讲座导师。1816年起担任巴黎大学教授。1821年接任丰塔纳成为法兰西学术院院士,政治上颇为激进。1821年维莱尔取缔了其在巴黎大学的课程。七月王朝期间在政治上有突出表现。1839—1844年担任教育部部长。

《蒙田颂歌》(1812),《忧郁祷告选》(1813),《论批评的优势与劣势》(1814),《孟德斯鸠颂歌》(1816),《论希腊小说家》(1822),《文学演讲与杂集》(1823),《新文学与历史合集》(1827),《法国文学教程》(6卷本,1828),《法国语言考》(1835),《全集》(10卷本,1840—1849),《法国文学教程:中世纪和18世纪法国、意大利、西班牙、英国的法语文学概览》(6卷本,1840—1846),《古代和国外文学研究》(1846),《演说与混合文学》(1846),《4世纪基督教雄辩术概观》(1849),《文学历史当代回忆录》(2卷本,1853—1855),《当代文学论选》(1857),《现代论坛》(1858),《论品达的天赋和抒情诗》(1859)。

参见圣伯夫《当代人肖像》(卷2,1836),《月曜日漫谈》(卷1,1849;卷6,1852),尼扎尔《文学历史研究》(1859),勒南《演说报告集》(1887),布吕内蒂埃《文艺复兴至今批评的演变》(1890)。

维内(Alexandre-Rodolphe Vinet, 1797—1847):1817—1837年担任巴塞尔大学法国文学教授,1837—1845年在洛桑担任神学教授。他是具有极强洞察力和思想高度的道德家、批评家,对马修·阿诺德、圣伯夫、谢勒、布吕内蒂埃等人都有明显影响。其作品的形式劣于内容,形式上的弱点可能妨碍其作品的流传。圣伯夫说:"风格就像黄金权杖,支撑着此世的王国。"

《法国古典名著选》(3卷本,1829),《帕斯卡研究》(1847),《19世纪法国文学研究》(3 卷本,1849;1912 年再版合为一卷),《18 世纪法国文学史》(2 卷本,1853),《16—17 世纪的道德家》(1859),《亚历山大·维内的精神》(1861,2 卷本),《路易十四时期的诗人》(1862),《杂集》(1869)。

参见圣伯夫《当代肖像》(卷 3,1837),《文学肖像》(卷 3,1847),谢勒《维内:生活与作品概要》(1853),《当代文学批评研究》(卷 1,1863),朗贝尔《维内:生活与作品》(1875),布吕内蒂埃《当代文学论集》(1892)。

维泰(Ludovic Vitet, 1802—1873):1824 年起担任《环球报》的文学评论员,后来因艺术批评闻名。

《历史与文学论集》(1862),《哲学与文学研究》(1874)。

参见圣伯夫《文学肖像》(卷 3,1846)。

魏斯(J.-J. Weiss, 1827—1891):一个毫无体系的批评家,直觉上
419 倾向保守。在创作格言警句方面颇有天赋。他 1858 年在《当代评论》上发表的文章《粗俗的文学》给文学批评提供了一个习语。

《论赫尔曼和多罗泰》(1856),《论法国文学和历史》(1865),《莱茵河地区》(1886),《戏剧与风俗》(1889),《法国喜剧的背景》(1892),《论歌德》(1892),《历史剧与激情剧》(1894),《论戏剧:1883—1885》(4 卷本,1892—1896)。

参见勒梅特尔《戏剧印象》(卷 7,1891),沃盖《论历史与文学》(1891),杜米克《作家肖像》(1892),法朗士《文学生活》(卷 4,1892),佩里西埃《论当代文学论》(1893),E. 卢万斯科《魏斯》(1909),G. 斯特

贝《魏斯》(1911)。

维泽瓦(T. de Wyzewa, 1862—　　):连续多年为《两世界评论》撰写外国文学艺术方面的文章。

《我们的大师》(1895),《论外国作家》(3 卷本,1896—1899)。

左拉(Emile Zola, 1804—1903)

《我的憎恶》(1866),《论实验小说》(1880),《戏剧中的自然主义》(1881),《我们的戏剧作家》(1881),《自然主义小说家》(1881),《文学档案》(1881)。

人名索引

(索引页码为原书页码,即本书边码)

译名对照表[①]

A

Aaron's serpent 亚伦的蛇

Aboriginal self 原初自我

Absolute man 绝对的人

Achilles 阿喀琉斯

Aeneid《埃涅阿斯纪》

Aesthetes 唯美主义者

Aesthetic code 美学符号

Aesthetic Catholicism 审美天主教

Aesthetic deism 审美自然神论

Aesthetic deliquescence 审美潮解

Aesthetic humanist 审美人文主义者

Aesthetic sensation 审美感受

Affirmation of love 爱之主张

Affirmative principle 自信原则

A form of gossip 漫谈形式

Alceste《阿尔切斯特》

Alexandrian 亚历山大学派

Alexandrianism 亚历山大主义

All in all 万物的主宰

Amherst idea 阿莫斯特思想

Amour-propre 自爱

Anacreontic morality 阿那克里翁式的道德

Antéchrist 敌基督者

Anti-intellectualist movement 反智运动

A pays des chimères 幻想之乡

A philosopher of the flux 流变哲学家

Apocalypse《启示录》

A principle of dispersion 分散原则

A principle of unity 统一原则

Armide《阿尔米德》

Art for art's sake 为艺术而艺术

Artificial unity 虚假统一体

Art of praise 赞美的艺术

A sense of the variable 可变感

Astrologically 占星术

Atala《阿达拉》

Attic moderation 文雅的节制

B

Bay of Naples 那不勒斯港

Doctrine of illusion 幻想说

Doctrine of works 工作说

Dominating faculty 主导机能

Dover Beach《多佛海滩》

Dramatic feuilleton 戏剧小品

Drames philosophiques 哲理剧

Dreyfus 德雷福斯事件

Dualism 二元论

Duguet, Jacques Joseph 杜格

E

Ecclesiastes《传道书》

Eclectic philosophy 折中式哲学

Eerasez l'infome 战胜可耻之徒

Egotism 自我中心

Elijah 伊利亚

Elisha 以利沙

Emotionalism 情感主义

Enlightened monarch 开明君主

Enthusiast 热情主义者

Entities 实体

Epicurean 享乐主义者

Epistle to Cobham《致科巴姆的信》

European Blasphemer 欧洲渎神者

Evangelical republic 福音共和国

Evolution de La Poésie Lyrique《抒情诗的进化》

F

False disillusion 虚妄幻灭

False illusion 虚假幻想

Far-off divine event 遥远的神圣事件

Fatality of instinct 本能宿命论

Fatality of passion 激情宿命论

Feminine religion of the heart 心灵的女性宗教

Figaro《费加罗报》

Flux 流变

Formalism 形式主义

Formation of the Idea of Progress《进步观念的形式》

Fons et origo malorum 腐败之泉

Free agent 自由的行动者

Fronde 投石党运动/投石党

G

Gascon 加斯科涅人

Genesis《创世纪》

Génie du Chritianisme《基督教真谛》

Genus homo 全人类

Germania of Tacitus 塔西佗笔下的日耳曼尼亚

Globe《环球报》

Good sense 良好的判断力

Good taste 良好品味

Gospel《福音书》

Grace 恩典

Great confusion 大混乱

Great Wheel 法轮

Greek Anthology《希腊文选》

H

Hierarchie of Angels《天使团》

Higher criticism 高等批评

Histoire du Peuple d'Israël《以色列史》

Historian ideas 观念史学家

Historical melodrama 历史滑稽剧

Historical novel 历史小说

Historical tragedy 历史悲剧

History of French Classicism《法国古典
主义的历史》

Holy Ghost 圣灵

Honnête homme qui ne se pique de rien
不自以为是的正人君子

Human document 人类文献

Human experience 人类经验

Human law 人的法则

Humane letters 人文

Humanist 人文主义者

Humanistic aesthete 人文唯美主义者

Humanistic authority 人文权威

Humanistic tact 人文鉴赏力

Humanitarian 人道主义

Humanitarians 人道主义者

Humanity 人性

I

Ideal entity 观念实体

Ideals of Plato 柏拉图的理念

Idealists 理想主义者

Ideologist 理论家

Illumination 启示/觉照

Im Anfang war die Tat 太初有行

Imperialism 帝国主义

Impressionism 印象主义

Inner check 内在制约

Inner freedom 内在自由

Inner oracle 内在神谕

Instincts of domination 支配本能

Insurrection of common sense 常识暴动

Intellectual absolute 绝对精神

Intellectual corruption 理智的堕落

Intellectual culture 智育文化

Intellectual eagerness 智识欲望

Intellectual intuitions 理智直观

Intellectual life 思想生活

Intellectualism 理智主义

Intellectualist 理智主义者

Introspection 内省

Intuitive good sense 直观判断力

Involuntary impulse 非自愿冲动

J

Jacobinism 雅各宾主义

Jansenism 詹森主义

Jehovistic 耶和华式的堕落故事

Jingle man 叮当诗人

Jocelyn《约瑟兰》

Joseph Delorme《约瑟夫·德洛姆》

Jouisseurs littéraires 文学享乐主义者

Journal des Débats《辩论日报》

K

Karma 业

L

L'affreuse réalité 可怕的现实

L'art pour l'art 为艺术而艺术

L'Avenir de La Science《科学的未来》

L'esprit de finesse 敏感精神

L'esprit de géométrie 几何精神

L'histoire naturelle des esprits 精神的

自然史

L'Ile des Pingouins《企鹅岛》

La belle nature 美好的自然

La crise du français 法兰西危机

La critique amère 严厉批评

La double antiquité 双重古典

La fichomaniev 档案狂热分子

La Fontaine《论拉封丹》

La grande curiosité 伟大的好奇心

La Henriade《亨利亚德》

La littérature brutale 野兽文学

La Muse Francaise《法兰西的缪斯》

La vérité vraie 真正的真相

Latin Poets of the Decadence《拉丁诗人的衰落》

Law human or divine 人律和神律

Le climat des esprits 精神气候

Le Crime de Sylvestre Bonnard《波纳尔的罪行》

Le grand art 高雅艺术

Le Lycée, ou Cours de Littérature《中学文学课程》

Le Misanthrope《厌世者》

Le Roman Naturaliste《自然主义小说》

Les Consolations《安慰集》

Les Femmes Savantes《女学究》

Les Fleurs du Mal《恶之花》

Les Martyrs《殉道者》

Les Plaideurs《讼棍》

Les Regrets《悔恨》

Letter to Bowles《致鲍尔斯的信》

Letter to D'Alembert《致达朗贝尔的信》

Letters on the Writings and Character of

Jean-Jacques Rousseau《关于卢梭性格及作品的通信集》

Libido stiendi 求知欲望

Libertins 自由思想家

Literary Darwinism 文学达尔文主义

Literary miniature 文学微型画

Literary miniaturist 文学微型画家

Literary portrait-painting 文学肖像画

Literary portrait-painter 文学肖像画家

Literatures of the South《南方文学》

Local color 一时一地的色彩

Logic《逻辑学》

Luminous 灵光

Lundis《月曜日漫谈》

M

Madness 迷狂

Magnetic system 磁力系统

Mainspring 主要动力

Mandarins 达官贵人

Manifeste contre la littérature facile《反对浅薄文学的宣言》

Man-woman 有女性特质的男性

Mannerist 矫揉造作之人

Manon Lescaut《曼侬·莱斯科》

Masculine religion of the will 意志的男性宗教

Master faculty 主导机能

Master formula 主导公式

Master impulse 主要冲动

Master trait 主导特质

Materialism 唯物主义

Mediaevalism 中世纪主义

Pauline religion 保罗派

Pedro Calderón de la Barca 卡尔德隆

Pendent opera interrupta 未完成的作品
亦有望青史留名

Pensées《随思录》

Pensées d'Août《八月的沉思》

Pentecost 圣灵降临节

Personal righteousness 个人正义

Pharisaism 法利赛主义

Phèdre《费德尔》

Philosopher of the oversoul 超灵哲学家

Philosophic materialsim 哲学唯物主义

Philosophy of Art《艺术哲学》

Philosophy of Greek Art《希腊艺术的
哲学》

Philosophy of history 历史哲学

Plebeian element 平民气质

Pluralistic view of truth 多元真理观

Plus offendit nimium quam parum 过犹
不及

Poetic passion 诗性激情

Poetics《诗学》

Poetry of ideas 思想诗

Poetry of images 意象诗

Politics《政治学》

Polyeucte《波利厄克特》

Port Royal《波尔·罗亚尔修道院史》

Port-Royalists 波尔·罗亚尔主义者

Positivist philosophy 实证主义哲学

Potius mori quam foedari 宁愿死也不
被玷污

Pragmatists 实用主义者

Précieuses 才子

Préciosité 故作风雅

Predestination 预定论

Préface de Cromwell《〈克伦威尔〉序》

Prêtre de Némi《内米的神父》

Priam 普里阿摩斯

Primal love 原始之爱

Primitivism 原始主义

Primitivist 原始主义者

Prince《君主论》

Principle of brotherhood 兄弟原则

Principle of perversity 邪恶本质

Principle of restraint 约束原则

Priori formulae 先验法则

Pro aris et focis 为了祭坛与家园

Problem play 问题剧

Procrustean bed 普罗克汝斯忒斯之床

Providence 天意

Pseudo-classic formalists 伪古典形式
主义者

Pseudo-democrat 伪民主党人

Pseudo-Platonism 伪柏拉图主义

Pseudo-religion 伪宗教

Pseudo-spirituality 伪崇高

Public opinion 公共舆论

Purissima impuritas 最纯粹的污秽

Pyrrhonists 皮浪主义者

Q

Quaerit Aristoteles Pugnam 与亚里士多
德作战

Qualities 质

Quarrel of ancients and moderns 古今
之争

Sophists 智者
Souvenirs《回忆录》
Spectator《观察者》
Spirit entity 精神实体
Spirit of Laws《论法的精神》
Spiritual romanticism 精神浪漫主义
Spiritualism 唯灵论
Spoken style 讲话体
Spontaniety of the soul 灵魂的自发性
Stoic 禁欲主义者
Stoicism 禁欲主义
Stylist 文体家

T

Taste 品味
Temperance societies 禁酒协会
Temple of Taste 品味的圣殿
The Academy 法兰西学术院
The Dictionary of the Academy《法兰西学术院词典》
The elements 自然力
The eternal Feminine 永恒的女性
The eternal Masculine 永恒的男性
The highest unit 最高统一性
The Jacobin 雅各宾派
The law of the three unities 三一律
The legend of the Revolution 大革命传奇
The Many 多
The natural goodness of man 人性本善
The One 一
The Principle of Certainty 确定性法则
The Reader in White《白衣读者》

The religion of Beauty 审美宗教
The religion of Humanity 人性宗教
The religion of Passion 情感宗教
The religion of Science 科学宗教
The society of Lamennais 拉梅内学派
The spirit of modern criticism 现代批评精神
The unity of human nature 人性的统一
The warfare of science and religion 科学与宗教大战
The wit and man of the world 才子和世人
The world of moral values 道德价值世界
Theology 神学
Theory of a God 一神论
Theory of fraternal anarchy 兄弟无政府论
Theory of literary reputation 文学声誉论
Theory of pious fraud 善意谎言论
Theory of spontaneity 自发理论
Theory of the humors 体液理论
Theory of unknowable 不可知论
Theosophy 通神学
Thomas Graindorge《托马斯·格兰道》
Three Graces 美惠三女神
Torquato Tasso《塔索》
Traditionalist 传统主义者
Treatise on Man《论人》
Twofold antiquity 双重古典

U

Ultra-modern 超现代

Un male supérieur 卓越的男子
Uncle Tom's Cabin《汤姆叔叔的小屋》
Une haine de race 民族仇恨
Une Hérésie Littéraire《文学异端》
Undersoul 灵魂之下的部分
Upsets of nature 颠覆本性
Urvolk 本原民族
Utilitarian school of Englishemen 英国功利主义学派
Utopist 乌托邦主义者

V

Vernunft 理性
Verstand 理解力
Victor Hugo en 1836《1836 年的雨果》
Vie de Jésus《基督传》
Virtues of centrality 核心德性
Virtues of concentration 集中性的美德
Virtues of expansion 扩张性的德性
Vision of Judgment《审判的幻影》
Vital control 生命控制
Vital impulse 生命冲动
Volupté《快乐集》

W

Wandering Jew 流浪的犹太人
Wilhelm Meister《威廉·迈斯特》
Windsor Forest《温莎森林》
Woman-man 有男性特质的女性

Z

Zeitgeist 时代精神
Zion 理想之国
Zones or layers 群体或阶层

译后记

初读白璧德已是十余年前的旧事。2010年秋季,在张源老师给本科生开设的课程上,我第一次听到白璧德的名号和他的"人文主义"。课后便迫不及待去图书馆找来张源、张沛两位老师的译作《文学与美国的大学——为捍卫人文学科而作》和《民主与领袖》。白氏思想之深邃、译者文笔之清丽,触发了年轻学子的向学之心,但彼时的我从未奢望有朝一日成为白璧德著作的译者。2015年我进入北京大学中文系攻读博士学位,临入学时,张源老师组建《白璧德文集》译者群,将《法国现代批评大师》一书交付与我。这便是我与此书的缘起。

我在比较所受教期间,张沛老师多次强调青年学者应当不畏艰难,学术研究与学术翻译双管齐下。2016年我在张老师的安排下翻译了《反思西方》一文磨炼了译笔,为后来翻译专著积累了经验。翻译《法国现代批评大师》的历程,确实也与我的求学、治学之路奇妙地重合在了一起。我的博士论文以杜威及杜威与胡适等中国学人的关系为研究核心,而白璧德正是杜威在美国思想界的重要对手,两人各自的中国学生又在新文化运动期间上演了文化论战。读博期间,我一面攻克论文,一面译出了此书初稿,后又经过数次修订校对。在本书成稿的过程中,张源老师对我支持最大。若无她对后辈的教导、信任和提携,我恐怕难与白璧德有此缘分。回望来时路,细节仍清晰可见,师生之情亦澄明至极。正如我在博士论文后记所写,老师们是照亮学生学术之路的灯塔,我正乘着一叶扁舟摇摇晃晃地向前驶去。每每与老师们交流表达感激之情,他们总说学生若学有所成,便是对老师最大的回馈,令人动容。

白璧德此书涉及多门语言,我在翻译过程中曾向我的师兄师姐聂渡洛博士、范晶晶博士、惠天羽博士,师妹卢意芸博士、张菁洲同学请教巴利文、梵语、拉丁语、德语以及法语的相关知识,在此向各位同好表示感谢。特别感谢校订此书的唐嘉薇博士,《法国现代批评大师》以及稍早出版的《论创造性及其他》见证了我们的友谊。感谢商务印书馆编辑老师的细心工作。

此书最终定稿之时恰值我怀孕生子的艰难日子。"父母之爱子,则为之计深远",若无父母全力支持,我恐怕难以快速振作。丈夫的呵护与理解,使我免于陷入西西弗斯的困境。感谢他们一路走来,始终如一。感谢孩子的阿姨李艳萍女士对孩子以及全家人的悉心照顾。最后,谨以此书献给吾儿晔桓,愿太平安宁。

2024 年 3 月 8 日时值晔桓周岁

2024 年 6 月 7 日定稿于京中牡丹园

图书在版编目（CIP）数据

法国现代批评大师 /（美）欧文·白璧德著；龚世琳译 . -- 北京：商务印书馆，2025. --（白璧德文集）.
ISBN 978-7-100-24433-6

Ⅰ . I565.064-53

中国国家版本馆 CIP 数据核字第 2024GG2509 号

白璧德文集

第 3 卷

法国现代批评大师

龚世琳　译

唐嘉薇　校

商 务 印 书 馆 出 版
（北京王府井大街 36 号　邮政编码 100710）
商 务 印 书 馆 发 行
北京雅昌艺术印刷有限公司印刷
ISBN　978-7-100-24433-6

2025 年 1 月第 1 版　　　　　开本　710×1000　1/16
2025 年 1 月第 1 次印刷　　　印张　28½

定价：168.00 元